CIDADE DAS ORAÇÕES PERDIDAS

JULIANA DAGLIO

CIDADE DAS ORAÇÕES PERDIDAS

Copyright © EDITORA CONTRACORRENTE
Alameda Itu, 852 | 1º andar |
CEP 01421 002
www.loja-editoracontracorrente.com.br
contato@editoracontracorrente.com.br

EDITORES

Camila Almeida Janela Valim
Gustavo Marinho de Carvalho
Rafael Valim
Walfrido Warde
Silvio Almeida

EQUIPE EDITORIAL

COORDENAÇÃO DE PROJETO: Juliana Daglio
REVISÃO: Graziela Reis
COPIDESQUE E EDIÇÃO: Claudia Lemes
REVISÃO TÉCNICA: Amanda Dorth e Douglas Magalhães
DIAGRAMAÇÃO: Pablo Madeira
ILUSTRAÇÕES INTERNAS: Lucas Dallas
PROJETO GRÁFICO: Maikon Nery

EQUIPE DE APOIO

Fabiana Celli
Carla Vasconcelos
Fernando Pereira
Valéria Pucci
Regina Gomes
Nathalia Oliveira

Dados Internacionais de Catalogação na Publicação (CIP)
(Câmara Brasileira do Livro, SP, Brasil)

Daglio, Juliana
    Cidade das orações perdidas / Juliana Daglio. --
São Paulo, SP : Editora Contracorrente, 2022.

    ISBN 978-65-5396-045-9

    1. Ficção brasileira 2. Horror na literatura
I. Título.

22-120291   CDD-B869.3

Índices para catálogo sistemático:
1. Ficção : Literatura brasileira   B869.3
Eliete Marques da Silva – Bibliotecária – CRB-8/9380

@ @editoracontracorrente
f Editora Contracorrente
🐦 @ContraEditora

Aos meus 3 Vs.
Vó Rosa, por todas as histórias.
Vó Irma, por todo amor.
Vô Luiz, por ser meu porto.
Vocês me fizeram uma contadora de histórias,
espero que elas ecoem até onde vocês estão.

Macário: Tal qual um pé!...
A mulher: Um pé de cabra... um trilho queimado...
Foi o pé do Diabo! O Diabo andou por aqui!

MACÁRIO – ÁLVARES DE AZEVEDO

PRÓLOGO

*Dezembro 2015,
São Paulo*

Pela segunda vez em menos de trinta dias, a garota sumiu. Paula teve que, novamente, buscá-la no meio da madrugada depois de uma ligação da polícia falando que a menina tinha sido encontrada em outra cena de crime. Um pesadelo com o roteiro idêntico.

O salário de assistente social não compensava aquele horror. Paula pensava nisso dentro do carro agora, olhando para fora. Estacionada sob um poste apagado, via a aglomeração de pessoas ao redor da fita amarela que isolava a cena do crime. As luzes estroboscópicas das viaturas a lembravam os programas policiais a que assistia de madrugada na época da faculdade, nas noites insones antes das provas nas quais sempre se saía bem. Fazer faculdade era fácil. Difícil era buscar os órfãos de madrugada depois de escaparem e irem parar justamente em locais onde crimes horrendos aconteciam.

Ela limpou o suor da testa com um lenço que trazia no bolso da calça. Saiu do carro e caminhou de costas eretas até a multidão de abutres que tentava arrumar um lugarzinho de onde ver a tragédia que ocorrera naquela casa. Acotovelou e berrou com alguns folgados até chegar à fita, amaldiçoando a profissão que escolhera. Amaldiçoando o horário, o sono e o salário de merda.

Primeiro avistou os pés abertos num ângulo obtuso a alguns metros dali. Era uma garagem comum de uma casa de classe média, agora tornada incomum, com um cadáver sobre uma poça de sangue no quintal. A vítima não morava na casa. Paula ouviu os curiosos falando disso enquanto mirava aqueles pés, absorta no horror que experimentava pela segunda vez na vida. O morador tinha ouvido barulhos e chamado a polícia. Quando chegaram, quarenta minutos depois, a moça já estava morta.

E a menina já estava lá.

Paula gritou por um dos PMs, conseguiu sua atenção e se apresentou. Era o mesmo do outro dia. Conversaram sobre o assunto antes que ele a deixasse ultrapassar a faixa amarela e mandassem trazer a garotinha. A menina que estava na cena do outro assassinato. Vinte dois dias atrás uma jovem havia sido surpreendida ao voltar de uma festa, arrastada e morta num terreno baldio entre duas casas comuns no bairro vizinho. Um furo no peito, marcas de agressão, mordidas.

— O corpo está no mesmo estado do outro — informou o policial. — Tudo indica que é o mesmo criminoso.

O tom sugestivo completava o pensamento da jovem assistente social. O corpo do mesmo jeito, a mesma criança como possível testemunha. A menina não falara nada na primeira vez, e dessa não estava sendo diferente.

Teve de mostrar os documentos dela antes de a deixarem passar. Outro policial a trouxe, empurrando-a pelas costas com falsa paciência. A menina andava devagar, olhando para trás, para o corpo. Trajada com o moletom rosa, tênis da mesma cor, destoava do horror evidente da morte que ocorrera naquele quintal. A menina parecia não conseguir desviar os olhos do corpo.

A pequena aglomeração sussurrava agora sobre a menininha. Um punhado de abutres se alimentando de curiosidade, de desgraça alheia.

— Alguém da Polícia Civil vai aparecer na Casa Abrigo amanhã — continuou o PM, sugestivo. — Vão querer entender a ligação dessa menina com os dois crimes.

— Ela só desapareceu à tarde, como da outra vez. Deve ser coincidência.

— Só responda às perguntas deles. Eu, sinceramente, não quero nunca mais ter que ver essa criança. Ela me dá arrepios.

Dava para perceber que o efeito era o mesmo em todos os curiosos também. A assistente não falaria em voz alta, mas também tinha medo da menina. Calou-se como os demais quando ela chegou perto. Engolindo todos os sons com sua presença. Ela trazia nos braços o brinquedo que nunca largava, um ursinho branco surrado de um olho só. O olho que sobrara era brilhante demais para algo inanimado, azul num tom bruxuleante, que agora refletia o vermelho e o azul do giroflex.

— O Bianco e eu chegamos tarde — disse a voz aguda para a assistente social. — Mais uma vez.

Apesar de não querer, tocou o ombro da menina e a trouxe para perto. Ainda estava com o penteado de maria-chiquinha que usava à tarde, feito por uma das cuidadoras. Os cachos castanho-avermelhados delineados com esmero contrastavam com o rostinho pequeno e pálido que tinha. A assistente sempre achou que essa menina era amaldiçoada como aquelas crianças de filmes de terror. Agora não tinha dúvidas. Precisava arrumar uma família para ela bem longe dali antes que se metesse em outra confusão.

— Olhe para mim — sibilou ao puxar o queixo da criança com a ponta dos dedos. Quando os olhares se encontraram, notou que a menina estava inexpressiva como sempre. — Você está bem? Alguém fez alguma coisa pra você?

Uma resposta negativa. Alívio misturado a medo. O medo de um dia acordar de madrugada e ver o rosto daquela menina, sem expressão, olhando para ela. Alívio porque estava bem, não fora atacada. A contragosto, abraçou-a e olhou para os policiais. Trocaram mais algumas palavras, a aglomeração os observando de perto, tirando fotos, sussurrando. A menina rodeou a barriga da assistente social e murmurou um pedido de desculpas.

Olhava para o corpo ainda.

Naquele instante uma dupla de paramédicos levantava o cadáver e o colocava numa maca. A poça de sangue ficou no chão. A menina tremeu.

Sob a escolta dos policiais, elas foram para o carro. Curiosos gritavam perguntas, outros faziam o sinal da cruz. A menininha levava mal agouro onde passava. Rosto sem expressão, brinquedo assustador e um aroma doce que lembrava coisas antigas, como maquiagem e perfume de rosas. Ninguém ficava confortável perto dela. A partir de agora seria pior.

Sem saber como explicar às demais crianças onde estivera a noite toda, a assistente teria de mentir de novo. A menina não falaria nada. Era incomum falar com qualquer um que não fosse seu ursinho.

Já dentro do carro, ligou o motor. As duas ficaram ali quietas.

— Eu vou embora logo — disse a menina, sem sentimento na voz. — Vou para perto do Rouxinol e ninguém mais vai morrer.

Sempre dizia coisas enigmáticas. Todas as assistentes tinham tentado decifrar essa criança, mas acabavam desistindo. Às duas horas da manhã de uma segunda-feira, Paula estava cansada demais para tentar.

— Vamos embora, Ramona. Você precisa descansar.

Num segundo, a menina adormeceu.

PARTE I

O LAMENTO DO ROUXINOL

1

Outubro de 2016.

Virgílio dirigia no limite de velocidade quando avistou o carro parado no alto da estrada. De longe podia ver que uma moça descia do veículo e gesticulava com as mãos. Apenas numa silhueta, mas que dizia muito.

Dentro do Jipe ouvia a previsão do tempo para o fim de semana e o tirlintar das garrafas de cerveja que o acompanhavam no banco do carona. Tinha ido para Botucatu para fazer compras para a Chácara, porque não gostava das marcas de cerveja que eram vendidas em Oratório. Outro motivo foi o de visitar a ex--esposa no hospital universitário. Elisa havia perdido um bebê. O segundo bebê de sua vida.

O primeiro foi o bebê deles.

Reduziu a velocidade, considerando se parava para ajudar a moça ou passava reto e ia enfrentar o compromisso derradeiro. O jantar na casa do irmão, a adoção da sobrinha que lhe seria apresentada naquela noite. Antes, precisava tirar Elisa da cabeça, a tristeza dela, a forma como, depois de dezessete anos da morte prematura de Gustavo, ela conseguiu estar com a vida mais ferrada que a dele.

Tinham discutido no hospital. Elisa sempre com seu anseio religioso, Virgílio com seu ateísmo áspero. O marido novo, aquele escroto bêbado, tentando consolá-la, dizer que logo Deus mandaria outro filho. Virgílio respondeu que nunca precisou de Deus para nada. *Eu sempre precisei de Deus, e Ele nunca me ouviu. Sabe por quê? Porque Deus é homem.* Um soco no rosto teria doído mais do que essa resposta.

Para ele, não parar na estrada agora nem era opção. Uma mulher sozinha, desprotegida, perto da entrada da cidade mais violenta da região? Ele deslizou o volante na contramão e parou na frente do HB20 vermelho.

Desceu do carro sem pensar muito. A moça estava abaixada ao lado do pneu direito, mas se levantou assustada para ver quem estava se aproximando. Era bonita de morrer, cabelos bem pretos, olhos grandes num tom de cinza, casaco vermelho contrastando com a pele branquinha de quem não gosta de tomar sol.

— Precisa de ajuda? — ele perguntou, levantando a voz grave.

A moça gaguejou uma resposta, limpou o suor da testa. Estava com o macaco na mão, o porta-malas aberto já com o estepe no chão de barro e grama.

— Não preciso — ela respondeu, um pouco bruta.

Ele não se aproximou mais. Ficou parado ao lado do Jipe esperando que ela o avaliasse. Mulheres sozinhas precisam ter medo de homens. E ele podia ver o que ela via. O contorno preto natural ao redor da linha d'água dos seus olhos, a barba quase grisalha, rosto quadrado e fechado. Conservava o corpo esculpido com músculos brutos, resultado do trabalho braçal na chácara e de exercícios constantes. Sua compleição era julgada como ameaçadora para muitos, já que tinha um ar obscuro de urso solitário que poderia atacar se irritado.

A desconhecida terminou a avaliação e voltou ao seu afazer de trocar o pneu traseiro, como se não tivesse identificado nenhuma ameaça.

Com certa destreza, ela encaixou o macaco embaixo do carro e começou a manipulá-lo com o pé. Virgílio se aproximou disposto a ajudar, ainda que tivesse sido praticamente ignorado.

— Tá tudo bem, policial. Mesmo.

— Como sabe que eu sou policial?

A moça parou o que estava fazendo e bufou, quase entediada com a sua presença. Virgílio se irritou, afinal tinha interrompido seu trajeto para fazer uma boa ação e agora era tratado com desprezo.

— Sua cara fechada, seu corte de cabelo militar... PM, certo?

— Virgílio, meu nome é Virgílio.

— Como o cara que escreveu Eneida?

Touché! A desgraçada era sarcástica, linda e inteligente.

— Sério, moça, eu posso mesmo te ajudar. Não é bom você ficar sozinha aqui no meio do nada.

— Ananda, meu nome é Ananda — ironizou ela.

Virgílio riu com o escárnio que costumava destinar a todos os que eram próximos a ele. Tinha acabado de conhecer Ananda, mas já sentia raiva e atração, uma mistura perigosa. Deixou-a trocar seu pneu sozinha, e ela o trocou muito bem. Voltou para o Jipe, tensionando ir embora, já que estava muito perto do horário que Samuel marcou o jantar. Porém, quando se sentou em frente ao volante, não teve vontade nenhuma de encarar o irmão, o cunhado e sua sobrinha recém-adotada.

Aquele era um dia muito delicado.

Estava entardecendo, o presente que comprara para a sobrinha no chão do banco traseiro. Voltou a descer do Jipe e dessa vez levou consigo uma garrafa da IPA ainda geladinha que tinha trazido de Botucatu.

Recostou no carro de Ananda, abriu a tampa da garrafa, jogou no mato e virou o gargalo. Ela estava ajoelhada ao lado do pneu, já tirando os parafusos com destreza, parou para olhar a cena e foi como se realmente o visse agora. Ela riu, deu de ombros e continuou, mas o sorriso não saiu do rosto.

— Vai dirigir bêbado, policial?

— Eu dirijo melhor quando bebo.

— Das cinco frases mais ditas antes da morte.

— Disse a moça sozinha na estrada que não quer ajuda.

— Sério, cara, isso aqui não é física quântica, é só a porra de um pneu.

Era a segunda mulher no dia que o desafiava. Elisa, que por muitos anos o culpara pela morte do bebê, com quem se casou aos dezessete e se divorciou aos dezenove, havia descarrilhado nele toda sua dor recente. Ele tocou o peito, na tatuagem que fizera como lembrança do luto: o rouxinol. Aquele pássaro tinha um significado na mitologia grega: ele só canta à noite, lamentando a perda dos filhotes.

— E aí, PM, qual sua história? — perguntou Ananda, manuseando os parafusos do pneu. — Sério, se vai me fazer companhia, me entretenha.

Virgílio virou a cerveja toda em três goles. Por que não aproveitar os ouvidos de uma estranha? Era tentador, ela estava interessada e ele carregando coisas venenosas nos pensamentos por muito tempo.

— Hoje faz dezessete anos que meu filho morreu. Ele só tinha quatro meses. É um dia que eu sempre tiro pra ficar pistola até dormir.

Ao terminar a frase, mal acreditou que tinha dito em voz alta. Sentiu-se ridículo, por isso mirou no horizonte, para não ter que ver a cara de Ananda.

— Você tem uma ideia estranha de entretenimento.

— Me desculpa, eu...

— Tudo bem, eu trabalho com isso. Sou psicóloga.

Útil. Ajuda profissional grátis no meio da estrada.

— Ok, psicóloga. Eu estou pistola porque não pude tirar o dia pra ficar pistola. Tem um monte de coisa acontecendo... E eu não sou exatamente policial. Eu era. Fui afastado do trabalho há alguns meses.

— Certo, continue.

— Não, para uma psicóloga não.

Transtorno de estresse pós-traumático causado por uma ocorrência no trabalho, Transtorno de pânico, filho morto, histórico de violência na família. Para Ananda, Virgílio deveria ser como um frango no rolete em frente a um cachorro faminto.

— Bem, se ajuda, nós somos pessoas bem fodidas também — disse ela. — Psicólogos também enlouquecem.

Ananda levantou-se, limpou a mão nas calças pretas, e foi até o estepe, o rolou pelo asfalto sem nenhuma dificuldade, voltou e colocou a mão na massa outra vez.

— Eu acredito em você. Todo mundo anda fodido da cabeça — respondeu ele, meio reticente. — O que foi fazer em Oratório?

Tinha visto que a placa dela era de Botucatu.

— O Dia de Finados tá perto e minha família não se preocupou muito em lavar o túmulo da minha vó. Peguei uma folga da clínica pra passar um tempo com a velha, colocar flores, essas coisas.

— Sua avó morava nesse fim de mundo então...

— Uma amante de todo o folclore macabro. Vivia me contando as histórias assombradas da cidade antes de dormir, depois, quando eu ficava acordada com medo, ela me drogava com um quarto do calmante que usava pra dormir.

Virgílio riu. Não ria tinha anos, de forma que estranhou o som que fez. Ananda correspondeu, e toda a tensão deles se quebrou por um momento. Talvez fosse inapropriado que um homem de trinta e seis anos estivesse ali, pronto para flertar com uma garota que mal parecia ter passado dos vinte. Mas ele ficou. Algo nela, na voz arrastada de cantora de jazz, na segurança que ela passava, o acalmava.

— Bem, está chegando a época das festividades locais — falou, impondo ironia nos termos rebuscados. — Se você quiser aparecer, relembrar o folclore macabro, comer boa comida...

— Está me chamando para sair, sério?

Um carro passou voando na estrada e interrompeu a conversa dos dois. O vento deixou um cheiro de fumaça. O sol estava pronto para abandonar o céu e trazer a escuridão. Queria que Ananda terminasse logo seu trabalho e entrasse no seu carro em segurança antes de anoitecer.

— Sério, moça. Já que você não quer me deixar trocar seu pneu, acho que te deixo pagar meu jantar. Vamos subverter as coisas de uma vez.

Sem dizer nada, Ananda esticou seu celular desbloqueado para que ele registrasse o número dele. Virgílio digitou e salvou seu contato como *PM bêbado*. Devolveu para ela e aguardou, paciente, que Ananda terminasse seu trabalho. O estepe ficou impecável, o pneu furado guardado no porta-malas e a moça bonita suja de graxa o encarou sem a animosidade do começo da conversa. O dia já tinha quase acabado totalmente quando ela esticou a mão para apertar a dele.

— Bom, obrigada pela companhia, eu acho.

— Acredite, você que me fez companhia no meu dia de merda.

Ananda tinha um aperto firme, uma expressão de quem não precisava de ninguém e nem se abalava com muitas coisas. Era calma, tinha uma luz que o cegava. O cheiro que vinha de seu casaco vermelho era uma mistura de floral com coisas doces, agora com um toque de graxa. Queria sair com ela dali mesmo, mas esse impulso morreu com o dia, com as lembranças das merdas que Elisa tinha falado, com a memória da morte de Gustavo. Não podia se permitir aquele escape. Não tinha muito direito de ser feliz.

— Bom, se eu quiser rememorar as histórias de terror da minha avó, eu te ligo, PM bêbado. Espero que você chegue vivo em casa.

Ananda se afastou, entrou no HB20 e saiu dali. Virgílio esperou o carro dela sumir na estrada antes de entrar no seu e dar partida. Ainda tinha uma parte daquele dia longo para viver.

2

Virgílio levou um sorrisinho no rosto durante o resto do trajeto, pensando na moça bonita com quem tinha acabado de flertar. Foi só quando ultrapassou o letreiro mofado de Oratório, que o sorriso desmanchou, junto com a queda de temperatura. Morar na *Cuesta* era viver o frio enquanto o calor reinava no resto do estado de São Paulo.

Fechou as janelas e ligou o aquecedor.

Percorreu as ruas da cidade cinzenta em que tinha nascido deixando para trás a pequena paz que Ananda tinha trazido. Virgílio se permitiu paquerar, beber uma cerveja despreocupado e assistir a uma mulher trocar um pneu como um mecânico de Fórmula 1. Mas ali em Oratório era outra pessoa. Tudo ao seu redor agora cheirava a antiguidade e tristeza, o que o fazia lembrar de si mesmo, do aspecto verdadeiro de sua alma. Por dentro era desgastado e antigo, com repinturas sobrepostas que buscavam disfarçar as raízes do seu eu mais profundo. Ele nem saberia dizer mais quem fora no passado, de tantas mudanças que foi obrigado a sofrer ao longo do tempo, assim como aquelas casas não teriam memórias de que cor foram pintadas na primeira vez.

Em Oratório não iria flertar, nem rir.

Só era possível entrar por uma única estrada famosa por sua floresta escura de araucárias. Virgílio gostava de sua cidade, mas o fato de ela ter uma única entrada e saída o deixava sufocado. Além de tudo, a população recusava o progresso arquitetônico como o Diabo recusa água benta. A maioria esmagadora das casas ainda conservava o estilo decadente do século dos coronéis, com casas de portões altos enferrujados. Seu irmão e o cunhado moravam no bairro mais moderno e nobre, um luxo que o emprego de gerente bancário de Samuel, somado à família rica de Lucca, poderiam bancar.

Dirigiu devagar agora. Os cidadãos na calçada amiúde levantavam a mão em cumprimento quando viam o Jipe passar. Todos os conheciam, mas ninguém sabia realmente o quanto ele andava mal. A verdade é que já tinham se esquecido do que acontecera há oito meses, quando ele foi afastado do trabalho. Tragédias eram comuns em Oratório desde sempre. Os antigos já diziam que Deus tinha parado de ouvir as orações ali feitas há muito tempo.

Virgílio não acreditava em nada, a não ser em sobreviver e cuidar dos seus.

Quando era menino aprendera a rezar. A maturidade o fizera se esquecer como.

Foi direto para o bairro da Araucárias, onde o irmão e seu marido residiam.

Lucca o recebeu na porta antes mesmo que pudesse tocar a campainha. A energia eufórica do cunhado logo ficou evidente com o sorriso branquinho e o abraço apertado com que o recebeu.

— Solta, Lucca — disse, com a voz abafada. — Eu preciso ficar vivo pra conhecer minha sobrinha.

— Ela chegou, Vi! Ela tá aqui de verdade!

Lucca o soltou, batendo palmas e sorrindo sem conseguir se conter. Entraram na casa aquecida, toda iluminada e cheia de janelas de vidro. Virgílio costumava se sentir deslocado ali dentro, com aquela decoração em tons coloridos, modernos, totalmente diferente do estilo rústico que tinha conservado na sua casa.

— Trouxe um ursinho de pelúcia, mas foi a atendente da loja que escolheu.

— Ela vai gostar, tenho certeza, mas prefiro que você entregue. Vai criar uma conexão entre vocês.

Lucca era nove anos mais jovem que Samuel. Não aparentava nenhuma ingenuidade, no entanto. Seu jeito sempre leve e animado dava a Virgílio a segurança de que seu irmão tinha encontrado um bom parceiro com quem passar a vida. Estavam juntos há mais de três anos. No começo foi difícil lidar com toda aquela energia, com a forma que o cunhado lia suas expressões e desafiava sua tensão com frases acaloradas. Aos poucos percebeu que Samuel estava feliz. Em vez de tentar se afastar da luz ofuscante de Lucca, se aproximou dele.

Samuel estava pondo a mesa quando Virgílio chegou. Comida para um batalhão. Não ia reclamar, pois estava faminto e ansioso, uma combinação que poderia ser perigosa se não se controlasse.

O irmão o interceptou com um abraço de urso. Ele estava nervoso e Virgílio sabia. Era fluente na linguagem Samuel, sabia ler suas expressões, seus gestos, sua energia.

— Fiquei com medo de você não aparecer — sussurrou Samuel em seu ouvido.

— Só se eu fosse doido ia perder o dia mais importante da sua vida.

Afastaram-se. Os olhos, idênticos aos seus, estavam lacrimosos. Samuel era um rapaz rústico muito bonito. Cultivava um cavanhaque ruivo metodicamente aparado, cabelos castanhos compridos sempre penteados num coque desleixado. Um rapaz de trinta e um anos, alto, corpulento e bruto.

Lucca o tomou pelo braço. Sorria, empolgado em ver a família reunida. O cunhado era baixinho perto dos um e noventa do irmão. Aquele rosto de anjo dava um contraste interessante para o casal.

— Tem certeza de que ela não vai se assustar em conhecer o tio barbudo logo no *primeiro dia*?

Lucca riu alto ao fazer que não.

— Você só se faz de bravo, Vi, mas não dá medo em ninguém.

— Tá com uma cara boa hoje — observou Samuel. — Foi visitar a namorada?

— Fui visitar a Elisa, na verdade.

Sentaram-se à mesa. Lucca saiu para buscar a filha, deixou os irmãos a sós com a frase de Virgílio ainda no ar. Samuel encheu uma taça de vinho e serviu para o mais velho, que aceitou de pronto, mesmo sabendo que já tinha tomado sua cota de álcool do dia. Beber demais significava não poder tomar o remédio para dormir, o que significava ter pesadelos e uma possível crise de pânico à noite.

Mas permanecer sóbrio naquele dia delicado parecia impossível.

— Ela perdeu o bebê, né? — perguntou Samuel, depois de bebericar de sua taça cheia. — É uma merda que nossa filha esteja aqui, e a Elisa ainda não tenha conseguido superar...

— Não fala disso, tá bom?

— É hoje, o aniversário, eu sei. Não queria que tivesse calhado de trazer a menina no mesmo dia, e ainda teve isso. Achei que você não ia vir. É muita coisa.

Virgílio largou a taça na mesa e encarou o irmão com os olhos estreitos.

— Vocês passaram dois anos tentando adotar uma criança, Samuel — disse com convicção. — Não estraga esse momento pensando nessas coisas.

Samuel balançou a cabeça.

— Lucca acha que a gente é uma salvação divina pra nossa filha. Ela tem uma história complicada.

— E seu coração herege, o que diz?

— Que o acaso foi perfeito. Ela foi rejeitada por muitas famílias. A gente foi rejeitado por várias assistentes sociais homofóbicas — respondeu, como se aquilo não o machucasse. — Que bom que a gente se encontrou. Mas agradeço à assistente social chamada Paula que achou nossa ficha e nos ligou desesperada.

— Vocês trouxeram uma menina ferrada da cabeça pra família mais ferrada da cabeça da cidade?

Samuel fingiu rir do irmão. Virgílio gostava de fazer piadinhas idiotas com as coisas tensas, com as desgraças pessoais deles. Claro, as coisas menores. Havia tanto entre os dois irmãos que jamais poderia ser motivo de humor, tampouco poderia ser falado. A coisa com o pai deles, as surras, o cassetete de PM que gostava de reservar para usar só em casa...

— Não fecha a cara agora, ela tá vindo — disse Samuel, apressado.

Lucca vinha trazendo a menininha de seis anos de mão dada com ele. Os dois se levantaram. Virgílio só então percebeu o quanto estava ansioso, o quanto aquele encontro contrastava com a visita que tinha feito para Elisa. A chegada de uma criança, a partida de outra. O aniversário... Era tanto para um dia só.

A criança era pequena, e estava se escondendo atrás das pernas do novo pai.

— Bem, esse é seu tio Virgílio — disse Lucca, empolgado. — Ele parece bravo, mas é um doce de pessoa, eu juro.

Os olhos da menina eram grandes, como duas jabuticabas maduras. Os cabelos quase ruivos, encaracolados e bem penteados, emoldurando um rosto rosado. Estava agarrada a um ursinho branco de pelúcia.

— Olá — disse, a voz muito grossa. — Posso saber seu nome?

Ela estreitou os olhos, analisando-o com um tácito interesse, sem desviar a atenção. Os três estavam na expectativa, esperando uma reação da garotinha, que não se intimidava em continuar seu escrutínio.

Virgílio observou o brinquedo nos braços dela. Faltava um olho no rosto do pobre urso. Apressado, pegou o seu presente na cadeira e entregou-lhe o ursinho marrom com lacinho no pescoço.

— Olha, eu trouxe um novinho pra você — disse, sem jeito. — Esse aí tá muito velho, não acha?

A menina não respondeu. Tampouco aceitou o presente. Lucca não se deixou abalar pela atitude dela. Aceitou o presente em seu lugar, transmitiu seus agradecimentos e sorriu para Virgílio.

— Tio, ela se chama Ramona.

Virgílio achou o nome horroroso, mas quem era ele para falar de nomes feios? Detestava o seu, como se não combinasse com ele.

— Ramona, você deve estar achando um saco ter ganhado dois pais feios e um tio sem graça, não tá?

Nada, nenhuma expressão. Aquela quietude, os olhos, atentos e ousados, passavam uma imagem arbitrária. Sua expressão era inocente, mas havia algo estranho, sério demais para uma menina tão pequena.

Ramona ignorou-o, sentou-se à mesa com seu urso velho no colo e começou a comer. E não disse nada pelo resto da noite.

As cidades mais bizarras do país

– Edição #30 –

APRESENTANDO: ORATÓRIO - SP

Alice Matarazzo, para o site Fatos Bizarros
Setembro de 2016

CONTINUANDO NOSSAS INVESTIGAÇÕES sobre os locais mais sinistros do Brasil, visitamos, nesse fim de semana, o município de Oratório, no interior de São Paulo. A cidade não tem somente uma história intensa cheia de reviravoltas familiares e políticas, mas também uma fundação lendária, de deixar de queixo caído o mais incrédulo dos cidadãos.

Nós trouxemos um pouco de tudo o que descobrimos para contar para vocês aqui, no Fatos Bizarros.

Fundada em 1810, por três grandes famílias, Oratório teve seu terreno de origem como uma herança deixada por Horácio Villas Boas para outros dois fazendeiros da região. Inácio Contreiras e Pedro Linhares ganharam por testamento parte do vasto terreno. Horácio deixou por escrito seu desejo de que os Villas Boas, junto com os Linhares e os Contreiras, construíssem um império juntos.

Liderada por Vasco Villas Boas, o primogênito de Horácio e seminarista na época, iniciou-se a construção de um vilarejo. As três famílias fundadoras fizeram do local um depósito de suas riquezas, sonhos e projetos de vida. Contudo, o terreno tinha alguns problemas: os animais não engordavam e acabavam morrendo, as plantações não vingavam e o solo se mostrava infértil. Tudo isso levou os fundadores a recorrerem à fé para pedir a Deus que enviasse vida para aquelas terras.

Foi daí que nasceu o nome Oratório, registrado pela primeira vez em carta de punho deixada por Vasco. A carta se encontra no museu do município, conservada e deixada para os descendentes das famílias. Ela pode ser visitada por turistas e moradores em horário comercial na rua Professor Solano de Abrão, número 13, no Centro da cidade.

Mas a história não para por aí. O que veio depois disso tudo coloca Oratório no ranking de Cidades mais Bizarras do país.

FATOS VERDADEIRAMENTE BIZARROS

O desejo de Horácio realmente deu certo. Oratório tornou-se um município que conta hoje com 18.907 habitantes, segundo o censo federal de 2008. Com economia baseada nas indústrias têxteis famosas na região, um artesanato local de força, e um fluxo de turistas curiosos, a cidade, que se localiza na Cuesta, há 33 KM de Botucatu, tem um clima frio de ventos fortes, ar seco e regiões montanhosas de vasta natureza selvagem.

Sua localização é num dos abismos mais vastos do Estado de São Paulo, cercada por engenhosos guarda-corpos que protegem a população da queda íngreme em direção às rochas de calcário branco. As bordas de Oratório oferecem a quem quiser, de forma gratuita, uma bela vista de rochedos brancos que deixam de boca aberta os fotógrafos que usam esses locais como cenários para suas criações.

Entretanto, coisas estranhas aconteceram com os moradores ao longo da história. Desde que se pode localizar em registros de jornais e noticiários, encontramos evidências de diversos tipos. Acidentes inexplicáveis, mortes misteriosas, suicídios e homicídios que tornaram Oratório uma verdadeira cidade de tragédias. Crianças desaparecidas que jamais retornaram para casa; carros encontrados capotados sem nenhum arranhão, mas com os motoristas mortos; mulheres assassinadas e homens enforcados sem motivo aparente; animais que caminharam, sem explicação, para os penhascos da cidade e se jogaram nas rochas — são essas algumas das manchetes que você vai encontrar, caso se atreva a digitar o nome da cidade nos sites de busca.

Ao passearmos por Oratório, ouvimos diversas lendas urbanas sobre as ocorrências. Os oratorenses têm sua própria teoria sobre o que levou a cidade a sofrer tantas perdas trágicas.

Outra curiosidade é que, segundo o censo federal, só 3 mil, dos 18.907 habitantes, manifestou uma crença religiosa. É a menor população religiosa do país em termos de proporção. Em razão disso, Oratório foi batizada como Cidade das Orações Perdidas.

LENDAS URBANAS

Através de pesquisa via internet e entrevista com moradores, a equipe do Fatos Bizarros conseguiu reunir, pela primeira vez, a lenda da fundação de Oratório.

REZA A LENDA... que Vasco Villas Boas mandou construir uma igreja matriz de torre alta, no melhor estilo europeu gótico da época, em agradecimento a Deus por ter ouvido a oração dos fundadores. Nessa época ele foi ordenado Padre e conquistou o respeito do vilarejo como líder nato e fundador oficial.

Vasco teria subido na torre do sino um dia antes de abrir as portas da igreja, exatamente no dia 02 de novembro — Dia de Finados —, quando, lá de cima, avistou um pequeno grupo de pessoas encapuzadas se aproximando da cerca que ladeava o vilarejo. Tal grupo era conduzido por um homem alto, de boa aparência, trajando um sobretudo que lhe cobria do pescoço aos pés, e uma cartola alta. O Padre desceu da torre para verificar o motivo da visita.

Em meio a um diálogo febril e misterioso, o tal homem teria dito a Vasco ser o verdadeiro dono daquelas terras. Trazia consigo almas em procissão, para com elas passar pelo terreno. Vasco murmurou uma prece e disse ao homem que batesse em retirada, causando buchichos e grande espanto entre os que observavam.

Segundo as lendas populares, os homens e mulheres misteriosos que acompanhavam o forasteiro não disseram palavra, nem mesmo tinham expressão de emoção alguma. Pareciam, como muitos afirmam, mortos errantes. Em resposta, o invasor prometeu a Vasco sete anos de azar e maldições se não os deixasse passar.

Servo fiel de Jesus Cristo, o líder mandou embora aquela figura emblemática e declarou como propriedade das famílias fundadoras o terreno que lhes fora deixado por direito.

Porém, os anos de azar chegaram. Os porcos pulavam do abismo ao redor da cidade, as galinhas definhavam e botavam ovos podres, as cabras não davam leite e as plantações morrim. A presença misteriosa do homem foi vista em companhia das moças mais bonitas do vilarejo, todas prometidas em casamento. Tais moças enlouqueciam dias depois de serem vistas acompanhadas de tão belo cavalheiro, ou perdiam seus bebês ao engravidarem.

Olhos azuis intensos, sobrancelhas marcantes e rosto de marfim, eram descritos pelas pobres moças que não cansavam de procurá-lo pelas ruas de Oratório, desiludidas. Essas garotas eram vítimas de mortes precoces antes de encontrá-lo novamente. Dentre os que sobreviviam para relatar, alguns afirmavam que muito além da forma física deslumbrante, algo estranho sucedia o aparecimento do rapaz: pegadas de cascos marcadas no chão junto de um forte cheiro nauseabundo.

Vasco morreu de desgosto alguns meses depois, deixando a carta para seus sucessores para culpá-los por todas as desgraças acontecidas. Pouco antes de sua morte, as famílias fundadoras se reuniram, inclusive com os Villas Boas, e concluíram que seria melhor fazer um acordo com o poderoso homem. Aguardaram o retorno do homem misterioso, e como ele sempre aparecia no Dia de Finados, lhe prometeram uma festa anual com presentes e celebração, para que deixasse em paz os cidadãos de Oratório.

O Homem impôs como condição que na noite da festa, entre a meia noite e as três e trinta e três da manhã, nenhum morador saísse à janela ou espiasse pela fechadura, até que a comitiva fantasmagórica passasse. Assim, deixaria em paz todos os moradores.

Foi aí que nasceu a lenda da Procissão dos Mortos e a festa tradicional que atrai pessoas de todo país, a Celebração das Almas. Contudo, ao longo da história não foram todos a respeitarem o tal acordo. Moradores afirmam que muitos ousaram espiar pela janela, até mesmo aceitando velas dos mortos que passavam. Essas velas, no dia seguinte, se tornavam ossos humanos, marcando a maldição da desobediência. A cada espiada, uma desgraça acontecia. E seriam essas as origens de todos os acidentes e tragédias ocorridas na cidade.

Não se pode afirmar a veracidade dessas lendas, mas o caráter amedrontador desses relatos é conhecido em todo país. A tradição ainda é forte e a Celebração das Almas é uma das principais atrações do município, trazendo curiosos de todos os locais para sua festividade que dura 4 dias.

Se quiser visitar Oratório, garantimos que, como nós, serão bem recebidos por uma população hospitaleira, que apesar dos inúmeros sofrimentos passados, insiste em acatar todos com boas comidas e recepções calorosas. Os oratorenses são bons contadores de histórias e fazem um dos melhores cafés de toda Cuesta. Você também pode aproveitar o passeio pelos arredores da cidade, com cafezinhos e lembranças artesanais, além de tirar fotos incríveis na paisagem branca de rochas e névoa. Oratório é uma cidade memorável.

Porém, se encontrar um belo sujeito de capa preta e cartola alta, não garantimos sua segurança ou sanidade.

***

Natasha terminou de ler a matéria com os lábios mordiscados e gosto de sangue na boca. A jovem fechou o computador e, em punho, escreveu uma carta para a Secretária da Cultura de Oratório.

Tinha que encontrá-lo de novo. Não se importava mais com sua segurança, tampouco sanidade.

3

Virgílio sempre sabia quando estava sonhando. Era uma de suas diversas peculiaridades. Pesadelos, no entanto, eram bem mais frequentes, como o que estava vivendo agora.

Conhecia-se bem demais para ficar surpreso ao se ver em frente ao espelho, mirando o reflexo que não era dele, mas de seu pai. Mesmo assim, a imagem sempre ouriçava os pelos de sua nuca.

— Você é morte, fedelho — disse a voz. A voz de sempre. Oca, timbre de fumante. — Crianças morrem sob a sua vigília. Eu sempre soube.

O espectro estava trajado com a farda cheia de condecorações, cabelo raspado, olhos de catarata.

Virgílio tateou o corpo, também usava farda. Percorreu as mãos pelo pano grosso até a cintura.

O revólver estava no coldre.

Metal frio sobre a mão úmida. Uma cobra deslizando sob os dedos.

Não deveria estar vestindo isso!

As paredes de sua casa se levantaram ao seu redor, enfeitadas com os quadros de seus parentes mortos, desses retratos antigos assustadores quando as pessoas ainda achavam errado sorrir para a câmera. Não havia retrato dos vivos.

— Vá embora! Vá embora, seu filho da puta desgraçado!

O Sargento Emílio Tavares sorriu. Dentes animalescos e irregulares. Ergueu o braço que estava rente ao corpo, mostrando o cassetete que era um antigo amigo dos filhos.

Anos atrás Virgílio chegara em casa, de uma farra adolescente, e ouvira os gritos de Samuel assim que atravessara a porteira. Correu para dentro, as pernas feito gelatina, o coração bombeando em toda as partes do corpo. Emílio usava o cassetete no mais novo, chamando-o de bicha, viado, vergonha e o escambau. Virgílio entrara no meio. Os dois apanharam. Os dois se calaram e curaram sozinhos suas feridas físicas.

O episódio veio a se repetir mais vezes do que eram capazes de contar.

De novo, de novo e de novo.

— Eu achei que pelo menos você fosse virar macho.

O riso do homem no espelho reverberou. Virgílio não conseguiu correr, teve de ficar ali, preso em lágrimas que não escorriam, ouvindo o riso e se lembrando da violência.

Um choro de bebê quebrou o diálogo. Um som rasgado de dor. Não poderia mais suportar viver aquele sonho.

Sacou a arma, engatilhou e mirou no reflexo do espelho.

Quando a explosão aconteceu, o projétil atingiu a prata e os estilhaços voaram para todos os lados, Virgílio berrou.

Havia uma bala em sua própria cabeça.

Sentou-se na cama com a respiração chiada. Seu corpo completamente coberto de suor. Olhou ao redor para encontrar algum sinal de realidade.

Por favor, que eu esteja acordado!

O quarto escuro tinha como única iluminação a luz fraca da manhã. Feixes brancos penetravam pela veneziana em linhas finas que batiam no chão de taco, iluminando suas roupas sobre o chão.

Deslizou da cama como se o peso do próprio corpo fosse demais para suportar. Esfregou a barba, depois os olhos e por fim os cabelos oleosos. A pior coisa que tinha ganhado de presente do Transtorno de Pânico, era aquela sensação de prisão que ficava depois de um pesadelo, ou de uma crise. Como se ele mesmo, feito de carne, nervos e músculos, fosse uma cela. Ali dentro só havia terror e medo, desses retratados nas passagens da Bíblia que falavam do inferno. Escapar de si mesmo era impossível, tinha que viver ali, na prisão de ossos.

Vivia encarcerado nela há quase duas décadas. Toda dor era recente, mesmo que acontecida há muito tempo. Quando perto de sua família, conseguia disfarçar com piadas de humor ácido, mas fugir de sua cabeça era impossível.

Ainda que a sensação de encarceramento fosse ruim, as crises eram piores. Duravam três minutos, mas deixavam um rastro de veneno. Outra delas se aproximava agora.

Virgílio se sentou na beirada da cama, apoiou a mão na cômoda velha e tentou contar sua respiração. A falta de ar era o começo. Logo veio a tontura, as mãos formigando. Segurou o peito com a outra mão e murmurou um palavrão.

Só preciso aguentar. Já vai passar.

Cerrou as mandíbulas e fechou os punhos. O gelo perpassou seu corpo, percorreu a musculatura até chegar à nuca. A respiração alta, ruidosa como a de um asmático.

Só aguenta, Virgílio. Só aguenta.

Aguentou. Levantou-se, engoliu seus remédios e se vestiu para viver mais um dia sem fazer nada em sua rotina de PM de licença psiquiátrica.

Virgílio encontrava alívio nas atividades braçais. Avesso aos aplicativos dos smartphones, redes sociais e qualquer tipo de distração televisiva, eram o rádio velho e o machado os responsáveis por seu entretenimento. Dias frios se aproximavam como anunciado no rádio, de forma que cortar madeira para a lareira e para o seu velho e querido fogão à lenha, seria sua principal função do dia.

O sol estava a pino, embora um vento frio o obrigasse a ficar de camisa durante a atividade. Buscava os troncos caídos no meio da mata fechada, às costas de sua chácara, e ia até o quintal para descontar sua ansiedade naqueles pedaços de árvore desprezados pela natureza. Já perto do meio-dia estava terminando uma pilha para levar para dentro.

A cada descida violenta do machado num tronco, lembrava de um pesadelo. O corte certeiro e ruído rachava a voz de seu pai, a pancada bruta espantava a dor do choro de Gustavo ecoando na casa vazia. Por dias vinha esgotando o corpo, para que pudesse cair na cama e dormir imediatamente, embalado pela exaustão.

Pretendia se isolar na chácara durante a frente fria, aquecido ao som de Nelson Gonçalves no rádio. Planejava reler O Inferno de Dante e beber algumas garrafas de vinho até a tempestade passar. Não iria no jantar que Lucca tinha marcado na sexta-feira, para que Ramona conhecesse os simpáticos Villas Boas, seus novos avós ricos.

Queria esquecer de tudo, inclusive de Ramona. Principalmente de Elisa.

Limpou o suor da testa e fechou os botões de baixo da camisa. Seu peito subia e descia, a respiração curta. Virou-se de costas para a sua casa e observou o horizonte. O penhasco que cercava Oratório começava bem ali, na traseira de seu terreno. A última porção de floresta findava exatamente no jacarandá que se levantava a dez metros da porta de sua cozinha. Adiante, o guarda-corpo que o município instalara na década de 70 começava pouco mais de meio quilômetro de sua casa. Dali, de onde cortava lenha, podia ver uma parte dos penhascos. Tinha uma visão de rochas brancas de calcário lá embaixo, da floresta montanhosa há quilômetros, cuja vista era acortinada de névoa. Perdeu-se na visão do mundo branco e vazio que podia contemplar de seu quintal.

Seu avô costumava contar que, no início do século, quando criava porcos na chácara, tinha acordado de madrugada com o som de uma manada de cavalos invadindo a propriedade. Agarrou a espingarda, sempre em pé ao lado da cama, e saiu para uma manhã de vento e chuva a tempo de ver seus porcos avançando desesperados, aos berros, em direção àquele mesmo penhasco.

Eu poderia fazer o mesmo. Me juntar aos porcos malucos.

Só sumir nesse vazio.

Seu pensamento foi interrompido pela batida da porteira. Alguém tinha entrado na chácara sem ser convidado. Observou com seus reflexos aguçados um vulto correndo em direção à varanda da casa. O primeiro impulso foi correr atrás do invasor com o machado na mão, mas a verdade é que não havia motivos. Poderia ser um vizinho, um cachorro, ou qualquer animal.

Deu a volta na varanda e reconheceu a invasora. Pés de criança balançavam nos degraus do pórtico. Ramona estava sentada na escada, encolhida com o rosto sobre os joelhos dobrados.

— Olá!

A criança ficou em pé num átimo. Assustada, abraçou seu urso contra o peito e olhou para Virgílio como se não esperasse encontrá-lo ali.

— Onde está seu pai?

Ramona não respondeu. Tremia, pálida como uma estátua de cera. O olhar sombrio era o mesmo que ele vira no dia do jantar, porém as roupas mais modernas tiraram um pouco do aspecto assustador da menina. Ainda assim, o conjuntinho de cores infantis tornava mórbido o contraste com sua expressão fechada.

— Ramona, onde está seu pai? — repetiu a pergunta, num tom ainda mais grave. — O gato comeu sua língua?

Ramona estreitou os olhos, claramente condenando-o. Subiu de costas mais um degrau, desta forma alinhando seu rosto na altura do dele. Manteve a boca cerrada, apenas uma rosada linha fina.

— Eu vou ligar pro seu pai agora mesmo.

— Não!

Ouvia a voz dela pela primeira vez. Tinha um timbre infantil, o agudo especial que era característica de criança chorona.

Tentou de tudo para arrancar dela como tinha chegado ali, porque estava sozinha, o que queria, de onde estava vindo. Mas Ramona só dizia não, cada vez mais perto de abrir o bocão e começar a chorar. *Quem você pensa que é falando com uma criança desse jeito? Seu pai? Seu maldito pai?! Essa garota estava sabe-se lá em quais condições, ela não precisa de um sargento. Precisa de uma família!*

— Olha, Ramona — pronunciou, agora mais calmo. Andou um passo. — Me desculpe por falar desse jeito, tudo bem? Fiquei assustado em te ver sozinha aqui. Não levo muito jeito para... essa coisa toda de...

— Você não precisa falar comigo como se eu fosse criança.

Tinha um sotaque carregado da capital, muito bem articulado agora. Virgílio estancou, surpreso com o teor da fala. Anuiu, impressionado.

— Justo. — *Cuidado para não parecer escarnecedor, ou essa menina vai fugir e você estará ferrado com seu irmão.* — Seu pai está por aqui, então?

Ela segurou o urso com mais força, piscou uma vez e respirou fundo, como alguém que se prepara para uma conversa difícil. Alguém adulto, que já tem experiência em conversas difíceis.

— Nenhum dos dois.

Virgílio riu. Ramona tentara fazer uma gracinha. Ficou satisfeita em ver que ele ria e conseguiu relaxar um pouco.

— Por favor, não deixa meus pais ficarem bravos comigo. Eu tava na escola e...

— Ei, ei! Você está dizendo que fugiu da escola?

— Não — choramingou. — Se eu contar, você vai contar pra eles, e eles vão me devolver! Por favor, tio! Por favor!

O desespero de Ramona tocou aquela parte morna do coração dele. Virgílio subiu os degraus que os separava e se abaixou em frente a ela.

— Calma, garota — resmungou ele, desajeitado. — Eles não vão te devolver, tá?

— Já me devolveram antes. Eu não posso voltar.

— Não vai. Eu prometo, Ramona.

Ele era um pai sem um filho enquanto Ramona vinha sendo uma filha sem pais. Não poderia ficar bravo com ela. Só temia que o irmão o culpasse por aquela fuga, porque não sabia explicar como a menina tinha ido parar justo ali. Precisava arrancar essa informação dela.

Indicou a porta da sala. A menina foi correndo para dentro, sem pestanejar.

A sala toda em tons de couro marrom e preto, não parecia um ambiente para crianças. Não tinha cores, já Ramona estava toda colorida. Lucca tinha caprichado no novo guarda-roupa e era visível que tivera carinho em pentear os cabelos e arrumá-la para a escola.

Por alguns segundos, o som agourento do vento assoviando pelas janelas foi tudo o que Virgílio ouviu. Ele estava acostumado ao barulho, mas Ramona olhava para os lados assustada. Ela transitou pela sala com aquele jeito enrijecido, segurando o ursinho assustador.

Já tinha visto crianças com atitudes como aquela. Pequenos sofredores em situações abissais, lançados à sorte pelas ruas e em casas com pais violentos. Todas essas crianças, como regra talvez, tinham aquele olhar parado. Um jeito perdido de passarinho sem galho para pousar.

— Essa era minha avó?

Estava diante da estante de fotos, apontando para um porta-retrato em preto e branco. O gigante móvel descascado estava cheio santos empoeirados e fotos de uma vida que já esmaecera no tempo.

— Sim, é sua avó.

— Pai Samuel disse que ela chamava Rosa.

Virgílio percebeu a forma como ela pronunciara "pai". Foi fácil, com orgulho, mas também com ansiedade. Agora ela mirava a foto com curiosidade, o olhar brilhando distante dali. Tocou o quadro com a ponta dos dedos, contornou a forma do rosto de Rosa.

— Ramona, você ainda me deve uma explicação.

A sobrinha não desviou a atenção da fotografia. Seus lábios estavam estreitos, contendo o choro.

— Eu estava na escola e saí — sussurrou.

Virgílio abaixou-se em frente a ela de novo.

— Não gostou da sua escola?

— Ninguém vai acreditar. — Ela abraçou o ursinho e enterrou o queixo na pelagem branca. — Quero ir para casa.

Virgílio bufou, esfregou o rosto e se levantou. Não queria sentir pena da menina, pena era um sentimento dolorido demais.

— Vou avisar seu pai que você tá aqui. Qualquer coisa eu mesmo te levo para casa, tudo bem?

Ramona anuiu e sentou-se no chão, apesar das muitas poltronas de couro que se dispunham na sala. Entrelaçou as pernas e estudou as fotos na estante, com todo o peso silencioso que trazia.

Virgílio a deixou, mas não descuidou, atento aos mínimos movimentos da garotinha. Entrou no quarto e puxou o telefone fixo. Quando Samuel atendeu, o mais velho despejou uma torrente mal articulada de explicações sobre o aparecimento de Ramona e sua recusa em explicar o que estava fazendo.

Samuel estava indo buscá-la. Um pai ainda perdido sobre como executar a função.

Virgílio desligou o telefone antes da despedida e voltou rapidamente à sala, onde Ramona estava na ponta dos pés, tentando alcançar um retrato de Virgílio e Samuel quando eram crianças. Quando ele chamou seu nome, a menina soltou um gritinho e esbarrou na estante. O vazo azul balançou um pouco na estante alta e estilhaçou no chão.

— Desculpa! Desculpa! Não quis quebrar nada.

Virgílio catou os cacos maiores, abanando com as mãos para sinalizar que não tinha importância. Leu a culpa nas lágrimas da criança. A menina tinha medo, o tempo todo.

— Não tem problema. Só não mexe aqui pra não se cortar.

Enquanto ela choramingava, ele recolhia os estilhaços e os juntava num montinho.

Ramona emitiu um som engasgado. Virgílio não compreendeu de imediato que ela estava sussurrando enquanto mirava diretamente para sua camisa desabotoada no peito. A expressão dela era de terror.

— Ramona, ninguém vai brigar com você por causa de um vaso quebrado.

Só que ela não estava olhando para os cacos e sim para seu torço. Ramona estava vendo a tatuagem que ele tinha sobre o peito. O rouxinol.

Num impulso, Virgílio se levantou, tocou o peito e abotoou toda a camisa. Por baixo do pano, a pele ardeu.

Ramona abraçou o urso com ainda mais força, e ele podia jurar que estava cochichado no ouvido do brinquedo.

— O Rouxinol — ela disse, num tom que mesclava medo e compreensão. — O Rouxinol. O Rouxinol. O Rouxinol.

Ramona começou a andar pela sala, os pés amassando os estilhaços de porcelana. Repetia aquelas palavras de um jeito insano cada vez mais alto, mais perto de virar um grito. Virgílio foi inundado por uma sensação gélida, como a de quem descobre que está tendo um pesadelo segundos antes de acordar.

Mas não acordou.

A voz de Ramona encheu seus ouvidos.

— Não! Não! Não! — gritava a menina, tapando os olhos.

A palavra se repetia até soar como um zumbido constante.

Ramona deixou o urso cair aos seus pés e estancou no meio da sala, a mão sobre as pálpebras, gritando mais alto. Então, soltou um berro agudo que preencheu o ambiente. Não era um som que uma criança deveria fazer. Um grito tão estridente que poderia fazer os copos de vidro racharem.

Virgílio nem mediu as atitudes quando abraçou a menininha, porque só queria que ela se calasse e sabia o que era perder o controle de si mesmo. Colocou-a no sofá, tirou o ursinho de seu colo, atirando-o no outro sofá sem muito cuidado. As mãos de Ramona estavam duras, as articulações enrijecidas, uma característica evidente de uma crise aguda de pânico.

Num repente, ela parou de gritar.

Virgílio estranhou o silêncio que se seguiu, como se ao fechar a boca a menina tivesse engolido os sons do mundo. Notou que a pele as mãos dela estava fria e molenga. Afastou-se.

Sob seus joelhos, captou um leve tremor no chão. Algo vinha lá de fora, talvez uma manada de cavalos, com cascos soando cada vez mais alto, mais próximos. A estante de madeira estalou, os quadros se debatiam na parede.

Virgílio sentiu na nuca o arrepio, um vento que parecia uma baforada de alguém muito próximo. Soltou a mão de Ramona e sondou a sala. O dia pareceu ter sumido. A sala mergulhou numa penumbra estranha, densa. As janelas estavam cobertas de moscas pelo lado de fora. Atrás dele a porta da sala zumbia com a invasão dos insetos, formigas entravam pela soleira como um exército febril avançando para a guerra. Em segundos a sala era invadida de mosquitos, o chão era coberto de formigas que já começavam a subir pelos móveis, por suas pernas, pelo urso no sofá.

Mesmo que todos os seus instintos de policial o mandassem pegar a menina e correr, não conseguiu se mexer. Quando os tremores aumentaram e a estante de mogno balançou, ele levantou-se a tempo de debruçar acima de Ramona. O móvel caiu sobre eles.

Estática, escuridão. Dor.

Nas costas a pancada latejou. Abaixo dele Ramona o encarava, seus olhos inteiramente tingidos de preto.

Virgílio berrou e se debateu, jogando com o peso do corpo a estante para trás. Toda a sala estava ao chão, todos os quadros velhos, os bibelôs de sua mãe, os copos e garrafas caras de vinho. O peso do seu corpo quebrou a estante. Lascas de madeira cedendo e estalando.

Sentiu formigas sob os pés. Chutou-as. Os zumbidos dos mosquitos pareciam vir de longe, mas foram ficando mais e mais altos como se estivessem dentro de sua cabeça.

Virgílio se arrastou do chão para se levantar e procurou Ramona.

Os olhos dela ainda estavam num completo negrume. Dessa vez ele não berrou, porque tinha certeza de que estava tendo um pesadelo.

— Abra o olho — falou ela.

A boca dela mexeu, mas não era a voz de Ramona. Um timbre dissonante como o de várias vozes sobrepostas.

44

— Mas que porra...

— Você não acredita em Deus, né, tio? — Agora era a voz dela, aguda, choramingando. — Não tem Deus do outro lado mesmo. Só ela, só a dona Rosa. Ela acredita.

— Ramona, de onde você...

— Tudo o que morre em Oratório, fica em Oratório.

Virgílio levantou às mãos à cabeça. Estava enlouquecendo, tinha que estar. Na nuca, o bafo frio se alastrava pela pele o fazendo tremer.

— Vai embora daqui, seja você quem for.

— Abre o olho, Rouxinol. — Era Ramona, andando ao redor dele. Os olhos pretos, as moscas ao seu redor como uma ciranda ensaiada. — Ela disse que você podia ajudar. Então... Abre!

A boca de Ramona se escancarou em sua frente até virar um buraco negro cheio de mosquitos. O cheiro que veio era de coisas mortas há muito tempo e o som infernal de gritos e sussurros terminou e engoli-lo.

Virgílio gritou, mas não havia mais voz em seu peito.

4

Despertou com o ar rasgando seu pulmão e uma luz em seu olho.

Sentou-se de repente e viu Diego Contreiras, seu melhor amigo, apontando uma lanterna em seu olho. A boca do amigo mexeu, perguntando se estava tudo bem. Atrás dele, Samuel segurava Ramona no colo, a menina chorando deitada em seu ombro. Os olhos do irmão pousados nele, desconfiados.

— Virgílio, você levou uma pancada na cabeça — disse a voz grave de Diego. — Um vaso pesado caiu da estante bem na sua cuca, você precisa ir pro hospital, tá me ouvindo?

Resmungou uma resposta. Piscou de forma demorada e foi retornando aos poucos. Deslizou no sofá, apalpou a cabeça onde supostamente tinha sido atingido, mas não havia dor. Varreu a sala num átimo. A estante estava no lugar, mas o vaso antigo de sua mãe, o que costumava ficar na última prateleira, estava em cacos no chão ao lado da foto dela.

Abre o olho!

A voz das lembranças despertou-o.

— O que aconteceu aqui? — murmurou, meio bêbado e atordoado. — Essa menina, ela...

Samuel colocou Ramona no chão e sussurrou alguma coisa para ela. Ramona olhou para o tio, estava com o ursinho branco caolho no braço como um bebê. Os olhos dela, molhados de lágrimas. Virgílio sentiu medo dela. Queria que aquela menina fosse embora dali e não voltasse nunca mais.

Ela foi para o quarto a pedido do pai. Samuel se aproximou, colocou a mão sobre o ombro de Diego. Vestido com a farda da PM, o amigo com certeza tinha corrido para lá depois de uma ligação de Samuel.

— Meu irmão não vai querer ir pro hospital que eu sei.

— Acho que você tá ficando muito ocioso, Tenente — disse Diego, num tom brincalhão, mas nervoso. — Precisando voltar pro trabalho.

Apontou para o quepe que compunha a farda, transformando o gesto numa continência forçada. Virgílio riu de forma gutural, desviando o olhar para os pés.

— Antes de o Brasil ganhar o Hexa, eu garanto. — A piada saiu sem graça, a voz ainda fraca. — O que aconteceu aqui?

— Você me chamou e eu vim correndo — explicou Samuel, meio apressado. — Encontrei você desmaiado e minha filha chorando, te chamando. Ela disse que foi culpa dela, que ela mexeu nas suas coisas e por isso o vaso caiu. Quer pedir desculpas.

— Não é bem assim que eu lembro. O vaso não caiu na minha cabeça, foi a estante...

Não queria ter dito aquilo. Já estava afastado do trabalho pelo psiquiatra da polícia. A última coisa de que precisava agora, era de seu irmão e seu melhor amigo achando que ele tinha enlouquecido. Afinal, a estante estava ali, intacta. Só o vaso azul estava quebrado.

Os olhos pretos da menina, os mosquitos, as formigas... Tudo tinha sido um sonho. Só que Virgílio sempre sabia quando estava sonhando e tinha a certeza de que aquilo tudo acontecera.

— Aí ele me chamou — emendou Diego. Sentou-se ao lado de Virgílio no sofá onde o tinham colocado. — Sério, mano, você tem que ir pro hospital. Eu te levo.

Agora Diego o encarava com preocupação. Seu corpo musculoso era enorme, muito maior do que Virgílio, que não era nada pequeno. A pele negra retinta, olhos muito grandes e o rosto esculpido com traços fortes e bonitos.

— Eu não vou, vocês sabem. Não foi nada, caralho.

Samuel e Diego anuíram um para o outro. Contreiras era o único amigo que restara na vida de lobo solitário de Virgílio. Conheciam-se desde meninos, ambos filhos de PMs. A diferença é que o pai do amigo era um cara legal que ensinava a andar de bicicleta e estava com Diego no primeiro porre dele.

— Você podia aproveitar seu tempo livre e reformar essa casa. Isso aqui parece um mausoléu.

— Tá do jeito que a nossa mãe deixou. Até parece que ela ainda mora aqui, e eu nem lembro dela.

Virgílio lembrou-se do pesadelo inteiro agora, enquanto o amigo e o irmão jogavam conversa fora, fingindo não estarem preocupados com ele. Virgílio se levantou, mirando a porta do quarto onde Ramona estava. Samuel se aproximou, tocando-o no braço.

— Virgílio, como ela veio parar aqui e o que aconteceu de verdade?

— Você me deve explicações, não eu. Como sua filha sabia onde eu morava?

— Isso virou assunto de família — interrompeu Diego. — Parece que você tá bem. Teimoso igual uma mula. Eu vou embora, mas me chamem se precisarem.

Diego vestiu a jaqueta por cima da farda, cumprimentou os dois com um tapinha nas costas e saiu. Virgílio e Samuel não falaram nada até o arranque do camburão se afastar sobre os cascalhos da entrada. De dentro do quarto, vinha a voz de Ramona cantando uma musiquinha repetitiva.

Virgílio esfregou os olhos e voltou ao sofá. Samuel estava empurrando os cacos do vaso no chão com o pé.

— Ela fez isso pra você — Samuel tirou do bolso um papel dobrado. — Tava aqui no sofá quando eu cheguei.

Intrigado, Virgílio o desdobrou devagar. Não sabia se era a pancada ou o suposto pesadelo, mas sentia-se leve, pendendo num universo paralelo de onde sua mente assistia a tudo de longe. Desenhada com uma habilidade incomum para uma criancinha de seis anos, estava a paisagem da entrada da chácara. A fachada da casa entre as árvores decrépitas que ladeavam a porteira era perfeita. Ali também estava seu Jipe estacionado, a placa DVR 5666 desenhada com a caligrafia perfeita.

Estou vendo demais. É só o desenho de uma criança. Será que estou enlouquecendo?

Escorregou os olhos pelo desenho. Numa letra cursiva estava a assinatura da autora daquela obra de arte. Ou melhor — dos autores.

Ramona e Bianco Winfred – 2016.

— Samuel, eu queria ficar sozinho agora — falou, a mão que segurava a folha tremendo. — Leva sua filha embora.

— Sério? Ela não fez por querer, ela só...

— Tenta descobrir como ela chegou aqui. Foi pura sorte ela ter vindo justo pra cá. Essa cidade é toda fodida, Samuel. Ela poderia ter ido parar em outro lugar, entende?

Eu só quero ficar longe dela. Dos olhos dela. Sua filha me dá medo. Não diria isso em voz alta.

— A gente vai, mas você e eu precisamos conversar depois.

Tudo o que morre em Oratório, fica em Oratório. Olhou para o desenho e fechou os olhos. Só se levantou do sofá quando Samuel e Ramona saíram pela porta da sala, e sentiu-se seguro de novo. Agora tinha de tirar aqueles cacos e fingir que nada tinha acontecido. Não queria pensar, não queria se lembrar.

Precisava devolver à sala ao seu estado original. Conservar tudo, como um mausoléu sim. Porque a imobilidade da casa significava o controle de sua mente. Não podia deixar nada quebrado, não podia deixar nada sujo.

Quando passou a vassoura pela sujeira ao lado da estante, um amontoado de formigas saiu debaixo dos cacos e o som de um mosquito na janela reverberou pela sala.

Virgílio prendeu um berro angustiado na garganta, largou a vassoura e correu de sua própria casa.

5

A Pousada de Oratório era um prédio de três andares localizado na Praça Irmãos Linhares, em frente à igreja matriz da cidade. Resolveu ficar hospedado lá depois que chamou o serviço de dedetização para verificar se havia mais insetos. No dia seguinte à visita de Ramona, dormiu até tarde e manteve o celular no silencioso.

Ali não estava tudo muito melhor, no entanto. A cama revolta, o abajur decrépito e um guarda-roupas que servia de morada a cupins, eram as únicas mobílias do pequeno quarto. Estava ansioso, pensando em quando patrulhava as ruas e saia para encontros com garotas de Botucatu que conhecera em aplicativos. Pensou em Ananda, arrependido de não ter ficado com o número dela.

Pensou em Ramona, no pesadelo. *Abre o olho!*

Uma mensagem de texto de Lucca o tirou dos pensamentos. O cunhado pediu para se encontrarem na praça em alguns minutos.

Vestiu-se e desceu até o ponto de encontro. Eram dez da manhã. Por todos os lados, folhetos sobre a Celebração das Almas se espalhavam, distribuídos pelas crianças. Virgílio sempre odiou aquela festa, principalmente porque engravidara Elisa no velho calhambeque do Sargento Tavares durante uma daquelas celebrações.

Os preparativos tinham começado havia alguns dias, de forma que a praça estava quase toda fechada, com tendas armadas e uma balbúrdia sem fim.

A temperatura estava caindo à medida que o sol se escondia de Oratório. Logo que parou na calçada, defronte à enorme e majestosa matriz, viu Lucca parado ao lado do carrinho de pipoca. Os ombros do cunhado estavam enrijecidos, nada naturais e relaxados como lhe era costumeiro.

Atravessou a rua devagar, querendo adiar o momento de ser repreendido por ele também.

Crianças corriam na área aberta da praça, as vozes se erguendo indistintas. Ali predominava o cheiro da pipoca, do algodão doce e dos perfumes e odores dos passantes e os organizadores da festa que transitavam com pacotes, móveis e pedaços das estruturas das tendas.

As palmas de Virgílio suaram. O coração palpitou. Estava à mercê da crise.

É só uma conversa. Não seja covarde.

— É sobre Ramona — foi dizendo Lucca, sem nem esperar que Virgílio se aproximasse. — E sobre isso.

Entregou um desenho na mão de Virgílio. Os traços eram os mesmos do desenho que ele tinha recebido de Samuel e que vinha carregando na carteira. Outra gravura muito bem-feita para uma criança. Só que dessa vez não era a entrada de sua casa ou seu Jipe Troller cinza 1995. Era seu tórax, seu pescoço cheio de veias protuberantes, a cicatriz que levava no ombro esquerdo, fruto de uma facada que levara em ação, cinco anos antes. E no lado direito, a tatuagem.

Devolveu o papel para Lucca e desviou o olhar consternado.

— Olhe a data.

Virgílio já tinha visto.

Ramona e Bianco Winfred — Dezembro de 2015.

— Samuel acha que estou louco.

— Ele acha que eu sou louco também. Deu empate.

Os olhos azuis de Lucca brilharam e os lábios ficaram estreitos.

— Ela me disse que as vozes a mandaram sair da escola e ir pra sua casa — continuou, com uma calma resignada. — Fomos num psiquiatra agora cedo. Ela disse pra ele que são pesadelos, não vozes. O médico acha que são os traumas, os abandonos, mas eu...

Lucca tinha a voz firme, mas enxugou uma lágrima antes de cair.

— Isso não é motivo o suficiente?

— Ela estava muito calma falando dessas coisas. Tem mais e ela está escondendo da gente.

— Claro que está — soltou Virgílio, abrindo os braços num gesto nervoso. Encarou Lucca até intimidá-lo. — E vai por mim, Lucca — salientou, apontando o dedo para o peito do cunhado — eu sei o que é entrar em pânico, sei o que é sentir dor. Reconheço isso nela de longe.

Por que estava defendendo a menina que lhe causava aqueles pesadelos tenebrosos? Ainda podia ver os olhos pretos dela quando fechava os seus. Ainda se lembrava das formigas, dos mosquitos. Eles ainda estavam zumbindo dentro da sua cabeça.

Lucca soltou os ombros e deixou as lágrimas escorrerem. Virgílio queria sentir alguma coisa, mas estava entorpecido. Lucca fungava enquanto pessoas passavam e o olhavam com pena, curiosas. Não demoraria para aquilo virar fofoca.

Lucca disse mais alguma coisa, porém Virgílio não ouviu. Sua atenção deslizou feito um barco de papel sobre a água, até parar em algo que destoava naquele ambiente. Havia uma figura diferente postada no canto da escadaria da igreja, próximo aos arbustos. Uma figura humana, alta e trajada de preto da cabeça aos pés. Um senhor, talvez de setenta e tantos anos, a cabeça coberta por um chapéu alto nada moderno, escondendo parte da cabeleira branca que era revelada dos lados do rosto enrugado. O mais estranho, o que deteve os olhos de Virgílio ali por mais tempo, foi a roupa. Um sobretudo que ia até os pés, arrastando pelo chão.

— Terra chamando Virgílio! — chamou Lucca, parando em sua frente, bloqueando a visão do velho. — Eu disse que seu irmão me acha louco, porque sinto que Ramona conhecia você.

Virgílio demorou para compreender, mas quando fez, soltou um ruído engasgado.

— É claro que não conhecia!

— Não literalmente, mas de uma forma... intuitiva.

— Foi para isso que me chamou, Lucca? Sua filha precisa dos pais agora, não de esoterismo.

Se aproximou dois passos e bateu no ombro do cunhado, tentando não armar uma expressão tão severa. Lucca ficou em silêncio, os olhos arregalados.

— Deixa eu só testar uma teoria. Converse com ela amanhã e me diga o que acha. Fale pra mim depois que não sente nenhum medinho do que ela desenha.

— Lucca...

Lucca o interrompeu, empurrando o desenho com brutalidade contra o peito dele.

— Eu amo essa menina — continuou Lucca, convicto apesar de emotivo. — Eu preciso acreditar no meu instinto, e ele diz que minha filha confia em você. Então levanta sua bunda daquele hotel fedido e vai amanhã lá em casa, por favor.

— Você tá louco mesmo...

Lucca deu de ombros, se afastando logo que Virgílio segurou a folha amassada contra o peito.

— Sou um pai agora — argumentou, abrindo os braços. Andou de costas, quase esbarrando num menino que corria ali. — Sei que você é capaz de entender isso.

Não esperou que Virgílio o mandasse para o inferno, virou as costas e caminhou até seu carro. Virgílio abriu o desenho, viu a assinatura: Winfred.

— Que merda de sobrenome é esse? — gritou para Lucca.

O cunhado não parou de caminhar.

— É da mãe biológica. Acho que é alemão.

Parado ali com o desenho na mão, Virgílio soube que tinha alguma coisa errada com a menina. Antes de se virar e voltar para a pensão, mirou a escadaria da igreja novamente. O velho macilento não estava mais ali.

— A Procissão dos Mortos vai te levaaaar — berrou um menino, escondendo-se atrás das pernas de Virgílio. — Vem me pegar, e eu mando a bruxa atrás de você!

A voz aguda e risonha do menino elevou seu mal humor a proporções catastróficas. O outro, que brincava com ele, iniciou uma corrida ao redor do corpo de Virgílio, cercando-o de forma que não poderia fugir.

— Não fala na bruxa três vezes que ela aparece! — gritou um menino para o outro.

— Bruxa, bruxa, bruxa!

A mãe de um deles berrou para que parassem. Virgílio a cumprimentou com uma piscadela e saiu dali para voltar à pensão. O velho macilento de sobretudo estava na porta quando ele passou. Trocaram olhares. O velho acompanhou cada um de seus movimentos.

— Bom dia, Tenente — cumprimentou a voz envelhecida.

Virgílio não parou. Era conhecido ali, não tinha por que se deter num cumprimento comum. Acenou com a cabeça e seguiu em direção ao seu quarto mofado, sem olhar para trás.

Diário Regional

Moradores de Oratório promovem a
65ª Celebração das Almas,
comemorando o aniversário de cento e cinquenta anos da cidade.

Nathália Oliveira, outubro de 2016

NO PRÓXIMO DIA 02 DE NOVEMBRO, a cidade de Oratório, próxima a Botucatu, irá comemorar um século e meio de fundação. A tradicional *Celebração das Almas* tem atraído turistas de todas as regiões há décadas por seu caráter folclórico e lendário. Suas barracas temáticas atraem a atenção de crianças e jovens, com apresentações que contam a história da cidade e de suas inúmeras lendas.

Há boatos que a celebração foi batizada há mais de um século pelas famílias fundadoras, que se uniram em uma reunião secreta para dar fim a um problema que assustava o povo local: a chegada de uma misteriosa figura em forma de homem, que causava terror nos moradores.

As festividades têm início nesse domingo, dia 30 de outubro, contando com a abertura oficial na Tenda Histórica, desfiles de fantasias e atração musical. O segundo dia, 31, será marcado pelo baile oficial realizado na Praça Irmãos Linhares, e é um dos principais atrativos por seu caráter festivo e, para muitos, casamenteiro. No terceiro dia, véspera de Finados, haverá o ritual da fogueira, durante o qual, ao som dos grupos musicais regionais, os moradores oferecem regalos pedindo o afastamento do Visitante Misterioso e da Procissão dos Mortos. À meia-noite todos se recolhem em silêncio, e guardam o sono até a manhã seguinte, quando as tradições de visitação do cemitério acontecem. O dia 02 de novembro é marcado por uma reunião calorosa de celebração à vida, relembrando os mortos com boas lembranças e encerrando a festa com fogos de artifício, brindes e danças ao redor da fogueira.

Os hotéis e pousadas locais estão abertos para visitantes que queiram participar de todos os dias das comemorações. O posto oficial de alimentação funcionará, todos os dias, na Casa de cultura Villas Boas, localizada na Praça Irmãos Linhares. Os Oratorenses aguardam todos os visitantes e forasteiros para mais uma Celebração das Almas.

6

30 de outubro — 1° dia da Celebração das Almas

Fazia uma manhã ensolarada quando Virgílio chegou à casa do irmão.

Espiou pelo muro o parquinho que Samuel tinha montado para a filha na lateral da casa. Ramona estava sozinha ali, balançando alto enquanto cantava uma música que ele não conhecia. A menina não o viu, entretida em conduzir o brinquedo cada vez mais alto, soltando gritinhos de empolgação quando era elevada e voltava rapidamente. Seus pés balançavam no ar, calçados em um par de tênis brancos. Não parecia a mesma criança que tinha gritado como doida na sua casa, dias atrás, a figura demoníaca de olhos negros.

Lucca o recebeu com o mesmo calor de sempre.

— O Samuca tá tomando banho e logo vem. Ele vai ficar feliz de ver você aqui, nessa visita sem segundas intenções — completou de modo cúmplice, fazendo um sinal sugestivo com as sobrancelhas.

— Eu venho aqui todo domingo, Lucca.

— Eu sei! — emendou, com um revirar de olhos. — Que humor do cão é esse?

— Você tá me obrigando a conversar com uma menina porque acha que ela me conhece de outras vidas.

— Eu nunca disse isso.

Ramona os viu se aproximar. Seus pés rasparam na grama ao parar o balanço.

Olharam-se de forma grave, não como um adulto e criança inocente. A baforada fria na nuca fez Virgílio esfregar o pescoço. Não queria lembrar do pesadelo.

Lucca os deixou a sós. Virgílio queria descartar logo as intuições do cunhado e esquecer o que tinha acontecido no dia anterior.

Não havia onde se acomodar, seu corpo estava deslocado ali, sem pertencer ao local tão colorido e lúdico.

— Me desculpe por gritar daquele jeito — disse Ramona.

Jurava que teria que quebrar o silêncio, mas ela não se fez de rogada em adentrar diretamente nos assuntos difíceis.

— Já está tudo bem.

— Eu não tinha por que ter medo.

Piscou algumas vezes, curioso, pego de jeito pela forma adulta e bem pronunciada da menina. Ela o encarava, talvez esperando ter seu pedido de desculpas aceito.

Virgílio caminhou até o balanço e, contrariando suas próprias expectativas sobre si mesmo, sentou-se ao lado do dela. Seu quadril ficou apertado entre as correntes reforçadas. Percebeu que Samuel tinha projetado o segundo balanço para si, para brincar ao lado da filha.

— Sei como é sentir medo sem motivos — falou depois de um tempo. Estranhou o tom sereno da própria voz. Desviou os olhos para o Ipê amarelo. — Às vezes eu entro em pânico sem motivo algum. Não que eu berre como uma menininha...

Se odiou pela piada infame, mas a menina não pareceu ter percebido.

— Tenho uma coisa para falar.

Ela segurou as correntes e se balançou de leve. O movimento de vai e vem vagaroso, como o pêndulo de um hipnotista.

Virgílio experimentou uma letargia momentânea, um pensamento irracional, como medo, mas um pouco mais tênue. Tudo o que envolvia Ramona, desde o primeiro dia, vinha com aquela sensação. Estar perto dela acordava algo sombrio nele.

— Eu desenho coisas que vejo aqui — revelou ela num sussurro, apontando para a cabeça. — Eu vi sua casa, vi seu Rouxinol.

— Deve ter visto uma foto da minha chácara.

— Se eu esconder o que ainda vai acontecer, a culpa também vai ser minha.

Ramona se levantou antes que ele protestasse. Postou-se na frente dele com as costas eretas.

— Ramona...

— Você pode me ajudar, tio — ela abraçou Bianco contra o corpo. — Posso ver quando coisas ruins vão acontecer. Coisas muito, muito ruins. Foi por isso que as outras famílias me devolveram, porque eu sempre estou lá quando as pessoas morrem.

Não estou ouvindo. Não estou aqui parado escutando essa garota.

— Aquilo que você viu na sua casa, não foi um sonho... E as vozes... as vozes disseram que o Rouxinol ia me ajudar a não deixar mais ninguém morrer. O passarinho que perdeu um bebê.

Virgílio se levantou, soltando um muxoxo febril. Segurou os ombros de Ramona e abaixou-se em sua frente.

— O que sabe sobre isso? — inquiriu com eufórica curiosidade. — Seu pai te contou?

Ramona não se afastou, tampouco expressou temor pela atitude do tio.

— Foi por isso que fez a tatuagem — respondeu, serenamente. — Por causa da lenda do Rouxinol.

— Ramona, você tem que tomar cuidado com o que fala.

— Você não pode deixar mais ninguém morrer!

Os desenhos dela, os mosquitos, as formigas, os gritos, os olhos — tudo isso o aturdiu. Envergou-se sobre Ramona e novamente tocou-lhe os ombros, dessa vez sem controle dos seus movimentos, feito um boneco nas mãos de um títere.

— Não tenha esperanças em mim — conseguiu dizer, a voz empolada. — Tenha nos seus pais. Não faça isso com eles, Ramona...

— O Rouxinol é minha esperança — ela arrematou, e agarrou o rosto de Virgílio com as mãos pequenas, puxando-o com uma força surpreendente.

Ramona o manteve perto de si, a boca perto de seu ouvido. Então despejou tudo.

Virgílio ouviu.

***

Lucca observava a cena pelo vidro da sala de estar.

Samuel parou ao seu lado, recém-saído do banho, cheiroso, quente e familiar. Abraçaram-se de lado e ficaram juntos por um minuto de completo silêncio. As últimas semanas não vinham sendo fáceis. Ramona tinha pesadelos, chorava sem motivos, insistia em levar o urso até para o banho e dizia coisas enigmáticas. Lucca e Samuel não encontravam dificuldade em estabelecer um laço emocional com ela. Ramona estranhara tanto carinho e atenção no começo, mas agora os abraçava quando menos esperavam, gostava de fazer os ovos mexidos para eles pela manhã e aparentava uma surpresa bem-vinda quando eles revezavam para ler histórias para ela antes de dormir.

Era nítido que nunca fora amada assim antes. Era mais nítido ainda que tinha medo de perdê-los.

Lucca queria tanto ajudá-la, conhecer melhor seus pesadelos, desvendar aquilo que caminhava ao lado da filha. Porque havia alguma coisa. Tinha certeza que sim.

Quando fechava a porta do quarto dela depois de fazê-la dormir, entrevia pelo canto dos olhos uma sombra diminuta ao lado da cama. Voltava, abria a porta e acendia as luzes. A sombra fugia de seus olhos.

Ao lembrar do medo que vivenciava todos os dias, pressionou a cabeça no peito de Samuel, que acariciou seu cabelo.

Lá fora Ramona segurava o rosto de Virgílio e falava em seu ouvido. O cunhado estava parado de costas para eles, agachado ao lado dos balanços que ainda iam e vinham pela ação do vento, mesmo vazios.

Não podiam ouvir o que falavam, mas Lucca tinha a nítida impressão de que Virgílio e Ramona não eram desconhecidos. Ele não a tratava com condescendência ou pena, e sim de forma respeitosa, como tratava a todos. Ramona não se intimidava com seu jeito ríspido e olhar grave. Lucca estava perplexo demais para teorizar sobre o que poderia estar havendo entre eles.

— Ele não tem mesmo o mínimo jeito com crianças, mas está se esforçando. Deve ter sido a pancada que tomou na cabeça.

— Tem alguma coisa errada com nossa filha, Samuel — soltou Lucca, virando sutilmente o rosto para o marido. — Precisamos contar para Virgílio tudo o que sabemos sobre ela. Ele pode ajudar.

— Lucca, ela é uma criança abandonada. Não é nada sobrenatural e sim mental. *Nós* somos os pais dela agora, e *vamos* ajudá-la.

Lucca fechou os olhos com força. Sua intuição nunca falhou. Agora estava intensificada pelo instinto de proteção.

— Eu estou com medo de...

Samuel o calou com um muxoxo e beijou rapidamente seus lábios. Abraçou-o com força, tentando transmitir segurança. Eram pais agora. Sabiam que crianças adotadas sempre carregavam o próprio quinhão do passado. Estavam dispostos, sentiam-se prontos. Tinham que estar.

— Se quer que o meu irmão ajude, eu falo com ele.

Lucca se permitiu acreditar e se acalmar. Vinha digladiando-se com aquelas preocupações, com a sensação de assombro. Nos braços de Samuel tentava encontrar sossego. Porém, o pequeno espaço de tempo que encontrou para suspirar imaginando um alívio, foi quebrado pela entrada de furacão de Virgílio.

A cena tinha se desfeito. O cunhado estava agora na sala de estar, esfregando o rosto vermelho com as mãos.

— Ela é doida e cruel.

Dito isso, o homem virou as costas e partiu dali. Samuel tentou ir atrás do irmão, os dois discutiram lá fora.

Lucca começou a tremer, segurou o choro. Virou-se para ir atrás da filha. Estacou, no entanto, na soleira da porta de vidro.

Ramona estava parada ao lado do balanço. Seu rosto estava lívido, sem expressão alguma, como se não se importasse com o arroubo que causara.

Lucca sussurrou o nome dela, mas não conseguiu se mexer tamanho era seu espanto com a imobilidade de sua filha.

Ela virou-se e voltou a se balançar.

7

Virgílio dirigiu acima do limite de velocidade. Eram palavras de uma criança, delírios que não passavam de invenções, mas mexeram com sua ira como ferro em contato com fogo.

As coisas que ela dissera... Como uma criança tinha a capacidade de inventar uma história tão ruim, ser tão cruel? Ele gostaria de se esquecer. Queria deixar de sentir a ardência do toque, da marca dolorida que os dedinhos frios haviam deixado sobre a curva das maçãs de seu rosto.

E o cheiro de Ramona... Ficara grudado nas narinas de Virgílio com uma aderência quase material. Rosas e mel; doce e floral, como passar em frente a uma floricultura. Agradável de início, fúnebre depois de degustado.

Tinha que falar com Samuel sobre a menina, sobre o pesadelo, sobre os desenhos. Voltou para a chácara e ficou um tempo na sala, imerso no silêncio. Depois se relutar com um sentimento de que estava sendo ridículo, abriu o aplicativo de pesquisas do celular e digitou "crianças e premonições". Viu milhões de resultados, leu coisas sobre crianças e vidas passadas, crianças que falam como adultos, crianças mortas. Fechou o aplicativo e jogou o celular longe.

Suas costas doíam, mas a estante intacta era a prova de que nada tinha caído sobre ele. Não foi um pesadelo, Ramona dissera.

No chão da sala ainda tinham formigas. Os dedetizadores ainda não tinham aparecido, e Virgílio praguejou como um velho. Pegou o celular no chão, pronto para ligar para os idiotas que tinha chamado para limpar sua casa dos insetos, quando viu que um número estranho mandara mensagem.

Vou visitar sua cidade hoje. Me espera na frente da igreja? Vou estar de vermelho.
Ananda.

***

Virgílio não se arrumava daquele jeito havia anos, tampouco se perfumava. Condenou-se por estar se esforçando tanto, temeroso em acabar parecendo ridículo. Afinal, não ia para a Celebração só para ver Ananda. Queria encontrar o irmão e tentar ter uma conversa definitiva sobre Ramona e as premonições dela.

Juntos, os irmãos sem fé poderiam arrumar uma explicação plausível para o que estava acontecendo, sem precisar de Lucca e suas intuições mágicas.

Fez a barba, deixou o rosto liso como o de um garoto. Vestiu uma calça jeans um pouco mais justa, os coturnos de couro. Estava todo de preto, como se sentia confortável.

Chegou alguns minutos antes das sete. Estacionou o Jipe perto da saída da festa, caminhou até a escadaria da igreja, passando pelas tendas enfeitadas com panos negros e vermelhos. Costurou um caminho entre as pessoas fantasiadas com aqueles trajes de lendas urbanas; sorvia o cheiro confuso dos perfumes que se misturavam ao da fogueira crepitando ao longe, no centro da celebração.

Sem encontrar Ananda de pronto, rumou para perto da igreja matriz e subiu alguns degraus, a fim de observar o movimento lá de cima, percorrendo os olhos lépidos pela multidão animada. As tendas que se dispunham em frente à igreja, eclipsavam o monumento religioso que era reduzido a apenas um pano de fundo obsoleto.

As tendas maiores eram financiadas pelas famílias fundadoras, todas em veludo preto, armadas como se fossem pequenos circos que perdem as cores, cedendo ao tom macabro. As menores até tinham cores, mas eram minguadas pela opulência das maiores.

Cada tenda era encarregada de uma atração sobre lendas de Oratório. Umas vendiam suvenires, artesanato local ou especiarias alimentícias. Rodas de música ao vivo tocavam modas regionais em diversos pontos da festa, músicas que tinham valor sentimental para a tradição da cidade.

Ao longe, na região Sul da festa, a maior de todas as atrações era a Tenda dos Regalos, onde moradores e turistas passavam para depositar seus presentes ao homem da cartola que protagonizava as lendas da cidade.

Acabou não vendo Ananda entre tantos passantes, mas topou com um par sombrio de olhos presos em si: o mesmo velho da porta do hotel, usando o chapéu alto, os cabelos desgrenhados imunes a ação do vento. Aquele olhar intenso e curioso captou sua percepção. Algo nele, naquele brilho obscuro, despertava um alerta no Tenente Tavares. Uma sensação desconfiada, como a da presença de um perigo iminente.

Um idiota fantasiado, só isso.

Em resposta ergueu o queixo, forjando um cumprimento desafiador. Tateou o cinto por instinto. Sentiu o volume da Taurus como sua garantia, sempre. Não tinha permissão para sair por aí armado devido ao seu afastamento, mas não se sentia mais seguro sem ela.

— *Psiu*, PM bêbado?

Ela subia as escadas em sua direção, vestindo um casaco grosso num tom escarlate que ia até o meio das coxas, sobre um vestido preto. O batom do mesmo vermelho, fazendo um belo contraste com o rosto de alabastro e os cabelos cor da noite.

— Sem pneu furado hoje?

Rapidamente ela o beijou na bochecha. Naquele breve instante Virgílio sentiu o aroma de mulher, picante e sedoso.

— E você, chegou vivo em casa aquele dia?

— Falei que dirigia melhor bêbado.

Ananda sorriu de canto e olhou para a festa lá embaixo. Tinha um olhar perdido, meio que denunciando algum tipo de emoção.

— Minha vó me trazia aqui quando eu era criança. Sou muito estranha por achar essa festa macabra um tipo de paraíso?

— Eu odeio essa festa. Só aceitei seu convite porque você é bonita.

Ananda tapou os olhos e riu meneando a cabeça, como se não acreditasse.

Pessoas fantasiadas, música alta e tradição pagã eram um divertimento para alguém? Só naquele par de segundo que estavam juntos, duas loiras do banheiro e uma mula sem cabeça passaram por eles. Todos eram garotos.

— Eu só convidei você pra vir comigo, porque você tava na bad aquele dia. Fiquei com pena.

— Eu vivo na bad, moça. Você vai ter que usar seus dotes psicológicos comigo, mas enquanto isso eu vou te levar pra beber alguma coisa. Um vinho, o que acha?

— Quero ver a tenda principal primeiro, você se importa?

Virgílio fez que não. Não se importava com mais nada agora. Ananda desanuviou sua cabeça, o fez esquecer de pesadelos e formigas, crianças e olhos de demônio. Sua vida estava estranha, fora do eixo, mas a moça tinha um poder de fazer tudo parecer um pano de fundo.

Deu o braço para que Ananda segurasse, cavalheiresco. Ela aceitou com uma vênia. Rindo, desceram as escadas, dirigindo-se para à Tenda dos Regalos, que pertencia aos fundadores de sobrenome Contreiras.

Os descendentes dos fundadores ficavam responsáveis pelo monólogo sobre a Procissão dos Mortos e a condução dos expectadores até o corredor dos presentes. Ali as pessoas depositavam prendas para o homem da cartola e podiam seguir pela festa.

Sentaram-se nos fundos. O cheiro de velas ali era fortíssimo, denotando enterro, rezas e gente morta. Descobriram interesses em comum: gostavam de carros antigos, música antiga, literatura antiga e livros velhos com cheiro de poeira. Compartilhavam a mesma edição de O Inferno de Dante, uma das primeiras lançadas no país, ambas herdadas de suas respectivas avós.

A moça tinha uma energia diferente quando contava a respeito de sua vocação para a psicologia. Seus pais viviam viajando e ela tinha um relacionamento distante com suas irmãs mais velhas. Virgílio identificou-se com essas questões, assim como com o fato de que ambos tinham herdado as profissões de seus pais. O dela era um renomado psicanalista. A diferença era que Ananda se espelhava e admirava o pai, enquanto Virgílio tinha pesadelos com o seu.

Diego estava ali com sua esposa e filha, sentados na primeira fileira. Virgílio queria que o amigo olhasse para trás e o visse feliz acompanhado de uma mulher. Mas a família estava entretida com a sobrinha de Diego, que faria o monólogo na noite. A garota estava atrás do palco aguardando o momento de entrar e representar seus ancestrais.

A tenda estava abafada, as vozes das pessoas se misturavam em um som único. Quando as luzes se apagaram e restaram somente as chamas das velas que ladeavam um promontório à frente, a conversa foi cessando, reduzindo-se a buchichos. Ananda parou de falar e bateu no joelho dele.

— Minha vó nunca me deixou entrar aqui — contou, sussurrando mais baixo. — Ela dizia que certas lendas não são para crianças.

— Lendas foram feitas para assustar crianças. Nunca me assustaram.

— Você também é um incrédulo?

Virgílio anuiu, sorrindo de lado.

— Prefiro o termo ateu — confessou. Forjou um tom assustador ao pronunciar a última palavra. — É verdade quando dizem que nossa cidade não tem religião. A missa tem sempre as mesmas dez pessoas, incluindo o Padre Lauro.

Ananda se afastou um pouco, olhando para os lados. Parecia analisar o pequeno grupo.

— Fizeram o movimento oposto. Nossa cultura roga aos santos para buscar proteção. Oratório oferece presentes ao próprio mal para comprar trégua.

O som de sapatos de salto quebrou as ondas de buchichos e roubou a atenção de todos. A sobrinha de Diego entrou no palco toda de preto, os cabelos encaracolados emoldurando um belo rosto de coração. Estava séria, segurava uma vela. Sua expressão marcada por um quê dramático.

Virgílio experimentou uma descomunal vontade de rir, tanto por lembrar-se de ter assistido aquilo quando criança, quanto pelo caráter canastrão de tudo.

Já Ananda estava atenta e séria.

— No alto da torre da igreja, Vasco Villas Boas rendeu preces ao Deus dos deuses para agradecer a prosperidade das terras de seu pai — declarou a voz fina e quase infantil. — Mal sabia o jovem padre que aquela era a última prece ouvida pelo Todo Poderoso. O agradecimento não os protegeu da chegada do inimigo e sua Procissão dos Mortos.

Ananda abraçou o corpo.

Ele jamais ficara impressionado pela lenda da fundação de Oratório. Era puro folclore, história para vender artesanato e atrair turistas. Entretanto Ananda capturava a atmosfera nebulosa formada na tenda.

— Depois daquele dia a presença sombria que rodeava Oratório tornou-se a assombração que mantinha acordadas não só as crianças, mas todas as almas do pequeno vilarejo — prosseguiu a garota, estática.

Seu rosto iluminado somente pela chama trêmula da vela, adquiria contornos e sombras que distorciam o rosto jovem em algo fantasmagórico e pitoresco.

— Ao longo das décadas ele esteve entre nós. Suas pegadas em forma de ferradura foram cravadas no chão de muitas varandas; moças tiveram seus corações roubados por tamanha beleza; há quem diga que deu pouso ao homem, para no dia seguinte encontrar apenas colchões salpicados de cinzas e o cheiro de podridão para trás.

A jovem Contreiras parou, deu um passo à frente e assoprou a vela de forma dramática. Muitos gritaram, buchichos se levantaram.

Ananda e Virgílio trombaram de ombros.

— Deixe seu presente para o Homem dos pés de Bode e nos ajude a mantê-lo longe de nossas crianças. Não olhe pela janela hoje. A Procissão dos mortos irá passar!

As luzes se acenderam e uma música de fundo tocou suavemente. O ambiente ficou ainda cheio de névoa. As pessoas começaram a se levantar para deixar a tenda, prontas para depositarem os presentes na barraca seguinte, onde inúmeras velas pretas e vermelhas estavam acesas.

A garota que promulgara o monólogo ia deixar o palco. Antes de descer, começou a tossir, engasgada provavelmente com a secura da própria garganta.

Ananda abaixou a cabeça e apoiou a mão na própria testa.

— Não acredito que me deixei levar pelo clima.

Aliviado, ele riu. Algumas pessoas acudiam a menina, que já fazia sinal de que estava tudo bem. Tinha passado o dia todo recitando aquela merda decorada, não era de se estranhar que a voz estivesse cedendo. Sua tosse demasiadamente humana tinha quebrado o clima obscuro, trazendo Ananda e ele de volta para o mundo real.

— Agora a gente vai beber — disse Virgílio. — Espero que você não tenha que voltar dirigindo hoje.

Virgílio levou Ananda para casa de quitutes.

Levaram alguns minutos para subir a rua lateral da Praça Linhares, envoltos numa conversa animada que nunca chegava ao fim. A casa rústica pertencera à família Villas boas. Uma construção colonial que agora era posse da prefeitura como doação oficial da família fundadora, patrimônio arquitetônico tombado que, todos os anos, abria as portas para servir de cenário aos comes e bebes da celebração.

Pela sala estavam dispostas mesas de madeira cobertas por toalhas vermelhas e vasos de artificiais tulipas negras, dando à decoração um ar romanesco.

Virgílio conduziu Ananda para uma mesa vazia e puxou a cadeira para que ela se sentasse.

Fizeram pedidos. Logo estavam com taças cheias de vinho.

Sons de vidro tilintando se uniam às conversas animadas. Raul Seixas cantava "Metamorfose Ambulante" numa caixa de som velha.

Desacostumado a estar feliz, e mais ainda a ficar exposto num lugar fechado de costas para mesas cheias de pessoas, ele bebericou do vinho, varreu os olhos pelo ambiente. As mesas já estavam quase todas ocupadas.

Se sentia tão bem que não abriu a porta para o pensamento que o espiava no canto da mente. Que com certeza alguma coisa ruim ia estragar o momento.

— Você está bem?

A voz dela o trouxe de volta.

Virgílio esfregou a testa, riu nervoso.

— Transtorno de pânico. Medicado. Fico estranho em lugares lotados.

Era cedo demais para contar que era um covarde, fraco e fugitivo dos próprios deveres.

Ananda não tinha nenhum traço de julgamento na expressão. Ela desencostou da cadeira e se aproximou, tocou sua mão fria e úmida sobre a mesa. Com a outra mão, tamborilou as unhas pintadas de preto sobre o veludo, como um piano imaginário. Era a segunda vez que ele notava o gesto.

— Podemos ir para outro lugar.

Virgílio deslizou a mão sobre a dela, cobrindo-lhe os dedos de pele sedosa com seu toque firme. Mãos de quem impunha uma

Taurus, não mãos para tocar em belas moças. Queria sim ir com ela para outro lugar.

Não teve tempo de responder com alguma tirada ou um xavequinho furado. Lucca, Samuel e Ramona tinham entrado no restaurante e ocupavam uma mesa muito próxima. Foi Samuel quem os viu primeiro. O irmão fechou o rosto com uma expressão de quem tinha pegado uma criança no pulo. Lucca os viu, sorriu e acenou. Os olhos de Ramona, perspicazes e severos, deslizaram para Virgílio por último.

— Aquele é...?

— Meu irmão mais novo — Ele esclareceu, mal-humorado. Entornou a taça inteira de vinho. — A gente se estranhou hoje de manhã.

Ananda anuiu, observando-o encher outra taça. Virgílio abriu um sorriso sem graça para ela, como quem se desculpa. Claro, estava estragando um encontro.

— Seu irmão é bem gato — comentou ela, com um ar brincalhão. Virgílio riu, erguendo os ombros. O gelo havia se quebrado novamente, graças a ela. — O namorado dele também.

— São casados — continuou, procurando não olhar por detrás dela. — Adotaram aquela garotinha. Talvez você possa dar uma olhada nela. Ramona precisa bastante de uma psicóloga.

Ananda estreitou os olhos, interessada. Se aproximou mais um pouco, um ar de cumplicidade tomando sua expressão.

— Crianças adotadas geralmente vêm de criações difíceis. Não é uma regra. Pode ser só uma questão de adaptação.

— Não acho que seja — ele confessou. Brincou com vinho na taça, mal tendo coragem de manter os olhos presos em um só lugar. — Posso contar um segredo sobre promessa de sigilo terapêutico?

— Segredo de confissão.

Virgílio bebeu um pequeno gole.

— Ela me disse que pode prever o futuro. Me falou que uma pessoa muito importante para mim vai morrer hoje.

Os diademas cinzentos de Ananda se abriram um pouco mais, impressionados.

— Contou isso aos pais dela?

— Não exatamente — cochichou. Tateou o bolso por instinto. — Ela fez um desenho de como vai acontecer. Colocou no meu bolso, só vi quando cheguei em casa. Foi assustador saber que uma menininha de seis anos desenhou aquilo.

Ananda abriu a boca para falar alguma coisa, mas como um fantasma que desliza entre os vivos e se revela feito uma explosão no ar, Ramona estava ao lado deles. Parou no espaço vazio, Bianco entremeado na curva de seu braço com o único olho voltado na direção de Ananda.

A moça deu um pulo. Gaguejou uma apresentação, mas a menina a ignorou.

— Ramona... — disse Virgílio, a voz lhe escapando entre os dentes.

— Você tá aqui! — repreendeu ela. — Eu confiei em você, tio Virgílio. E você, moça, não dança com ninguém hoje.

Virgílio se levantou para conduzir Ramona de volta para a mesa dos pais. Samuel chegou num segundo e puxou a menina com carinho para perto de si. Pediu desculpas à Ananda pela intromissão e se apresentou cordialmente. Em nenhum momento trocou olhares com o irmão.

Virgílio limpou a garganta, esforçando-se para não olhar para Ramona novamente. Não queria mais encarar aquela cobrança soturna pairando entre os dois. Samuel e Ananda conversavam, Virgílio mordia a bochecha por dentro, Lucca fingia que nada acontecia, de longe em sua mesa.

Ramona empurrou o tronco do tio com as duas mãos. Olhos demais estavam neles agora.

— Era pra você estar lá, agora!

Empurrou-o mais duas vezes. Estava desesperada, perto das lágrimas. O pai a acalmou, Lucca correu para perto deles. Encarou Virgílio com um ar de desapontamento.

Virgílio ia protestar, dizer que Ramona precisava de ajuda e não de um tio grosseiro e sem jeito com crianças. Não teve tempo de falar, já que sua percepção foi roubada por uma sucessão de sons de alerta.

Primeiro um celular tocando.

Depois sirenes.

Sons corriqueiros para civis. Ninguém pareceu ter ouvido. Ele sim, com sua audição arguta de homem das ruas, versado na urgência e no perigo. Numa mesa perto da porta, Diego Contreiras se levantou com o celular no ouvido e saiu do local às pressas.

— Tem algo errado — murmurou para si mesmo.

Virgílio correu sem olhar para trás. Ouviu ao longe Samuel chamá-lo, Ramona gritar que era tarde e Lucca dizer para deixarem Virgílio ir.

E ele foi sem hesitar.

8

A urgência crescia como sombras fantasmagóricas nas paredes de sua consciência.

Porra de menina assustadora! A mente de Virgílio ralhou, culpando Ramona pela paranoia cortante. Encontrou Contreiras já fora da área da festa. O policial fora de serviço, sem farda, estava lidando com as chaves do carro com pressa.

Abordou Contreiras, insistiu que dissesse o que havia acontecido. No rosto do melhor amigo viu pesar e medo, culpa e pressa.

— Recebi um chamado de sobreaviso. Tenho que ir, Tavares. Mais tarde a gente se fala.

Diego ignorou o chamado de Virgílio, entrou no carro e dirigiu às pressas com o pneu cantando alto. Sem pensar em mais nada, Virgílio sacou as chaves e subiu a rua em busca do seu Jipe.

O que eu estou fazendo?!

Ao bater a porta do carro e girar as chaves na ignição, sentiu a mão franzina de Ramona sobre seu rosto, o toque sutil e frio dos dedos; o hálito mentolado atingindo a lateral do rosto, enquanto a fala sussurrada dizia aquelas coisas. A lembrança ainda o atordoava, mas estava viva, como se acontecesse naquele exato instante, como se ele ainda estivesse no parquinho do Bairro das Araucárias ouvindo aquelas loucuras.

Há uma mulher numa casa na rua sem saída... Ela está triste e chorando. Está escrevendo num papel, agora mesmo.

Virgílio engatou a primeira marcha; forçou o motor e cortou a frente de um fusca barulhento. Buzinas exasperadas ecoaram pela rua, toldadas pelo motor.

Ela está escrevendo uma despedida...

Dirigiu pelo caminho que vira Diego fazer, acelerando para encontrar a traseira do *Fiat* do amigo. Duas ruas abaixo, encontrou-o parado no único semáforo da cidade.

... porque não quer mais viver e está planejando morrer.

Seguiu Diego por mais algumas ruas. O amigo entrava em atalhos e desviava de pedestres.

Trepadeiras envenenadas cresciam na mente de Virgílio, procurando onde se enroscar e plantar os pensamentos cheios de desgraças. As trepadeiras eram garras, e subiam... subiam e subiam, enterradas na carne de seu cérebro.

Essa mulher pediu sua ajuda, mas acho que você não ligou muito. Ela pensa em você e em um bebê.

Contreiras virou abruptamente numa rua. Um caminho que Virgílio conhecia, que tinha percorrido algumas vezes na vida.

No passado, um Virgílio jovem e imprudente dirigia uma caminhonete furtada no pai exatamente por aqueles atalhos. No rádio tocava uma canção do Roupa Nova, *"Eu perguntava do you wanna dance?"*... Sua mão sem calos, lépida, procurava o joelho descoberto da garota ao seu lado. E ela ria, fingia tirar a mão dele, depois a puxava de volta.

A lembrança já era triste. Agora ganhava tons de desespero.

A rua em que um dia virou para levar, furtivamente, uma garota embora para casa, agora estava cheia de sirenes. As luzes vermelha e azul de dois giroflex, um de uma ambulância, outro do camburão da PM.

Parou no meio da rua sem saída.

Socou o volante uma vez, urrou como um animal enjaulado. Lágrimas já escorriam de seu rosto transformado. Pelo retrovisor viu as veias, a vermelhidão. A transformação do ódio que o tornava um monstro incontrolável. O monstro que assumia o controle quando ele o perdia, quando deixava uma vida escapar entre seus dedos. Por ser fraco. Por ser covarde.

O nome dela é Elisa. Ela chorou as mesmas lágrimas que você.

Desceu cambaleante do Jipe.

Às nove da noite, durante a Celebração das Almas, a Elisa vai se trancar na garagem da casa dela. O marido dela vai estar no bar, bebendo muito. Ela vai fazer alguma coisa com as portas e as janelas para não entrar ar e vai ligar o motor. Vai esperar a fumaça entrar nos pulmões dela. Vai morrer em alguns minutos.

Virgílio andou devagar de início. Acelerou o passo.

Então começou a correr.

Contreiras estava na entrada da casa.

A fita amarela da PM cercava o perímetro da calçada e portão. Vizinhos já estavam ao redor, cochichando, outros chorando. Mais gente se aproximava, olhos deslizavam até ele. Oratório conhecia a história dos dois.

Tentou invadir, irromper pela fita amarela. Diego o conteve, corpo a corpo.

A fúria de Virgílio o tornava mais forte, mais bruto. O choro convulsivo alternava com os urros de ódio. Diego pediu ajuda aos policiais que estavam fardados. Seguraram Virgílio pelos braços, disseram que sentiam muito. Ele ouvia a própria voz questionando o que Elisa tinha feito, chamando por ela, gritando seu nome num som rasgado que castigava sua garganta.

Diego o abraçou. Aos poucos, ele cedeu e abraçou de volta. Os amigos ficaram ali sob as luzes das viaturas, nos braços um do outro. Virgílio amaldiçoou Elisa, pediu ajuda por ela, mas não soltou seu amigo. Atrás do portão, Luiz, o marido bêbado de Elisa, estava recostado à parede da garagem. Ébrio como um porco, mal mantinha os olhos abertos.

Você pode impedir que ela faça isso, tio. Eu vi nos meus sonhos. Bianco me contou. O Rouxinol é você. Você pode evitar que as coisas ruins aconteçam. Você vai me salvar agora! Vai salvar essas pessoas.

Os joelhos de Virgílio fraquejaram e Diego o deixou cair.

Devagar e trêmulo, enfiou a mão no bolso e tirou a carteira de lá.

Outro oficial gritou por Contreiras. Diego se levantou para atender ao chamado e nem percebeu que Virgílio o seguiu.

Odor de fumaça impregnava a garagem. Um perito já estava fotografando o local, a Polícia Civil cercando o carro, fazendo análises.

Tontura, dor.

Virgílio se encostou numa parede perto da garagem, escondido, lutando com os tremores e com a dor em seu peito. Sua respiração era apenas golfadas em busca de ar, saliva e lágrimas se misturando abaixo do lábio inferior.

Achou o desenho dentro da carteira e o abriu.

Conhecia a imagem. Tinha visto o desenho mais cedo, antes de sair para encontrar Ananda. O pavor de dar a volta naquele carro e encontrar o que via retratado na folha de papel o fez gemer.

Foi mesmo assim.

Passou por dois PMs, ignorou o flash das fotos e parou em frente ao Fiat Uno de Elisa. Demorou a entender o que via.

Demorou a compreender que, mesmo depois de anos trabalhando em Oratório e encontrando toda a sorte de corpos, aquele era real.

Era Elisa. A mesma boca que anos atrás ele beijara, que cantara cantigas de ninar para o filho deles... Agora estava aberta e parada numa expressão de busca por ar. Os olhos, semiabertos e vítreos expressavam angústia. A pele roxa e suja de fuligem denunciava a morte recente.

Engasgou-se com o vômito que subiu à garganta.

Gemeu baixo, tapando a boca com a mão livre.

Na outra segurava o desenho de Ramona. A reprodução do cadáver fresco de Elisa, com o pescoço caído de lado no encosto.

Elisa estava morta. Sufocada com fumaça de escapamento.

Ao longe ouvia-se o canto triste e constante de um Rouxinol.

O som melancólico preencheu os ouvidos de Virgílio. Sabia que era o único ali a ouvir.

Ao lado do corpo da ex-mulher, o Tenente Tavares morreu pela terceira vez.

9

Ananda ajudou Ramona com a crise, mas não acreditava que seria capaz de ir além disso, apesar de toda sua experiência com crianças na clínica. A sobrinha de Virgílio possuía um sofrimento que jamais tinha visto numa criança. Algo que vazava pelos olhos febris.

Depois de ajudar o casal a colocar a menina, adormecida, dentro do carro, recebeu agradecimentos sinceros e dois abraços desajeitados. Viu Samuel e Lucca partirem.

Ainda estava perturbada com os acontecimentos recentes.

Sozinha, resolveu voltar ao local onde estava com Virgílio. Esperava que ele a estivesse procurando lá, onde se viram pela última vez. Desceu a rua a passos acelerados, abraçada ao próprio corpo para conter o frio.

Já quase em frente à construção colonial, sentiu um toque sutil em seu cotovelo. Virou-se e deu com a face aquilina de um rapaz jovem lhe sorrindo. Tinha cabelos negros lustrosos, olhos azuis tão claros como um céu praiano, o queixo quadrado delineado em perfeição.

— Posso ajudar? — perguntou ela, ainda atordoada.

O rapaz recolheu a mão e alisou o sobretudo preto que usava. Parecia fantasiado, como muitas das pessoas da festa. Tirou o chapéu comprido e cumprimentou-a com uma solenidade romanesca.

— Achei que era alguém que eu conhecia — respondeu, a voz sonora como uma harpa. — Perdi a garota com quem vim me encontrar. De costas vocês são idênticas.

— Sinto muito.

Ananda não conseguia parar de olhar para o rosto de adônis do desconhecido. Era, de longe, um dos homens mais bonitos que já vira.

— Claro que vendo de frente, você é muito mais bela — emendou ele, tornando a vestir o chapéu. — Também parece perdida... seu nome é...?

Ela piscou algumas vezes, obrigando-se a se recompor. Em algum lugar próximo dali um grupo musical começou a tocar em voz e violão, preenchendo o espaço aberto com uma melodia triste. *"Quando há muitos anos, fui aprisionado, nessa cela fria..."*.

Era a música favorita de sua avó...

Ternura. Foi inundada de ternura.

— Ananda — respondeu com certa melancolia.

Estava com a visão turva pelas lágrimas. A música acessava o amor e a saudade, a lembrança de cantar junto com a avó enquanto cozinhavam juntas.

— Sou Leonard. Ao seu dispor.

Aquele sorriso era tudo o que Ananda via.

Queria levá-lo para mais perto da música, ouvir com ele a canção até o fim. Leonard estendeu o braço para ela segurar. Lia seus pensamentos? Sabia que ela gostaria de sua companhia?

Desceram juntos a rua até a tenda musical. Lá dentro um grupo de músicos era cercado por um amontoado de gente. A canção estava alta e agradável ali. A ternura explodiu no peito de Ananda, seus olhos já cegos pela luz branca da tenda, o derredor cercado de pessoas dançando ao som da música triste.

"Meu Ipê Florido, junto à minha cela. Hoje tem altura, em minha janela", cantava magnífica voz de uma mulher. A melancolia cresceu em Ananda numa velocidade emocionalmente impossível. Não costumava ceder à tanta nostalgia. Não se sentia assim desde a morte da avó.

— Trágica história — falou Leonard.

— O que disse?

Ele riu. Foi como se címbalos tocassem.

Fitou-o nos olhos azuis, pedras de turmalina que a encaravam sorridentes, como abraços cálidos no fim de dias difíceis. Há quanto tempo não esperou por tais abraços? Há tanto vinha carregando dores, vivendo sozinha, isolada do mundo e dos homens, por decepções que remontavam decepções? E os pais, sempre viajando.

Ananda vivia solitária naquela casa enorme onde moravam.

— Essa música conta uma história trágica — respondeu Leonard, serenamente. — Mas não tão trágica quando a dor que vejo em seus olhos, bela Ananda.

Leonard a puxou pela mão. Um convite para uma dança.

Ananda estava soterrada pela arbitrariedade dos próprios sentidos. Pendia entre a saudade enlevada da avó que partira, a dor do abandono de seus amantes e a atração pungente, cheia de carência e dor, que sentia por aqueles olhos. Por aqueles lábios, por aquele cheiro.

O que era aquele aroma? Damas da Noite?

Leonard a segurou nos seus braços fortes e a embalou. Envolveu a cintura fina de Ananda, a mão pousada na curvatura da lombar. O toque era quente. O olhar enaltecedor e profundo. Leonard olhava em seu interior. Para as dores. Para as tragédias que estavam amalgamadas dentro de si.

— Quem é você? — sussurrou Ananda.

Sua boca febril estava tão próxima à dele. Abriu-a, ansiando que a beijasse.

— Há uma estrela que cai pela manhã depois de uma madrugada de lamúrias, minha querida — murmurou Leonard. — Eu sou essa estrela.

Embalada em passos valsantes pelos braços de Leonard, Ananda experimentava um misto de confusão e sedução. Então lembrou-se do que estava esquecendo, de quem a tinha abandonado.

Virgílio.

Afastou-se do rapaz num movimento brusco. Pensou na urgência dos olhos de Virgílio ao ouvir os sons das sirenes. Sua mente caminhou em retrospecto, revivendo toda a noite que tiveram juntos. Há muito tempo não via olhos tão sinceros. Virgílio possuía uma brutalidade natural que a excitava, que fazia seu corpo responder e pedir por seu toque. Havia também uma gentileza nele. Olhos hesitantes, tão profundos que chegava a ver lá dentro deles.

Como tinha ido parar ali então?

O rapaz estranho a emaranhara em sua teia. Sentiu repulsa de si mesma por se deixar conduzir e quase beijar por aquele homem.

Como eram belos os cafajestes. Bonitos por fora, ervas daninhas por dentro.

— Tenho que ir.

O braço insistente do homem a segurou. Ela afastou-se bruscamente com um aviso no olhar de que ia gritar se ele prosseguisse. Se celular vibrou no bolso do casaco.

— Você não pode ir agora, cara Ananda — cantarolou Leonard. — Nós só estamos começando.

— Estamos terminando então — declarou. — Não me siga.

Virou as costas e caminhou a esmo, atordoada, como se tivesse bebido demais. Puxou o celular do bolso e viu que a ligação era de Virgílio. Antes de atender, a chamada foi encerrada.

Parou no meio do movimento, cercada de pessoas fantasiadas e crianças pulando. Pensou que desmaiaria, talvez vítima de alguma droga que o tal estranho pudesse ter dado a ela. Girou o corpo e encontrou Leonard parado no mesmo lugar, olhando com ares de desapontamento.

Os olhos dela desceram pelo corpo comprido, até chegarem aos pés. O sobretudo lhe tampava o corpo quase inteiro.

Quando o rapaz se mexeu ela viu.

Ia desmaiar em alguns segundos.

É só uma fantasia. Claro que é uma fantasia.

Não podia negar o que seus olhos captaram antes de se fecharem num mar de inconsciência.

A última visão que teve foi de um par de cascos.
Os pés dele eram de bode.

PARTE II

O HOMEM DOS PÉS DE BODE CAMINHA ENTRE NÓS

10

*Madrugada de 31 de outubro – 2º dia
da Celebração das Almas*

Virgílio nunca vira um desmaio tão longo.

Chegou a temer que Ananda estivesse em coma devido ao baque, embora o médico tivesse garantido que ela estava bem. A moça dormia um profundo sono havia mais de três horas, sem ao menos se mexer sobre a maca do hospital de Oratório.

Ligara para ela minutos antes de chegar à praça e ver a comoção. Como se não lhe bastasse todos os traumas vividos naquela noite, ainda a encontrou desfalecida no meio da Celebração das Almas. Mais um acidente para seu hall de culpas indiretas.

Ananda mexeu-se na cama, resmungou algum incômodo.

— Ananda, você tá me ouvindo?

Sem abrir os olhos, a garota deu um solavanco e trouxe as mãos ao rosto, tateando-se com certo desespero. Disse coisas ininteligíveis, num tom que ele sabia ser de medo.

— Onde ele está?! Meu Deus, onde *eu* tô?!

Olhou ao redor, perplexa.

— No hospital de Oratório — explicou ele, sentando-se ao lado dela. — Você desmaiou pouco antes de eu chegar. Fiz umas perguntas para as pessoas... Viram você com um homem. Disseram que você correu dele e desmaiou em seguida. Lembra-se do rosto do desgraçado?

Ananda piscou algumas vezes.

— Não, não me lembro de nenhum rosto — soltou, exausta. — Sei que eu estava com alguém, mas não me lembro de como, nem por que me afastei. Só estava tudo... Estava tudo confuso, como se eu estivesse sonhando, ou... ou drogada. Deus, o que fizeram comigo?

— Colheram seu sangue. Você tem que ir para a delegacia prestar queixa agora... Vou com você e vamos encontrar esse filho da...

— Virgílio! — interrompeu-o, inclinando o corpo na direção dele. Calou-o com um som exasperado e o sondou com atenção. — O que aconteceu? Parece que o mundo caiu nas suas costas.

O olhar dele pendeu, como se realmente algo houvesse sido lançado sobre si. Não poderia mais segurar, nem desviar sua atenção. Estava aturdido, confuso, torcendo para ter sido drogado à ponto de alucinar que Elisa estava morta.

Levantou-se da cama e andou pelo quarto, o corpo todo arrepiado.

— Não posso te sobrecarregar com essas coisas agora. Nós tentamos falar com alguém da sua família, mas...

— Não tem com quem falar — ela interpôs. Deslizou o corpo e se sentou na beirada, mantendo o braço que estava com o soro paralelo ao corpo. — Minha família está fora do país.

— Você tá sozinha?

— Não agora — respondeu afoita. — Você também não tá sozinho agora. Me conte o que aconteceu.

Virgílio voltou-se para Ananda, enterrou as mãos na cintura, esforçando-se para engolir o choro amargo.

— Lembra do que contei mais cedo, sobre Ramona ter dito que uma pessoa importante pra mim ia morrer?

Parecia desprovido de sentimentos. Ananda anuiu, os lábios estreitos numa linha pálida de batom borrado.

— Essa pessoa morreu. Exatamente do jeito que Ramona descreveu.

Um silêncio sepulcral caiu no quarto como uma névoa densa. Ouvia-se o tiquetaquear de um relógio, o bipe de uma televisão ao longe, uma coruja funesta gorjeando do lado de fora da janela. Sons domésticos e naturais que compunham um espaço de tempo irregular.

Virgílio torceu para que Ananda se levantasse e partisse para nunca mais o procurar.

— Só não quero voltar sozinha hoje. E você não vai ficar sozinho depois disso. Vamos para minha casa.

— Tem certeza de que não vai me deixar internado no manicômio da sua cidade?

Ananda se levantou, puxou o soro do próprio braço sem nenhuma hesitação.

— Se você ficar internado, eu também fico.

**

Virgílio despertou de um sono turbulento. Demorou a se localizar entre aquelas cobertas jogadas e o travesseiro estranho sobre o qual repousava.

Uma janela de vidro autorizava a entrada de uma luz cinzenta, dando indícios de um dia nublado reinando naquele trinta e um de outubro.

Dia das Bruxas, segundo dia de Celebração das Almas.

Com dor na têmpora, sentou-se na cama e fez uma varredura do local. Ao seu lado estava o corpo de Ananda envolto num edredom roxo que lhe cobria até o pescoço. A bochecha pálida virada para o outro lado, revelando o lóbulo da orelha e os cabelos negros bagunçados sobre os lençóis.

A noite anterior se desvelou à consciência de Virgílio.

Ananda se mexeu na cama e logo abriu os olhos. O movimento lânguido, despreocupado, atraiu Virgílio. Amaldiçoou o *timing* do cosmos em enviá-la para sua vida justo quando estava tudo tão fora de lugar.

— Seus olhos são mais claros pela manhã — resmungou ela.

— Você parece melhor. Eu não devia ter deixado você sozinha... Sujeitos como esse são muitos comuns em Oratório.

Havia amargor em sua última frase. Tinha consciência de que a moça podia notar. Por fim, ela ficou em silêncio enquanto se sentava e verificava as horas no relógio digital de cabeceira. Passavam-se das dez da manhã, provavelmente ela tinha perdido sessões no trabalho. Contudo não havia preocupação em sua expressão, apenas uma calma plácida, como a de quem tem coisas a dizer, mas não tem pressa.

— Acho que aquele cara mexeu com a minha cabeça.

— Ninguém causa desmaios em outras pessoas por mexer com a cabeça delas — retrucou severamente. — De qualquer forma, a culpa foi minha. Fui péssimo com você. Vou entender caso não queira me...

Mas Ananda o interrompeu com um beijo repentino. Seu corpo se projetou sobre o dele com uma rapidez sobre-humana. Os lábios se tocaram e apertaram, mas ainda havia um grau de hesitação, uma brusquidão incomum escondida pelo desejo mútuo.

Foi rápido, mas durou o bastante para que ele entrasse em combustão. Cada parte dele desejando tocar cada parte dela. Suas mãos se mantiveram nos braços de Ananda quando ela se afastou e os olhos prateados o sondaram.

— Muitos homens me abandonaram por motivos idiotas — disse, de forma vagarosa. — Você não é um deles. E eu sinto muito pelo que aconteceu ontem.

Virgílio acarinhou os braços dela com o polegar, incapaz de desviar os olhos.

— Obrigado por ter me tirado daquela cidade ontem, mas eu tenho que voltar. Preciso estar no velório... Era minha ex-mulher.

— Meu Deus...

— A gente se casou obrigado, nós dois com dezessete anos, porque ela tava grávida.

Ananda não titubeou.

— Preciso estar no trabalho à tarde. Não fosse isso, eu iria com você.

Virgílio sorriu com tristeza, afastando-se um pouco. Buscou seu casaco e a Taurus, que tinha deixado num amontoado ao lado da cama. Era a primeira vez que dormia com uma mulher que o atraía sem dar vazão às segundas intenções, mas precisava sair dali antes que elas prevalecessem.

— Não quero ter meu segundo encontro com você em um velório — falou, saindo da cama à procura dos sapatos também. — Vamos ter uma segunda chance, certo?

Ela anuiu, um sorrisinho pálido no rosto de marfim.

— Vou até você — respondeu peremptória. — Mas tem meu número se precisar. De verdade, Virgílio. Gostaria de falar com você sobre Ramona uma outra hora.

Virgílio ergueu o casaco do chão e encaixou a arma no coldre. Encarou Ananda com um ar mais grave.

— Até que Elisa seja enterrada, preciso esquecer que essa garota existe.

**

Chegou ao velório pouco antes do cortejo sair para o enterro.

Havia uma pequena distância a ser percorrida com o caixão até os portões do cemitério.

Oratório era uma cidade de anciões, onde poucas mortes ocorriam por dia. O local não era tão grande, por isso parecia tão abarrotado.

Ele já não sabia mais dizer se aquele aglomerado de cidadãos era de conhecidos de Elisa, ou urubus buscando a carniça das fofocas sobre seu suicídio. Ficou observando da rua, usando o mesmo casaco da noite anterior, sem ter tido coragem de ir para casa trocar de roupa e acabar desistindo do velório.

Padre Lauro era quem flanqueava a pequena procissão. Mesmo sem muitos fiéis a quem pregar, o homem sempre fora determinado. Virgílio o conhecia desde que era criança.

Elisa era católica, apesar da falta de crença da cidade. Logo ela, imbuída de fé no Deus que condenava os que tomavam o atalho da morte, escolheu o caminho sombrio.

Cerrou os olhos ao ver o caixão lacrado, procurou secar suas lágrimas quando rememorou os olhos desesperados de Elisa quando a visitou no hospital.

Amou-a no passado. Depois odiou-a por culpá-lo pela morte do filho deles. Mas agora, assistindo àqueles homens desconhecidos carregando o ataúde que levava seus restos, sabendo que perdera a última célula viva a ligá-lo ao filho morto, ele a amou com mais intensidade.

Seguiu o final da procissão para dentro do cemitério, oculto aos olhos daquelas pessoas. O grupo passou pelos corredores demarcados, andejou por mais um tempo entre soluços e fungadas, até estacionarem na sepultura aberta. Elisa repousaria junto à mãe, no terreno da família Linhares. Sequer o procuraram para aventar a possibilidade de enterrá-la com o filho.

Oratório já tinha se esquecido do pequeno Gustavo Tavares.

Virgílio enterrou as mãos nos bolsos e segurou um tremor que lhe perpassou a nuca. O Padre dizia as últimas palavras, o choro comum se alastrou. O som das cimentadas do coveiro sucedeu ao arrastar do pesado esquife para o interior da gaveta sepulcral. Ninguém disse nada enquanto os tijolos eram colocados, um a um. O coveiro fez seu trabalho braçal assistido por almas doloridas, sepultando Elisa com o raspar da pá assentando a massa.

Uma mão tocou seu braço. Acordou do estupor sonoro.

Ramona puxou o pano de sua jaqueta para chamar sua atenção.

Ele pensou em recuar e repelir o toque, porém uma fraqueza tomou conta de seus músculos e lágrimas espessas se avultaram nos olhos.

Lucca e Samuel ficaram um pouco mais atrás dos dois.

Ramona ouviu os sons do enterro com ele, sem tirar a mão de sua jaqueta.

— Desculpa, tio Virgílio — disse ela, num tom tão infantil que se distanciava em quilômetros da maneira seca e fria com que previra a morte de Elisa. — Desculpa por ter gritado com você. Eu sin... to muito.

Ramona fungou e enterrou a boca sobre a cabeça de Bianco. Os cílios dela se mexiam, apertando-se com força até derrubarem uma sucessão de lágrimas. Toda a raiva dentro dele esvaneceu feito fumaça de cigarro.

— Não sou quem você espera, Ramona — resmungou. — Não posso salvar pessoas. Se espera que o Rouxinol seja seu herói, saiba que ele é só um pássaro que chora pela morte. Por isso eu o tatuei, porque sou um homem que só chora pelas mortes das pessoas, não um que consegue evitá-las.

— Por isso você precisa de mim — respondeu ela, no mesmo instante. Os pequenos olhos escuros se ascenderam e o encararam, tão solícitos quanto suplicantes. — Não conta para os meus pais.

— Ramona...

— Promete pra mim?

Ele desviou os olhos e mirou o enterro. O grupo se dispersava agora que Elisa jazia em sua sepultura.

— Virgílio — chamou Samuel, aproximando-se. Puxou os ombros de Ramona para si, obrigando-a a soltá-lo. Encarava o mais velho com um ar enternecido, desprovido de acusações e rancores. — Vem pra nossa casa.

— *Preciso* ficar sozinho — retrucou ele. Pessoas passaram por eles, mirando-o de soslaio, curiosas. — Passo por lá amanhã. Não voltem à festa por esses dias, tudo bem?

Ramona encarou o pai. Samuel anuiu, introspectivo.

— Soubemos o que aconteceu com sua namo... — interrompeu-se Lucca, ao ver que os olhos de Virgílio se estreitaram. — Ela foi incrível com Ramona ontem. É uma boa moça.

— Vou procurar Diego para falar sobre a ocorrência. Enquanto não acharmos o maníaco que fez aquilo com Ananda, não quero vocês na festa.

— Não é como se Lucca e eu fôssemos deixar que alguém se aproximasse — protestou Samuel, a testa com um vinco de seriedade. — Mas eu sei que seu superpoder é ser superprotetor. A gente te agradece.

Lucca fez um sinal acelerado para Samuel. Queria ir embora dali.

Nesse ínterim, Ramona sibilou a palavra *Obrigada* com os lábios, mas Virgílio fingiu não ter visto e manteve a carranca.

— Vejo vocês em breve.

Samuel mexeu a cabeça sutilmente, analisava cada uma das expressões do irmão. Virgílio sabia que ele sabia que estava em frangalhos, assim como sabia que qualquer intervenção estava além de sua alçada. O Tenente Tavares surgia resoluto em momentos como aquele, fechado num casulo blindado, no qual qualquer acesso não era só impedido, mas repelido a choque.

Os três foram embora. Ramona olhava para trás vez ou outra, virando o corpo num ângulo em que o olho azul de Bianco também o encarava.

Virgílio os observou sumir pela porta de ferro do cemitério, para depois voltar para a sepultura de Elisa.

Sozinho, poderia se aproximar para ter seu momento a sós com ela. Contudo, ao virar-se deparou com um senhor postado entre o túmulo dela e o vizinho. Não era possível ver seu corpo, só o cabelo branco macilento parcialmente escondido por uma cartola antiquada.

Cansado demais para esperar uma oportunidade, tomou o rumo da saída. Queria sair logo de onde estavam enterradas todas as pessoas que perdera. Mãe, filho, mulher...

Todos retirados do mundo de maneira injusta e dolorosa.

Virgílio não olhou para trás a tempo de ver o velho acompanhando seus passos até a saída.

11

Embaixo de uma ducha fervente e abraçado pelo vapor, Virgílio experimentava aquele prazer que vinha da dor muscular depois de longos exercícios físicos. Ainda estava meio bêbado, mas sentia-se descansado. Passou a tarde toda quebrando móveis velhos, queimando fotos antigas e dando fim a toda decoração ancestral da sua casa.

Virgílio não suportava mais viver entre os mortos.

Ramona lhe deu a oportunidade de salvar Elisa. Samuel estava errado, seu superpoder não era ser superprotetor, era ser cético e controlador. Sua casa vinha sendo uma prova de que tentou controlar o tempo. Toda a decoração antiquada preservada pelos anos, provas que seus avós, tios e pais tinham passado por ali. Uma amálgama no tempo.

Havia fotos de Samuel e Virgílio nas paredes, mostrando a vida castrada que levaram, da qual somente Samuel conseguiu escapar de verdade.

Nas fotos que tiraram com Rosa, sua mãe, o caçula ainda era bebê de colo. Samuel aparecia embrulhado num manto azul, enquanto Virgílio se dispunha orgulhoso, o braço ao redor do ombro da mãe sorridente. Rosa morreu alguns meses depois de um câncer impiedoso, muito jovem ainda.

Agora só restavam as lembranças boas na casa, e muito espaço para preencher com móveis novos.

Com uma toalha envolvendo a cintura e o corpo ainda salpicado de gotas d'agua, foi até o guarda-roupa, abriu a última das gavetas e puxou de lá a farda cinza. Não ia conseguir se livrar dela e da lembrança que trazia.

A vestimenta de policial trazia à mente os sons dos tiros que deram fim à sua carreira como Tenente.

Acontecera havia um ano agora. Exatamente um ano, no dia 31 de outubro de 2015.

O Dia das Bruxas, claro. Mas não era com isso que se preocupava, pois tal comemoração sempre fora tolhida pela Celebração das Almas, que acaba no dia de Finados. Oratório fazia aniversário neste mesmo dia, o Dia dos Mortos.

Era sempre nesse intervalo de datas que sua vida dava errado. Pousou a farda sobre a cama. Encarava um fantasma.

Nada mais fez sentido após ter conhecido Ramona.

Elisa estava morta, sua sobrinha podia prever desgraças.

Seu celular vibrou. Havia uma mensagem de texto de Ananda. Ela enviou um link, sem nenhuma explicação de início.

Sentou-se na cama, pronto para clicar no endereço, quando recebeu mais uma mensagem.

Ananda diz:
Não existem muitas meninas chamadas Ramona no país. Me perdoe a intromissão.

Hesitou em responder.

Virgílio diz:
O que é isso? Vou gostar do que vou ver?

Ananda diz:
Não vai. Isso colocou em xeque minhas próprias crenças.

Abra e me ligue depois.
PS: Se não for a mesma Ramona,
pago uma ressaca para nós dois.

O sinal de internet da Chácara não costumava ser dos melhores, mas seu *smartphone* três gerações atrasado demorou de forma descomunal para abrir a página do noticiário. Antes mesmo das imagens carregarem, começou a ler os textos.

Corpo de universitária é encontrado em casa de família em Moema em São Paulo

NESSA ÚLTIMA QUARTA-FEIRA, sete de dezembro de 2015, a universitária Camila dos Santos Teixeira (22 anos), foi encontrada morta no quintal de uma residência do bairro Moema. Um chamado do celular de Camila foi feito às 22h para o serviço de emergência relatando uma perseguição na rua. Duas horas depois, a proprietária da casa acionou uma viatura para relatar barulhos em seu quintal. Ao olhar pela janela, durante a ligação para o serviço do 190, a proprietária teria visto o corpo de Camila, possivelmente já morta, em suas dependências.

A DHPP de Moema trabalha na resolução do caso, mas ainda não há suspeitos. A causa da morte não foi divulgada. Não há sinais de violência sexual. Todos os pertences de Camila foram deixados junto com o corpo.

Um fato curioso se seguiu ao homicídio e chamou atenção das autoridades locais. Logo após a notificação da proprietária, ela disse ter encontrado, em frente à residência do ocorrido, uma garotinha perdida. Abordada pela senhora, a menina nada respondeu, e se recusou a entrar na casa ou atender aos chamados da mulher.

Na chegada da polícia, foi revelado por um dos oficiais que essa mesma garotinha fora vista na cena de um homicídio na semana anterior.

A menina, identificada apenas como Ramona, foi descartada de quaisquer suspeitas. Residente de uma casa abrigo da cidade, despertou a atenção negativa de muita gente, sendo até mesmo retirada do local para sua segurança. A menor está sobre tutela do Estado. Mais informações não foram reveladas à imprensa.

— Puta merda... — murmurou Virgílio.

Samuel e Lucca teriam contado a ele sobre aquilo, não teriam? Eles saberiam, não saberiam?

Subiu a barra de rolagem mais uma vez. A foto da cena do crime, provavelmente conseguida de maneira criminosa pelo autor do texto, estava no topo da matéria. A imprensa de verdade costumava noticiar com mais respeito, mas aquele site revelara até mesmo o nome da garota. Eram abutres.

Além de terem uma redação de merda.

A imagem tinha resolução baixa, mas sua composição era bem óbvia. Um portão entreaberto de uma casa comum dava entrada a policiais esticando a faixa amarela. Ao fundo havia um vulto do que lhe pareceram pés, abertos num ângulo obtuso. Mais para frente, ao lado do enorme portão, uma garotinha franzina. Ramona.

Ela não estava sozinha.

Olhando para a câmera, com um olho brilhante e quase vivo, estava Bianco. O urso branco, com sua boca feita de linha de costura, parecia sorrir para a foto com um ar de malícia.

12

—A filha de vocês prevê o futuro e acha que eu vou salvar o mundo, é isso?

Lucca e Samuel se entreolharam. A superfície da mesa de jantar que os separava nunca pareceu tão apropriada.

— A gente não sabe mais do que você — interferiu Samuel. — Ela foi jogada de abrigo a abrigo desde que nasceu. A assistente social nos deixou a par de tudo.

— Ela já era nossa filha, entende? Era nossa antes de nos conhecer. Você tem que entender isso — completou Lucca, os olhos cheios de lágrimas. — Por favor, deixa ela confiar em você.

A realidade o pegava pela mão e puxava seu espírito. Não tinha mais como negar que algo estava errado, que não podia mais continuar sem acreditar em nada, controlando tudo.

— Ela me contou como a Elisa ia se matar, narrou com detalhes que uma criança não deveria conhecer.

Ficaram quietos naquela enorme e espaçosa sala de jantar. Paredes esmagando os três. Copos de água jaziam na mesa, intocados. O celular de Virgílio já apagado sobre o descanso de prato com motivo japonês, escondendo a notícia que mostrara aos dois.

Falar em voz alta tornava tudo real. O colocava num grupo estatístico que ele odiava — os crentes.

— Qual é a história da família biológica dela?

Lucca e Samuel trocaram um olhar cúmplice. Brigavam para decidir quem *não* ia contar o que viria a seguir. Samuel limpou a garganta.

— A mãe de Ramona tá bem viva. Ela engravidou com quinze anos. A família era importante no meio político de São Paulo.

— Antes que você pergunte, não querem a menina. Até lutaram para tirar o sobrenome dela, mas não conseguiram — sobrepôs Lucca, triste. — Internaram a mãe num local aqui na região, especializado em crianças com doenças mentais. Ela ficou lá, todos esses anos, sendo cuidada por estranhos.

— Por que uma família rica negaria ajuda a uma filha grávida? Isso parece história de outro século.

— Não sabemos o quanto ela é doida — respondeu Lucca, compenetrado no relato. — Pensamos que Ramona pudesse ter o mesmo problema que ela.

Virgílio tamborilou os dedos na mesa, pensativo.

— Por que não foram atrás da mãe ainda? — inquiriu, severamente. — É aquele hospital que foi reaberto ano passado como uma "pousada para crianças com necessidades especiais"?

Lucca anuiu, as mandíbulas trincadas.

— Angellus Michaellis — emendou, num tom quase sereno, não fosse pelo matiz melancólico. — A mãe de Ramona ainda tá lá, sabemos disso por causa da assistente social.

— Ramona sempre a desenha — disse Samuel. — Ela não tem ideia de como as duas estão tão perto.

— Como ela se chama?

— Alice Winfred — contou Lucca. — E se você pronunciar esse nome perto da minha filha, eu te mato.

***

Naquela noite, depois da longa conversa e alguns copos de vinho, Virgílio estava sem condições de colocar as mãos no volante. Adormeceu na sala de estar, sem perceber as pálpebras pesando quando tudo o que pretendia era um descanso rápido para recobrar energias.

Acordou depois do lhe pareceram apenas uns minutos. Dormira de bruços sobre um braço, que agora formigava. Resmungou e virou-se de barriga para cima, lutando para despertar por completo.

— Tio!

Ramona cortou o silêncio como uma navalha afiada.

Virgílio sentou-se de repente, por instinto com a mão no coldre, o peito em espasmos. Deu-se com a sobrinha sentada na mesa de centro da sala. Os joelhos quase roçavam no seu ombro, tão perto estava. Virgílio bufou de alívio, mas a sensação não durou muito, já que o olhar penetrante, estranhamente adulto, estava cravado nele como a mesma navalha fria usada para quebrar a quietude.

— Você não deveria estar dormindo?

— Acordo cedo. Já são 5 horas.

Estava vestindo pijamas com estampa de sabres de luz. Segurava Bianco com o rosto voltado para ele.

— Por que carrega esse urso caolho para todo lado?

Ramona apertou o brinquedo. Sua carranca era de desaprovação.

— Se eu abandonar ele, coisas ruins vão acontecer, formigas e mosquitos. Aquele dia, não foi um sonho, mas você já sabe disso, tio.

Virgílio ficou petrificado. A voz da garotinha carregava tanta certeza que o intimidava.

— Como acontece? Como você sabe quando as coisas vão acontecer? Tem um sonho? Uma visão?

Ela piscou, sorriu levemente de lado. O rosto ora tão frio, às vezes ganhava um quê de vida.

— Ele tem uma voz. Me conta coisas quando eu tô acordada. Depois minha mão desenha sozinha. No escuro.

— No escuro? — devolveu ele, com escárnio.

— No escuro — repetiu imitando o tom. — Eu achava que tava sonhando. Mas eu abri meu olho, você precisa abrir o seu.

Ramona calou-se.

Virgílio se afastou um centímetro, mas algo muito mais forte o prendeu a ela, aos olhos que não dilatavam ou contraíam ao falar, aos dedos pequenos imóveis sobre o colo. Se era uma mentirosa, fazia exceção a tudo o que ele tinha aprendido sobre o tema. Ramona mentia com o corpo todo, sem deixar escapar um vacilo sequer.

— Bianco me contou do seu filho, da sua tatuagem. Me disse que você ia ouvir o canto do Rouxinol quando a morte pousasse nos seus ombros. Você ouviu, não ouviu?

— Não há Rouxinóis nesta parte do mundo...

— Você ouviu! — reiterou. As emoções transitavam dela para Virgílio feito eletricidade em fios de cobre. — Outra coisa vai acontecer, antes do dia dos Finados. Outra coisa ruim...

Virgílio não podia suportar aquilo. Levantou-se enquanto as mãos exasperadas procuraram a cabeça. Ramona o interceptou. Segurou no pulso dele com a firmeza de uma adulta. Arrepios percorreram a região onde ela tocava, subindo na pele tal qual formigas se espalhando.

— Se você não impedir dessa vez a culpa vai ser sua — disse ela, quase cruel. — A primeira foi minha, porque não consegui fazer você acreditar em mim.

Assombrado com o teor daquela fala, organizada de forma infantil, mas transmitindo uma mensagem que parecia vir de algum lugar sábio e milenar, ele voltou a se sentar. Procurou na menina um sinal que o fizesse descrer, que o convencesse de que ela era maligna, mas a coisa oscilava rapidamente.

— O que... vai acontecer? — pronunciou baixo, entre os dentes.

Ramona o soltou.

— Tem uma sala no terceiro andar de um prédio — começou ela, no mesmo timbre que tinha usado um dia atrás para falar de Elisa. — Dois homens trabalhando atrás de uma mesa. Outro homem vai entrar e colocar uma arma na cabeça de um deles. Eles estão bravos um com o outro. Vão gritar, até um chamar a polícia. Quando o policial chegar... — Ela fechou os olhos de forma pesarosa, como se custasse muito dizer aquilo. — O homem com a arma vai matar o policial primeiro. Um tiro aqui, ó, na testa, outro no peito. Depois vai atirar no homem que chamou a polícia e num amigo dele. Então ele vai virar a arma e...

— Para, por favor.

Virgílio ouvia zumbidos insistentes. Ergueu as mãos, abanando ao redor da cabeça para espantar marimbondos imaginários. Levantou-se e dessa vez Ramona não o impediu.

Ramona se levantou devagar, enfiou a mão por baixo da camisa do pijama e tirou uma folha dobrada. Pousou Bianco sobre a mesa com uma gentileza quase dramática, para, em seguida, estancar diante do atormentado Virgílio e abrir a folha.

O desenho era ainda mais macabro que o anterior.

— Não acontecia tanto assim — falou, um pouco chorosa —, mas depois que eu cheguei aqui, acontece muito. Esse eu fiz hoje.

O pavor crescente se alastrando como um veneno por suas veias, abastecendo até a artéria que irrigava o cérebro. Tonturas o perpassaram conforme via a representação de um policial no chão, morto.

— Ele é seu melhor amigo, o nome dele é Diego "Contrêras". Por favor, acredita em mim agora.

Virgílio se abaixou. Havia uma dose de estremecimento no ato, como o segundo de sanidade que precede ao alavancar da loucura. E a julgar pelo desespero que sentia, gostaria de acreditar estar mesmo perdendo a cabeça.

— Ele é como um irmão para mim, Ramona — continuou, a voz serena de quem pensa estar sonhando. — Eu vou até lá, e se você for mesmo de verdade, se eu conseguir mesmo salvar meu amigo...

— Tenho seis anos — replicou a menina, fungando e enxugando outra lágrima. — Não fala comigo como se eu fosse burra.

— A que horas eu devo agir?

A esperança nos olhos dela brilhava.

— Hoje. Antes de ficar escuro.

Ela contou a ele onde ia ser com uma precisão de quem morava em Oratório havia muito tempo.

107

Virgílio devolveu o desenho a ela. Depois que aquilo acabasse, que Diego estivesse seguro, obrigaria Samuel e Lucca a procurarem Alice Winfred.

Por ora, só sabia que tinha que agir.

13

01 de novembro – 3º dia da Celebração das Almas

Você não dance com ninguém essa noite!
A imprecação de Ramona ainda residia nas memórias nubladas de Ananda.

Como uma bruma indistinta, o olhar da menina lhe sobrevinha, até que seu corpo entrou num tipo incomum de estado ansioso. Claudicava entre ter provocado bem ou mal ao fazer aquela pesquisa sobre a sobrinha de Virgílio.

... não dance com ninguém essa noite!

Todavia ela havia dançado. Embalada pelo aroma floral e por olhos azuis que não deixavam sua memória.

Ananda nunca foi uma garota impressionável. Os caras que estilhaçaram seu coração se empenharam muito para ganhá-lo, em primeira instância. Por viver sozinha, praticamente o tempo todo, poderia ser vulnerável a qualquer relacionamento abusivo, mas não era. Tinha estado com três rapazes ao longo de sua vida, todos por bastante tempo, mas não o suficiente para que decidisse que valia a pena aturar traições. Nem mesmo pensava mais neles; os nomes dos filhos da mãe jaziam fechados em limbos imaginários, cercados de um pântano intransponível.

Gostaria de lembrar o nome daquele desgraçado, no entanto, assim poderia jogar no limbo também.

Logo suas memórias deslizaram em sua mente. Retomou-as desde o início da noite e as desenrolou como um tapete vermelho de momentos contrastantes. Primeiro foram as boas memórias de suas conversas com Virgílio, da euforia em conhecer alguém profundo e complexo como ele. Depois a garotinha apareceu e tudo foi um derradeiro torvelinho de loucuras.

Até o estranho e a dança.

Por que eu me deixei levar por ele?

Havia sido embalada, quase seduzida. Por sorte em algum momento acordara e fugira.

Foi ao pensar em Virgílio que conseguiu se desvencilhar da teia daquele homem...

Leonard! O nome dele é Leonard!

Tomada pela lembrança, reabriu a aba de pesquisas no computador e digitou o nome, seguido da palavra Oratório. Só vieram resultados sobre a cidade. Notícias e mais notícias bizarras acerca de mortes e assassinatos se sobrepunham nos resultados. Exasperada, fechou o notebook com um ímpeto furioso, já possuída de um forte cansaço mental.

Decidiu se embrenhar nas cobertas. Recorreu aos fones de ouvido para acobertar os ruídos da noite e da cidade.

Entre e um cochilo e outro, foi acompanhada pelo som estridente da guitarra de Slash, cantarolando junto com a voz aguda de Axl Rose. *Take me back to the Paradise city, where the grass is green and the girls are pretty.* A canção obstruiu parte de seus pensamentos incoerentes que ora estavam em Ramona, ora em Leonard.

Pensou ter encontrado descanso na escuridão sonora, mas por volta das quatro da madrugada foi acossada por uma forte sensação ansiosa. Aqueles pensamentos tinham se instalado com permanência em sua mente. Não conseguiria dormir, então retornou às pesquisas, decidida a entender quem era aquele homem e que tipo de poder hipnótico havia exercido sobre ela.

Seus dedos acurados deslizavam sobre as teclas, enquanto olhos afoitos analisavam os textos e imagens que pululavam na tela. Depois de um tempo clicando em links e fechando as abas que não eram interessantes, deparou-se com uma matéria recente sobre Oratório, publicada numa revista on-line alcunhada de *Fatos Bizarros*. Aquele texto lhe chamou a atenção por conter dados mais concretos sobre a cidade.

Sua avó lhe contara muitas lendas e casos sobre Oratório. Era um passatempo divertido quando criança, ainda que assustador. Afinal, nas épocas mais áureas da vida, essas duas coisas andam de mãos dadas; diversão e medo. Mas agora, vendo aqueles relatos sombrios e nada floreados, concluía que as histórias da avó eram apenas uma partícula num mar de uma assombrosa trama obscura.

Oratório não era uma cidade de lendas. Era a própria lenda.

Foi daí que nasceu o nome Oratório, registrado pela primeira vez em carta de punho deixada por Vasco. A carta se encontra no museu do município, conservada e deixada para os descendentes das famílias. Ela pode ser visitada por turistas e moradores em horário comercial.

Procurou na voz interna de sua avó um indício de que não deveria fazer o que estava pensando em fazer. Que deveria deixar a memória de Leonard onde deveria estar: soterrada em camadas de defesa. Mas estava ultrajada por ter caído na conversa de um sujeito duvidoso. *É melhor arrancar isso da cabeça.*

Iria ao museu, mas também poderia cruzar com Leonard; poderia lhe presentear com uma joelhada nas bolas e mostrar que tinha tocado na mulher errada. Assim como havia possibilidade de cruzar com Virgílio, ou... Ramona. A menina era quem lhe intrigava mais naquilo tudo.

Cochilou até às sete da manhã. Tomou um longo banho e comeu como há muito tempo não comia, ultrapassando a saciedade. Depois ligou para a clínica e pediu à secretária que desmarcasse todos os seus pacientes do dia.

Prosseguindo na preparação de seu corpo e mente, vestiu calças jeans mais confortáveis, uma blusa azul comprida de linho e desenterrou seu casaco mais grosso, sabendo que Oratório possuía ventos impiedosamente gelados.

Não era nove horas quando saiu de casa.

Saiu para a varanda, as mãos tremendo com um frio incomum àquela estação, tentando acertar o buraco da fechadura.

— Dona Ananda? — chamou a familiar voz de Lívia, a funcionária que cuidava da limpeza. Ananda a encarou sorrindo sem graça, como se pega em flagrante. — E esse frio fora de época, hein?

Ambas olharam para o dia ensolarado, mas pálido. Era um falso início de inverno, roubando a vez das portas do verão. Aquela primavera estava deveras incomum, até mesmo para a região da *Cuesta* e seus ventos intermitentes.

— Não consigo nem acertar a chave — brincou Ananda. — Mas agora você chegou, então não preciso me preocupar.

Virou-se para guardar a chave na bolsa, já que Lívia cuidaria da casa. Quando a mão trêmula procurou a abertura da bolsa, errou e acabou por deixar o molho se espatifar ao chão. Ambas se abaixaram para pegar.

Paralisaram juntas, abaixadas em frente à porta.

— O que é isso? — murmurou Lívia, com estranheza.

Ananda gaguejou. Colocou-se em pé, mesmo atordoada. Por um instante, pensou que estava dormindo. Tal visão talvez não passasse de um novo subterfúgio de sua mente para assombrá-la.

Mas era real e compartilhado entre as duas. Havia marcas no chão, gravadas ali com uma ferradura quente sobre a madeira polida. Marcas de patas de animal, como um cavalo, uma cabra ou...

— Jesus, Maria, José! — imprecou Lívia ao fazer um sinal da cruz. — Dona Ananda...?

Ela não ouviu Lívia, porque sua mente retornou aos momentos letárgicos e obscuros antes do desmaio. Sentiu a dor na lateral da cabeça resultante da queda. O incômodo se alastrou ao se lembrar do que vira antes de apagar no chão da praça de Oratório — os pés de Leonard.

***

Ananda dirigiu com cuidado sob o comando do GPS.

Desconhecia os trajetos feitos de ruas estreitas de paralelepípedos que a cidade possuía, atentando-se mais em seguir as instruções da voz mecânica, do que em observar a composição da paisagem. As casas antigas de portões altos e jardins malcuidados eram um convite ao passado grotesco, uma porta de entrada aos noticiários que relatavam desgraças aterradoras.

Estacionou numa avenida cortada por um canteiro arborizado. Do outro lado, a fachada cinzenta do museu era discreta. Para completar à visão já escurecida do local, ainda havia duas estátuas em tamanho real de figuras que compunham a história da cidade. Um padre alto de rosto grave e queixo pontudo, ao lado de um sujeito garboso, usando botas de montaria e dono de uma barba de Papai-Noel.

Horácio e Vasco Villas Boas. Pai e filho.

Ananda desceu do carro, mas não saiu dali de imediato. Atravessou a rua a passos largos até cruzar os portões do Museu. O ambiente ali dentro não era mais agradável ou moderno do que a cidade. A recepção já era repleta de quadros, estantes, livros e estatuetas envelhecidas. Espirrou, já que era alérgica a ácaro. Uma senhora colocou a cabeça pela porta do cômodo adjacente com um ar de tédio. Tinha um par de óculos de leitura preso à ponta do nariz pequeno.

— Posso ajudar? — disse a voz anasalada.

Ananda se retraiu. Não respondeu, apenas gaguejou.

A outra veio em sua direção com um sorrisinho cortês. Era muito baixa e usava um terninho preto bem anos 90. Ananda explicou o que tinha ido fazer ali, e a mulher a conduziu por um corredor cheio de objetos empilhados.

— Esse cômodo foi feito no final da década de setenta, quando os sucessores da família Villas Boas cederam antiguidades de Horácio para compor o cenário. É uma reprodução fiel da casa antiga deles.

As duas adentraram o local. Estava mais limpo e possuía um leve aroma de flores. Ananda tentou não respirar demais, ao estudar o ambiente acortinado. Transportou seu espírito para o século dezenove, absorvendo a sensação atemporal trazida por aqueles móveis coloniais, tapeçaria requintada e quadros artísticos valiosos. Num canto escuro da sala, havia um aparador de vidro mais moderno, protegendo uma tábula que carregava um papel preservado. Era a carta.

— Acho que você quer ver aquilo. Preciso colocar umas coisas em ordem. Não toque em nada, tudo bem?

— Não vou ficar muito tempo. Obrigada.

Assim que os pequenos e ruidosos saltos da mulher a levaram para longe, Ananda postou-se em frente à tábula e mirou a letra cursiva delineada sobre o papel em pergaminho violentado pela ação do tempo impiedoso, mas conservado com devoção.

Aos estimados membros superiores das famílias fundadoras de Oratório.

Escrevo hoje com imenso pesar e coração dolorido. Sabem bem que a Fazenda Villas Boas foi meu lugar de criação, onde cresci cercado de mimos e aprendendo o ofício laboral dos cuidados com a terra e administração dos pormenores materiais. Essa herança me foi deixada por meu pai, Horácio Villas Boas, como um presente que lavarei pela eternidade, a qual se abre diante de mim com portões frondosos e braços convidativos enquanto vos escrevo.

Passos no lado de fora distraíram Ananda da leitura. Aquele início se tornava sobremaneira tedioso. Qualquer outra movimentação ou zumbido de inseto que ecoava no local quase vazio era mais interessante.

Desceu os olhos pelo papel e poupou-se das delongas de Vasco até chegar a um trecho que saltou aos seus olhos.

Aos que descreem de minha enfermidade de alma, a ferida que carrego e que ceifa minha vida em doses pequenas todos os dias, garanto-vos que não se farão de rogados ao derramarem lágrimas sobre o meu esquife. A visita daquele homem, exatamente no dia do primeiro cingir dos sinos de nossa tão adorada vila de Oratório, foi a comprovação de meus pesadelos mais pueris: as terras de meu pai, que antes foram dos seus pais e mais anteriormente ainda de seus avós, estava malfadada; pertence ao obscuro. Proclamando-se como Conde Leonard...

Parou. As pernas titubearam. Um gemido escapou de sua garganta para expressar sem autorização o pavor que sentiu. Ananda procurou o celular para fotografar a carta.

Trêmula demais para conseguir alcançar o aparelho, prosseguiu na leitura de mais uma parte.

... o homem de vestes negras acompanhado de sua procissão de mortos, nada mais queria do que ser adorado por vós. Obteve vitória em sua empreitada. É com inominável agrura que repito a vosmecês, Ernesto Contreiras, Pedro Confúcio Linhares e meu irmão de sangue, Alexandre Villas Boas, para que estendam meu desabafo às suas esposas e futuros filhos, líderes de Oratório, que no instante em que foram

contra minhas decisões de repelir quaisquer tentativas de Conde Leonard de entrar em nossa cidade, considerando dar a ele uma Celebração cheia de regalos e homenagens, compraram a proteção de Oratório, talvez, mas venderam vossas almas e destruíram a minha.

Seguirei para os céus em paz, apesar de magoado. Porém, minh'alma pertence a Jesus Cristo, nosso Senhor, e não ao malogro que caminha sobre cascos e cerca nossa vila com seu nauseabundo odor do inferno.

<u>Resisti ao Diabo e ele fugirá de vós</u>. Nunca vos preguei essa palavra? Nunca voz designei ao caminho da luz, para que cedeis tão facilmente às trevas?

Dizem-me que enlouqueci por afirmar com tanta premência a verdadeira origem de Conde Leonard. Afirmam que não passa de um homem, poderoso e com meios para nos destruir. Um homem que pode causar a desordem por ser mimado e não receber atenções, e preferem ceder a ele do que lutar. Entretanto tal figura emblemática não é um homem, meus caros.

Hoje, no dia 03 de abril de 1817, deixarei esse mundo nos braços da morte; serei levado aos portões dos céus e prometo a todos que rogarei por vossas almas. Pois vosmecês estão entregando a eterna riqueza de vossas almas, nas mãos do próprio Diabo.

Que Deus tenha misericórdia de vossas almas, pois não mais estarei entre vós para expurgá-los ou exorcizá-los.

Pe. Vasco Villas Boas.

Uma onda de arrepios se alastrou pelo corpo de Ananda. Sua pele ficou assim por um tempo, eriçada e sensível, dolorida no contato com o próprio pano das roupas. Os olhos sem piscar, secos e turvados, incapazes de desviar das palavras de Vasco.

Uma brincadeira de mal gosto. Aquele filho da puta fez uma brincadeira de muito mal gosto com a garota errada. O rapaz nem ao menos devia se chamar Leonard. Era só um cara procurando sexo fácil, com uma criatividade mórbida e uma lábia irretocável.

Ananda sentiu-se uma péssima profissional das artimanhas da mente, uma psicóloga de merda. Como podia se deixar afetar pela sensação agourenta que tudo aquilo trazia?

Saiu dali sem nem ao menos cumprimentar a guia desconhecida quando passou por ela na recepção.

Atravessou a avenida afoita, sem olhar para os lados. O lugar estava mais movimentado agora. Quase foi atropelada e quase derrubou um ciclista. Chegou ao seu carro, enfiou a mão na bolsa e procurou as chaves. Amaldiçoou a si mesma por levar tantas coisas ali dentro.

— Ananda?

Uma voz familiar a chamou.

Ainda assustada, içou os olhos enraivecidos e deparou-se Lucca, sorrindo de forma preocupada, inibido em se aproximar.

— Ei... — sibilou ela, a voz rouca. Limpou a garganta, tentando recobrar a calma. — Perdi as chaves dentro da bolsa, para variar.

Ergueu os ombros, mas as bochechas quentes deviam ter denunciado sua confusão, porque Lucca chegou mais perto. Segurava uma sacola de compras e usava um cachecol azul que combinava com os olhos gentis.

— Que bom te ver aqui — disse, ainda timidamente. — Preciso agradecer por ter ajudado a acalmar minha filha. Não tive oportunidade de pedir seu contato pro Virgílio.

— Não precisa agradecer, Lucca. Ela está bem?

Lucca pareceu triste. Ananda analisou o rosto do jovem rapaz, já esquecendo seus próprios questionamentos e perturbações.

— Ela não teve mais aqueles ataques de terror, mas não acho que esteja bem. O mais estranho é que a levamos para ser analisada pelos melhores psiquiatras na capital. Nenhum deles achou nada que...

Lucca engasgou, os olhos encheram de lágrimas. Por instinto, Ananda se aproximou e tocou o braço dele.

— Ei, você é pai, tem direito de chorar de preocupação às vezes — replicou com empatia. — Tem dividido seus pensamentos com Samuel? Vocês precisam estar juntos nisso.

O rapaz estalou a língua, evidentemente afetado.

— Samuel está preocupado, mas não com a mesma coisa — falou, num tom distante. Os dois trocaram um olhar um pouco hesitante. Ananda assentiu, como se dissesse que estava tudo bem ele falar. — Virgílio e ele foram criados por um pai carrasco e violento. Um Sargento, em todos os sentidos. Os dois perderam a fé em qualquer coisa, e isso dificulta um pouco as coisas pra mim.

Virgílio lhe dissera que era ateu. Até por isso estava convicta de não contar a ele nada sobre a carta de Vasco e a relação com o moço que a abordara. Começou a entender onde Lucca queria chegar.

— Acha que tem algo errado com Ramona de um jeito menos... substancial?

Lucca anuiu, estreitando os lábios.

— Talvez seja por eu ser um descendente direto da principal família fundadora da cidade, ou por ser um dos únicos religiosos daqui...

— Diga, Lucca.

— Você tem tempo? Preciso começar do início.

14

A tocaia de Virgílio já durava quatro horas. Estava estacionado na esquina paralela ao prédio de salinhas comerciais. O prédio de três andares estava caindo aos pedaços. Sem retoques nas últimas décadas, contava com uma pintura de um rosa descascado, muito semelhante às pinturas de algumas sepulturas do cemitério de Oratório. Havia movimentação em todos os andares. Os contadores ficavam no último, depois de alguns lances de escada.

— Só mais sete horas para anoitecer...

Houve uma movimentação na porta estreita que fazia entrada para as escadarias do prédio. Uma moto com dois rapazes parou em frente ao prédio. O condutor não desligou o motor quando o passageiro desceu. Trocaram conversas rápidas através dos capacetes com visores abertos.

Virgílio sentiu uma descarga de adrenalina.

Um deles desceu e o outro arrancou em alta velocidade.

O rapaz na calçada ficou parado, olhando para o prédio. Usava uma mochila grande e pesada, que deixou cair na calçada. Abaixou-se e mexeu lá dentro.

Calma, Virgílio, não aja por impulso.

O rapaz tirou o capacete, mostrando cabelos escuros espetados e uma tatuagem na nuca. Sacou uma blusa de moletom da mochila e a vestiu sobre a regata branca. Jogou a mochila e o capacete na caçamba de lixo do outro lado da rua.

Os comportamentos eram estranhos.

Virgílio desceu do Jipe e atravessou a rua. O rapaz entrou no prédio e sumiu na escuridão lá de dentro.

Rumando para a caçamba, Virgílio olhou para os lados antes de puxar a mochila do rapaz e tatear lá dentro à procura de uma identificação.

***

Ananda prestou atenção em tudo o que Lucca lhe contou sobre Ramona.

O pai narrou as cenas do crime em que ela foi encontrada, falou sobre as famílias que a rejeitaram e sobre a mãe, internada numa cidade a poucos quilômetros dali. "Ela me disse que pode prever o futuro. Me falou que uma pessoa muito importante para mim vai morrer hoje".

A padaria estava mais silenciosa agora que o movimento tinha se dispersado. O som da televisão ligada no noticiário regional quebrava um pouco os ruídos da movimentação e ocultava as conversas ao redor.

— Me desculpe por ter pesquisado sobre sua filha na internet...

— Sei que estava ajudando Virgílio. E está tentando me ajudar agora.

— Ainda não me disse o que acha que há de errado com ela. Talvez eu possa ajudar de verdade.

Lucca hesitou, introspectivo. A exaustão em seus olhos era visível.

— Não acho que Ramona, ou a mãe biológica, tenham uma doença mental — disse, a voz cansada, quase inaudível. — Acho que tem algo caminhando com ela. Uma presença maligna que a acompanha e que diz quando esses crimes vão acontecer.

Ananda se envergou na cadeira, sem tirar os olhos dos de Lucca.

— Como uma possessão?

— Não — replicou rapidamente, o indicador tamborilado na asa da xícara. — Está fora dela. Cercando, talvez. Não sei dizer...

Sem pensar, ela esticou a mão e tocou a dele. Lucca deixou uma lágrima cair.

— De onde você tirou isso?

— Na primeira vez que ela fugiu e foi parar na casa de Virgílio, fizemos uma oração antes de dormir... — Lucca se engasgou ali, olhou para os lados. — Quando eu fui para a cama, Samuel já tinha dormido. Aí eu ouvi barulhos no quintal. Barulhos que nunca tinha ouvido. Não, não era do vento.

Lucca parou de falar, molhou os lábios e a encarou com uma expressão hesitante.

— Eu não vou te julgar.

Ele apertou a mão dela como uma criança temerosa aperta a mão da mãe.

— Eram sons de cascos de cavalo. Eu pensei que estava sonhando, mas...

— No dia seguinte viu marcas de cascos no chão — ela completou, seca.

Lucca a encarou, beirando o assombro. Ficaram ali um tempo, num silêncio compreensivo. A voz da jornalista no noticiário encerrou uma matéria desejando um bom dia a todos. A música do telejornal preencheu o ambiente, quebrou o ar sombrio que tinha se levantado entre os dois.

— Como você...?

— Porque eu vi a mesma coisa hoje de manhã.

***

Alisson Rodrigues dos Santos, dizia a identidade.

Um nome comum para um sujeito comum.

Virgílio riu consigo mesmo. Procurou por mais alguma coisa, algo que pudesse confirmar se Alisson representava algum perigo. Tudo o que havia ali era uma foto. Duas pessoas abraçadas e sorrindo. Não podia afirmar com certeza ainda, mas o cara da foto poderia ser Alisson e a garota que a abraçava aparentava ser íntima dele.

Largou as coisas onde estavam e rumou para o prédio.

Logo vieram os gritos.

Duas vozes ecoaram pela rua. Cachorros começaram a latir, rostos apareceram nas janelas. Sem pensar, Virgílio correu. Sua mão sobre o coldre, preparado para agir sem nem perceber a situação em que se colocava.

Não atendia a uma ocorrência há um ano. Aquilo era justiça com as próprias mãos. Um civil comum, armado, invadindo um local sem ser chamado. Faltava-lhe a farda, sobrava-lhe imperícia.

Subiu a escada pulando degraus. Enquanto passava pelos andares, as pessoas dos outros escritórios estavam às portas, amedrontadas, idiotas demais para acionarem a emergência sem antes compreenderem o que estavam ouvindo.

— Chamem a PM! — bradou Virgílio, olhando para um grupo de três pessoas no segundo andar. — Digam para virem com reforços. Agora!

O grupo se dispersou rapidamente.

Virgílio continuou a subir. Em segundos irrompeu pela porta dos Monteiro sem avisos ou cuidado.

O sujeito estava com sua arma em riste.

Virgílio sabia exatamente para onde tinha que apontar a sua. A imagem do desenho de Ramona estava em sua cabeça. Seria ele com a bala perfurando o peito, não Diego.

Estou no controle, disse a si mesmo, o cano da arma apontando para o rosto de Alisson. *Estou na merda do controle e posso morrer por isso.*

O sujeito prendia um dos irmãos Monteiro contra si em uma gravata certeira. O outro executivo estava atrás da mesa perto da janela, o celular discando rente ao ouvido.

— Alisson, larga a arma! — ordenou Virgílio.

O rapaz que estava sob a mira da arma gemeu, pedindo ajuda. Saliva se projetava de sua boca aos borbotões.

Alisson chorava. Lágrimas caindo de um rosto vermelho, distorcido. Prendia uma pistola 38 à têmpora de sua vítima.

— Não vou — choramingou Alisson, a voz completamente tomada por desespero. — Eu disse para ficar longe dela. Eu disse para não tocar na minha irmã!

— Me desculpa... me desculpa... — chorou a vítima.

As calças do homem já estavam molhadas até os joelhos.

— Escuta, eu não sei que merda esse filho da puta fez com a sua irmã — disse Virgílio, a voz séria, quase calma. — Sei que deve ter sido feio. E sei que tem intenção de tirar a própria vida...

— Como sabe disso, seu desgraçado? — cuspiu Alisson, pressionando ainda mais o pescoço do contador.

— Esse filho da puta talvez mereça um castigo, mas o irmão dele não precisa ficar para ver — prosseguiu Virgílio com calma. — Deixa ele ir e vamos conversar.

Alisson trocou um olhar com o segundo contador. Fungou alto, estreitou os lábios. Deslizou os olhos para Virgílio, que assentiu, encorajando-o.

— Some daqui! — berrou para o contador.

Como um animal assustado, o homem robusto sumiu por trás de Virgílio. Seus passos ecoaram ao descer as escadas. Prevendo a chegada de curiosos, Virgílio manteve-se calmo.

— Ele estuprou minha irmã. Embebedou ela numa festa. Ela acordou destruída, não contou pra ninguém.

— Me desculpa... — chiou o homem.

Alisson o jogou no chão e apontou a arma para a cabeça dele, estatelado ali aos seus pés. Virgílio manteve a mão que segurava a arma para baixo, experimentando uma dose fria de angústia. Queria ele mesmo dar um tiro na cara do estuprador, mas já tinha experiência para saber que não era assim que funcionava. Sua missão era tirar todo mundo dali vivo.

— Sua irmã não vai gostar de te ver preso, Alisson.

O rapaz o encarou. O rosto distorcido era o retrato do luto de quem não tem mais nada a perder.O contador ainda choramingava um pedido de perdão aterrorizado.

— Ela se matou.

Virgílio encarou o homem ao chão. Em nenhum momento considerou deixá-lo morrer, mas o amargor inundou seu paladar como se um alimento azedo estivesse apodrecendo em seu estômago.

Ao longe, as sirenes.

Contreiras estará aqui em segundos. Tenho que desarmar esse garoto.

— Eu vou vingar minha irmã — rosnou Alisson.

E apontou a arma para Virgílio.

15

As sirenes interromperam a conversa de Lucca e Ananda. Ambos estavam assombrados demais para não notarem o som tão característico.

O silêncio perdurou por um instante, até que Ananda o quebrou com um esgar baixo, fruto de seus pensamentos perturbados.

— O homem que falou comigo naquela noite... — sibilou, quando as viaturas já estavam longe. — Eu vi os pés dele, eram pés de animal. E você também viu as marcas... Acha que ele pode estar perseguindo Ramona também?

Lucca piscou, considerando.

— O que você me contou sobre a carta de Vasco, sobre o nome... — calou-se, perdido dentro de si. Pálido. — Acho que precisamos conversar com Virgílio e Samuel sobre tudo isso. Temos que tentar confiar neles.

Ela anuiu, pesarosa. O que começou sendo uma conversa sobre ajudar Ramona, tinha virado uma troca mútua de relatos bizarros. Havia despejado tudo sobre Lucca sem nem perceber.

— Talvez Virgílio não tenha contado a vocês, mas nós dois mal nos conhecemos — informou ela, envergonhada. — Eu não sei nem o nome do meio dele.

Lucca riu, um pouco mais leve agora. Parecia surpreso, mas não de uma forma ruim.

— José — soltou, sorrindo. — Virgílio José Tavares. E ele odeia. Acha que é demais ter tantos nomes.

Ananda também riu, gostando de adicionar esse pormenor às parcas informações que tinha a respeito de Virgílio. Só aumentava a atração que sentia, algo turvado, meio deixado de lado por conta de todos aqueles problemas bizarros.

— Sabe onde ele está agora?

Lucca olhou a hora no celular. Tinha passado do horário do almoço.

— Espero que na chácara, dormindo como um padre, se recuperando das coisas que contamos a ele ontem — respondeu, acelerado. — Preciso levar as coisas para cozinhar. Quer almoçar com a gente?

O convite era genuíno, até mesmo carinhoso.

— Não sei se seria uma boa...

— Ande, vamos logo, querida — falou ele rapidamente, puxando-a pela mão enquanto dava de ombros. — Nem por cima do meu corpo mortinho você vai ficar sozinha.

**

— Matar esse bosta não vai trazer sua irmã de volta, Alisson — advertiu Virgílio, estranhamente plácido. — Eu quero te ajudar.

— Você entrou no meu caminho, não tá me ajudando!

Alisson segurava a pistola em riste, tremendo.

Virgílio levantou as mãos e manteve a Taurus apontada para cima. Acionou o gatilho delicadamente. Alisson chorava de maneira copiosa, o peito subindo e descendo com violência.

— Sinceramente, eu não tô nem aí para esse desgraçado — Virgílio replicou devagar. — Nem me lembro o nome dele, e se ele fez isso mesmo com a sua irmã, ele é um lixo e vai apodrecer na prisão.

Alisson forçou um riso, mas o som que saiu de seu peito foi um guincho animal.

— Carlos Alberto — pronunciou, enojado. — Não me obriga a atirar em você, cara.

— Em trinta segundos um homem vai entrar nessa sala — respondeu Virgílio, comedido, calculando. — E ele é uma pessoa melhor do que eu. Se alguém tiver que morrer, que seja eu, Alisson. Se quer mesmo matar alguém, faça isso em menos de trinta segundos.

Os pneus da viatura rasparam do lado de fora. Pedregulhos voando, pneus cantando. Vozes ascenderam, urgentes. Alisson preparou a arma, lambeu os lábios cobertos de mucosa e chiou mais uma vez.

— Anda logo! — gritou Virgílio.

O rapaz abaixou a arma e mirou em Carlos Alberto. Antes que decidisse por puxar o gatilho, a mão hábil de Virgílio desceu e sua mira certeira disparou o projétil, explodindo no ombro do rapaz.

O dedo que ia atirar vacilou e derrubou a arma. O contador gritou com as mãos na cabeça. Virgílio correu para Alisson e o deitou rapidamente sobre a mesa. Vencido, Alisson nem mesmo lutou. Era pura dor ao clamar pela irmã. Deixou que seus braços fossem mantidos às costas.

— Ninguém vai morrer hoje, amigo. Nem você.

Quando Diego Contreiras entrou na sala com a arma apontada, os dois trocaram um olhar intenso. Virgílio não demonstrou, mas estava aliviado, preso na adrenalina da ação e na certeza de que o horror que vira no desenho de Ramona não ia acontecer.

Não dessa vez.

16

Virgílio teve de despejar um caminhão de mentiras em seus colegas.

Ver os rostos de todos assentindo com a convicção de estarem ouvindo uma verdade irretocável, era um incômodo. Mas o que deveria dizer? *Uma menina de seis anos me disse que isso ia acontecer, e aconteceu!*

Se contasse a verdade, seus amigos jamais acreditariam em sua sanidade.

Naquela manhã ele não havia fracassado.

Todos estavam vivos.

Carlos Alberto Monteiro não deixou o local como vítima. Saiu dali marcado para uma investigação de estupro. Uma onda de satisfação percorreu as veias de Virgílio, feito uma droga que produz endorfina, que invade o sistema e molda os pensamentos trazendo não só bem-estar, mas uma sensação de invencibilidade.

— Eu não conseguiria abordar Alisson como você fez — disse Contreiras, quando os dois ficaram sozinhos próximos à última viatura no local. — Foi sorte você estar passando por aqui, Tenente.

Virgílio enterrou as mãos na cintura, respirou o mais fundo que conseguiu. Queria cessar os efeitos da droga, mas não foi possível. Diego estava vivo. Ele estava ali, graças à Ramona. Graças ao tiro certeiro no ombro de Alisson.

— Não foi sorte — respondeu baixo. — E prefiro que não me chame assim...

— Você é um tenente — reafirmou Contreiras, categórico. Olhou para os lados. A rua estava cheia de gente curiosa. — Merdas como essa acontecem na nossa cidade 28 dias por mês. Uma delas, uma única, meu amigo, tirou você da farda. Mas não tirou sua patente.

— Não posso voltar, se é isso que você está insinuando.

Diego riu, esfregou o rosto barbeado. O rosto expressivo era de evidente certeza, de esperança até.

— Sua convocação vai acontecer em alguns dias — falou por fim, a voz rouca. — E quando ela chegar, você vai se apresentar no batalhão com um atestado psicológico melhor que o primeiro. E na hora que o sinal soar, vai entrar na sua viatura e vai para a rua, como fez nos últimos dezessete anos.

— Dieg...

— Cala a porra da boca agora, Tenente — continuou, com o mesmo timbre grave, convicto. — Você é o cara que salvou duas vidas hoje. Estou cansado de ficar fazendo essa contagem de corpos e sobreviventes por você. — Chegou dois passos mais perto, agigantando-se sobre o amigo. Pressionou o dedo com força sobre o peito de Virgílio e o empurrou até quase tirá-lo do lugar. — Você está de volta, Tenente Tavares. Espero que sua farda esteja limpa.

Dito isso, Diego virou as costas e rumou para o camburão. Nem olhou para trás, mas Virgílio o observou caminhar, os coturnos raspando no solo de pedras, a arma dançando no coldre. *Ele está vivo. O que importa é que esse merda pretencioso está vivo! Só por isso não vou dar um murro na cara dele.*

"Você é o cara que salvou duas vidas hoje..."

Três, meu amigo.

Foram três vidas. Voltou para o Jipe. Havia alguém que ele precisava ver.

***

A primeira coisa que viu ao chegar ao Bosque das Araucárias, foi o carro de Ananda estacionando em frente à casa do irmão. Bateu à porta com ansiedade. Aproveitou para vestir a jaqueta preta e esconder os respingos do sangue de Alisson. Poderia ter ido para a chácara tomar banho, mas não queria esperar para ver Ramona.

Foi ela quem abriu a porta, segurando o urso e trajando roupas, um casaco rosa que cobria o pescoço. Seu rosto era angelical se observado superficialmente, mas profundo e obscuro quando mirado com afinco.

— Você conseguiu — ela disse, exultante. — Ninguém morreu hoje!

Lágrimas se avultaram nos olhos na menina. Não olhos negros demoníacos, mas esperançosos e inocentes. Virgílio se abaixou em frente a ela.

— Você é de verdade, Ramona.

Lucca se aproximou, afoito. Abraçaram-se apertado.

— Ninguém consegue falar no seu celular há horas. As notícias correram como vento!

Virgílio entrou na casa quente e familiar, iluminada, cheia de pessoas que ele amava. Seu coração batia devagar, o corpo era uma constelação de sensações novas, perigosas. Uma nova realidade lhe sorria com desconfiança.

Samuel apareceu pelo corredor. Abraçou o irmão com força, custando a largá-lo. Sobre o ombro do irmão, Virgílio viu Ananda. Envolta num casaco grosso e com os cabelos escuros emoldurando uma expressão serena e paciente.

Uma nova realidade sorria com menos desconfiança agora.

— Nós vimos o noticiário local, mas os vizinhos estavam dizendo que... — Samuel parou, afastou-se para ver o rosto do irmão. — Disseram que um maníaco apontou uma arma para você.

Virgílio olhou de lado para Ramona, que abraçada ao urso balançava o corpo de um lado para o outro.

— É uma história longa e... — Suspirou, passando os olhos por todos os presentes. — Ninguém teve ferimentos graves e eu estou bem.

— Está? — devolveu Samuel, inquisidor.

— Sem crises de pânico. Tudo sob controle — reiterou, erguendo uma continência. — Posso saber como se encontraram?

— Vamos conversar enquanto comemos — respondeu Lucca. — Acho que todos precisamos.

Lucca não deu a Virgílio a oportunidade de falar com Ramona um momento sequer. A garotinha se sentou à mesa, Bianco sobre o colo. Ela precisava manter o objeto por perto, se não junto a si o tempo todo. Naquela tarde, Ramona estava transformada aos olhos do tio. Cheia de sorrisos, eloquente e falante, parecia-se com uma criança comum. A roupa cor-de-rosa e os pés balançando por baixo da cadeira, sem bocas escancaradas e visões realistas de horror.

Ananda sentou-se ao lado de Virgílio à mesa, mas mal falou desde que Lucca começou a tagarelar sobre como tinham se encontrado em frente à padaria. Uma nova cumplicidade era revelada em piscadelas sutis e sorrisos pálidos.

Mas era com Samuel que ele se preocupava. Ele e o irmão eram forjados na mesma matéria. Castigos e ceticismos. Conheciam a lei da cinta do Sargento Tavares.

Samuel sempre soube quem era e esteve cônscio de que nunca seria aceito por Emílio. Virgílio nunca viu o irmão como um garoto diferente por ele gostar de garotos. Protegeu o irmão até o momento da fúria.

Foram espancados vezes demais. Nenhum poder sobrenatural os ajudou, nenhum anjo os salvou.

Existem elos que só podem ser forjados na dor. O luto solda esse laço.

Não acreditava que Samuel ficaria convencido dos poderes de Ramona. Calou-se e comeu em silêncio, mal participando da conversa empolgada de Lucca.

Por um momento, deslizou a mão por baixo da mesa e encontrou a de Ananda. Apertou-a e atraiu seus olhos prateados, sorriu só com os lábios e ela sorriu de volta, timidamente.

— Foi um erro eu vir aqui? — ela cochichou.

A pele dela era quente e de uma maciez incomum. Gostou de tocá-la assim.

— Quer ir comigo para casa? — Virgílio cochichou de volta.

— Agora?

— Agora — respondeu, tão baixo que ele mal acreditou ter ouvido.

17

Virgílio sempre ansiava pelo fim da Celebração das Almas. Entretanto, deitado ao lado de Ananda com o braço dela jogado sobre seu peito desnudo, trocou sua vontade de acelerar o tempo por um desejo ardente de fazê-lo congelar.

Iluminada por um feixe da lua, a pele de marfim desvelava-se como um tecido aveludado. Havia apenas alguns minutos, Virgílio tinha se aventurado por cada centímetro daquele corpo. Explorou-a com um cuidado quase devoto, sorveu e devolveu o prazer que buscava avidamente.

Ananda estava adormecida. Seus sonhos revelados pelo movimento rápido dos olhos sob as pálpebras. O amante observou aquilo com atenção. Invejou a forma tranquila como ela dormia, os cabelos feito uma cortina preta jogados pelas costas nuas.

Já se aproximava da meia-noite, horário em que costumeiramente tinha as crises ansiosas que o faziam ofegar e perder o controle de si mesmo. A crise não veio. O visor do relógio da cabeceira mudou o minuto para 23:58. O toque suave do braço de Ananda sobre si, os dedos afilados cheios de anéis pousados em sua tatuagem, o cheiro dela... tudo significava uma realidade mais agradável.

Esperança. Perniciosa esperança.

Virou-se de frente para ela. Era bonita de doer, coisa de revista mesmo.

Há poucas horas seus corpos tinham se unido num ritmo perfeito, tímidos no começo, mas seguiram a dança com uma conexão que ultrapassava a carnal. Cuidou em manter a mão dela junto a si, entrelaçou os dedos dos dois para em seguida procurar pelo sono.

Um som o pegou a meio caminho da vigília.

Batidas no chão, ocas.

Tclóc tlóc.

Cada vez mais alto. Mais perto.

Esse barulho era inconfundível.

Tclóc tlóc.

Um cavalo, ou qualquer animal que andasse sobre cascos. Virgílio não criava nenhum desses na chácara.

— O que aconteceu? — murmurou Ananda.

A aproximação aumentou. Ananda também ouviu. Seu despertar tornou-se abrupto.

— Devo ter deixado a porteira aberta — falou baixo. — Ananda, o que foi?

— É ele.

A expressão de horror congelou no rosto bonito.

Virgílio a sondou, sem compreender. O som parou depois de chegar à varanda da frente da casa. Por um átimo o silêncio perdurou como a reminiscência do aguardo sombrio; o momento que precede o susto.

— Ele quem?

Em lugar à resposta, batidas vorazes soaram da porta da frente. O visitante desferiu o chamado contra a madeira três vezes, e depois mais três.

— Que inferno... — praguejou Virgílio, colocando-se de pé à procura de suas calças.

Ananda deslizou da cama, cobriu-se com a manta e segurou-o pelo braço com força.

— Não vá lá, por favor — implorou. — Não abra a porta para ele.

— Quem é *ele*, Ananda? — replicou Virgílio, num tom paciente e sério. — O que você não me contou?

Ela piscou várias vezes, como se acordando de um sonho. Os cascos voltaram a soar, dessa vez intermitentes. O animal, ou o que fosse, estava andando de um lado para o outro no pórtico.

— O homem que me abordou na festa — começou ela. Virgílio se afastou até suas roupas, trajou as calças e puxou o coldre com a arma. — O nome dele é Leonard. Ele foi até minha casa hoje de manhã.

Vestiu a camisa e se aproximou dela.

— Por que não me contou antes? O que ele fez com você?

— Nada — apressou-se em responder. Segurou a mão dele, a que manipulava a Taurus com tanta precisão. — Eu não o vi. Foi só de manhã que...

Mas novas batidas na porta a interromperam. Ananda ficou petrificada, os olhos prateados cobertos de um pavor silencioso. Virgílio engatilhou a arma e fez um gesto para que ela ficasse quieta. Os olhos sombrios passaram a clara mensagem de que conversariam sobre aquilo.

Caminhou até a entrada. Ananda, teimosa, foi atrás dele.

É só um caipira passando por aqui a cavalo. É só um vizinho.

Em vez de se encaminhar para a porta, Virgílio parou rente à janela lateral e olhou por entre a cortina. O pórtico estava vazio, apenas as plantas balançavam rapidamente com o vento frio.

— Não tem ninguém — sussurrou consigo mesmo. — Foi embora.

Ananda se aproximou, sorrateira, parou atrás dele. O horror lhe escapou em forma de um gemido baixo. Virgílio se virou de súbito e soltou uma imprecação ao ver a sombra de um homem parada do outro lado da janela.

Um homem alto, de silhueta esguia e uma cartola alta sobre a cabeça.

18

Lucca não quis ficar em Oratório naquela noite.

Fora um dia tenso, mas Ramona estava feliz. Apesar de parecer um dia com um final feliz apesar de tudo, Lucca não ficou em paz em permanecer na cidade em mais um dia de celebração.

Havia uma missa às oito e meia da noite em Botucatu que gostava de frequentar. Ademais, ainda tinha aquele arrepio na nuca, a sensação funesta de que a sombra que corria de seus olhos estava o tempo todo com sua menina.

Samuel, um ateu convicto e ranzinza, foi reclamando na viagem, ida e volta.

— Vamos começar a ler um livro novo antes de dormir. Se chama a Origem das Espécies. É para o caso de você curtir a coisa toda do Adão e Eva.

Lucca desferiu um tapa brincalhão no ombro do marido. Samuel dirigia com cuidado. A piada compartilhada o deixou mais relaxado. Depois da missa levaram a menina para lanchar num *fast food*, coisa que ela nunca tinha experimentado. Acabaram demorando tempo demais e perdendo a noção da hora. Samuel estava irritado. Fazia questão que a filha estivesse na cama antes das dez, enquanto Lucca achava que sem um pouco de flexibilidade, era impossível criar uma criança.

Lucca e ela estavam falantes enquanto Samuel prestava atenção no trajeto enevoado. Havia mais neblina ali do que era costumeiro, o que demandava mais de sua perícia de motorista, atento a um possível farol vindo da direção oposta.

— Essa estrada está tenebrosa hoje — comentou Lucca com temor. — Quantos carros passaram por nós?

Samuel subiu uma marcha e prosseguiu com os olhos atentos à direção.

— Nenhum. Já é quase meia-noite. Imaginei que a estrada ia estar lotada por causa do final da festa.

— O baile não deve ter acabado ainda — disse Lucca, distraído.

Ramona se envergou no banco, colocou o rosto perto do espaço entre os dois.

— Isso não é bom... — sussurrou de forma introspectiva.

— Você soltou o cinto? — questionou Samuel.

Ramona chacoalhou a cabeça, os olhos formando uma expressão diferente enquanto olhava ao redor. A névoa estava grossa, como se o carro estivesse parado e a cortina branca passasse por ele.

— Encoste no banco, querida — continuou Samuel. — Já estamos chegando.

— Isso não é bom — repetiu ela, mais alto dessa vez.

Novamente os dois pais trocaram um olhar comunicativo. Ela se agitou no banco de trás. Foi de uma janela à outra, para olhar dos dois lados.

— É só neblina, filha — explicou Lucca, com ainda mais cautela. — Aqui é muito comum.

— Não é isso — choramingou ela. Segurou Bianco perto do pescoço, olhou para fora como se tivesse encontrado um ponto fixo no meio do nevoeiro. — A gente pode voltar? Eu quero voltar para a outra cidade.

Lucca se ajeitou no banco e colocou a mão para trás e segurou a dela.

— Já estamos quase em casa, querida. Você deve estar com sono. Já é tarde.

— Liga pro meu tio — pediu, agora de forma mais acelerada, ofegante. — Diz para ele não abrir a porta.

O relógio do painel mudou para as 00h00. Naquele pequeno segundo em que o visor levou para formar a nova sequência de números, os olhos de Samuel escorregaram para a estrada, Lucca puxou a mão de sobre a da filha, e ela, por sua vez, colocou-se sobre os joelhos com as mãos voltadas para o vidro, olhando com angústia para fora.

Samuel pisou com força sobre o freio. Lucca imprecou um palavrão. Ramona quase caiu, mas lutou para permanecer olhando para fora, o rosto coberto de medo.

— Que porra é essa?! — soltou Samuel.

Lucca pensou em repreendê-lo pelo palavrão, mas estava ocupado em segurar-se enquanto a velocidade chegava a zero ao ruído dos pneus cantando.

À frente deles, um cenário completamente inusitado se desvelava.

Um enorme grupo de pessoas caminhava devagar na estrada à frente deles. Todos estavam trajados em preto e com cabeças baixas. Um cortejo que ocupava os dois lados do asfalto.

— Estão indo para a cidade — disse Lucca. — Talvez seja da Celebração, uma fantasia...

Aquelas compleições cabisbaixas não sugeriam nenhuma festa. Seguravam velas com chamas fracas, os passos curtos e vagarosos.

— Alguma vez você viu uma loucura dessas? — indagou Samuel. — Fora da cidade ainda?

— Quero voltar, por favor — implorou Ramona. — Liga pro meu tio Virgílio. Ele não pode abrir a porta.

Samuel se virou um pouco para ver a menina. Ela mantinha os olhos no desfile macabro, pálida. Naquela noite ele tinha visto a menina brincar e cantar, finalmente se parecendo com a criança feliz que queria que ela fosse. Tudo tinha acabado agora. Estava de volta às maneiras assombradas.

— O que tem seu tio, Ramona?

— Bianco me disse — confessou, num frêmito. — Ele me avisa quando ele vem pro nosso lado.

— Filha — interpôs Lucca. — O que o Bianco está dizendo agora?

Samuel voltou-se para frente para esconder o rosto cansado. Apesar da temperatura estar caindo exponencialmente, suava por baixo da camisa. Gotículas de água se formavam nos vidros do lado de fora, enquanto ali dentro tudo estava embaçado.

Aquelas pessoas seguiam caminhando, passo por passo, para Oratório.

— Diz que tio Virgílio não pode abrir a porta e que as sombras estão chegando.

Samuel enterrou a mão na buzina e bateu a mão no volante.

— Saiam da frente, seus filhos da mãe!

Ramona chorou com o rosto entre as mãos. Sobre seu colo, o urso maltrapilho caiu com o rosto em seus joelhos.

— Cuidado como fala — repreendeu Lucca, entre os dentes. — Ela já está com problemas demais.

— Nós estamos com problemas, Lucca — prosseguiu um irritado Samuel. — Tem um grupo de pessoas malucas no meio da estrada. É melhor chamar a polícia.

— É... É melhor!

Puxou o celular do bolso para discar o número da emergência. Samuel buzinou mais uma vez, porém o som não produziu efeito algum naquelas pessoas.

***

— Se afasta da janela! — ordenou Virgílio, a arma rapidamente içada com a mira no peito do intruso. — Estou armado. Identifique-se!

O sujeito do outro lado emitiu um som indecifrável; um riso ou um relincho. Ananda xingou baixo, encolheu-se, os olhos presos no movimento da sombra que ia diminuindo conforme a coisa se afastava. Mãos se levantaram, formando a sombra de dedos compridos, pontiagudos como se tivessem unhas longas.

— Tenente Virgílio José Tavares — disse através do vidro da janela, abafada. Seu timbre melódico era sedutor, melindroso. — Você não foi muito cortês para comigo. Achei justo que tivéssemos uma conversa. Tudo o que encontro é mais descortesia.

Ananda e Virgílio se entreolharam. Ela negou com a cabeça, implorando para que ele não reagisse. O olhar sombrio de Virgílio estava claudicando, ora decidido e seguro, ora duvidoso.

— Não. Vá. Lá. Fora. — Ananda sibilou cada palavra, os lábios moveram-se com veemência. — Por favor!

— É só um homem — sussurrou ele, as sobrancelhas arquea-das. Abaixou a arma e caminhou de lado até a porta. — Identifi-que-se! AGORA!

Tclóc, tlóc... A silhueta moveu-se, a sombra de pés passando por baixo da porta e se projetando no solo de taco da sala. Virgílio fez um sinal para que Ananda se escondesse nas sombras.

— Você me conhece, Tenente — respondeu o estranho, agora mais perto da porta. — Temos nos visto muito nos últimos dias.

Virgílio girou a maçaneta e puxou a porta, a Taurus apon-tada com precisão.

O sujeito do outro lado estava em pé rente à soleira, trajado num sobretudo que lhe escondia o corpo todo, do pescoço aos calcanhares. O rosto enrugado e macilento de um velho em seus quase setenta anos. Cabelos grisalhos, puxados para um branco oleoso, espetados pelas laterais do rosto crispado. A cartola alta, antiquada até mesmo para as figuras mais emblemáticas das his-tórias de terror que costumavam transformar crianças pestinhas em meninos dóceis. Pois era essa a função das histórias de terror, não era? Assustar crianças, não adultos.

Aquilo era real.

— Quem é você?

— Você se intrometeu nos meus negócios, Tenente — replicou o outro. Agora o tom não tinha nada de melódico. Pelo contrário;

era uma voz rouca de velho, uma voz que perdia o timbre, mas não a força. — Mas o respeitarei por isso enquanto pudermos ter a chance de conversar. Quero lhe fazer um convite.

— Não respondeu à minha pergunta — continuou pausadamente. Não sabia por que ainda mantinha a arma apontada, mas simplesmente não conseguia abandonar aquela intuição de que estava diante de uma grande ameaça. — Quem. É. Você?

O velho sorriu. Dentes esverdeados, serrilhados nas pontas, como um sabugo de milho podre. Um cheiro nauseabundo acompanhou o gesto horrendo; decomposição. E as curvas empoladas ao redor dos lábios... uma compleição insana que mais parecia a de um monstro de contos de fadas.

— Sua pergunta é ingênua. Nomes não importam, Tenente — disse, provocativo. — Títulos, no entanto, me encantam. Pode me chamar de Conde.

Virgílio tentou rir em escárnio, mas o som que fez se assemelhava a uma tosse.

— Diga, Conde... — soltou, sardônico. — Em que negócios seus eu poderia ter me metido?

— Aceite meu convite e eu lhe revelarei tudo o que precisa saber sobre mim, sobre nós, e sobre uma certa criança que se interpôs em nossos caminhos — prosseguiu, persuasivo.

O Conde parou de falar. Deixou aquelas reticências no ar, dançando envoltas em seu hálito putrefato. Virgílio teve nojo conforme concluía do que o sujeito estava falando.

Era sobre Ramona.

Virgílio respirou com dificuldade. Lembrou-se do dia em que aquele velho o tinha cumprimentado na porta da Pousada, logo após a conversa com Lucca. Também estava na Celebração das Almas, pouco antes de se encontrar com Ananda. E ao lado do túmulo de Elisa.

— Você tem me seguido. Não pense que vou confiar em um velho que persegue pessoas, Conde.

O velho deu um passo para trás e o som foi o mesmo que ouvira por toda a noite — *Tclóc, tlóc*...Virgílio quis chacoalhar a cabeça, espantar a sensação de horror que bambeava suas pernas.

— Há um convite no bolso do meu casaco, mas algo me diz que assim que eu tentar puxá-lo, você vai apertar esse gatilho... Não que eu tenha medo.

— Não quero um convite seu — cuspiu Virgílio. — Quero que vá embora de minha propriedade agora, andando.

— Você vai chamar a polícia, sei disso.

— Eu sou a polícia!

— Pensei que estivesse afastado, Tenente. O episódio de hoje à tarde lhe devolveu a coragem? — provocou o velho. Soltou novamente o riso fétido. Em seguida mexeu os dedos com as unhas compridas no ar, como quem faz uma pantomima de mágica. Um papel deslizou de sua manga negra oculta, até os dedos. Seu rosto mudou para a ironia, uma surpresa culpada e teatral. — Parece que não estava no meu bolso afinal.

Virgílio olhou de lado, sem nem mexer a cabeça. Viu Ananda nas sombras, seus olhos brilhando, nervosos. Uma gota de suor lhe escorreu pela cabeça, percorreu o caminho do pescoço até o pano da blusa. Sentiu-se atordoado, as pernas liquefazendo-se.

— Solte isso no chão e dê meia volta — ordenou, a voz firme. — Não me faça ter que algemá-lo, velho.

O Conde fez o que ele disse mantendo o sorriso insano no rosto.

O papel caiu de seus dedos, planou no ar de um lado para o outro, até cair graciosamente sobre o capacho da entrada. Devagar, com movimentos precisos e ensaiados, o velho girou o corpo e partiu pela varanda. Seu sobretudo grosseiro farfalhou, dançou ao redor do corpo comprido e magro sem revelar seus pés.

O senhor estranho trotou para longe.

Virgílio ficou com a vista embaçada e a mente caótica, como se o raciocínio estivesse ébrio, escapando de si feito um sabonete molhado. Procurou manter-se firme e com a arma apontada, até que a silhueta do Conde sumisse na escuridão.

Foi Ananda quem fechou a porta e puxou o corpo dele para trás, girando a chave até o limite. Ela estava ofegante, trêmula como se tivesse prestes a despencar do próprio corpo. Virgílio deixou o braço que segurava a arma cair devagar.

***

Chamar a polícia de nada tinha adiantado. Ninguém na central atendeu.

Samuel tentou avançar, forçou o motor atrás do grupo para assustá-los, mas nada surtia efeito. Nem olhavam para trás.

Seguiu devagar.

Ramona repetia as orações que Lucca lhe tinha ensinado. O cicio baixo das preces preencheu o carro com uma atmosfera funesta.

— Vamos chegar de qualquer jeito — disse Lucca. — Faltam só alguns metros para entrarmos na cidade.

Samuel estreitou os olhos. As pessoas estavam de costas, mas conhecia os moradores da cidade muito bem. Havia de reconhecer alguém naquele aglomerado. Por fim, não reconheceu. Não eram oratorenses.

— Está ouvindo isso? — perguntou, baixo.

Lucca tentou encontrar o que o marido indicava, mas a voz de Ramona a repetir as ladainhas o estava atrapalhando. Com gentileza e cuidado pediu para que ela parasse um segundo. A garotinha abriu os olhos assustados e calou-se.

O desfile sombrio. Eles estavam... eles estavam rezando?

— É uma procissão — concluiu Samuel, num sussurro — Como aquela coisa na lenda da cidade sobre...

— A Procissão dos Mortos? — completou Lucca, a voz sem tom, quase incrédula. — Vai assustar Ramona com...

Porém sua fala foi interrompida por uma coruja grasnando. Era alto, como se a ave estivesse com o bico perto de um microfone ligado a amplificadores. Quebrou o silêncio, cortou o raciocínio de todos. De dentro do pequeno compartimento do Ford de Samuel, ouviram-se gritos abafados.

— Eles pararam — concluiu Samuel, as mãos perto do ouvido para se proteger do som estridente.

A procissão tinha parado de caminhar. O carro com o motor ligado também parou. Os corpos começaram a se mover para os lados, abrindo espaço suficiente para a passagem deles.

— Vai logo, Samuel — pediu Lucca. — Passa antes que esses malucos resolvam surtar.

— Vamos voltar — implorou Ramona, prendendo o rosto entre as duas mãos. — Bianco disse que não é mais seguro. Tio Virgílio abriu a porta para as sombras. Ele abriu!

— Temos que ir para casa, filha — respondeu Samuel, claramente impávido, como se naquele momento fosse capaz de acreditar e concordar com qualquer loucura. — Você sempre estará segura em casa. Se seu tio abriu a porta para alguma coisa, essa coisa está com um buraco no meio da testa nesse momento.

— Samu...

— Pode falar com ele quando chegarmos — continuou falando, enquanto o espaço entre o grupo era aberto. — Tudo bem?

Abraçando o urso, ela anuiu.

Samuel acelerou o carro e avançou pelo espaço entre a procissão. Ramona fechou os olhos e murmurou uma prece decorada. O motorista não olhou para os lados, mirou apenas o umbral de Oratório com o único intuito de chegar em casa e deixar para trás aquela loucura.

Entretanto, Lucca olhou.

Tentou reconhecer alguém entre aqueles rostos. Eram pálidos, lábios escurecidos e olhos... brancos. Onde deveriam estar íris vivas, cheias de cores, havia só uma superfície leitosa.

Assim que passaram pela última fileira de pessoas, ele prendeu os olhos em uma mulher que estava na frente. Ela o olhou de volta. Enquanto passavam com velocidade, ela ofereceu-lhe sua vela.

19

02 de novembro – Dia de Finados
Final da Celebração das Almas.

Uma manhã sordidamente enevoada caiu sobre Oratório. Nem bem tinha amanhecido, a névoa espessa tomava conta de cada canto da cidade, passeava pelas avenidas abertas abraçando as estátuas históricas de Vasco e Horácio em frente ao museu, rodeava os Ipês floridos das ruas, as Araucárias do residencial, molhava o chão em que os cidadãos pisavam, indiferentes.

Cada morador da cidade rumava para o cemitério municipal com vasos de flores nos braços.

Após a noite insone que teve ao lado de Ananda, Virgílio se levantou da cama antes de nascer o dia sem sol, e a acompanhou até seu carro. Mal se falaram. Não conseguiram comentar a respeito daquela visita na madrugada. Virgílio sabia que ela estava escondendo alguma coisa.

Viu o carro dela se afastar entre a neblina. Ficou na frente da chácara sem se mexer até que os faróis sumissem entre o mar branco que se adensava mais a cada minuto. Depois disso subiu no Jipe e rumou para onde todos os cidadãos oratorenses estavam indo.

Foi para o cemitério. Sem flores, sem trajes negros, sem documento algum no bolso. Só a Taurus escondida sob o casaco. Era sua tradição: visitar o túmulo do filho no Dia dos Mortos. No Dia de Todos os Santos.

Manteve no bolso o papel dobrado, sujo da terra do pórtico, que o Conde tinha deixado cair de sua mão ossuda. Não tinha permitido que Ananda o visse. Ela era intrépida, teimosa e dona de si. Admirava-a por isso, porém temia que o Conde a machucasse, ou até que chegasse a pôr os olhos nela.

Parou em frente à portaria do cemitério exatamente às nove da manhã. O movimento estava intenso. Pessoas silenciosas e cabisbaixas, preparadas para adornar sepulturas e celebrar os mortos com aquela famigerada tradição local de quietude em sinal de respeito. Não se ouvia uma só voz, nem mesmo as das crianças, que cochichavam com os pipoqueiros para comprar a mercadoria. Os cidadãos de Oratório eram fiéis às próprias regras e celebrações.

O que eles fariam se eu começasse a gritar agora? Será que me levariam ao manicômio? Será que parariam com essa palhaçada dos infernos?

Amargo e irresoluto, passou sob o umbral abobadado da enorme fachada provinciana e adentrou o pátio central. Floristas distribuíam crisântemos a um preço exorbitante, enquanto o som dos passos sobre o solo pavimentado se levantava, solene, as respirações e as fungadas servindo de única melodia.

Mais uma vez, considerou gritar.

Fechou os punhos dentro dos bolsos do casaco. A ponta do papel amaldiçoado raspou na pele sensível entre o indicador e o dedo médio. Conteve-se e rumou para as sepulturas na ala leste. Cortou caminho entre alguns mausoléus, capelas e túmulos altos. Quando chegou à estátua do anjo que se erguia no terreno, sabia que estava perto.

Todo ano, ao visualizar o anjo de pedra, mirava nas feições grotescas e mal delineadas do escultor sem talento, para então hesitar. Dezessete anos e não tinha se acostumado àquilo; ter que visitar o filho que deveria estar indo para a faculdade, se apaixonando, tirando habilitação, mas não ali, morto.

O jazigo era pequeno e discreto, laqueado com um azulejo azul já opaco. Uma cruz lhe servia de cabeceira, feita em concreto e enfeitada com uma pequena estátua de bronze que mostrava Maria segurando Jesus nos braços. Fora encomendada pela família Linhares, os avós maternos do pequeno Gustavo, que também já não figuravam mais entre os vivos.

Virgílio se abaixou ao lado do túmulo de seu filho, e acariciou com cuidado a foto na moldura. Nela, o bebê de quatro meses, apenas três dias antes de sua morte, sorria para a câmera com os olhos azuis brilhando. Como um anjo.

Uma lágrima solitária rolou no rosto de Virgílio. Um soluço foi o bastante para recuar. Recolheu a mão e se levantou. Havia vasos de flores, claro. As irmãs de Elisa nunca se esqueciam do sobrinho. O túmulo estava lavado também, como ele previra. Os Linhares nunca faltavam com suas obrigações tradicionais. Preservavam a boa imagem como uma das famílias fundadoras. Jamais deixariam sujo o túmulo de um descendente; e, claro, sabiam que Virgílio não se preocuparia em limpá-lo.

— Você seria um garotão mimado pelas titias — brincou ele, a voz rascante.

— E pelo tio, é claro.

Samuel. Seu tom grave quebrou o silêncio dos sepulcros.

Virgílio se virou, surpreso. Samuel estava com as mãos enterradas nos bolsos do sobretudo marrom. Seu corpo parecia curvado, com uma aparência cansada. A barba volumosa não fora aparada naquela manhã, os cabelos na altura do ombro balançavam com o vento. Tinha olheiras, mais escuras do que lhe era característico.

— Noite ruim?

Samuel anuiu, com uma seriedade também incomum.

— Não sei que merda de droga colocaram na minha água, mas eu ando vendo coisas, irmão — devolveu, o tom firme titubeando ao final da frase. — Provavelmente você não ouviu a rádio nessa manhã, mas umas loucuras aconteceram na cidade essa madrugada.

— Ajudaria se você separasse as coisas por partes — replicou ao se aproximar. — Não ouvi a rádio porque hoje é o dia do silêncio. Não tem porra de rádio nenhuma.

— Hoje teve — emendou Samuel. — Teve um acidente às três da manhã perto da entrada da cidade. A estrada vai ficar fechada por tempo indeterminado. Ninguém entra, e ninguém sai.

Virgílio respirou fundo, passou a mão pelo rosto e lançou uma olhadela para a sepultura de Gustavo mais uma vez.

— Não acredito mais em acaso. Tá tudo errado.

Isso significa que Ananda não vai conseguir sair.

— Você acredita nela, não é? — continuou o caçula, mantendo aquele ar plácido. Virgílio conhecia aquilo muito bem; era uma característica dos Tavares. Eles não ficavam desesperados sem uns bons minutos de sanidade antes. — Por que ela confia em você e não em mim?

Não se olharam. Virgílio ouviu o coração batendo no tímpano. Samuel mirou os pés e depois bufou alto. O mais velho não sabia dizer se o caçula precisava de um abraço, ou de dar um soco na cara de alguém.

— Não sei o que pensar sobre isso, Samuel. Eu não acreditei nela na primeira vez. Elisa morreu por minha culpa.

— Cala a boca, só um pouco.

Perto de onde eles estavam, o carrinho dos crisântemos deslizava puxado pelo vendedor mercenário, as rodas fazendo um atrito ruidoso no solo. Ambos acompanharam o movimento do vendedor até que desaparecesse entre as lápides, deixando os ecos para trás.

— Essa cidade é macabra pra caralho — soltou Samuel.

— Você está bravo, com todo direito. Mas sua filha tá com um problema sério. Ela me escolheu por causa da minha tatuagem. Falou umas insanidades sobre o...

— O Rouxinol — completou Samuel. — Já sei de tudo. Meu lado racional me diz que é essa cidade, que ela mexe com a mente da gente, e que a mente da Ramona estava fragilizada demais para isso.

Virgílio anuiu, mas não estava convencido. Tinham coisas demais desafiando seu lado racional para que ele simplesmente ignorasse.

— Elisa sempre disse que a cidade era amaldiçoada. Sempre foi mais seguro não acreditar em nada.

Samuel soltou um riso, relaxou as costas e finalmente demonstrou alguma emoção genuína. Seu rosto estava vermelho. Raiva pura, desafiadora.

— Por mais insano que seja, ela é minha filha. É meu problema também. A partir de hoje eu vou com você, Virgílio — alertou, imperativo. Ambos cruzaram os braços, quase ao mesmo tempo. — Você é o cara que foi espancado comigo, que lutou por mim, que nunca me olhou de lado e nunca me julgou. — Os olhos de Samuel se encheram de lágrimas, sua respiração ficou entrecortada. — Você é a porra do meu herói e eu confio em você, mas por favor, não vá sem mim.

Virgílio piscou, riu baixo, levantou os ombros daquele jeito peculiar, como fazia para conter uma onda de emoção.

— Tudo bem, vamos ajudar sua filha juntos.

Samuel assentiu, os lábios estreitos numa linha fina.

— Ela teve outra premonição. Só que tenho outras loucuras para contar antes de chegar nessa parte.

— Se quer começar com as loucuras, então preciso mostrar a você as marcas que tenho no meu pórtico.

Foram juntos para a Chácara. Os pneus do Jipe derraparam sobre a grama da entrada. Virgílio desligou o motor e deitou a cabeça sobre o encosto, enquanto Samuel finalmente caíra num silêncio, tendo findado seu relatório da noite anterior.

Ananda não tinha voltado, o carro dela não estava ali.

Samuel contou que, após ultrapassarem a Procissão sombria, Ramona tivera uma crise nervosa relatando ouvir vozes. Vozes que diziam coisas horríveis, que traziam o mal para a cidade. Correram para a casa, e então a menina começou a fazer desenhos. Representações horrendas de mortes e desgraças, uma atrás da outra.

— Ela estava de olhos fechados enquanto desenhava?

— Ficou assim até apagarmos as luzes. Foram duas horas de pura agonia. Ela gritava e nos agredia se tentávamos interferir. Só quando acabou, ela nos contou tudo.

Virgílio bufou alto. Fechou os dedos sobre o volante, como se ainda o estivesse guiando.

— Você disse que ela ficou falando sobre eu não abrir a porta ontem à noite, e acontece que um filho da puta veio mesmo aqui, dizendo as piores maluquices — soltou Virgílio, as palavras escorrendo de seus lábios num ritmo incontrolável. — No começo pensei ser uma merda de uma fantasia para a Celebração, mas o cretino levou isso longe demais.

Não ficou para ouvir o que Samuel ia dizer. Desceu do carro e rumou a passos duros até o pórtico, com o irmão rapidamente em seu encalço. Subiram os dois degraus da entrada. Virgílio parou perto da porta, onde o capacho áspero descansava com uma marca sobre o pano marrom.

A marca era constante se reproduzia sobre todo o local feito pegadas na neve.

Samuel encarou tudo com estranheza. Elevou uma das mãos à cabeça e puxou uma enorme quantidade do volumoso cabelo para trás.

— Caralho.

— O pior disso tudo, é que eu sei que Ananda está me escondendo alguma coisa. Ela me pediu para não abrir, como se soubesse quem era.

As sobrancelhas de Samuel franziram.

— Tem mais algum detalhe que você deixou escapar?

Virgílio tateou os bolsos, procurando o papel para o qual não tinha tido coragem de olhar até aquele momento. Era amarelado, feito um desses documentos que passam décadas guardados em arquivos. Com uma caligrafia cursiva, o sujeito escrevera algumas palavras em nanquim.

Jogo de Poker às 03h00 sexta-feira.
Capela Central do Cemitério de Oratório.
Proibido levar acompanhante.

Conde L.

— Nem por cima do meu cadáver você...

— Tenho uma arma, e quase um distintivo — Virgílio o interrompeu, categórico. — E se esse desgraçado tiver mesmo pés de cavalo, vou ter prazer em quebrá-los.

Samuel encarou as marcas no chão mais uma vez. Raspou a ponta do sapato sobre uma delas, desenhando a curva.

— Não são de cavalo, irmão. São pés de bode.

A névoa do dia começou a retornar novamente, dançando no ar pesado que respiravam com dificuldade.

— Como nas histórias que os velhos da cidade contam? — zombou Virgílio. — Naquelas histórias ele era um homem bonito que seduzia meninas idiotas em bailes mais idiotas ainda. O Conde é um velho enrugado com um bafo de matar uma onça.

Samuel pensou, os olhos cansados transitando para um local além do tempo presente. Obviamente não tinha dormido um minuto sequer na noite anterior.

— Alguém está brincando com a nossa cabeça. Não conte ao Lucca sobre esse velho. Não fale nada sobre esse jogo. Até lá nós dois decidiremos o que fazer.

— Não pode mentir para ele, Samuel.

— Decidiremos depois — reiterou, ainda mais convicto que antes. — Agora você precisa dar uma olhada nos desenhos que ela fez.

Virgílio sacou a chave do Jipe e brincou com ela nas mãos. Sorriu com escárnio, perguntando-se quando Samuel tinha ficado tão controlador. Essa era uma característica que apenas ele estar herdando dos Tavares. O mais novo costumava ser o apaziguador, racional de primeira à última instância, sempre trazendo soluções práticas para tudo.

— Quer ver para crer, hein? — disse Virgílio, sardônico.

— Considerando tudo isso — falou Samuel, abrindo os braços para mostrar o que havia ao redor. O chão marcado, a névoa, todas as mensagens subliminares presentes na atmosfera de Oratório... — Não vou crer nem no que meus olhos verem. Estamos todos enlouquecendo.

Virgílio torcia para que Samuel não sucumbisse à insanidade que estavam vivendo. Precisaria dele para recolher os cacos dos seus surtos. Talvez agora que estavam juntos, sua sanidade poderia dar as caras e ajudá-lo a desmascarar o velho que os estava assombrando, e a encontrar, finalmente, uma resposta plausível para as premonições de Ramona.

20

Ananda ficou parada no congestionamento que se estendia por toda a entrada de Oratório. Quinze minutos depois de buzinas e muitos palavrões, recebeu a visita de um policial bonitão que pediu para que ela abaixasse o vidro. Diego Contreiras comunicou que um caminhão de carga viva tinha tombado na estrada e que levaria um tempo para limparem o asfalto e liberarem a passagem. Fez o balão e voltou para a cidade.

Até aquele instante não tinha se permitido refletir na noite anterior. Prometera a si mesma que só deixaria o raciocínio funcionar quando estivesse em casa, cercada por paredes com as quais se familiarizava. Seus pais voltariam de viagem naquela manhã. Talvez tê-los de volta poderia acalmá-la, trazer alguma segurança proporcionada pela familiaridade.

Seus planos foram minguados e Ananda se viu estacionada em frente ao Museu de Oratório, o local que a levara até ali no dia anterior. Seu impulso pela carta de Vasco a colocou naquela enrascada, mas também proporcionou uma das melhores noites de sexo que teve em toda sua vida. O corpo respondeu rapidamente, enchendo-se de um bem-estar que toldava as memórias assustadoras do homem que ameaçou Virgílio.

Não era o mesmo homem. Não podia ser. Leonard ela belo, com voz melodiosa. Aquilo foi... no mínimo, assustador e feio. Muito, muito feio.

Ficou ali um tempo, observando as pessoas caminharem entre a névoa se que espalhava por todos os cantos da cidade. Transeuntes silenciosos levavam vasos que certamente tinham o mesmo destino de todos os arranjos florais que foram vendidos no país todo naquela manhã.

O Dia de Finados.

Queria aproveitar que estava ali e visitar o túmulo da avó, mas não conseguia sair da frente do Museu que, agora, se encontrava fechado. Queria entrar ali novamente e ver o que tinha deixado escapar. Esmiuçar as fotos e arquivos da cidade até achar uma prova de que não existia um homem com pés de bode na história da cidade. Talvez estivesse mesmo sendo perseguida por um louco em vez de uma entidade maligna. *Como se uma coisa fosse melhor que a outra, Ananda.*, pensou.

Desceu do carro. Seu espírito de menina travessa se apossou de todos os outros potenciais racionais de seu cérebro. Não era porque o museu estava fechado que ela não poderia entrar.

Olhou para os lados e disfarçou quando alguns passantes fizeram seu caminho pela calçada. Em seguida, puxou a trava do portão e invadiu a propriedade municipal.

***

Lucca e Samuel imploraram para que o tio tentasse descobrir mais sobre a questão dos desenhos. Ramona estava dormindo pesadamente quando Virgílio entrou no quarto. Os bracinhos magricelas rodeavam o ursinho caolho, o rosto níveo enterrado no travesseiro. Lábios meio abertos, tremendo sutilmente com a saída do ar de seus pulmões.

O retrato da vulnerabilidade.

Virgílio parou perto da porta, desencorajado a continuar. Temia atrapalhar a imersão calma de seus sonhos. Ali, adormecida, parecia tão inofensiva, apenas uma criança comum cercada de cores, exausta de tanto brincar. Só que os brinquedos estavam intocados, exceto pela mesinha de pintura perto da janela, que estava bagunçada de papéis e lápis. Havia rabiscos até mesmo nas paredes. Virgílio se aproximou com passos cuidadosos para conferi-los.

Por um longo tempo, observou a parede rabiscada. Cenas horrendas, mas eram belas em sua obscuridade. Como fotos de cena do crime em preto e branco.

Em uma das paredes havia uma casa em chamas com cachorros e gatos correndo por entre o fogo. Uma criança de cabelos queimados escapava pela porta. Logo atrás dela braços de adultos, reduzidos à pele derretida, tentavam deixar o local, seus rostos ocultos pelas chamas.

Virgílio não reconhecia aqueles cenários, no entanto. Desconfiou que alguns fossem retratos do passado também, já que havia mais dois desenhos da ocorrência no escritório dos Monteiro. Reparou que em alguns deles, como os do incêndio e o da morte de Elisa, uma sombra oculta aparecia nos cantos das imagens. Uma forma sombria de olhos esbranquiçados, um observador daquelas tragédias.

Virgílio revirou as folhas sobre a mesa com cuidado. Variações daquelas mesmas cenas, por ângulos diferentes. Em nenhuma delas a figura oculta tinha rosto, mas possuía silhueta de chifres na cabeça. Conhecia o formigamento que despontava em sua nuca ao passar a mão sobre a silhueta no desenho.

— Vai ser amanhã, logo que o sol se pôr — falou Ramona atrás dele, com uma voz sonolenta. — As mulheres e as crianças vão se reunir para uma novena. Uma vela vai cair na beira da cortina. Ninguém vai ver. Só uma criança vai sobreviver.

Virgílio não se virou, apenas ficou ali, fitando o desenho do incêndio com uma atenção frígida. Não iria mais perder tempo ao duvidar de Ramona.

— Sabe onde vai ser?

— Uma casa pequena nos fundos de um salão... — continuou, incerta. — Um salão que tem santos de barro e cheira à cera de vela.

— O salão paroquial — concluiu num tom glacial. Virou-se para Ramona, que se postava ao seu lado naquele momento. — É a casa do padre Lauro.

— Ele vai morrer também — emendou Ramona, perto de começar a chorar. — Não vai mais, porque você vai estar lá, não vai?

Ramona aguardou, paciente, até que seu tio se abaixou ao lado dela. A menina exalava um cheiro doce de frutas, provavelmente de alguma colônia comprada pelos pais. Virgílio podia jurar que na verdade era o aroma das lágrimas dela.

— Vou estar lá, Ramona — disse ele, mais expressivo. — Não sei de onde vem esse seu... dom, mas ele salvou vidas ontem.

A menina piscou duro, deixando um par de lágrimas caírem.

— Eu não sou má, tio Virgílio — chorou. Virou-se para que pudesse olhar para ele de frente. — Nos meus sonhos eles dizem que vou ser má, que a escuridão vai me pegar quando for a hora. Mas eu não sou. Papai Lucca disse que eu posso ser o que quiser.

Ele quis segurar a mão da sobrinha e reafirmar o que haviam dito, mas não o fez. Poderia desmoronar se a tocasse.

— Nesses seus sonhos, você vê um homem que usa um chapéu, alto assim? — perguntou com cuidado, mostrando o formato da cartola com uma mímica em sua própria cabeça.

Ela hesitou, o rosto empalidecendo.

— Ele foi falar com você — concluiu séria e obscura, novamente. — Não podia ter atendido a porta para ele.

— Quem é ele, Ramona?

A menina não respondeu. Choramingou e correu para a cama. Escondeu-se no meio das cobertas com apenas os olhos de fora.

Virgílio a seguiu, cuidadoso. Ela soluçava baixo.

Sentou-se na beirada, como faria com Gustavo se ele tivesse cometido uma travessura e se sentisse culpado, ou quando tivesse ouvido uma história de terror e tivesse medo.

— Esse homem machucou você? Se ele tiver feito isso, sabe o que posso fazer com ele, não sabe?

— Ele não pode ser preso. Ele não me machucou. Ele vai vir me buscar quando for a hora. Só que se eu for boa, ele não vai poder me pegar.

— Ninguém vai levar você, garotinha. Eu prometo.

Ramona anuiu algumas vezes, o rosto oculto pelas cobertas.

— Quem disse a você que eu poderia ajudar?

Ramona saiu do meio das cobertas e sentou-se na cama com os joelhos rentes ao queixo, encolhida.

— Bianco — respondeu, temerosa. — Só eu posso ouvir a voz dele. Quando ele tá forte, também pode entrar nos meus pesadelos e fazer as vozes ruins ficarem quietas.

— Bianco é seu anjo da guarda ou algo assim?

— Não posso contar. Desculpa, mas não posso... Ele não me deixa contar!

Tentando acalmá-la, acarinhou o rosto da menina numa atitude paternal de efeito imediato. A respiração que tinha começado a acelerar, foi se aplacando devagar.

— Pode fazer um desenho para mim? Um desenho qualquer, não um desses — propôs, apontando para a mesa.

Levantou-se, juntou todas as folhas usadas, colocou-as num canto da estante de brinquedos, onde Ramona não alcançava. Depois voltou para a superfície limpa, abriu a ostentosa caixa de lápis coloridos e mostrou a cadeira, convidando-a.

— Você já me convenceu, Ramona. Agora preciso que você fique longe das vozes por um tempo. Tudo bem?

Ela concordou com um sorriso sincero. Correu para a mesinha e se lançou sobre as folhas limpas com uma avidez faceira. Puxou o lápis cor-de-rosa e o azul, indecisa entre qual deles usaria primeiro. Mirou Virgílio, os olhos feito um par de jabuticabas maduras, brilhando em pura inocência. Aquilo o cortava por dentro de uma maneira que não tinha como explicar.

— Posso desenhar qualquer coisa?

Virgílio anuiu. Não haveria sangue nem morte no desenho agora. Isso poderia ajudar, ganhar tempo, mantê-la calma até que descobrisse mais do que estava havendo.

Alguns minutos depois que a mão dela começou a percorrer a folha branca com movimentos acelerados, uma Ramona orgulhosa lhe ergueu a tal obra de arte.

Na folha havia uma flor rosa sobre um chão de gramas e um passarinho voando ao redor dela. Um desenho infantil, de traços tremidos e nada artísticos. Nada de realismo. Apenas o desenho colorido de uma criança de seis anos, orgulhosa do próprio trabalho e esperando um elogio.

Era como se outra pessoa tivesse feito aquele desenho.

— Isso está lindo, querida — disse, o assombro embargando sua voz. — Com certeza está lindo.

21

Ananda seguiu com seu plano de invadir o Museu de Oratório. Por sorte encontrou uma janela já quebrada nos fundos. Terminou o trabalho de estilhaçar o vidro usando o pano do casaco ao redor da mão. Entrou pela cozinha.

O pequeno cômodo contava com apenas uma Brastemp sobrevivente dos anos noventa, uma mesa repleta de cascas de pão ressacadas, e um fogão enferrujado, que fazia um par perfeito com a geladeira. Por sorte não havia alarme algum para soar, nem mesmo um cão de guarda para feri-la mais do que um caco solto. Seguiu para cômodos que realmente interessavam.

Explorou os corredores abarrotados de caixas, seguindo o caminho de fotografias antigas das paredes. O cheiro ali era uma mistura naftalina e poeira.

Ananda tapou o nariz e seguiu pela escuridão. A visão logo se habituou à parca iluminação que penetrava pelas janelas. O chão de madeira estalava feito uma ponte alquebrada prestes a desabar. Não acendeu as luzes. A lanterna do celular ajudou nos pontos onde as janelas não podiam alcançar. Devagar reconheceu onde tinha estado no dia anterior, a porta da sala em que estava a carta de Vasco. A porta rangeu alto quando a empurrou. Ali acendeu o interruptor, mas teve que aguardar a luz amarela parar de ferir suas pupilas dilatadas.

A sala era pequena. Na parede principal, três enormes quadros mostravam as figuras emblemáticas da cidade. O Padre Vasco Villa Lobos no meio dos herdeiros, Inácio Contreiras e Pedro Linhares. Vasco era o único com o rosto brando, olhar servil e calmo, entre dois barbudos de expressões estoicas. Inácio era um homem negro de feições marcadas, enquanto Pedro Linhares era magricela e de traços finos. Saiu dali antes que aqueles três fantasmas a perseguissem.

Seguindo seus instintos, rumou para a recepção. Lá tudo estava como se lembrava do dia anterior. Sobre uma mesa cheia de quinquilharias estava um computador modelo 2005 com monitor de tubo. Ao lado, correspondências negligenciadas pelo destinatário, ainda lacradas.

A placa de identificação dourada na parede informava quem mandava no lugar.

Maria das Dores Ribeiro, Secretária da Cultura.

Ananda abriu a correspondência de Maria sem nenhuma culpa.

Algumas eram contas a serem encaminhadas para a prefeitura, outras eram fotos da recente Celebração das Almas, enviadas para registros do museu. Outro envelope, rasgado em várias partes, sugeria que Maria o tinha aberto com irritação ou pressa. Talvez os dois. Foi exatamente esse que chamou a atenção de Ananda.

Remetente: Natasha Nakimura – São Paulo – Capital.

Como o nome das heroínas da Marvel, sempre com as iniciais do nome iguais.

Manuseou o envelope já irrigada pela adrenalina. Havia uma carta redigida à mão ali dentro.

Aos cuidados da Secretaria da
Cultura do Município de Oratório.

Venho por meio desta tentar um contato com a referida secretária. Vocês demonstraram uma completa aversão a responder meus e-mails. Minhas tentativas por telefone só me fizeram vítima de uma falta grotesca de educação. Fui orientada a tentar por carta (parece piada nos dias de hoje, há-há!), a solicitar uma visita profissional ao acervo de correspondências de Oratório.

Eu, Natasha Nakimura, sou uma pesquisadora séria com intenções de registrar a história da cidade em um livro e ajudá-los com seus famosos problemas. Como bem sabem, venho tentando marcar esse encontro há meses e espero, com ansiedade, que dessa vez seja possível. Tenho reunidos aqui arquivos a respeito de um fator que muito vos interessa — a resposta para o fim das tragédias familiares que cercam vocês, meus caros. Se eu estiver certa — o que sempre estou, modéstia à parte —, uma série de catástrofes bizarras está para acontecer novamente na cidade. Começará na noite que abrirá a Celebração das Almas, e só terminará na virada do ano.

Posso ajudar e ainda posso fazer o mundo reconhecer o valor de Oratório.

Vocês não são A Cidade das Orações Perdidas. Não se eu puder evitar ao fazer tudo vir à tona.

Aguardo no contato no telefone abaixo.
Com atenção desesperada.

N.N.
Professora e Pesquisadora da UFI –
Universidade Federal Interiorana.

Lagoana, 29/10/2016.

— Maluca de pedra — cantarolou, guardando o papel de volta no envelope.

No entanto uma ansiedade indistinta tomou conta de si, fazendo-a puxar o papel de volta e reler a carta. A tinta estava forçada no papel, formando saliência onde a caneta preta tinha passado.

Ananda não se sentiu no direito de chamar a garota, ou mulher, de maluca. Não tendo ela mesma visto os pés daquele homem e as marcas que ele tinha deixado em seu pórtico. Marcas que agora estavam sobre a varanda de Virgílio também.

Agora sabia que na noite de estreia de Celebração um suicídio tinha acontecido. Sabia sobre as premonições de Ramona.

Será que Natasha era como a garotinha?

Sem mais delongas, Ananda agarrou a correspondência, seu mais novo objeto de furto. Saiu dali pelo mesmo lugar que tinha entrado.

Quando estava refugiada no ar quente de seu carro, puxou o celular da bolsa e ligou para o número que estava na folha. Uma voz feminina sonolenta atendeu do outro lado.

***

Lucca, Samuel e Virgílio já estavam sentados na sala de estar escura por tempo demais.

O feriado não trazia nenhum descanso, não tinha dado a nenhum deles tempo de cumprir a tradição do dia. Não tinham comido, nem mesmo aliviado a bexiga carregada. A barriga de um deles roncou alto, talvez tentada pelo cheiro de comida que vinha da cozinha, onde a babá de Ramona cozinhava.

— Que horas a ambulância do Cantídio chega pra buscar a gente, hein? — disse Lucca, exausto. — É melhor a gente falar logo sobre o assunto em questão...

Samuel gemeu irritado. Virgílio se levantou e caminhou pelo cômodo. Seu celular já estava quase sem bateria.

— Estou tentando encontrar Ananda a manhã toda — disse, exasperado. — Ela não conseguiu sair da cidade. Não sei onde ela se meteu.

— Tenho certeza de que logo saberemos, querido — respondeu um Lucca transpassado. — Preciso saber como vamos proceder sobre o que Ramona falou a respeito do incêndio na casa paroquial.

Samuel chiou alto para que o marido se calasse. Olhou para trás para verificar se a babá/cozinheira não havia aparecido de repente e ouvido aquela loucura.

— Você fica com ela — começou, a voz grossa, adestradora. — Tem mais facilidade em acalmá-la do que eu...

— Ou, você não confia em mim o suficiente para lidar com tudo? — emendou Lucca, envergando o corpo para ficar com os olhos mais próximos de Samuel. — Os dois chegaram juntos, cheios de cochichos, falando através de olhares. Pensa que eu sou burro? Com quem você acha que se casou, Samuel?

Irritado, o outro se levantou do sofá e elevou às mãos ao rosto. Puxou os cabelos para trás do seu jeito característico, completamente exaurido.

— Porra, Lucca! Eu estou tentando, entendeu? Você pode ficar de segredinho com a namorada dele, né?

Virgílio encarou os dois. Lucca levantou-se também, um ar culpado no rosto decaído.

— Só conversamos ontem, depois que ela saiu do museu.

— Museu? — inquiriu Virgílio, estreitando os olhos. — Que porra ela tava fazendo no museu?

— Dá para a gente focar no que é realmente urgente aqui? — interrompeu Lucca, levantando a voz de uma forma mais que irritada.

Virgílio engoliu o nó na garganta, as mandíbulas trincadas em pura tensão. Trocou um olhar grave com Samuel, que fez um gesto que indicava estar no controle na situação.

— O que você acha importante no momento, Lucca? — perguntou Samuel, pronunciando cada palavra com uma falsa paciência.

— Vocês querêm mesmo que eu fique em casa enquanto os dois impedem heroicamente um incêndio? E o que acontece depois?

— Eu não sei! — Virgílio bradou, abrindo os braços em sinal de rendição. — Você tem dúvidas disso? Acha que eu, o maior dos hereges incrédulos da cidade, tem uma resposta boa pra te dar?

Lucca chacoalhou as mãos, sua expressão perdida entre o choro desesperado e a irritação.

— Por que ela sabe o que vai acontecer por perto dela, mas não prevê a longo alcance? Por que ela não sabe de todas as desgraças que vão acontecer no mundo? — inquiriu, passando os olhos de Samuel para Virgílio.

Era uma pergunta retórica, para fazê-los pensar, mas só aumentou a tensão.

A babá entrou na sala. Os três se obrigaram a relaxar.

— Conseguiram abrir a entrada da cidade — comunicou ela, feliz em ser a portadora da notícia. — Minha mãe ligou agora falando que retiraram a maioria dos porcos do asfalto. Mas uma boa quantidade de animais fugiu.

Lucca riu baixo. Esfregava o rosto com a ponta dos dedos.

— Como se já não tivéssemos loucuras o suficiente, ainda precisamos nos preocupar com ataques de porcos de granja — comentou, sardônico.

Virgílio pensou em Ananda. O número dela continuava com sinal de ocupado. Talvez tivesse uma amiga na cidade a quem recorreu, tentando ficar longe dele depois da noite anterior.

Lucca parecia saber mais do que ele sobre Ananda. Não perguntou, no entanto. Não queria trair a confiança de nenhum dos dois. Preocupava-se com ela, mas resolveria isso do seu jeito, assim que ela atendesse o celular.

22

Ananda não precisou de muito para conseguir a atenção de Natasha Nakimura. Apenas soltou algumas frases sobre um sujeito vestido de preto com pés de bode, que a garota foi toda ouvidos.

Natasha falara num ritmo ininteligível. Em poucos minutos tinham um encontro marcado num endereço em Botucatu para aquele mesmo dia.

Antes de sair de Oratório, checou as ligações perdidas e viu quantas vezes Virgílio tinha tentado contatá-la. Olhou para a tela, com o polegar alternando entre o botão vermelho e o verde, indecisa se deveria retornar. Acabou optando pelo vermelho. Ele jamais permitiria que ela agisse sozinha. Mal o conhecia, mas tinha a certeza de que ele seria protetor. Também a questionaria sobre seu medo insano de Leonard. Talvez não acreditasse quando ela sugerisse que o velho visitante da madrugada e o homem da festa eram a mesma pessoa.

Pode ser uma fantasia, não é mesmo?

Mas pode não ser. E eu não quero outras pessoas tomando decisões por mim.

Guardou o celular e ligou o carro. Dirigiu pela estrada cheia de lama e pedaços largados do acidente da madrugada. Não olhou para trás muitas vezes, limitando-se a usar o retrovisor apenas para checar antes de ultrapassar um carro.

A viagem até Botucatu não era longa; teria um tempo até Natasha chegar, por isso aproveitou para passar em sua casa e tomar longo banho. Na hora exata do combinado, Ananda estava num café pouco movimentado de Botucatu com os cabelos lavados e um vestido mais leve. Usava uma blusa vermelha de linho que protegia bem do leve frio da cidade. Oratório é que estava imersa numa atmosfera polar, como se fosse uma realidade paralela. Era como sair de um mundo de pesadelos.

Não teve que esperar muito. Mal teve tempo de curtir sua caneca de capuccino quando ouviu a porta abrir. A moça baixa de simpáticos olhos puxados que adentrou sussurrando seu nome, procurando-a entre as poucas mesas ocupadas só podia ser Natasha. Carregava uma quantia exorbitante de papel junto com uma bolsa de colo.

Ananda partiu em socorro da moça aparentemente estabanada. Ajudou-a com os papéis e a encaminhou até a mesa. Trocaram um "oi" desajeitado, com olhares de reconhecimento apressados e risinhos abafados pela tensão.

— Espero que você seja Ananda Garcia, ou vou passar uma vergonha dos infernos.

— Sou eu — respondeu Ananda.

Natasha colocou os papéis na pequena mesa. Tentava se acomodar na cadeira, muito afobada.

— Desculpa, eu só saí com muita pressa depois da sua ligação.

— Obrigada por vir tão rápido. Encontrei seu contato por acidente, mas...

Natasha derrubou o potinho de condimentos no chão. Houve um estardalhaço ruidoso, os envelopes de ketchup e maionese se espalharam por baixo das mesas. O recipiente cheio de açúcar abriu no chão, lançando grãos brancos e pegajosos por todo lado.

— Se não causasse uma pequena destruição, não seria eu — disse Natasha envergonhada, já apressada em arrumar sua baderna no chão.

Ananda se abaixou e a ajudou.

Os olhos castanhos da moça eram de uma inocência e timidez incomuns. Sua compleição não aparentava muito mais que trinta anos. Usava uma calça jeans um pouco larga para o corpo franzino e apenas uma bata azul que deixava os braços desnudos. A pele de Natasha estava arrepiada de frio. Certamente não tinha se preparado para a queda de temperatura, já que na capital os termômetros se aproximavam dos trinta graus Celsius naquela época do ano.

— Não tem problema, Natasha — disse solícita, quando um garçom já chegava para ajudá-las com o problema. — Imagino o quanto você tenha corrido para chegar até aqui.

O garçom foi rápido em socorrê-las. Pediu para que não se preocupassem, embora não parecesse muito contente em ajudar. Sorriu debilmente e saiu da presença delas, deixando-as a sós com aquele constrangimento crescente.

— Corri muito, na verdade — continuou Natasha.

Sorriu com dentes extremamente brancos e alinhados. Tinha os olhos marcados pela descendência oriental, mas obviamente havia mais etnias em seus genes que a tornavam belamente peculiar. O rosto com sardas leves, os cabelos naquele tom específico de preto avermelhado, ondulado nas pontas. Era uma bela moça com ar tímido.

— Então, você é...

— Russa por parte de mãe e japonesa por parte de pai — disse de repente. Quando Ananda assumiu um ar de desculpas, ela mexeu com as mãos sinalizando que não tinha importância. — Algumas pessoas costumam reparar na minha aparência e na mistura do meu nome. Estou acostumada.

— Eu não queria que...

— Tudo bem, querida — emendou, sorrindo tão aberto que os olhos ficaram estreitos, dando a Natasha uma expressão bonita, como a de uma boneca de porcelana. — Estamos aqui por causa do Homem dos Pés de Bode, ou, como é conhecido em alguns lugares, Homem Bode, apenas.

Natasha tinha falado muito alto. Um timbre de professora que qualquer um poderia reconhecer. Ela remexeu nos papéis e colocou alguns recortes de jornais em frente à Ananda.

— Eu leciono sobre Folclore Brasileiro para as turmas de história na UFI, em Lagoana, perto daqui — explicou com entusiasmo, ainda dispondo aquelas manchetes. — Há alguns anos a universidade ficou fechada por conta de um acontecimento extraordinário, por isso tive uns meses de férias. Aproveitei o tempo para viajar em busca de experiências a ter no currículo. — Terminou sua apresentação e mirou em Ananda, mais séria agora. — Foi numa semana que passei em Bento Gonçalves, no Rio Grande do Sul, que eu o vi pela primeira vez.

Ela bateu com o dedo numa das folhas de jornal, para a qual uma atônita Ananda olhou. Nela havia uma foto desfocada do que parecia uma quadrilha de festa junina. No centro, um corpo humano jazia deitado, cercado de pessoas.

"Duplo homicídio em festa tradicional da cidade: atirador disse à polícia que o crime foi encomendado pelo próprio Diabo"

— Ele dançou comigo naquela noite — prosseguiu Natasha, num tom soturno agora. O sorriso sumiu completamente de seu rosto, até a face rubra se tornar plácida. — Mas dançou com a mulher errada.

***

O barulho dos fogos de artifício só teve fim depois da meia-noite. Estava encerrada a Celebração das Almas.

Assim que o relógio marcou a hora zero, Virgílio ficou à mercê do silêncio na escuridão da sala de sua casa.

Sobre a mesinha de centro estavam os desenhos da Ramona. Marcas úmidas do fundo das latas de cerveja os rodeavam, formando um tipo engraçado de mosaico.

Estava quase ébrio, perdido nos próprios pensamentos turvos. Não demorou a mergulhar numa semiconsciência, jogado no encosto da poltrona de couro. Não viu o celular vibrando na mesa, por isso perdeu três chamadas de Ananda e duas de Samuel.

A bateria do aparelho apagou. Virgílio nem se preocupou em levá-lo para o quarto, quando despertou de madrugada e carregou o próprio corpo para a cama, completamente exaurido. Dormiu mais do que deveria. Sem sonhos, apenas uma imersão pesada naquela obscuridade que vivia dentro de si mesmo. Já passava do meio-dia quando acordou.

Preparou-se para o que faria ao pôr do sol, cônscio de que estava com a vida de Samuel nas mãos, assim como a de todos os presentes naquela reza do salão paroquial. Comeu o dobro do que costumava e passou uma hora inteira no banho.

Quando colocou o celular para carregar já estava quase na hora de sair. Achou melhor não retornar aquelas ligações por ora. Seria melhor falar com Ananda quando tudo já estivessem bem.

***

Samuel estava recostado ao muro com um cigarro entre os lábios cerrados. Há muito tempo tinha largado aquele vício que trouxera da adolescência. Virgílio não o repreendeu. O irmão era dono de si, velho a ponto de ter um volume de barba que botava medo à mais corajosa das criancinhas.

Virgílio se aproximou, Samuel jogou o que sobrou do cigarro no chão, apagou com uma pisada dura, depois terminou de assoprar uma quantidade inacreditável de fumaça dos pulmões.

— Como se você não tivesse virado a noite enchendo a cara — disse Samuel, com um ar sarcástico.

— Temos tendência ao suicídio a longo prazo. É uma característica dos Tavares.

O mais novo bufou, olhando por sobre o ombro o movimento do lado de dentro do muro baixo. Umas senhoras de vestidos compridos cochichavam na varanda lateral. O local era todo ladeado por grama bem cuidada, árvores floridas que já manifestavam as consequências da ação dos ventos frios deixando as pétalas caírem, secas, por toda a extensão verde.

Uma das senhoras os tinha visto e cochichava com as outras.

— Já estamos levantando suspeitas.

— Um policial com licença psicológica e seu irmão gay gerente do banco — replicou Samuel, amargamente. — Podem achar que viemos porque precisamos da ajuda de Deus.

Virgílio mordeu as bochechas por dentro, o gosto metálico inundou a saliva.

— Você costumava ser uma pessoa mais doce, irmãozinho. Talvez um pouco de Deus não lhe faça mal. — Fez sinal com a cabeça para o portão e iniciou a caminhada. — Comporte-se e espere pelo meu sinal. Se você morrer num incêndio, jamais vou te perdoar.

— Você não vai ser convidado para o meu velório.

Assim que Virgílio e Samuel contornaram a extensão do jardim lateral, visualizaram a casa nos fundos, local que não podia ser visto da frente e no qual jamais estiveram. A fachada da casa era exatamente como desenhada na obra de Ramona; uma pequena construção de madeira, poucas janelas e uma porta estreita, ideal para o alastramento de um fogaréu sem sobreviventes.

As senhoras reunidas na parte frontal do terreno se dispersaram. Algumas entraram na residência, só uma delas ficou para trás para abordar os irmãos que se aproximaram.

— Bem-vindos, queridos — disse, com uma voz melindrosa e fina, nada natural. Os olhos castanhos miravam a dupla de uma altura descompensada, já que era muito baixinha. — Padre Lauro já está lá dentro. Começamos às seis em ponto e vamos até as nove.

Os dois se entreolharam gravemente. *Seria melhor que esse incêndio começasse logo, não?*

Samuel riu baixo e seguiu a mulher.

A mudança imediata de iluminação era como um portal para uma realidade paralela. Passaram por uma sala usual, com estantes cheias de fotos e bibelôs antiquados. Pelas fotos da parede, aquela era a residência particular do tal Padre Lauro, cujas fotos mostravam-no de batina em diversas situações esdrúxulas. Numa delas ele aparecia impondo as mãos sobre um cavalo, olhos fechados, dando a entender que rezava.

Virgílio cutucou Samuel e mostrou a fotografia, mas nesse momento a baixinha olhou para trás, nada contente em ver os marmanjos fazendo pouco do sacerdote.

Oratório não tinha mesmo muitos fiéis, mas considerando o tamanho do quarto em que se encontraram, a quantidade de pessoas pareceu exorbitante. O cômodo não passava de um quadrado ladeado por cortinas e dois aparadores com a imagem de Jesus e o Sagrado Coração, e outra de Maria com o bebê no colo. Os panos iam do teto ao chão, formando rebarbas rendadas que atrapalhavam a disposição dos presentes conforme iam sendo empurrados para os cantos.

Padre Lauro estava num canto, perto de uma mesinha cheia de velas apagadas. O homem era bem como Virgílio se lembrava, embora fizesse anos que não reparasse nele; décadas, pensando honestamente. Segurava um terço nas mãos, seus cabelos brancos bem penteados para o lado lhe conferiam um aspecto pitoresco.

Virgílio riu em escárnio.

— Você está me envergonhando — murmurou Samuel, entre os dentes.

— Você nem deveria estar aqui — replicou, também sem mexer os lábios.

A mulher se afastou, abrindo caminho no meio da reunião. Deixou os dois homens altos perto da porta, onde todos os olhos os podiam captar. Estranheza, espanto e desconforto, foi o que viram. A maioria daquelas pessoas eram senhores e senhoras franzinos, muito quietos e acostumados com a presença uns dos outros. Os dois barbudos com jaqueta de couro e colônias de cedro que rescendiam no ambiente fechado, era um acontecimento extraordinário.

Padre Lauro, por sua vez, não parecia se incomodar. Assim que alguém fechou a porta e empurrou Samuel para o lado, ele limpou a garganta audivelmente, sacou uma bíblia num bolso escondido na batina e abriu.

— Primeira João 5:18;19 — anunciou a voz monocórdia do Padre, sem retirar os olhos do manuscrito Sagrado. — Sabemos que aquele que nasceu de Deus não peca; mas o que é gerado de Deus se acautela, e o Maligno não o toca — leu, empunhando certa inflexão na palavra "Maligno". — Sabemos que somos de Deus, e que o mundo todo jaz sob o Maligno.

A pequena congregação emitiu um ruído conjunto, uma onda de vozes discrepantes que causou desconforto em Virgílio. Apesar do tom teatral do Padre, aquela leitura formigou em seus pensamentos. Samuel mantinha as mãos unidas em frente ao corpo, sem levantar os olhos do chão.

— O que nós vivemos todos anos em nossa cidade é uma evidente mensagem de que nosso mundo pertence mesmo ao inimigo de nossas almas — continuou o Padre, com uma convicção cortante, mansa. A pele negra brilhava com o suor que brotava de sua tez, fazendo-o ter que usar a manga da batina escura como auxílio. — Todos os anos nós, os pouco crentes do poder de Nosso Senhor Jesus Cristo e da Santa Madre Igreja, nos reunimos para pedir por Oratório, para fazer com que nossas preces não sejam perdidas, como o Sacerdote Vasco Villas Boas um dia desejou.

Virgílio chiou baixo, atraindo olhares para si. Só percebeu o que estava fazendo quando todos o miraram, inclusive o Padre, notando-o pela primeira vez. Os olhos escuros do celibatário tornaram-se enérgicos, como alguém que vê um parente há muito tempo distante, alguém por quem se tem muito apreço. Virgílio considerou que Lauro se lembrava dele quando era menino, ou o conhecia das ruas. Claro que sim. O Tenente nunca deixava de fazer as rondas e era receptivo com todos os cidadãos com quem cruzava.

— Se quiser ver o que Vasco viu, suba na torre do sino — prosseguiu o Padre, no mesmo tom de sermão, mas mirando em Virgílio. — Foi de onde ele abriu o olho para as sombras.

Virgílio e o padre se encararam por um longo instante, até que ele entendeu que não eram as rondas, mas a outra opção. Lauro o visitara quando pequeno, logo que Samuel nasceu. Podia ver claramente agora em suas lembranças, a mão enorme e lisa do sacerdote pousando sobre sua cabeça e chacoalhando seus cabelos. "Esse menino gosta de rezar, Padre" — havia dito Rosa, sua mãe, embalando o pequeno Samuel nos braços. "Ele vai ser um homem de fé" — respondera a mesma voz que ouvia agora.

Virgílio despertou da lembrança como se submergisse da água depois de quase se afogar, mas a reza tinha começado e as vozes monocórdias repetindo a ladainha sobrepuseram seu esgar.

"Sede-nos propício, perdoai-nos, Senhor. Sede-nos propício, ouvi-nos, Senhor. De todo mal, livrai-nos, Senhor".

O grupo repetia no mesmo tom o que o Padre lhes falava. Samuel o encarou, no entanto. Perguntava com a expressão o que tinha acontecido, ao que Virgílio respondeu com uma negativa veemente.

"De todo pecado, livrai-nos, Senhor.

Da morte eterna, livrai-nos, Senhor".

Mal tinha voltado a se concentrar, quando o irmão o cutucou de lado.

— Tá sentindo esse cheiro? — sussurrou Samuel.

Virgílio abriu as narinas como instinto. Captou primeiro o odor salgado de suor humano, alastrado pelo ar parco daquele cômodo quente.

"Pelo mistério da vossa santa Encarnação, livrai-nos, Senhor".

Puxou um pouco mais o ar, notou matizes de um odor incômodo, como o de uma fruta começando a apodrecer embaixo das outras, ou o cadáver de uma galinha em decomposição no meio da mata.

— Alguma coisa está morta por aqui — respondeu baixo.

Deslizou os olhos pelo grupo procurando por algo que pudesse se indicar como a origem do cheiro. Seus olhos captaram duas coisas em concomitância; a primeira delas foi uma mulher mais jovem passando entre a aglomeração com velas apagadas e uma caixa de fósforos; a segunda foi um par de olhos marmóreos encarando-o de um canto oposto à entrada. O chapéu alto, chamativo, por alguma razão passando despercebido por todos os presentes.

— É ele, Samuel — indicou Virgílio, um pouco mais alto do que deveria. A mão deslizou por instinto para o coldre em sua cintura. Os dedos fecharam no metal frio. — É aquele filho da puta.

— Como ele entrou aqui?

A figura sorriu para os dois, dentes esverdeados e rugas nos cantos dos lábios insanos.

— Não pense muito.

— Que porra...

— Abra a porta, devagar — ordenou Virgílio, entre dentes. — Precisamos de uma desculpa para tirar essas pessoas daqui.

Samuel deu dois passos para trás. Forçou a maçaneta da porta. Estava trancada.

Os fiéis não o viam, ou o ignoravam.

A jovem das velas estava acendendo a sua naquele instante. Tombou-a um pouco para a direita e transferiu a chama para a pessoa ao seu lado, que repetiu o gesto com mais uma. Assim sucederam até que as pequenas labaredas se espalharam pelo cômodo.

Sede-nos propício, ouvi-nos, Senhor... Rezava o padre, acompanhado por uma onda desafinada de vozes. *Sede-nos propício, ouvi-nos, Senhor.*

— Abra essa porta, Samuel.

Virgílio o deixou ali.

Manteve os olhos presos aos do Conde e abriu caminho entre os fićis. Seu inimigo não se envergonhava em manter o sorriso aberto. Acompanhou Virgílio caminhar em sua direção.

De todo mal, livrai-nos, Senhor, prosseguia o sacerdote, já rouco. *De todo mal, livrai-nos, Senhor.*

O Conde piscou para Virgílio. Uma provocação.

Seu rosto era deformado pelos desenhos das chamas que dançavam ao sabor da respiração dos que as carregavam. Aquelas sombras mudavam e voltavam à forma original, como as ondas de um lago agitado pelo vento.

Virgílio, determinado a acabar com aquilo ali mesmo, mantinha a mão na Taurus.

Tropeçou em algo no caminho.

Da morte eterna, livrai-nos, Senhor... Mirou o obstáculo e viu olhos infantis se desculpando. *Da morte eterna, livrai-nos, Senhor...*

Era um garotinho de blusa listrada e óculos grossos que segurava uma vela, repetindo a ladainha junto com o coro. O menino do desenho, o que corria para fora da igreja como único sobrevivente. Virgílio pediu desculpas.

— Pode ajudar meu irmão a abrir a porta? — disse, sem saber ao certo o que estava fazendo. — Ele precisa ir ao banheiro.

O garotinho assentiu. Sua mãe, ocupada com as orações, não viu o filho se afastar, embrenhando-se entre os adultos com certa dificuldade.

Virgílio voltou a olhar para onde o Conde estivera.

Ele tinha desaparecido.

Por instinto puxou a Taurus.

Uma luz se ergueu à direita do salão. Um senhor baixinho estava de braços abertos ao dar um grito de alerta, sua vela titubeando nas mãos. A chama que tinha recostado ao pano acortinado se alastrou com rapidez, lambendo as rendas e iluminando tudo em laranja. Uma sucessão de gritos se alastrou.

— Samuel! — gritou Virgílio, a voz rouca e alta sobrepondo às do grupo. — A porta, agora!

O aglomerado se avolumou em massa pela pequena abertura, espremendo Samuel e o garotinho contra a madeira. Virgílio procurou manter as pessoas afastadas do fogo que se espalhava com rapidez.

Uma fumaça espessa logo tomava conta do pequeno ambiente.

Virgílio não parou de agir, mas procurou o Conde com fúria. Arrastava os mais velhos para o centro, longe das chamas. Já estava tossindo, assim como a maioria dos presentes que gritavam por socorro.

— Está emperrada! — gritou Samuel de volta.

Virgílio engatilhou a Taurus, protegeu o nariz com o pano da camisa e empurrou algumas pessoas da sua frente.

— Saiam da frente! Agora!

Encontrou dificuldade para passar entre os berros e empurrões desesperados.

Padre Lauro estava caído num canto. Virgílio tentou levantá-lo, mas seus pés estavam presos pelo altar tombado. A fumaça já se tornava densa o bastante para impedir a respiração de muitos. O fogo agora estava em todas as paredes, já perto de alcançar a porta.

Olhou para trás por sobre o ombro e viu, no meio das labaredas voluptuosas, o Conde e sua cartola alta. Estava ileso às chamas que ardiam ao seu redor como bailarinas sedutoras o acariciando com dedos febris.

Virgílio balançou a cabeça para espantar a visão. Poderia estar alucinando.

Forçou a passagem e conseguiu tomar certa proximidade da porta. Com o dedo certeiro no gatilho e uma força descomunal em se manter em pé, atirou quatro vezes contra a fechadura.

— Para trás! — gritou Samuel.

O mais novo desferiu dois chutes contra a madeira atingida pelos projéteis. A porta cedeu. A pequena multidão brigou por um lugar à sobrevivência pelo estreito corredor.

O fogo já devia estar em outros cômodos. A prioridade era remover todos dali.

Virgílio sinalizou para Samuel, atraindo sua atenção por entre aquela cortina cinza e laranja. Tossiam com dificuldade de falar, mas dentre os presentes eram os que estavam em melhor estado.

— Leve alguns para os fundos. — Levantou a voz, soando distante em meio ao crepitar do fogo e o som da madeira cedendo.

— O que vai fazer? — bradou Samuel de volta.

Uma enorme coluna de madeira despencou no fundo do salão, espalhando fagulhas para todo lado. Virgílio olhou o desastre, esperando a visão assombrosa do Conde, mas era só fogo, e estilhaços. E o corpo do Padre no chão.

Virgílio partiu em meio às chamas. Alcançou o sacerdote, o levantou como pôde às pressas e o jogou com o peso todo sobre o ombro.

— Vamos lá, Padre Lauro — resmungou. Tentou acordar o homem com um tapa no rosto. Outra pilastra desabou, dessa vez mais perto da saída. — São só uns passos.

Arrastou o homem quase inconsciente. Parte do rosto já estava queimado, sua respiração era só um chiado doentio.

Samuel tinha conseguido guiar as últimas pessoas para fora e voltava para ajudar o irmão. Mais uma parte do teto desabou, dessa vez exatamente onde eles estavam.

Padre Lauro foi atingido nas pernas. Um grito alto rasgou seus pulmões.

Virgílio ouviu seu caçula chamar por ele, sabendo que Samuel ia entrar ali a todo custo. Tinha pouco tempo para agir.

Empurrou o tronco de madeira em chamas para longe. As pernas de Padre Lauro tinham sido vítimas de um estrago talvez irrevogável. Aterrorizado como nunca, Virgílio sentiu o cheiro de carne queimada. Ignorou tudo, recorreu ao mais primitivo dos instintos de defesa, o que conferiu-lhe uma força inacreditável ao pegar o Padre nos braços e rumar, finalmente, para fora dali.

23

Diego Contreiras lançava olhares enviesados para Virgílio enquanto tomava o depoimento de Samuel.

A fachada do salão paroquial estivera abarrotada de curiosos até a PM chegar e os policiais arrastarem os urubus para fora do círculo de ação. Agora só estavam as vítimas protegidas, amparadas pelos paramédicos.

Ambulâncias extras vieram de Botucatu, juntamente com os carros dos bombeiros que apagavam agora as últimas chamas da casa de madeira de Padre Lauro.

Não tinha restado nem mesmo as fotos do sacerdote intercedendo pelos cavalos. Muito menos as imagens do Sagrado Coração, ou resquício das cortinas de renda.

Ele vai ser um homem de fé.

— Não fale demais, Samuel — sussurrou consigo mesmo.

O caçula estava incomodado com as perguntas de Diego, uma carranca nervosa marcava seu rosto sujo de fuligem.

A alguns metros, entre as luzes das viaturas e a faixa de contenção da polícia, o aglomerado de pessoas seguia numa cacofonia de vozes indistintas.

Virgílio olhou para aquela balbúrdia por um tempo, perdido na confusão de sua mente. Ficou ali parado, lembrando das chamas, rememorando o cheiro de podridão que impregnou o ar quando viu o Conde entre o fogo sem sofrer uma só queimadura.

Um rosto familiar chamou sua atenção e o arrancou daquele devaneio.

Lucca abria espaço e brigava com os policiais. Atrás dele estava Ananda e uma jovem que ele não conhecia. Virgílio pediu que deixassem o trio passar. Lucca rumou direto para Samuel e o abraçou sem cerimônias em interromper o interrogatório policial.

Ananda parou em frente a Virgílio. A moça estranha ficou um pouco distante, fora de seu campo de visão.

— Ei, Superman — disse ela, com um tom de falso divertimento. — Você está vivo.

— Acho que estou...

As mãos dos dois se encontraram como que por instinto. Dedos grossos e brutos entrelaçaram com os de pele fina e delicada.

Por um momento ele só a encarou, experimentando o sentimento estranho que desacelerou o horror que corria em suas veias.

Ananda parecia feliz em estar com ele, talvez aliviada. *Queria que ela pudesse ler nos meus olhos que estou feliz que ela esteja aqui também. Mais feliz do que gostaria de admitir.* Os pensamentos dele foram interrompidos quando a garota estranha se aproximou dos dois, forjando uma tosse artificial que não saiu nada convincente. Era mais baixa, de olhos castanhos peculiares. O rosto se mostrava sério, mas naquela expressão havia algo que ultrapassava a curiosidade.

Ananda a encarou como se acordasse de um devaneio, desculpando-se.

— Essa é Natasha — apresentou, constrangida. — Você precisa ouvir o que ela tem pra dizer.

— Não querendo ser grosso, mas eu não tô no meu melhor dia — retrucou, estreitando os olhos.

Mesmo com sua negativa, a moça acelerada esticou a mão e apertou a dele. Chacoalhou vezes demais antes de soltar. Natasha tinha uma energia hiperativa que era demonstrada por um olhar carregado de ansiedade e por seus trejeitos desajeitados. Era bonita, até demais. Seus traços étnicos, fortes, davam à sua compleição a elegância que faltava em seus atos.

— Eu sinto muito, Tenente, mas talvez isso não possa esperar — soltou, categórica.

— Ela veio ajudar — emendou Ananda. — Já passamos da fase de negar o que está acontecendo. Aquele homem não está apenas fantasiado, não é só uma lenda.

— E talvez eu tenha uma teoria — complementou Natasha, a voz aveludada falando mais devagar agora.

Seu foco estivera turvo até então, tomado pela morte de Elisa, pelo fato de que quase não conseguira salvar o Padre Lauro, que havia poucos minutos tinha sido levado quase sem vida numa ambulância, e pelo garotinho que tinha escapado primeiro do incêndio. O menino ainda estava sentado no chão gramado perto da ambulância, aguardando ser examinado para verificar se tinha fumaça no pulmão.

Porém, agora estava atento a elas.

— Uma teoria sobre o quê, exatamente?

Natasha abanou a cabeça, claramente atrapalhada com as próprias ideias.

— Ananda me contou sobre o homem que deixa marcas no chão e que tem perseguido vocês — respondeu, seriamente. — Não são teorias, são certezas. Mas o senhor não vai gostar de ouvir, Tenente.

— Você tem minha atenção, mas preciso me livrar de algumas coisas primeiro.

***

Livrar-se das perguntas de Diego foi a parte mais exaustiva do fim daquela noite. Seu velho amigo prosseguiu o interrogatório, desconfiado, enquanto ele era examinado dentro da ambulância dos paramédicos. Virgílio sabia que seria inevitável que o Cabo se sentisse intrigado com tudo aquilo, afinal o incêndio era a terceira ocorrência em menos de uma semana na qual Virgílio estava envolvido.

— Você não é um fiel, Tavares — argumentou Diego, com a voz uma oitava acima do usual. — Acha que vou engolir essa de que você e seu irmão vieram para rezar na novena de todos os Santos?

Virgílio piscou algumas vezes para espantar a secura dos olhos, vítimas da fumaça. Lá fora Ananda e Lucca o encaravam, intimando-o. Sua cabeça era um terreno de larvas. Em algum momento uma pequena mosca teria entrado por seu ouvido e plantado um ou dois ovos lá dentro. Só que agora a coisa fervilhava de corozinhos brancos feito uma panela de arroz que criou vida.

— O importante é que eu *tava* aqui, que *não* tive uma crise de pânico, e que por isso todas essas pessoas estão vivas — respondeu, falsamente resoluto. — Esses dias mesmo você tava me enchendo o saco pra voltar, vestir a porra da farda. Agora tá me questionando por quê? Se decide, cara.

Diego o encarou, depois gesticulou para o profissional que o examinava para sair dali.

— Você já tá de volta, não é mesmo? As desgraças estão te atraindo como mosca no lixo.

Virgílio gostaria de ter revelado tudo naquele momento. Confiaria sua vida a Diego, sem abrir os olhos. Queria dizer que não era atraído, mas enviado. Enviado por uma garotinha de seis anos que sabia quando coisas ruins iam acontecer.

Mas até os melhores amigos têm limites.

— Tem uma garota bonita me esperando — foi o que disse, procurando soar tranquilo. — Não há mortos para chorar hoje, então me dê uma noite, Diego. Só uma noite. Amanhã eu prometo me abrir como uma flor.

Diego soltou um riso cansado e esfregou os olhos. Virgílio bateu uma continência e rumou para fora.

24

Virgílio e Samuel seguiram no Jipe atrás do carro de Lucca. Amanda e a moça estranha estavam com ele. Os dois irmãos não falaram sobre os eventos da noite, apenas ficaram na companhia um do outro, sujos de fuligem e fedendo à fumaça dentro do carro fechado.

Perto da casa de Samuel, ele mesmo quebrou o silêncio, limpando a garganta e bufando diversas vezes. Virgílio diminuiu a velocidade para que pudessem conversar no trânsito antes de chegarem. Era um momento a sós antes dos três no outro carro sobrecarregarem os dois com perguntas.

— O jogo de pôquer, nós vamos.

— Não tem nós, Samuel. Você viu o sujeito no meio do fogo. Eu cuido dele, você cuida da sua filha.

— Ele não queima no fogo e você só tem uma arma, entendeu?

— Vamos ouvir essa moça. Depois vamos ver o que fazer sobre o jogo.

Samuel soltou uma imprecação de ironia e desceu rapidamente do Jipe.

O interior da casa estava escuro, exceto pela luz da sala de estar. Copos de água e taças de vinho pela metade se dispunham na mesa de centro, ao lado de papéis e mais papéis espalhados. Os três tinham passado um bom tempo juntos.

Lucca foi checar com a babá se Ramona estava dormindo. Nesse ínterim, os quatro, silenciosos, se acomodaram nos sofás. Virgílio se sentou ao lado do irmão, em frente à Ananda e Natasha. A moça estranha esfregava os joelhos, incapaz de esconder a própria ansiedade.

— Tem coisas que não contei a você — soltou Ananda de repente. — Acho que devia saber antes de Natasha começar a falar.

Virgílio se apoiou com os cotovelos nos joelhos, tentando passar segurança a ela, mas a verdade é que estava transpassado. As larvas em seu cérebro traziam os gritos das quase vítimas do incêndio, os urros de Padre Lauro e a imagem nefasta daquele homem entre as chamas.

Então Ananda falou.

Contou da festa, do homem chamado Leonard e de como tinha tido vontade de beijá-lo pouco antes de se perceber enredada. Falou da sensação de perseguição, de como tentou encontrar o homem nas buscas on-line e como acabou lendo o artigo sobre Oratório num site a respeito de bizarrices. Para finalizar, contou das marcas de patas de animal em sua varanda.

Samuel e ele ficaram quietos, sem interrompê-la. Nem mesmo quando Lucca chegou e ficou em pé atrás do sofá ouvindo tudo de braços cruzados e expressão séria.

— Eu devia ter sido sincera com você. Mas quando aquele homem bateu à porta eu...

A voz morreu, perdida em reticências carregadas com toneladas de terror. Virgílio viu quando Samuel mirou Lucca, que assentiu com um ar de quem sabia de tudo. Mas Lucca e as garotas não sabiam do bilhete sobre o jogo naquela madrugada.

— Você invadiu o museu da cidade e leu as correspondências? Foi assim que achou que ia resolver o problema? — indagou um Samuel um tanto hostil.

— Não posso resolver o problema se vocês não acreditarem em mim — falou Natasha, finalmente. A voz dela era peculiar, com um poder absurdo de atrair a atenção dos ouvintes. — Ninguém acreditou, exceto Ananda.

Virgílio bufou alto, como se dissesse que ela deveria seguir em frente de uma vez.

Natasha corou, intimidada. Os dois não eram tipos de pessoas que se dariam bem em situações normais. Uma garota insegura de fala acelerada, amante dos detalhes minuciosos e dos relatos extensos. Já ele, um homem prático, as vezes grosseiro, de fala curta e olhares veementes que diziam mais do que qualquer coisa.

No entanto estavam ali e a ouviram contar sua história.

Natasha Nakimura era uma professora universitária, cética por natureza, crente fiel no método científico. Sua profissão de historiadora a levou a viajar o Brasil em busca de lendas e folclore nacional, porque tencionava a escrever um livro contando histórias regionais. Foi numa visita a uma cidade no interior do Paraná que Leonard a tirou para dançar.

Como acontecera com Ananda, o belo moço de olhos azuis e maxilar quadrado, por alguns minutos, parecera tudo o que Natasha precisava para continuar vivendo. Corpo e alma ansiavam por ele. Só que a moça não era do tipo que precisava de alguém para viver ao seu lado, tampouco do tipo que gostava de rapazes. Acordou de seu devaneio e o enfrentou. Leonard, assustado com a rejeição, a segurou com firmeza.

Naquele ponto de seu relato, Natasha parou de falar. Ao seu redor, aquelas quatro pessoas espreitavam-na como quem cerca o tio esquisitão que conta histórias de terror nas festinhas de aniversário das crianças.

Natasha contou que Leonard a perseguiu. Ela gritava por ajuda no meio da festa cheia de gente, mas ninguém a ouvia. Sequer a notavam, mesmo quando os puxava e pedia socorro. Fugiu até seu carro, entrou e se trancou lá dentro. Dirigiu até a delegacia mais próxima para fazer um boletim de ocorrência, porém foi motivo de riso dos policiais quando falou que tinha sido hipnotizada por um rapaz.

Perdida e sozinha naquela cidade estranha, Natasha dirigiu para São Paulo. Foram dez horas antes de parar num hotel de estrada para dormir. No dia seguinte quando saiu para voltar à estrada, o capacho do seu quarto no corredor tinha duas marcas queimadas de ferradura.

Ignorou aquilo, pagou sua estadia e voltou a dirigir, ansiosa para estar segura em casa. Àquela altura o horror tinha dispersado um pouco, já que o rapaz não a tinha machucado e nada de pior tinha acontecido. Só queria poder estar na segurança de seu apartamento e refletir sobre aquela viagem estranha. Era só um tarado, coisa comum em todo canto. Um tarado com uma lábia boa, só isso.

Só no meio da estrada, dirigindo numa via reta e monótona ao som de uma música qualquer na rádio, ela entendeu o que a estivera espreitando num canto da memória. As marcas de ferradura do capacho... Pouco antes de entrar em seu carro, ainda perseguida pelo tarado, pensou ter ouvido... tinha certeza de ter ouvido, é claro... barulho de cascos.

Um homem com pés de animal se desenhou em sua mente, como se o tivesse visto.

Natasha chegou em casa acelerada, imediatamente abriu o computador e começou suas pesquisas enquanto tecia um relato minucioso da noite. Encontrou inúmeros casos como o dela, de moças que alegavam terem sido seduzidas pelo famigerado Homem dos Pés de Bode. Imprimiu todas as notícias que achou, tecendo um mapa dos locais do Brasil onde esse Homem aparecia e as datas. Todas as ocorrências estavam em cidades pequenas, próximas às capitais em até 200 quilômetros, ou nas próprias capitais de todos os estados do país. Foi fundo em suas pesquisas e tentou descobrir mais sobre essas cidades em que ele aparecia.

Todos os locais eram conhecidos por ocorrências criminais, alto índice de suicídio, homicídio, violência sexual...

Natasha parou o relato, remexeu nos papéis sobre a mesa e abriu o tal mapa. Com círculos de caneta ela numerara os pontos por todo país. Cada numeração levava a uma matéria de jornal em sua pasta, as quais foi dispondo sobre a mesa.

Aquela organização faria inveja ao FBI.

— Quanto tempo você levou para levantar tudo isso? — questionou Virgílio.

Natasha ergueu os ombros.

— Tempo que deveria ter passado na academia, ou transando, que fosse — retrucou ela. — Não interessa. Ele mexeu com a minha cabeça. Eu precisava entender. Não quero parecer arrogante, mas sou uma pessoa muito inteligente, Tenente. Muito, sério.

— Não duvido disso.

— Antes de me tornar uma professora universitária, eu tive um momento de fraqueza — confessou ela, olhando de lado para Ananda. — Digamos que meu lado incrédulo e questionador sempre irritou pessoas que eram supersticiosas demais. Irritou também minha ex.

Ali ela pausou, deixou a conversa no ar. Puxou o celular do bolso. Abriu um aplicativo de vídeo e virou a tela para Virgílio e Samuel, que encararam com atenção, ambos com a expressão duvidosa.

Virgílio viu o vídeo pausado de um canal on-line chamado *Caçadores de Lendas*, com o título *"Entidades Brasileiras"*. Uma moça de cabelos curtos e maquiagem carregada estava na tela. Tinha uma expressão séria, mas sugestiva.

— Vivian Dalaqua, uma Caçadora de Lendas — continuou Natasha. — Fiz parte desse grupo. Ela me convenceu a passar um tempo com os Caçadores de Lendas para me provar que existiam coisas que a ciência não explicava.

Samuel voltou a se recostar no sofá. Esfregou a barba, pensativo e nada contente.

— Aonde você quer chegar com tudo isso? — Virgílio indagou, com falsa paciência.

— Eu estava diante de uma coisa que não podia explicar naquela hora, Tenente — respondeu rapidamente, assentindo como se fosse óbvio.

Natasha contou que passou um tempo com Vivian. A ex-namorada que não somente acreditava no sobrenatural, mas tinha uma ciência por trás daquilo. Investigava casos paranormais com uma aparelhagem específica e um método capaz de descartar o que era balela do que era a coisa propriamente dita. Vivian contava com uma equipe de pessoas ao seu lado, os Caçadores de Lendas. Natasha passou um período com eles, até que um caso específico causou a separação das duas.

Ela não quis contar o que aconteceu, mas seus olhos ficaram marejados naquela altura do relato.

Desde que se separara dos Caçadores de Lendas, Natasha vinha se dedicando ao projeto de escrever uma enciclopédia do folclore brasileiro. Sempre ouvia histórias, causos, relatos sombrios, mas nada que não pudesse explicar logicamente. Até o Homem Bode persegui-la. Agora ela queria respostas, queria ver a cara do sujeito novamente e descobrir o que ele era.

— Há três meses meu alerta do Google para "Homem Bode" me chamou a atenção para essa mesma matéria que Ananda viu, nesse site Fatos Bizarros — continuou ela. — Essa garota que escreveu a matéria, Alice Matarazzo, não costuma escrever sobre qualquer coisa. Ela é uma vaca, mas é boa no que faz. E ela falou sobre Oratório, então eu resolvi vir para cá ver com os meus próprios olhos.

— Vocês ficariam impressionados com a quantidade de canais online, e sites, que são voltados para esse tipo de conteúdo — complementou Lucca, a expressão de que estava impressionado. — Oratório está em quase todos, inclusive nos gringos.

Natasha olhou para trás, assentindo.

Virgílio estava quase desistindo de tudo aquilo. Não fosse a carranca premente de Ananda, que o intimava a continuar ouvindo, já teria jogado as mãos para o ar e saído dali.

A moça deslizou o corpo até a beirada do sofá. Mostrou a matéria impressa. Fora escrita há exatos três meses, **As cidades mais bizarras do país – Edição #30 Apresentando: Oratório – SP.**

— Aqui diz que a lenda do Homem Bode começou em Oratório. Descobri todas as desgraças que já aconteceram aqui, mesmo que não contassem exatamente com a aparição da entidade dos pés de bode. — Apontou no mapa. Oratório estava no centro dos outros acontecimentos que se ligavam por pontos, formando um tipo de figura geométrica. Natasha repassou os olhos pelos presentes, voltando a pousar em Virgílio. — Vocês também têm outra lenda que dizem ter nascido aqui. A Procissão dos Mortos.

Virgílio soltou um silvo, irritado no último grau de suas possibilidades. Samuel esticou a mão e pousou em seu braço. Sua carranca o alertava a ficar quieto.

— Muitas lendas nasceram aqui — falou Samuel. — O que essas duas têm de diferente para você?

— As datas — retrucou Natasha. — Ambas possuem relatos de aparição no mesmo período do ano. São elas que se comemoram na sua famosa Celebração das Almas, não? — provocou usando um tom presunçoso, como se tudo fosse óbvio. — Eu tinha uma tia velha que sempre falava que, na madrugada do dia de Finados, os Mortos perambulam pelas ruas. Nós não podemos espiá-los, ou teríamos a mesma sorte, morreríamos e ficaríamos presos para sempre na procissão. Ela foi um dos motivos de eu ter ido estudar folclore.

Virgílio estava anestesiado. Sempre nutrira sua própria superstição de que sua vida começara a dar errado com o início da Celebração das Almas. Era um pensamento amargo no qual Natasha remexia sem saber.

— Qual sua teoria? — soltou, desafiador. — O Homem Bode nasceu aqui, arrastou os mortos pelo país, deixando corpos para trás?

Ela anuiu, nada ofendida. Sua expressão estava mais para pena do que qualquer coisa.

— O resto do Brasil... — divagou, pensativa. Olhou para o mapa e sinalizou mostrando suas marcações pelo país todo. — Mortes relacionadas com aparições. Pessoas julgadas como loucas porque afirmavam ver um cortejo de almas, e depois se enforcavam sem deixar cartas. Crianças desaparecidas, cujos corpos eram encontrados nos matagais, sem sangue... Não vou listar a vocês, já que estão tão cansados — falou, sem ironia nenhuma.

Ela bateu o dedo sobre um local do mapa que indicava uma cidade pequena no Nordeste, depois outra no Norte. Eram os pontos que tinham sido marcados pelos casos que ela acabara de citar.

— Não ficamos sabendo da maioria desses acontecimentos, pois ocorrem em lugares descreditados. Mas aqui vocês podem ver, sem dúvidas, que o Homem Bode e a Procissão sempre aparecem na mesma época do ano — continuou, mirando Samuel com convicção. — Entre 30 de outubro e 02 de novembro. Cada ano em uma cidade diferente, mas em Oratório não falta sequer uma vez.

Ainda não fazia sentido para Virgílio.

— As famílias fundadoras mantêm a tradição da Celebração das Almas desde a fundação da cidade. Dizem que a festa nasceu em favor de um homem que tinha desafiado Vasco Villas Boas pelo domínio das terras — falou Lucca, a voz enérgica. — Um homem que poderia trazer desgraças.

— Vasco afirma na carta que esse homem se chama Leonard — completou Ananda, quebrando a conversa com seu tom afiado. — Vocês moram aqui, deveriam ter lido aquela droga. Está no museu para todo mundo ler.

Os três estavam unidos e tencionavam chegar a algum lugar com aquela conversa longa demais. Queriam dizer que o homem misterioso que havia ameaçado Vasco Villas Boas há duzentos anos era o mesmo homem que tentara seduzir Ananda, e o mesmo velho encarquilhado que estava ameaçando Ramona e perseguindo Virgílio.

— Vocês foram vítimas de um maluco que leu a carta e soube direitinho como fazer uma fantasia bem-feita — replicou Samuel, transpassado. — Se não for pedir demais, gostaria que falassem logo o que querem. Preciso tomar um banho e dormir umas doze horas, se a Ramona deixar.

Houve um momento de silêncio. A insinuação duvidosa dele ainda estava no ar, calando os três crédulos que encaravam os dois irmãos do outro lado. Virgílio achou aquela cena quase cômica, não fossem as coisas que ele mesmo escondia, sobre o bilhete que pesava em seu bolso. Um maluco fantasiado que poderia estar matando pessoas, e que conhecia sua sobrinha.

— Eu gostaria de ter mais dados para convencê-lo, Samuel — disse Natasha. — Mas fui proibida de acessar os arquivos da cidade. Sua secretária da cultura chegou a me ofender e me ameaçar. Tive sorte de Ananda achar uma das minhas cartas.

— Não chamaria de sorte. — Riu Virgílio. — A não ser que goste mesmo de coisas bizarras e fique feliz em saber que, seja quem for esse desgraçado, ele está exatamente aqui.

Natasha anuiu sutilmente, o rosto impassível. Engoliu o nó na garganta e novamente aparentou estar rememorando o temor sentido.

— Ele estava lá hoje, durante o incêndio? — ousou perguntar.

Virgílio não ia responder, mas Samuel concordou. E a Procissão dos Mortos também tinha estado, ele e Lucca tinham assistido.

Natasha mudou a posição do corpo, incomodada como se houvesse formigas em seu assento.

— Preciso descobrir o que ele quer — continuou ela, com uma seriedade melancólica. — Todos esses acontecimentos ligados a ele são um tipo de ritual típico de um *serial killer*. Sempre agindo da mesma forma, na mesma época do ano... Exceto que essas coisas acontecem há mais tempo do que uma pessoa normal poderia viver.

A fala ficou no ar, grave e poderosa.

— Virgílio, ele disse a você noite passada — interrompeu Ananda, esticando a mão numa expressão de quase desespero. — Disse que uma criança interrompeu seus planos.

Lucca se colocou em pé num rompante nervoso.

— Estava falando de Ramona. Ela levou você até os locais onde Elisa se matou, onde aquele louco ia assassinar os dois homens, e hoje, no incêndio. Ele estava mesmo falando da minha filha.

— Nossa filha! — replicou Samuel, também em pé. O movimento brusco daquele homem corpulento fez todos se encolherem, inclusive Virgílio. — A professora aqui tem alguma explicação para isso? O que minha filha tem a ver com um Homem de Pés de Bode que tem quase duzentos anos?

Era um desafio, mas também uma atitude de desespero. Virgílio viu Natasha empalidecer, por isso levantou-se ao lado do irmão e fez um sinal para que se acalmasse e voltasse a se sentar.

— Só soube sobre a garotinha quando Ananda me contou — disse Natasha, intimidada. Seus ombros estavam encolhidos agora. — Preciso de um tempo de estudo para tentar descobrir como tudo isso se liga. Seria bom se soubéssemos mais sobre a família biológica dela.

Natasha se voltou novamente para a mesa onde estavam seus papéis. Mexeu em alguns e puxou folhas de matérias impressas que mostravam ocorrências na cidade de São Paulo. Eram as matérias que falavam também de Ramona. Natasha as esticou para que Virgílio as pegasse, mas ele devolveu o gesto com um olhar sombrio que a fez recuar.

Ela deixou as folhas caírem e manteve o queixo erguido.

— Eu não tinha me atentado a *essas* matérias — ela falou. — O fato é que essas ocorrências em que Ramona apareceu estão ligadas à entidade de que estamos falando. Essa mulher da foto — Natasha apontou para a folha, que se tratava da mesma notícia que há alguns dias Ananda tinha encaminhado para o celular de Virgílio. — Foi encontrada no quintal·de uma estranha. Ramona estava lá. Dias depois a família deu um depoimento de que a filha relatou estar sendo perseguida por um homem que usava cartola. Isso não saiu nos jornais de grande circulação. A notícia tinha esfriado.

Lucca bufou alto, as mãos batendo nos quadris. Os olhos azuis estavam lacrimejados.

— Ramona não prevê todas as desgraças do mundo. As premonições dela são específicas sobre o Homem Bode. Nossa filha está ligada a esse homem, Samuel — soltou por fim, resignado. — Ela sabe de coisas que não sabemos, mas por algum motivo, só confia em você, Virgílio.

Virgílio içou os olhos para o seu cunhado, rechaçou sua afirmação com um gesto irritado, uma expressão de incredulidade.

— Nós agradecemos a você, Natasha, por tentar ajudar, mas vamos parar com isso por aqui.

— Cala a boca, Virgílio — interrompeu Ananda. — Natasha está falando com base em informações. Ela é tão cética quanto você. Então seja no mínimo educado e fecha a boca até ela terminar.

Todos ficaram quietos, desviando os olhares constrangidos. Virgílio gostaria de ter algo sarcástico para dizer, mas sua mente e corpo cansados não permitiram.

— Desculpa — rumorejou, mal-humorado. — Termina suas intuições, se tiver mais alguma.

Ela agradeceu a Ananda com um olhar rápido antes de prosseguir.

— O Homem Bode, Leonard, ou o Conde, como ele se apresentou para algumas dessas pessoas, se empenhou em causar essas tragédias nesses duzentos anos. Seja o que for, não vai parar. Se Ramona tem mesmo alguma ligação com ele, precisamos descobrir. Ela pode ajudar a entender o que ele quer.

— Não vou explorar minha filha baseando-me em lendas urbanas — interpôs Samuel.

— Não quero que a explore, Samuel — soltou Natasha, a tréplica quase mordaz. — Como eu disse, podemos recorrer à família biológica.

Lucca e Samuel trocaram um olhar grave. Lucca deu de ombros. Estavam conversando em silêncio, coisas que Virgílio conseguiu ler. Foi como se seu irmão tivesse dito: *você contou a elas?* E o marido respondeu, derrotado, que não tinha escolha.

— Não vou mentir que Natasha me disse mais cedo sobre essa possibilidade — disse Ananda, calmamente. — Sei que a mãe dela está internada no Angellus Michaellis.

— Eu tive que contar — justificou-se Lucca, abrindo os braços.

Por um momento o silêncio fúnebre retornou. Vozes diversas diziam coisas opostas nos pensamentos de Virgílio. *Ele vai ser um homem de fé.*

O Homem Bode, Leonard, O Conde... O maldito Conde.

Esfregou os olhos tentando manter a calma. O papel com o convite para jogar cartas com o Conde pesou em seu bolso. *Descobri que meus dois filhos são um fracasso. Você é um covarde, Virgílio. Você não tem colhões nem para matar uma galinha.*

— Por sorte eu soube o que fazer com a informação — continuou Ananda, rapidamente se metendo entre os dois antes que a briga começasse. — Tenho colegas de faculdade que trabalham no Angellus. Posso colocar vocês dois lá dentro amanhã de manhã.

Virgílio não ouviu o pequeno debate que começou em seguida. Seus pensamentos foram turvados pelas vozes do passado.

— Vamos nos acalmar por hoje. Amanhã Samuel e Lucca vão ao Angellus, depois Natasha vai tentar juntar as informações que eles coletarem — arrematou Ananda.

Antes que Virgílio pudesse dizer qualquer besteira, Lucca emitiu um ruído alto para chamar a atenção de todos.

— Vamos ficar todos juntos hoje, sem discussão — soltou, convicto. — Samuel e eu vamos arrumar os quartos e os colchões. Amanhã de manhã ficaremos de frente a Alice Winfred, então precisamos descansar.

Vencido pelo cansaço, Samuel anuiu. Bateu no ombro do irmão, que, em silêncio, ainda observava aquelas pessoas tomarem decisões que julgava estapafúrdias, mas contra as quais não conseguia brigar.

— Toma conta da minha menina enquanto eu estiver fora, Virgílio — disse Lucca, sem dar espaço para negativas. — Ela confia em você.

25

A madrugada caiu sobre Oratório com o silêncio pesaroso. O incêndio da casa paroquial era mais uma ferida do seio da cidade. A névoa implacável seguia enchendo os cantos, becos e espaços abertos. Não havia movimento nas ruas. A praça ainda carregava vestígios da Celebração das Almas.

Virgílio estava deitado no sofá da sala de estar de seu irmão, as mãos atrás da cabeça, mirando o teto com a mente vazia. Ananda e Natasha dividiam o quarto de hóspedes, e Ramona dormia em sua cama, protegida dos acontecimentos daquela noite.

Ele tinha um intervalo para respirar.

Adormeceu por tempo, mas às duas e quarenta seu despertador vibrou sob o travesseiro. Havia um compromisso ao qual tinha decidido não faltar. Não agora. Não quando o peso de toda aquela obscuridade estava inalienável em seus ombros.

Vestiu o casaco e o par de coturnos, jogou água fria no rosto e partiu com passos inaudíveis, levando as chaves do Jipe e sua arma. Assim que abriu a porta e se embrenhou no vento e na neblina, deparou-se com a figura de Samuel recostada ao seu carro.

Fumava um cigarro já no fim, com mais dois jogados aos seus pés. Samuel não pareceu surpreso em vê-lo, nem desmanchou a expressão amarga que tinha no rosto.

— Você tem um jogo de cartas com seu amigo especial — falou Samuel, assim que Virgílio parou em sua frente de braços cruzados. — Vou com você.

— Não, não vai. Isso tudo é muito pior do que a gente imaginou. Sua filha não está segura.

— Por isso eu vou com você.

— Vai ficar em casa e cuidar dela — emendou Virgílio, a voz adestradora de um sargento. — Eu não tenho nada a perder. Isso está nas *minhas* costas.

Samuel, num rompante raivoso, jogou o cigarro no chão, elevando as mãos à cabeça.

— Isso é tão... insano! — rosnou, andando de um lado para o outro. — Nós crescemos sem acreditar em nada! Agora que eu vi aquela coisa comecei a pensar que... — Samuel engasgou com as palavras, os olhos cheios de lágrimas represadas. — Se aquela coisa maligna existe, meu irmão, alguma coisa boa tem que estar em algum lugar.

— Deus? — retrucou o mais velho, sorrindo com o escárnio. — Eu sei que é irresistível essa ideia de ver toda essa loucura como uma disputa entre o bem e o mal. É mais simples, mais cômodo. Só que nós sabemos o que homens de bem podem fazer com armas, Samuel. Imagina o que um homem como Leonard pode fazer com... poderes!

Samuel ficou quieto, talvez refletindo nas palavras do irmão, talvez tentando procurar argumentos.

— De toda forma, eu escolho ter fé — disse Samuel depois de um tempo. — Você não entrou em pânico em nenhuma das vezes que foi fazer o que Ramona lhe disse para fazer. E... Caralho, Virgílio! Você é meu irmão! Você é a única coisa que eu tenho que me dá a segurança de que essa porra de mundo vale à pena. Eu tenho fé em você, em nós dois.

Virgílio trincou o maxilar. O choro não era uma opção. Abraçou Samuel com força, bateu em suas costas duas vezes. Um abraço bruto e rápido.

— Eu sinto muito que você só tenha conhecido nosso pai — falou com a voz abafada. — Sinto muito que nossa mãe tenha morrido antes de você poder ter lembranças dela.

— Por que está falando nisso agora?

Virgílio largou-o e pegou a chave do Jipe.

— Ela me ensinou coisas que eu tinha esquecido. Exatamente sobre ter fé. Talvez essa noite eu tenha que lembrar.

— Virgílio, eu não posso...

Mas ele virou as costas e rumou para o carro. Samuel o seguiu balbuciando uma súplica para ficassem juntos. Virgílio bateu a porta e abriu o vidro.

— Se eu não voltar até amanhecer, liga para o Contreiras e me encontrem no cemitério — disse, categórico. — Mas pretendo voltar para tomar conta de Ramona enquanto vocês vão atrás da mãe dela. E não pretendo morrer até ver aonde minha história com a Ananda vai dar.

— Se você vai fazer isso, então pensa no que eu falei — continuou Samuel, ainda afoito. — Saiba que confio em você. Confio e amo você, irmão. Por favor, volta.

Virgílio segurou com força o ombro de Samuel através da janela. O que ele tinha a responder escapava por seus olhos, sempre.

Samuel era tudo o que lhe restava. O amor pelo irmão era muito maior que a dor das surras de Emílio. Maior do que a fraqueza que trazia dentro de si. Era maior que o pânico, que o descontrole. Maior do que qualquer ideia de disputa entre Deus e o Diabo e que preces não ouvidas.

Quando partiu, viu no retrovisor o irmão sozinho naquela calçada imersa em névoa. Seu peito encheu de ar, as mãos tremeram. A silhueta de Samuel ficou para trás, sem se mexer.

***

O cemitério de Oratório jazia envolvido pelos braços fantasmagóricos da neblina.

O portão de bronze encimado por uma fachada de tijolos exibia a placa em letras cursivas, já apagadas pelo tempo. **Cemitério Inácio Contreiras**. Virgílio sempre achou funesta a perspectiva de que seu melhor amigo levava o sobrenome e a descendência de uma das famílias fundadoras. Justamente aquele que homenageava o cemitério.

Uma fresta do portão estava aberta à sua espera. Caminhou a passos largos para o inferno. A cada passo que dava, suas convicções sobre o mundo lógico escorregavam pelo chão sujo.

Ia encontrar o Diabo em pessoa sem nunca ter ouvido a voz de Deus.

As dobradiças rangeram alto, acordaram os morcegos dependurados pelo lado de dentro, moradores antigos do cemitério. Alguns voaram, mas os que restaram tinham os olhos vermelhos condenatórios para a invasão do homem que, olhando para os lados a fim de conferir se não estava sendo observado, transpôs os limites do umbral e penetrou na moradia dos mortos.

Já no pátio, a capela central podia ser vista se erguendo entre os túmulos. Luzes adivinhavam a presença de chamas de velas em seu interior.

Três da madrugada, *na mosca*.

Passo após passo se aproximou da capela. Ignorou o aspecto taciturno da pequena construção em forma de torre. Os sons da noite eram tão pulsantes quanto o crocitar dos morcegos e o sibilar dos ratos correndo pelos sepulcros.

A porta de madeira de lei, afetada pela ação dos cupins e mofos, também estava entreaberta. De dentro vinha a quentura fétida, como o odor denso de um corpo começando a decompor.

O corpo de Virgílio se retraiu. Queria correr, mas a mente o mandava ficar. Queria sacar a arma, mas a prudência o mandou se acautelar.

Devagar, entrou na capela e manteve a porta aberta.

O ambiente penumbroso era iluminado por apenas duas chamas altas de duas velas de sete dias acesas num altarzinho.

Lá estava ele, sentado entre dois candelabros. O corpo lânguido e os olhos predatórios. O velho em seus trajes negros, a cartola alta sobre os cabelos brancos. No rosto encrespado um sorriso de boas-vindas acompanhado de um ar banal.

Se eu piscar, posso acordar na sala da minha casa, cercado de latas de cerveja.

Piscou. Não despertou.

As mãos esquálidas daquele ser obscuro se fecharam nos braços da cadeira. Anéis de ouro e pedras coloridas enfeitavam dedos ossudos. Ao ver seu convidado, o Conde estendeu as mãos como se estivesse pronto para receber um bebê nos braços.

Havia cartas de baralho amontoadas no centro da mesa, fichas planas empilhadas em dois montes organizados, uma pilha para cada jogador.

— Gosto dos homens pontuais, Tenente — disse a voz rascante. — Não há nenhuma conversa difícil que não seja transformada num momento agradável em companhia das cartas. Sou um amante delas.

Virgílio caminhou devagar pela capela. Observou cada rota de fuga e fez cálculos de como atacar o sujeito.

— Dispensaria o jogo, Conde — respondeu monocórdio. — Soube que tem uma cara mais bonita pra falar com as mulheres. Um cheiro melhor também.

O Conde riu. Um som oco, arrastado. Tamborilou as unhas sobre a mesa e deslizou olhos maliciosos para seu convidado.

— Se meu rosto o incomoda, posso lhe oferecer o mesmo tratamento que dou às damas — respondeu, sugestivo. — Não me custaria nada, entretanto ainda faço questão do jogo.

Mal ele tinha acabado de pronunciar a frase, como algo tão natural como o abrir das pétalas das flores de maio, seu rosto começou a metamorfose. Era sutil, como se nem estivesse acontecendo. As rugas deram lugar a uma pele plana, aveludada, enquanto os cabelos brancos e ressecados escureceram, caindo ao redor do rosto alvo de belos e brilhantes olhos azuis como uma moldura de seda negra. As unhas se recolheram, as mãos tornaram-se feitas de carne lisa, imaculada. O aroma que se alastrou também foi notório. Rosas, damas da noite, lírios. Uma mistura floral confusa e intensa, embora nada agradável.

Observando toda aquela transformação, Virgílio sentiu-se um espectro de si mesmo, com membros feitos de gelatina e uma certeza de que se tirasse os pés do chão, flutuaria eternamente em direção a um limbo.

A realidade estava muito longe daquela capela. O mundo e suas concepções caíam por terra. Virgílio viu-se sozinho, possuindo apenas sua arma, seu coração disparado, e uma memória recente de sua mãe.

Ele vai ser um homem de fé.

Samuel. Preciso voltar para Samuel.

— Quer se sentar agora? — sugeriu o Conde, com seu ar blasé. — Não sou conhecido exatamente pela minha paciência. Dei o que você pediu, agora seja cortês.

Não fosse pela transformação mórbida que acabara de ver com seus olhos carnais, sua alma lapidada em ira se colocaria em contravenção, negaria ao Conde a obediência àquela ordem. Mas estava diante de uma criatura que não era desse mundo. Algo que transcendia não somente seu ceticismo, mas o alcance de seu próprio entendimento humano. Por cautela e sobriedade, sentou-se à mesa e encarou o baralho.

Fichas coloridas: as verdes para o número dez, as vermelhas para cinquenta e as pretas para cem; cada uma delas se parecia com um disco de ossos pintado artesanalmente, carregando um aspecto rude. As cartas estavam de bruços, desenhadas com arabescos que formavam gravuras diabólicas, como chifres, garras e chamas. Virgílio engoliu em seco, evitando até mesmo piscar.

— Está familiarizado com as regras do poker, eu presumo — prosseguiu o Conde, com ávido deleite. Até a voz tinha mudado. Agora o timbre era suave, sedutor, delongando-se nos erres com sutileza. — Pensei que um homem como você, tão rústico e de modos prosaicos, gostaria de um jogo menos elegante.

— Então você me conhece, hein, Leonard?

Seus olhos se estreitaram sutilmente ao ouvir seu nome ser pronunciado com tanta convicção.

A mão esquerda, cheia de anéis metálicos, deslizou pela mesa e agarrou o carteado, os dedos se fechando sobre o objeto como garras ferozes no pescoço de uma donzela.

— Blackjack seria mais apropriado?

— Talvez Truco, ou algo em que eu possa extravasar... você sabe... *minha raiva*.

O Conde sorriu. Dentes quadrados e brancos. O hálito doce de fruta exalou de seus lábios rosados. O som foi o mais curioso, muito distante do que era em sua forma decrépita. Era aveludado aos ouvidos.

— Conheço-o melhor do que pode imaginar, Tenente — prosseguiu o Conde, da mesma forma morosa. Embaralhou langui-damente as cartas. — Dizer isso ultrapassa o que posso suportar dos clichês, mas eu o vi crescer, sim. Acompanhei seus passos. Foi divertido, mas também irritante.

Virgílio riu, mas nada dentro de si parecia achar graça. A aura maligna o abraçava com ternura, arrastava-o para um estado de consciência além do que conhecia como real. Era como se esti-vesse drogado, afunilado pela endorfina e por outras substâncias inebriantes dentro de suas veias.

— Por que estou aqui?

O Conde separou as cartas e lhe entregou duas, para em seguida colocar um par delas diante de si.

— Ando por essas terras há mais tempo do que a língua portuguesa, Tenente — prosseguiu, langoroso. Devagar, dispôs cinco cartas sobre a mesa. — Sei reconhecer quando um dos meus adversários vem ao mundo. Claro que depois de meu acordo com os fundadores, isso se tornou mais raro. Vasco foi uma de minhas obras mais belas. Vê-lo perecer... — Revirou os olhos e emitiu um gemido que beirava o sexual. — Foi deveras magnífico. Normal-mente eu me deleito em conquistar os homens. Você sabe, para contrabalancear o jogo. Só que com Vasco, você, e até outros, não desperdiço meus subterfúgios.

Terminando de dar as cartas, recostou-se na cadeira de encosto alto, iluminado pelas chamas dançantes daquelas velas. A criatura era bela naquela forma, mas monstruosa em suas lembranças.

— Não acredito em nenhum dos lados do jogo — retrucou Virgílio, entre os dentes. — Sequer acredito que há um jogo. Mas deve saber disso também.

— Como sei! — exultou-se o Conde, puxando as cartas para si. — Imaginei que se o mantivesse submerso demais em suas desgraças pessoais, jamais se oporia a mim. Jamais se manifestaria contra minha liberdade em sua cidade. Mas aí aquela criança entrou em nosso caminho, e como num passe de mágica — Levantou o dedo comprido e estalou, a expressão teatral de quem estava impressionado —, seus olhos começaram a me ver.

Virgílio fechou as mãos em punho.

Puxou suas cartas, finalmente. Um Ás de Ouro e outro Ás de Copas, uma boa mão, para começar.

— Então você matou Elisa, quase assassinou meu melhor amigo, e feriu o único homem realmente bom que ainda resta nesse buraco — disse Virgílio, procurando se manter firme. — Um assassino em série do inferno, é isso?

— Faça sua aposta primeiro, Tenente — sugeriu, desviando da pergunta como se fosse uma perda de tempo respondê-la.

Virgílio hesitou, mas acabou deslizando duas fichas verdes para o centro. Era uma aposta mínima, sem *blinds*. O Conde não tinha falado nada sobre apostas mínimas. Pagou a aposta e virou a primeira carta sobre a mesa. Um Rei de Copas.

O Tenente procurou não esboçar reação alguma ao jogo.

— Eu não matei ninguém, tampouco obriguei pais a surrarem seus próprios filhos. — O Conde estreitou as sobrancelhas delineadas e encarou Virgílio com sordidez. — Foi uma bela cena ver você apanhando junto com seu irmão. Quase elevei as mãos aos céus e pedi a Ele um pouco de misericórdia por você. Tocou meu lado angelical.

A raiva era uma corrente elétrica pelos dedos de Virgílio. Fechou as mãos em punho. Teve que lutar para não derrubar as cartas, mas manteve-se firme. *Ele vai ser um homem de fé. Samuel. Samuel confia em mim.*

— Dobro a aposta e acrescento mais cem. — Arrastou as fichas para o centro e batalhou com seus ombros para relaxarem. — Qual é a sua com a garota?

O Conde cobriu a aposta, sem acrescentar. Estava mais sério, sem perder seu ar de tédio.

— Vamos chegar a isso — disse, calmamente. — Naquele dia, o da primeira surra, senti uma estranha empatia por você, Tenente. Sempre gostei do ódio que seu pai sentia por seu irmão. O caos que ele propagava... Acho que consegue começar a me compreender agora, não?

Virou a próxima carta.

Um Seis de Copas. Virgílio manteve o rosto impávido.

— Vai revelar uma dupla de seis, para formar uma trinca 666? — provocou Virgílio. — Ainda não estou impressionado.

O Conde ergueu uma sobrancelha, entediado.

— Isso tudo de pecados e virtudes é uma enorme roleta-russa que só os humanos controlam. Eu inspeciono, tento me aproveitar ou me esquivar — continuou, seu solilóquio como se Virgílio não tivesse dito nada. — Dizem por aí que sou o pai da morte e da mentira, mas a verdade é que a morte pertence ao meu renegado Pai e a mentira é uma criação de vocês, queridos. — Os ombros mexeram num gesto de despreocupação. — Apadrinhei a mentira e, como a raiva, gosto do que ela causa. O caos, a contenda. A morte, claro. Uma mentira é como o Efeito Borboleta. Conta-se aqui, e ao mesmo tempo um tornado arrasta multidões do outro lado do mundo.

— Já estou ficando cansado dessa apresentação barata, Conde — emendou antes mesmo da voz do outro chegar ao fim da frase. — Não me impressiona o que você faz, nem por onde andou. Não é por isso que eu tô aqui.

O Conde assentiu, como se dissesse que era justo.

— Você mente quando se proclama um descrente. Isso sempre foi meu mérito para com os Tavares — esclareceu, fazendo um gesto para as apostas. Virgílio colocou mais uma ficha de cem sobre a mesa, claramente não se importando com o jogo. — Toquei em suas garotas, Elisa e Ananda, toquei em seu melhor amigo, seu irmão, e você continuou negando. Por quê? — provocou-o num tom lúbrico. Se aproximou um pouco, pousou o cotovelo no braço da cadeira, tamborilou os dedos no maxilar quadrado. — Lembra-se daquele dia, há um ano, Tenente? Quando recebeu aquela chamada pelo rádio e correu para o endereço da ocorrência, não imaginava o que veria. Não imaginava nunca ter que encarar tamanha crueldade.

— Agora vai tocar minhas piores fraquezas. Para quem odeia os clichês, você é um perfeito!

O sorriso do Conde apareceu mais uma vez.

— Tem um espírito astuto ao qual preciso me curvar, querido — retrucou, nada afetado. — Mas me lembro perfeitamente do seu rosto quando tomou aquela menina nos braços. O seu choro, o seu desespero. Tudo isso o distraiu da verdadeira desgraça. Foi naquele dia que perdeu o controle e que pensou em mim, não foi? Só uma coisa verdadeiramente maligna poderia causar aquela tragédia.

— Aquilo foi causado por um homem.

O Conde passou a língua debilmente sobre os lábios, sua face provocante se tornando ainda mais profunda. Tinha trejeitos próprios que beiravam a pantomina, mas se distanciavam a uma mera imitação do humano.

— Lembrou de mim quando estava com o cadáver da menininha nos braços. Você fez uma prece, curta, mas eficaz naquele dia. Você pediu ajuda para sua mãe, pediu para ela te dar forças.

Virgílio se envergou um centímetro, sem demonstrar sentimento algum. Tentou afastar os flashes de memória que tinha daquele dia. A sensação do cadáver em seus braços, o som do tiro e sua voz rasgando o peito quando começou a chorar.

Obrigou-se a retornar para o presente, sem tirar os olhos de seu opositor.

— Não vou orar para nenhum Deus que nunca vi. Não me interessa que droga de briga vocês tenham lá no inferno ou no céu. Na verdade, agora que eu sei que monstros existem, acho que vocês todos são monstros e se disfarçam de deuses e demônios.

— Justo, pode ser que você tenha razão.

— Não me incomoda que toque nesse assunto e me lembre daquela merda. Estou me fodendo para o fato de você pensar que essas terras são suas e se aproveitar dessas festas ridículas que o povo faz, por puro medo. Eu quero saber o que quer com a menina e qual é a minha parte nisso. Se no fim dessas respostas ainda achar que vou querer jogar esse joguinho bíblico, pode voltar para o lugar de onde saiu.

O Conde cobriu a aposta e acrescentou mais trezentos em fichas. Desafiou Virgílio com um olhar dúbio.

— Você, Virgílio José Tavares — pronunciou, se aproximando com uma elegância astuta —, é fraco. Cheio de buracos e covardia. Como Vasco e tantos outros. Só me interessa que saia do meu caminho e leve aquela garota com você. Irei atrás dela no devido tempo, não se preocupe.

O suor que brotava na testa de Virgílio se intensificou com a raiva.

— E se eu quiser continuar no seu caminho?

— Pague sua aposta — emendou o Conde, com raiva. — O jogo ainda não acabou.

Virgílio pagou as três fichas pretas de cem.

— Aqui está — disse mostrando a aposta, provocativo.

O Conde mirou as cartas em sua mão, distraído.

— Ainda vamos conversar novamente, caso se negue a aceitar meu presente acordo. Se for um menino obediente e compreender que está lidando com algo que não pode ferir com os projéteis que traz no seu coldre, jamais nos falaremos novamente. Vai nos poupar, a ambos, desse desagrado.

— Se é mesmo o Diabo, pode me matar agora mesmo, não pode? — sugeriu Virgílio com astúcia. Esticou ele mesmo a mão e virou a terceira carta do baralho. Era o valete de copas. Virgílio estava perdendo o jogo, mas não lhe interessava. — Faça agora e não serei mais um incômodo.

O Conde esfregou o queixo de marfim, como quem esfrega uma barba invisível. Seus olhos azuis coruscaram em volúpia.

— Talvez eu faça.

— Faça, Conde — fomentou, deslizando todas as suas fichas para o centro. — Ramona vai continuar por aí. Ela vai encontrar outro Rouxinol.

— Tolo, homem — respondeu sorrindo de lado, numa expressão nada amigável. — Posso causar mais sofrimentos em vida do que em morte.

Dito isso, deslizou também suas fichas. De sua garganta escapou um chiado estranho, feito o som de uma cobra cercando uma presa. As mãos de Virgílio tremeram e as cartas caíram ao chão, uma delas prendendo-se ao cadarço de sua bota, a outra sumiu para a escuridão debaixo da mesa.

As sobrancelhas do Conde se uniram, a compleição bela em maldade, sugerindo que se apressasse em recolhê-las.

Devagar, Virgílio arrastou um pouco a cadeira e recolheu a primeira carta. Desceu um pouco o corpo, tateando à procura da segunda. A palma estatelada sobre o linóleo frio, os olhos vasculhando a penumbra. Sentiu a superfície lisa da outra carta, logo que sua visão se acostumou à parca luz. Enxergou as sombras avermelhadas dos pés da cadeira e da mesa.

Foi ali que viu as patas de bode.

Pelos escuros e pontudos laqueando a parte superior da pata preta. Assombrado, Virgílio puxou a carta e tentou se levantar, mas sua nuca bateu no fundo da mesa. O ruído das fichas caindo preencheu seus ouvidos. Quando uma imprecação de dor escapou de seus lábios, teve certeza de ter ouvido a risada do Homem Bode.

Voltou rapidamente para cima.

— Vire as cartas, Tenente — retorquiu com uma calma desafiadora. — Suas apostas estão valendo muito.

Encarou as fichas espalhadas. Elas formavam um monte caótico e colorido sobre a mesa. De repente elas não se pareciam mais com meros objetos de metal. Eram baratas e escaravelhos batendo as patas úmidas sobre a madeira pútrida.

Virgílio segurou a ânsia de vômito.

— O que vai fazer se eu sumir com Ramona daqui?

Escárnio em forma de riso foi a resposta imediata do Conde. O miado loquaz de um gato interrompeu a conversa, se unindo ao fervilhar dos insetos da mesa. Ofegante, Virgílio esfregou os olhos, limpou o suor da testa e procurou aplacar seus batimentos.

Um bichano negro de olhos amarelos saltou do chão para o colo do Conde, miando mais alto, faminto, talvez.

— Vire as cartas — repetiu, resoluto.

Virgílio sentiu os olhos do gato sobre si, assim como a ameaça do Homem dos Pés de Bode. Virou a quarta carta. Os dedos do seu adversário passearam pela pelagem do animal.

Um Rei de Espadas.

O Tenente limpou outra gota de suor do supercílio. Havia dois Reis, um Seis e um Valete na mesa. As jogadas eram imprevisíveis, mesmo que a dupla de Ás em sua mão parecesse a cartada mais forte.

— Se aceitar levar Ramona para longe daqui, prometo-lhe duas coisas — respondeu o Conde langorosamente. Sinalizou para a última carta e pediu um segundo. — A primeira delas é que não farei nada que lhe causará culpa. Tenho planos, sim, mas não são nenhuma novidade, nada que Oratório já não tenha visto. A segunda é que lhe darei uma recompensa de valor inestimável.

Ainda com a mão no ar, o Conde deu dois tapinhas no traseiro do gato. O animal pulou sem dificuldades para o colo de Virgílio.

Ele não se mexeu quando o bichano se acomodou em seu colo, a cabeça aninhada na curva do antebraço. Começou a ronronar imediatamente.

— O que é isso? — sussurrou.

Virou a última carta.

Um Ás de Espada.

Virgílio quase sorriu, mas o gesto murchou quando o Conde o encarou irado.

— Quer mostrar as cartas, ou fica simplesmente com a opção de acatar minha sugestão?

Virgílio pousou as cartas abertas sobre a mesa e esperou a reação do Conde. Tinha uma trinca de Ás. Uma mão forte, quase imbatível.

— Ainda tem uma opção. Está aí.

O gato em seu colo ficou mais pesado.

Se preparou para empurrar o animal, mas o que viu deitado em seu braço não foi o bicho. Estava enrolado num manto azul bordado com esmero. Cheirava a amaciante e leite azedo.

Mexia-se agora. Mãozinhas brancas escapando do pacotinho.

Um bebê.

Uma criança pequena inocente cujo rosto ele conhecia muito bem.

Com um gorgolejo a criança se ajeitou e olhou para ele ternamente, já perto de pegar no sono. Estava li, pesando sobre seus músculos e envolvido por seus braços.

Gustavo... Estava segurando seu filho, vivo e quente. O coração pulsando.

— Virarei a carta se quiser recusar.

Mas Virgílio estava arrebatado demais para responder. O afeto que inundou seu coração perpassava a racionalidade. Levantou Gustavo contra o peito e o pressionou com cuidado, sorvendo o cheiro cálido e o calor humano. Levantou-se, as lágrimas já escapando aos borbotões, embalando o bebê como se pisasse em nuvens.

— Isso não é real — chorou num sussurro. — Isso não pode ser real.

— Posso devolver seu filho, Virgílio. Basta me dizer sim.

— Quero ver suas cartas antes de dar minha resposta — respondeu, a voz embargada pelo choro.

Embalou o bebê, acariciou suas costas sobre o manto macio. A cabecinha firme se acomodou na curva do pescoço.

Em seguida o homem mostrou as cartas sobre a mesa com o ar vitorioso. Uma Dupla de Reis, que, unida com o baralho da mesa, formava uma quadra. A derrota de Virgílio.

— De qualquer forma, eu vou ganhar — falou o Conde, colocando-se em pé. Postou-se frente a frente com Virgílio, os cascos batendo no chão com ecos na escuridão da capela. — Espero ouvir a resposta certa.

Devagar e servilmente, Virgílio esticou a criança. Seus olhos se perdiam em lágrimas. Quando Gustavo já iniciava um choro estridente, empurrou-o para longe de si e negou com a cabeça.

— Não é meu bebê — disse, o choro transcendendo a voz. — E mesmo que ele fosse, jamais o condenaria a ser um presente seu.

O Conde fechou a expressão. Seus olhos mudaram de cor.

Em um átimo não era mais um bebê nas mãos de Virgílio. Eram larvas comendo uma carcaça de criança, escapando pelos olhos ocos e pela boca sem dentes.

Largou o cadáver putrefato no chão e se afastou com horror.

— Eu sempre ganho, Tenente.

Virgílio sacou a arma e atirou três vezes contra o peito do Conde. As balas furaram o sobretudo negro. Sangue cor de lodo saiu dos buracos e um cheiro de podridão encheu suas narinas. Em suas mãos as larvas ainda corriam.

Sobre a mesa brotavam mais insetos barulhentos; escaravelhos, baratas e centopeias, tudo vindo em sua direção.

Virou as costas para correr. A porta da capela bateu em seu rosto.

Virgílio forçou a maçaneta, berrou, esmurrou a porta.

— Seria desnecessário eu dizer que não vai sair.

O farfalhar dos insetos preencheu a capela. As patinhas escalavam as paredes, se multiplicavam vertiginosamente.

Virgílio arquejou e apontou a arma para a cabeça do Homem Bode.

— Quero que sobreviva num mundo onde saberá que eu tenho o domínio. Só que antes vou lhe proporcionar uma agonia que você nunca experimentou, Virgílio.

Ao dizer seu nome com um tom enojado, o Conde avançou.

Unhas afiadas se enroscaram no pescoço de Virgílio. Em segundos o rosto do Homem Bode estava perto do seu. Olhos totalmente negros, demoníacos.

— Faça! Por que não pode?! — arrulhou com dificuldade.

Seu corpo contra a madeira da porta, os pés já deixando o chão conforme a mão forte o levantava. Tentou desferir um soco no Conde, mas o rosto se afastou, a mão o pressionou com mais força. Seu raciocínio já estava tão vazio quanto os seus pulmões.

Os dentes do Conde apareceram numa imitação pérfida de um sorriso.

— Se eu não contar, as coisas ficam mais interessantes — sibilou malicioso. — Há muitas coisas que você ignorou sobre mim, Tenente. Sua ignorância é minha benção.

Com uma risada discrepante, aquela mão asquerosa o desgrudou da madeira e o puxou num movimento brusco.

26

Desperta às seis da manhã, Ananda perambulava pela sala de estar com o celular na mão. Já era a quinta chamada que fazia para Virgílio.

Lucca acompanhava o vai e vem. Mesmo tendo a sua cota de nervosismo para lidar, ainda tinha aquele olhar de empatia. Ananda já gostava dele como se fossem amigos há anos.

Do lado de fora, sob uma manhã cinzenta e ainda mais fria que a anterior, Samuel falava ao telefone. Olhava para o céu, de costas para o vidro da sala de onde era observado pelo marido e pela quase estranha que dormira em sua casa.

Ananda gostaria de saber com quem Samuel falava, se sabia de Virgílio. Lucca a pegou pelo braço e disse que estava tudo bem, quando certamente sabia que nada estava bem. Os dois ficaram em silêncio, sentados no sofá da sala bagunçada, olhando para as mãos que entrelaçaram sem perceber.

— Eu conheci o Virgílio na estrada, trocando o pneu do meu carro, sabia? — confessou num sussurro. — Ele parou pra me ajudar e eu quase o chutei dali. Deus, onde eu tava com a cabeça quando achei que isso ia dar certo?

— Hey, psiu! É do meu cunhado que você tá falando.

— Desculpa, é que eu sei... eu sei que alguma coisa está muito errada com ele nesse exato momento. Eu sinto, e como posso sentir se eu mal o conheço?

Lucca contou a ela. Em palavras baixas, apressadas. Sussurrou as frases de forma curta, sem pensar muito.

Contou sobre um ano atrás, quando Virgílio havia atendido uma ocorrência num dos bairros periféricos da cidade. Um dos vizinhos tinha ligado para o 190 dizendo estar ouvindo uma criança berrar na casa ao lado. Os pais vinham brigando há meses. A rua toda sabia das agressões. A bebê tinha só um ano e já vivia machucada.

Lucca deixou algumas lágrimas caírem, escondeu partes da história que Ananda presumiu serem feias demais. Ele não suportaria pronunciar sobre a violência daquela história, não agora que era pai.

A ocorrência não terminara com um final feliz. Virgílio não saiu daquela casa inteiro. Quando Samuel e ele foram chamados no hospital naquela noite, encontraram-no quase sedado, sentado numa maca com o rosto todo deformado de tanto chorar. Segundo Contreiras, que lhes relatou tudo, a garotinha de um ano teve de ser arrancada dos braços de Virgílio. Estava morta. Depois disso, ele nunca mais vestiu a farda.

Ananda ouviu a tudo com a frieza com a qual escutava seus pacientes na clínica. Tomou distância do relato, sem perder a empatia. Imaginou o que Lucca lhe contava, o rosto de Virgílio, a dor. O corpo da menininha em seus braços paralisados. Era uma imagem áspera de se tentar capturar.

Não teve tempo de dizer nada a Lucca sobre o que ouvia. A conversa foi interrompida por Samuel entrando na sala. A forma como se agigantou sobre eles lembrou a Ananda um touro esperando a cancela abrir. Energia violenta contida.

— Meu irmão precisa de mim.

Falou coisas desconexas sobre cemitério, madrugada e uma carta do Conde Leonard. Ananda estava nervosa agora. Entendeu que o tal Contreiras iria ajudar Samuel a encontrar Virgílio e que ela e Lucca tinham de arrumar um jeito de deixar Ramona segura antes de irem ao Angellus. Lucca tentou protestar. Samuel o interrompeu com um beijo nos lábios, as mãos no ombro do marido com dureza.

— Não precisamos estar no mesmo lugar para fazermos isso juntos, Lucca — disse Samuel, sua voz estava embargada. — Isso é a melhor coisa sobre nós dois.

Lucca parou de protestar.

Ananda era uma intrusa naquela cena, mas não conseguia parar de olhar. Sentiu inveja da forma como eles se olhavam, como acreditavam um no outro.

— Eu cuido da nossa filha, Samuel. Traz seu irmão de volta. A gente se vê mais tarde, certo?

— Só fiquem seguros, tudo bem?

— Amo você.

— Também amo você.

A demora de Samuel em interromper o beijo que depositou na testa de Lucca deixou Ananda com uma sensação triste.

Seguiu-os para fora de casa, vendo Samuel partir em sua caminhonete cantando pneu pela rua. A sensação de ser uma intrusa deu lugar a uma outra. A de ser testemunha. Fora testemunha da parceria verdadeira que os dois compartilhavam em cuidar daquela família.

Tinha que parar de se condenar por ter, mais uma vez, se atraído por um cara com a cabeça desgraçada. Na verdade, fora lançada no meio de uma família dolorosamente unida. Era testemunha deles.

Ia ajudar Lucca a manter Ramona segura.

— Temos de ir ao Angellus e cuidar de Ramona, ao mesmo tempo — disse Lucca, quando estavam de novo sozinhos na sala. — A má notícia é que a babá está de folga, e a boa é que ainda temos a Natasha.

Ambos sabiam que Natasha era uma das pessoas mais inteligentes que teriam a sorte de conhecer, mas também a mais destrambelhada.

— O Angellus tem um parquinho — disse Ananda, com um ar de que estava tendo uma má ideia. — Se formos bem sutis, Ramona nem vai perceber onde estamos. Natasha pode distrai-la. Se acontecer alguma coisa estaremos por perto.

Não era a melhor ideia. Era a única.

— Estamos mesmo prestes a levar uma criança sensitiva para o hospital psiquiátrico em que a mãe dela está internada?

— Qualquer lugar é mais seguro do que aqui, Lucca. Ainda mais sem vocês por perto.

Ele pensou, mas não havia tempo.

— Vou vesti-la. Saímos em quinze minutos.

***

Assim que Lucca estacionou o carro, os três adultos miraram o logotipo que encimava o portão, curiosos, mas emudecidos. A grandiosa construção era cercada por um muro alto. Janelas de ferro, teto abobadado, evidentemente reformada há pouco tempo, mais ainda carregada do passado remanescente. A fachada mostrava um anjo de asas abertas segurando uma espada flamejante. O Arcanjo Miguel.

— *Ela* está aqui — disse Ramona. O silêncio denso invadiu o carro como se fosse a quinta pessoa ali dentro. — Ela nem sabe que eu tô viva.

Ramona puxou a trava da porta, desceu do carro e caiu com os pés sobre o solo pedregoso. As botas cor de rosa não tardaram a ficar enlameadas nas solas quando ela correu até o portão. Os três adultos a seguiram.

Ramona estancou na entrada, de frente a um interfone que jamais poderia alcançar. Quando Lucca parou ao seu lado e pegou sua mão, Ramona estava vibrando de tão ansiosa. Ele repetiu a pergunta enquanto Ananda tocava o interfone e passava as informações à pessoa que atendeu do outro lado.

— Bianco me mostrou tudo. Alice está aqui. Ela não sabe que eu sobrevivi.

Natasha estava alguns passos atrás, os braços cruzados, olhar triste. O portão se abriu e Ramona praticamente arrastou seu pai para dentro.

A sala de espera era arejada e bem decorada. Os quadros nas paredes eram molduras de desenhos dos pacientes tratados ali.

Era notícia no país todo que a reabertura do Angellus fora financiada por uma antiga paciente, e que o dinheiro investido permitira a contratação dos melhores profissionais da América Latina.

— Acha uma boa ideia essa menina entrar para ver a paciente? — inquiriu Natasha, num sussurro. — Ela disse que Alice pensa que ela está morta...

— Vamos entrar na frente, e você a distrai — sugeriu Ananda, mal mexendo os lábios para disfarçar seus planos. — Vou tentar compreender o que Alice sabe sobre a menina.

Natasha saiu em direção à Ramona. Abaixou em sua frente.

— Acho que nós duas podemos explorar a área. Quando for a hora de entrar a Ananda vai ligar no meu celular.

Lucca e Ananda não tiveram que esperar muito. Logo foram atendidos por uma mulher esguia e alta com olheiras muito escuras e um rosto muito pálido. Apesar do seu ar provinciano, o aperto de mão era firme.

— Olá, eu sou Marta. Vocês pediram para ver Alice Winfred?

Ananda fez que sim, limpando a garganta:

— Sei que precisávamos de uma indicação profissional para ver uma paciente, mas...

— Não, Alice não é mais uma paciente — corrigiu Marta, sorrindo com afável satisfação. — Quando o Angellus fechou há alguns anos, ela não tinha para onde ir e ficou aqui. — Marta pareceu um pouco emocionada, mas logo recobrou seu tom profissional. — Depois da reforma e da reabertura, ela recebeu um bom tratamento e agora é uma das nossas funcionárias mais queridas. Cuida da cozinha.

Lucca pareceu aliviado. Marta os conduziu para dentro.

Passaram pelo umbral, dando em um corredor iluminado que terminava num tipo de pátio. O cheiro de café e álcool de limpeza se misturava no ar com uma incongruência incômoda ao olfato. Pararam defronte a uma sala aberta. Marta indicou que entrassem e passou para dentro em seguida. Havia sofás espalhados diante de uma televisão enorme de tela plana. Cortinas abertas permitiam ao sol entrar por janelas de vidro engradeadas. Não havia ninguém ali além de uma jovem de cabelos ruivos sentada numa poltrona. Manuseava o tapete de crochê que estava fazendo.

— Alice, essas pessoas querem ver você — falou Marta, soando maternal. — Eles estão fazendo um estudo. Vão fazer umas perguntas sobre a época em que foi internada aqui. Tudo bem?

Silêncio. Apenas os batimentos cardíacos de Lucca e a respiração de Ananda. *Elas se parecem tanto!* Pensou ela, tentando não vacilar. Considerava que Lucca estivesse conjecturando as mesmas coisas, pois os olhos estavam fixos na garota. Sabiam que ela tinha vinte e um anos, mas sua aparência era mais jovem.

— Posso falar a verdade ou preciso omitir os detalhes em que ninguém acredita? — perguntou Alice.

Sua voz era macia, vagarosa, como a de Ramona.

O arrepio que subiu pelas costas de Ananda também estava evidente nos pelos do braço de Lucca. Os dois amigos se aproximaram, tocaram-se ombro a ombro, num gesto de apoio disfarçado.

— Pode esclarecer os detalhes nos quais ninguém acredita — respondeu Ananda, sua voz atraindo o olhar cortante de Alice. — Nós vamos acreditar em você.

O semblante triste e distante de Alice mudou sutilmente para algo perto da expectativa. Ela colocou seu trabalho sobre o colo e indicou o sofá em sua frente. Marta virou-se para sair, mas lançou um olhar de advertência para os dois antes de fazê-lo. Claro que ela estaria atrás da porta e claro que seriam expulsos dali caso a ex-paciente tivesse um novo surto.

Sentaram-se diante da moça, ambos num breve silêncio de preparação. Alice aguardava, munida de um parco sorriso no rosto de sardas leves. Os cabelos pareciam mais ruivos dali, onde refletiam a luz insidiosa que penetrava todo o ambiente. Estava quente, porém Lucca abraçou o próprio corpo como se estivesse com frio.

— Marta nos contou que você está aqui há muito tempo... — começou Ananda.

Alice brincou com a linha em sua agulha. Passou o barbante vermelho em volta do dedo indicador, depois desfez o rolo e começou de novo.

— Seis anos — respondeu, entristecida. — Posso saber do que se trata essa visita?

— Bem... — falou Lucca de forma afetuosa. — Eu sou Lucca, aliás, e essa é minha amiga Ananda. Estamos... estudando casos de internação na adolescência. Queríamos que nos contasse um pouco sobre como veio parar aqui.

Houve uma mudança na atmosfera, evidente pela face séria e distante de Alice. Ananda não devia ter deixado Lucca falar. Ela sabia que jamais poderia ser tão incisiva no trato com pacientes psiquiátricos, mas o rapaz era leigo no assunto. Limpou a garganta para atrair a atenção da moça.

— Como você não é mais uma paciente, não podemos ter acesso ao seu diagnóstico, e...

— Esquizofrenia, psicose, não importa — emendou a moça de forma áspera. — Quando as pessoas decidem que você está louca, não importa mais que nome vão dar. Você é louca, suas ideias são inventadas e pronto.

— Que ideias tinha quando chegou aqui? — perguntou Ananda com cuidado, sentindo-se idiota antes mesmo de terminar a questão. Chacoalhou a cabeça, pronta para reformular. — Por que ninguém acreditava em você?

Alice olhou de um para outro, agora com um ar desconfiado.

— Nunca fui louca — replicou, com uma dose de sarcasmo na última palavra. — Também sei quando alguém está tentando me enganar. Vocês não estão aqui para fazer um estudo do meu caso.

Lucca desviou os olhos. Ananda segurou a respiração, também assombrada com o rumo que Alice dava nas coisas. A jovem carregava o pesar dos pacientes internados por muito tempo, era evidente em seu olhar, mas não havia loucura alguma.

— Precisamos da sua ajuda, Alice — confessou Ananda, num tom mais duro, quase de súplica. *Isso é muito, muito arriscado, mas é melhor que mentir.* — Quando eu disse que acreditaria em você, não estava mentindo.

O olhar da moça ficou sombrio, as pupilas dilataram até que todo o mar outonal em suas íris se tornasse tão negro quanto uma noite sem estrelas.

— Você sabe sobre mim, não sabe? — indagou Alice, séria e compenetrada, sem tirar os olhos de Ananda. — Sabe o que aconteceu comigo. Sobre minha gravidez.

Ananda anuiu, os lábios cerrados numa linha fina.

— Sei que seus pais a deixaram aqui, e que você teve uma filha — prosseguiu, cautelosamente. Os próprios olhos arderam, como se fosse chorar. — Algo aconteceu comigo, e me fez mudar toda a forma de pensar. Sim, eu sou psicóloga, não menti sobre isso. Mas também sei que você não é louca, Alice. Então, me conta o que puder sobre como veio parar aqui, sobre as suas... ideias, e eu vou acreditar em você. Nós vamos.

A moça parecia perdida agora, os olhos cheios de lágrimas que não cairiam. Nem piscou, talvez correndo o risco de acabar cedendo ao choro. Quando os olhos das duas se encontraram novamente, foi como se Lucca não estivesse mais ali, apenas elas e aquela ligação que latejava no peito de Ananda, com uma vontade imensa de atravessar a distância que as separava, para pegar a jovem Alice nos braços. Era apenas uma criança quando foi abandonada ali, grávida e tratada como uma pária.

— Você o viu, não foi? — sussurrou Alice. Ela se envergou para Ananda. — Leonard?

Lucca arquejou. Ananda engoliu a areia que se formou sobre sua língua.

— Eu o vi. Não fui a única. Foi por causa dele que você veio parar aqui?

As mãos de Lucca tremiam, mas Ananda manteve-se firme.

— Se ele tiver conseguido o que queria com você...

— Não!

Alice meneou a cabeça, aliviada. Deslizou os olhos para Lucca, mirando-o com atenção pela primeira vez.

— Como me encontraram?

— Se eu acreditar em você, preciso que acredite em mim, Alice — replicou Lucca, cuidadoso. Esticou a mão, como um gesto de mútua confiança. — Preciso que prometa me ouvir e não entrar em desespero.

Ananda a incentivou com uma anuência. Hesitante, Alice esticou a mão titubeante e fechou os dedos sobre os de Lucca.

— O que estão escondendo de mim?

Lucca engoliu o nó na garganta, afastou a mão e tentou se expressar da forma mais verdadeira possível.

— Sou o pai adotivo de sua filha, Ramona. Sinto que ela está correndo um sério perigo, e eu preciso muito, muito que você me ajude.

27

Ramona colocou Bianco no balanço e o empurrou como se fosse um bebê.

Natasha não conseguia tirar os olhos do ursinho. Sentou-se num tronco de árvore perto de onde Ramona estava brincando e observou a menina sob o sol que empalidecia com a chegada de uma chuva no horizonte. Já se aproximava das dez da manhã agora.

As correntes de ferro rangiam com o vai e vem monótono do brinquedo. As árvores ao redor farfalhavam à medida que o vento ficava mais forte e balançava também seus cabelos sobre os olhos protegidos pelo par de óculos redondos. Natasha estudava o sobrenatural, já vira um amigo morrer numa mata escura pela ação de um ser das trevas, já perseguira fantasmas e mantinha dossiês completos de casos terríveis e sem solução nos quais fotos muito gráficas de morte e violência se escondiam sob páginas e mais páginas de documentos. Nada causava nela o incômodo que o ursinho branco de um olho só causava. Era como se ele devolvesse seu olhar, sempre seguindo-a, sempre estudando suas intenções.

— Não me lembro dela — disse Ramona.

Sua voz de menina soou alta no espaço vazio do parquinho. Só as duas estavam ali.

— Sua mãe?

Levantou-se e se aproximou da menina. Abaixou ao seu lado, tentando não encarar demais. Ramona continuou empurrando o balanço, mas apontou para a própria cabeça num intervalo em que o urso subiu.

— Ele me mostra aqui as imagens, eu vejo, sei como é o rosto dela. É como ver um filme.

Sempre que estava diante de algo que a inquietava e disparava o alerta da ansiedade, Natasha tinha uma coceira no nariz. Bem na pontinha, como se tivesse um pernilongo sentado ali. Coçou diversas vezes, olhou para os lados. Não estava segura com a menina. Parecia que estavam sendo observadas.

Natasha limpou a garganta.

— Bianco foi um presente da sua mãe?

Ramona negou duas vezes. Parou de balançar o urso e se sentou no balanço ao lado dele. *Não estou lidando com um fantasma. É uma garotinha que precisa de um urso para se lembrar da mãe. Então por que estou arrepiada? Por que quero sair correndo com ela nos braços e deixar essa coisa para trás?*

— Foi do meu avô — confessou, com uma tristeza cortante. — Ele era o único que não queria que nós fôssemos embora.

Natasha viu tudo embaçar. A imagem da menina de cabeça decaída, do ursinho branco sujo, um pouco amassado na região onde Ramona costumava apertar.

— Então Bianco é seu anjo-da-guarda?

— Não — interrompeu a menina brava. — Você é diferente deles — disse ofendida, como se esperasse mais de Natasha. — Sabe que não existe anjo-da-guarda. Sabe mais até que o Rouxinol. Eu vou te contar esse segredo, e você vai guardar.

Natasha tomou o terceiro e último balanço. O que servia de assento para o urso só balançava devagar, perdendo aos poucos a força. Ramona se inclinou, fez uma concha com a mão e se aproximou do ouvido de Natasha.

O local onde a respiração da menina bateu, bem atrás de sua orelha, ficou frio e eriçado. Seu nariz coçou muito, mas Natasha não cedeu. Ficou parada como uma criança embaixo da coberta ouvindo passos pela casa no escuro de uma noite insone.

— Bianco é quem faz os desenhos. Ele sabe de tudo que vai acontecer, não eu.

Ramona se afastou. Seus ombros relaxaram, um peso saiu deles. Natasha não conseguiu formular perguntas. O dia pareceu mais escuro, o vento mais frio.

— Ele fala com você?

Ramona fez que não.

Nhén, nhéc. Nhén, nhéc.

O balanço do urso subia e descia, leve, ao sabor do vento. O brinquedo não caiu no chão, não saiu do lugar.

— Ele entra no meu corpo.

Natasha fincou os pés na terra e segurou a respiração. Deslizou um pouco o queixo para o lado. Ramona a mirava com olhos bem abertos, as mãos segurando as correntes do balanço.

— Ele... o quê?

— Os pensamentos dele ficam passando nos meus. Eu vejo o outro lado, onde as coisas são iguais, mas diferentes. Nós estamos aqui, e ele está lá. E tem outras pessoas presas.

Houve uma época em que leu sobre o mundo dos mortos, ou dos espíritos. Um lugar feito de éter e sombras que era alimentado pelo mundo material. Vivian estudava isso com afinco, falava disso o tempo todo. Parecia algo familiar o que Ramona lhe falava usando seu vocabulário limitado e criativo.

Natasha tentou não piscar, não demonstrar que estava com medo. Possessão, ursos que falam na mente... Mesmo sua inteligência estava tendo dificuldades de organizar tudo. Precisaria de um tempo sozinha com suas anotações quando pudesse sair dali.

— E você já foi nesse lugar, Ramona?

— Não, Bianco me mostra, mas não deixa nada lá saber sobre mim. Ele vigia o Homem Bode e me mostra o que vai acontecer. Um dia ele me mostrou uma mulher e um bebê, o filho perdido de um pássaro que só canta à noite. A mulher disse escutava o lamento do Rouxinol, e que era seu filho, e que seu filho nasceu com um olho para dentro do mundo de sombras, mas nunca quis olhar. Bianco disse que alguém com um olho no mundo de sombras poderia me ajudar. Ele me mostrou o Rouxinol.

Naquela altura, o coração de Natasha estava tão acelerado que até mesmo respirar estava fora de seu controle. Sua mente concatenava as informações que tinha, recortes de dados que se uniam sobre uma superfície em branco

O Homem Bode era Leonard. O Rouxinol, Virgílio. Um homem com um olho no mundo de sombras.

As engrenagens do cérebro turbinado de Natasha giraram em frenesi. Entendeu que Ramona não gostava de Bianco, ou não se sentia segura com ele. O agradava como quem alimenta um tigre numa jaula para não ser abocanhada.

— O que ele disse a você sobre o Rouxinol, Ramona? — perguntou com cautela. — O Homem Bode está planejando alguma coisa... maior?

A menina se levantou um pouco acelerada. Bianco mirava Natasha com aquele único olho vivaz, o nariz cor-de-rosa pequeno, e a boca feita de linha torcida em algo muito próximo ao desagrado. A menina estacou em sua frente, a expressão de dor marcada no rosto de sardas leves.

— Tinha outro homem com um olho no mundo de sombras, há muito tempo. Ele usava um vestido comprido preto e ficava numa torre alta quando a cidade ainda era pequenininha. Esse homem deixou uma carta dizendo que ia para o céu, mas ele está preso nessa torre até hoje, sozinho. Bianco me disse que nós vamos falar com esse homem, o Rouxinol vai levar a gente até ele. Um fantasma que mora junto com o sino.

— Vasco — sussurrou Natasha.

— Ele está triste e preso. Mas ele sabe o que a gente é, e sabe que o Homem Bode quer pegar a gente e fazer uma coisa ruim. Fazer com que eu seja má também.

— Ramona, você não é má, de forma alguma! O que você faz, as pessoas que salvou...

A menina negou com veemência e começou a chorar baixinho. Natasha se levantou e a abraçou.

O vento que trazia a chuva chegou mais forte, as nuvens povoaram os céus. Da floresta atrás do parquinho vinha um bafo gélido que soprou na nuca de Natasha e a fez tremer e apertar Ramona com mais força.

O nariz não mais coçava. Formigava.

Já tinha sentido aquilo antes. Era quase tátil, como se atmosfera obscura que os cercava lhe tocasse com dedos cadavéricos.

Ramona se afastou e tomou Bianco nos braços.

— Não posso ficar longe dele muito tempo — choramingou, embalando o ursinho. — Quando ele fica bravo, coisas ruins, muito ruins acontecem.

— Vai ficar tudo bem, querida.

— Não vai.

O vento assoviou. Um som longo que ecoou junto com os balanços que rangiam.

Natasha se encolheu e protegeu os olhos de um redemoinho de terra e folhas que veio do chão e passou por baixo das lentes de seus óculos.

Ramona gemeu e se afastou. Deixou o urso cair e tapou os olhos.

— Não! Agora não! — implorou num grito. — Eu não tenho onde desenhar agora!

Os lábios de Ramona se abriram e um grito estridente escapou de sua garganta. Natasha caiu sentada, assombrada e incapaz de agir.

Ramona berrou de olhos fechados, caiu de joelhos, as mãos enterradas na grama seca com tanta força que seus dedos empalideceram.

O grito cessou, o vento também.

Natasha engatinhou para perto da menina, levantou a mão para tocá-la. Mas, naquele instante, Ramona abriu os olhos.

Eram órbitas completamente pretas encarando Natasha.

— Ramona, pare!

— Não sou eu! É ELE!

O dedo içou e apontou para uma coisa atrás de Natasha.

Devagar e tremendo, ela olhou. Não estavam mais sozinhas.

28

Ananda e Lucca ouviam o relato de Alice de mãos dadas. Apertou os dedos nos dele para transmitir força durante aqueles minutos em que Alice, a mãe biológica da filha dele, contasse como o abandono delas aconteceu.

Alice deixava lágrimas caírem pelo rosto sardento, mas não titubeava.

Ananda sabia agora que a moça jamais havia sido louca. Era um milagre que ainda estivesse sã, e forte o bastante para aguentar saber que sua menina estava viva e tão perto dela.

Começou a história pelo meio, quando tinha quinze anos e sua mãe não reagiu bem ao saber que ela estava grávida. Não fora acolhedora, tampouco quis saber em quais circunstâncias a concepção tinha acontecido, apenas quis esconder a filha dos olhos da sociedade por quem tanto presava. Não permitiria que as pessoas em sua igreja soubessem que sua menina tinha desonrado a família toda.

O pai de Alice tentou ajudá-la, mas era um homem passivo e temente à mulher. Tudo o que conseguiu foi convencer sua esposa de que precisavam que um bom médico cuidasse de Alice. Quando o médico disse que Alice estava numa gravidez de risco, a mulher protestou que jamais carregaria mais um pecado, o do aborto, em sua família. Decidiu que internaria a menina e que daria a criança para adoção quando nascesse. Levaram-na para o Angellus e a deixaram lá.

Alice relatou a gravidez difícil, todas as noites de dor e gritos que ninguém compreendia, a ajuda de Marta que jamais saiu de seu lado. O pai às vezes vinha visitar, mas não ficava. Definhava também, cada vez mais magro e mais curvado. Os meses foram longos, mas Alice conseguiu chegar ao fim da gestação.

A jovem engasgou ali, balbuciou algumas coisas. Lucca e Ananda soltaram as mãos e a tocaram juntos, cada um em um joelho. Ela só ergueu a cabeça e murmurou que tinham tirado sua filha de seus braços. Depois disso, passara dias isolada num quarto asséptico, se recuperando de um parto doloroso. Quando mudou de quarto, recebeu um telefonema frio de sua mãe lhe informando que tanto sua filha quanto seu pai estavam mortos.

— Foi a primeira vez que eu enlouqueci — continuou. — Mas eu sempre senti que não tinha perdido os dois. Que Ramona estava viva.

Ananda manteve a calma, mas o relato de Alice lhe tocava em locais da alma que já estavam feridos há muito tempo.

— Foi você que escolheu o nome dela?

Alice fez que sim, emocionada.

— Escolhi o nome dos dois.

O ar esfriou ali dentro. Ananda não conseguiu olhar para Lucca. Não conseguiu dizer nada. Sabia que depois que fizessem a única pergunta possível naquele momento, não teriam como voltar atrás.

— Dois... — Ananda sussurrou.

— Diga, Alice — implorou Lucca.

Não vai ter volta. Não daqui.

— Eram gêmeos, mas meu filho morreu naquela mesma noite. Ramona e Bianco.

29

Samuel ainda tinha gravada na mente a imagem do bilhete que Virgílio recebera do Conde L. Guiou Diego Contreiras para o local marcado na mensagem, cuidando para não dar detalhes sobre o remetente do convite. Queria evitar as perguntas do policial enquanto não tivesse seu irmão consigo, são e salvo, para dar explicações.

Diego e Samuel invadiram a capela central do cemitério, depois de forçarem a porta emperrada.

Assim que entraram, o Cabo procurou vestígios de qualquer coisa que indicasse a presença de Virgílio. Os bancos de madeira estavam alinhados, um pouco empoeirados, diante de um púlpito vazio. Não parecia que ninguém tinha estado ali.

A única indicação que Virgílio estava mesmo no cemitério, era o Jipe parado no estacionamento.

— Devia ter me chamado logo que ele saiu — repreendeu Contreiras. — Como é esse tal homem que o convidou? Não tem nada além de uma fantasia para me dar?

Samuel se arrependia de ter permitido que Virgílio fizesse aquela besteira.

— É a porra do Diabo! — urrou. Seus olhos vidrados, cobertos de veias rubras, encarando o policial. — Um demônio de pé de bode, é isso!

O policial colocou a mão em seu ombro e apertou com força.

— Está ouvindo isso?

Samuel ia negar, mas quando caiu no silêncio, além do som dos pássaros cantando e do estalar da madeira com a ação do vento, também ouviu.

Era uma voz.

Pancadas se repetindo ao longe, abafadas.

Diego correu e Samuel seguiu em seu encalço.

***

Alice Winfred foi a filha que veio depois do tempo, dez anos mais nova que seu irmão, a última depois de cinco homens. Os Winfred eram proeminentes na comunidade religiosa de um bairro rico em São Paulo, os exemplos de vida reta e justa para todos ao redor.

A menina não gostava dos irmãos, tampouco da mãe, que não via a hora de despachá-la como uma carga viva nas mãos de uma de suas cunhadas que morava no interior e sempre a levava para passear. Alice ansiava por esses fins de semana em Oratório, principalmente quando podia ir na época do Dia das Bruxas e passar os dias da Celebração das Almas. A tia a fantasiava sempre de bruxinha e as primas a faziam se sentir uma princesa.

No ano em que Alice completaria 15 anos, a tia a buscou no dia 29 de outubro. Alice estava empolgada, embora a adolescência lhe conferisse um mau humor constante, mas estar longe da mãe e receber atenção era um alívio para os dias resignada na mansão e nos cultos intermináveis. Naquele ano não quis usar fantasia. Pediu à tia para deixá-la ir ao baile no terceiro dia da Celebração, junto com as primas. Apesar dos protestos, se arrumou e foi com elas.

Alice sempre foi uma menina carente e simpática, bonita com seus cabelos ruivos naturais e sardinhas que pipocavam não só o rosto, mas o colo e os braços também. Chamou atenção na festa. Os meninos ofereciam danças e bebidas, pensavam que era maior de idade. Dispensou todos, pois estava cansada dos garotos, já colecionava uma montanha de decepções com eles.

Porém, no meio de uma música romântica, um rapaz alto usando uma cartola a abordou. No início, quis rir das roupas antiquadas dele, já que o dia de usar fantasias já tinha passado. Mas o moço disse seu nome como se a conhecesse, tocou seu braço com cuidado, falou com uma voz tão mansa e seus olhos eram tão gentis. Alice aceitou a dança, empolgada com a atenção de um homem como aquele.

As primas não a viram sair de perto delas. Ninguém pareceu notar quando a dupla foi para o meio do salão e o rapaz a embalou com uma gentileza digna dos romances de televisão. Alice não podia imaginar como tinha vivido tanto tempo sem conhecê-lo. Leonard era seu nome. E ela o amava, a cada passo de dança, a cada toque e olhar, ela o amava mais e mais, e precisava dele. Dependia da voz de Leonard para continuar existindo. Ninguém a amaria como ele. Ninguém a entenderia. Seus pais, suas primas, seus irmãos... todos eram um pano de fundo triste e distante agora que o conhecia.

Tudo o que Leonard pediu, Alice fez. Saiu com ele do salão, andou pelas ruas, adentrou na mata. Ele a carregou no colo como uma noiva, a levou para um lugar aonde a música chegava abafada e as luzes não alcançavam seus olhos. Somente a lua os banhava quando ele a colocou num chão gramado e sussurrou seu nome num tom langoroso.

Alice não conseguia mais se mexer. Sentiu o peso de Leonard, o cheiro floral dele, os toques macios em sua pele. Ela o queria, mas era tudo tão intenso, tão distante. Queria que ele fosse mais devagar, mas Leonard foi ficando mais e mais afoito com os beijos, as mãos e...

Então a dor.

O cheiro se tornou azedo, os toques ásperos e o rosto dele... Tinha chifres.

Lutou, tentou sair de seu enlace, berrou por ajuda e até conseguiu escapar por um segundo. Mas o homem, agora um velho encarquilhado que fedia a coisas mortas, a agarrou. Ela viu seus pés. Seus cascos.

Leonard a possuiu novamente e dessa vez Alice apagou. Não desmaiou, mas foi sugada como água da pia entrando num ralo sujo.

Sabia que não estava mais no mundo como o conhecia, embora não soubesse explicar de onde esse conhecimento vinha. Viu-se num lugar ermo, tocos de árvores queimadas se estendiam numa planície negra, o céu vermelho cortado por raios pretos. Não havia vida, cantos de pássaros noturnos ou farfalhar do vento. Nada que indicasse que algo animado por uma alma estivesse por perto.

Correu por ali, perdida, tropeçando em galhos secos e cadáveres de ratos, cobras e gatos escalpelados. A morte estava por todo lado.

Depois de um tempo correndo, encontrou uma cidade vazia e percorreu as casas pedindo ajuda. Foi parar numa praça aberta, a igreja de torre alta se erguendo feito uma agulha furando as nuvens vermelhas. Lá de cima um homem a encarava apontando o dedo e dizendo algo que não chegava aos seus ouvidos. Uma multidão parada ao redor da igreja murmurava um cântico sombrio, notas diminutas repetitivas que os embalavam num tipo de música grave. Seguravam velas, usavam roupas pretas.

Alice pediu ajuda a eles, mas cada um dos que abordava apenas a olhava com pena por detrás de olhos esbranquiçados pela morte. Apenas numa mulher a socorreu. Usando roupas brancas, se identificou como Rosa e a levou para longe da igreja, para uma casa isolada longe da cidade. Andaram por horas, Alice pensou. A mulher a abraçava a ajudava a continuar caminhando quando suas pernas fraquejavam. Alice chorou durante todo o caminho, rezou e pediu ao Deus de seus pais que a tirassem dali.

— *As orações não são ouvidas aqui, criança. Logo isso vai acabar, de um jeito ou de outro.*

A mulher bondosa e triste a recolheu em sua casa. Um bebê quieto dormia num quarto escuro, cercado de velas que mal tinham forças para brilhar. Alice quis pegá-lo no colo, mas a mulher não deixou que perturbassem seu sono.

— *Não quero que ele acorde antes de meu filho salvá-lo. O Rouxinol, ele vai vir.*

Alice memorizou aquilo, a dor da avó e do seu neto sozinhos na escuridão.

Na sala da casa, um homem silencioso estava sentado numa poltrona de couro. Um espelho postado em frente a ele mostrava seu rosto cadavérico. Usava uma farda de polícia militar e uma boina de sargento. Alice teve medo daquele homem, porém Rosa a acalmou, disse que ele estava assim, parado naquela posição, e que jamais se mexeu desde que se sentou ali, anos atrás.

Rosa a levou para um quarto, colocou-a deitada numa cama fria e a cobriu. Alice tremia, chorava e pedia por seu pai, o único que a amava de verdade. Rosa ciciou que se acalmasse, que já ia terminar. Mas estava só começando.

A dor começou no baixo ventre e se alastrou por todo o corpo. Suas entranhas e estômago foram invadidos por uma quentura que se converteu em lava e queimou como se a derretesse por dentro. Todo seu corpo entrou em combustão. Alice berrou por um tempo incalculável, mas Rosa não a deixou sozinha.

A menina viu, aos pés daquela cama, duas crianças que não estavam realmente ali, eram apenas espectros feitos de fumaça e imaginação. Uma menina ruiva de olhos gentis, e um garoto de cabelos da mesma cor, mas ele... ele tinha chifres e suas pernas se tornavam peludas e finas na altura dos joelhos. Alice gritou para que se afastassem. Rosa a abraçou e murmurou em seu ouvido.

Uma história triste e longa sobre o homem no alto da igreja que tinha perdido suas terras para um monstro e as almas presas naquele mundo de sombras. Rosa tinha uma ideia, um plano. Seu próprio filho, ainda vivo no mundo dos homens, possuía uma alma especial. Uma alma poderosa que somente de século em século vem ao mundo. Rosa pediu a Alice que protegesse os bebês que iam nascer e procurasse por ele. Alice não ouviu direito. Nunca sentira tanta dor, tampouco tanto medo.

— Tudo o que morre em Oratório fica em Oratório. Tudo o que Leonard mata vem para cá. Todas as almas que entram aqui o fortalecem do outro lado e o preparam para o dia final, quando ele vai abrir a porta entre esse mundo e o seu. E não somos só nós, Alice. Tem outras criaturas aqui esperando para sair e entrar no seu mundo. Outros como Leonard.

Alice só queria ir embora. Só queria acordar daquele pesadelo. À medida que Rosa falava, as crianças ao pé da cama ficam mais e mais nítidas. Mais reais. Elas se conectavam a Alice por um fio brilhante que ia até seu umbigo e ardia. Ardia como o inferno.

— Para abrir a porta, Leonard tem que oferecer a alma de três pessoas. Três dos responsáveis por tirar dele as terras que ele pensa que lhe pertencem. Ao final, quando já possuir essas três almas, ele vai querer sacrificar um dos seus bebês. Aí a porta vai se abrir. Não deixe, Alice. Não deixe que a porta abra.

Alice não entendia nada, só experimentava a dor.

Rosa continuou murmurando em seu ouvido com pressa, como se seu tempo estivesse acabando. — Ele tem que terminar os rituais na cidade onde pode caminhar livremente. Aqui. Ele vai trazer seus filhos para cá e depois disso não vai ter mais volta. Leonard pensa que esse mundo é dele, e vai começar pela Cidade das Orações Perdidas.

Alice despertou desse pesadelo ao final da frase de Rosa.

Estava em sua cama improvisada na casa da tia. Suas primas tomavam café na varanda rindo, falando da noite anterior. Disseram que Alice tinha saído com o moço mais bonito da festa, mas tinha voltado algumas horas depois com o batom todo borrado. Fizeram piada com isso e Alice pensou que tinha sonhado tudo.

Até ir ao banheiro e ver o sangue seco entre as pernas.

Viveu depois daquele dia como se nada tivesse acontecido. Sua barriga demorou meses a aparecer, e quando apareceu, o verdadeiro inferno começou.

Lembranças daquele pesadelo a invadiam a noite, acordava gritando e seu pai a socorria. A mãe a desprezava cada dia mais.

Alice via o Homem dos Pés de Bode por todo canto, ouvia a voz de Rosa a noite, não conseguia ir à escola e perdia peso por não conseguir se alimentar direito.

Internaram-na no Angellus com um diagnóstico de esquizofrenia aos seis meses de gravidez. Alice passou o resto da gestação sob os cuidados de Marta. No dia do parto a levaram para o hospital de Rosário, mas a mãe pagou muito bem aos médicos para que não registrassem a internação. Alice teve uma menina linda que nasceu de olhos abertos. Tomou-a nos braços e, mesmo ainda sendo ela mesma uma criança, compreendeu que aquele ser era parte de si. Mas aí veio a dor. Cortante, absurda. Os médicos gritaram que tinha outro.

Um bebê muito pequeno veio logo depois. Um choro baixo, quase como o arrulho de um gatinho fraco. As enfermeiras se afastaram quando o médico tirou a criança. O homem, assombrado, segurava-o nas mãos trêmulas. Só o pai de Alice estava ali, e quando viu o neto soltou um grito de horror.

Alice pediu para vê-lo. Disseram que estava morrendo.

Ela sangrava sobre a maca, perdendo aos poucos a visão, quase sugada para a morte também.

O médico ergueu o menino e mostrou para a mãe que perdia os sentidos. Ela viu, antes de desmaiar, o menino morto. Dois pequenos cascos de bode e chifres diminutos despontando na cabeça enrugada.

**

O vento soou mais forte e um trovão cortou o céu. Ananda se colocou em pé num rompante. Alice sussurrou o fim da história, as lágrimas escorriam de sua face pálida e cansada de tanto falar.

Lucca e Ananda compreenderam o que estava acontecendo, sobre as almas das famílias fundadoras, o relógio contando contra eles, e sobre a mãe de Virgílio, presa do outro lado com Gustavo.

Alice caiu num silêncio profundo. Ananda se sentou ao seu lado e a abraçou.

— Você não está sozinha, querida — sussurrou em seu ouvido. — Nós encontramos o Rouxinol. Vai ficar tudo bem agora.

Lucca abriu a boca para dizer algo, mas foi interrompido pela entrada repentina de Marta.

— Vocês precisam ir vir comigo, agora! Moço, sua filha não para de gritar.

30

Lucca se atraia pelos gritos de sua filha como um leão em busca dos filhotes. Ao passar por um muro de trepadeiras, uma rajada de vento açoitou seu rosto e encheu seus olhos de areia. Ananda parou atrás dele, se protegendo do redemoinho de folhas e terra.

Ouviu os gritos de Natasha chamando Ramona, os berros da filha gritando por Bianco. *O irmão... ela deu o nome do irmão ao urso!*

Quando conseguiu recuperar a visão, viu Natasha na outra extremidade do parquinho, encolhida num canto com uma expressão pálida de horror. Seus cabelos estavam revoltos e a roupa toda suja de terra, como se tivesse caído e se arrastado até lá. Ramona estava dentro da caixa de areia, segurava o urso nas mãos e o acariciava como se estivesse acalmando uma fera, seu rosto coberto de terra e lágrimas.

— Filha!

Ramona ficou confusa olhando para os lados, mas logo o encontrou. Um sorriso culpado se desenhou no rosto que ele tanto amava. E nunca a amou tanto quanto naquele momento. O que quer que tivesse acontecido ali para assombrar Natasha e deixar sua menina tão culpada, não importava agora que estavam juntos.

Ajoelhou e abriu os braços para que ela fosse ao seu encontro. Ananda correu para o outro lado ajudar Natasha.

— O me.. menino — gaguejou Natasha. Apontou para Ramona, tremendo. — Estava a-ali.

Ramona correu para o pai e o abraçou pelo pescoço. Lucca a apertou contra si, sentiu o corpo dela tremendo, frio, o peito soluçando o choro contido.

— Vamos embora, pai. Agora, por favor.

Lucca abrigou a filha no colo, mirou Natasha e Ananda a metros dele. O parquinho os separava, uma cortina de areia e folhas que vinham da floresta enchiam o ar com um aspecto sombrio. Deu dois passos carregando Ramona. Ananda ajudava Natasha a se levantar, as duas conversavam rápido sobre algo que ele não compreendeu, mas sabia ser sobre Bianco, mosquitos e um garoto com chifres parado no meio da caixa de areia.

Gritou para as duas que estava tudo bem. Ananda abriu a boca para gritar uma resposta, porém a chegada de uma ruidosa onda de vento quente fez com que todos parassem de se mexer. Um vento abafado, carregado de um odor que lembrava ovos podres. Rapidamente Natasha e Ananda deram as mãos. Lucca apertou Ramona contra si e planejou correr para suas amigas o mais rápido que pudesse.

— Pai! Vamos, pai! Ele tá chegando!

Lucca torceu para aquilo ser apenas uma brisa trazendo resquícios de um animal morto na mata. Queria sair com a filha dali, ir para casa, contar a Samuel o que tinham descoberto para que pudessem lutar juntos contra Leonard e proteger a menina.

Deu um passo, depois outro.

Um balido veio da mata. Lucca parou. Natasha chamou seu nome. Ramona se debateu em seu colo.

Olhou ao derredor, os pelos na nuca eriçados.

A coisa apareceu em sua frente feito uma mina explodindo no chão. Bem no meio da caixa de areia onde Ramona estava a alguns segundos, exatamente do meio do caminho entre Lucca e as duas jovens.

Soltou um berro e caiu para trás com Ramona em seus braços. A menina rolou para o lado, Lucca estatelou no chão.

O vulto vermelho se transformou em um homem alto trajado num sobretudo preto. Olhos estreitos, grandes e belos fitaram Lucca. Leonard caminhou em sua direção enquanto Lucca se arrastava de costas em direção à sua filha.

— Desculpe se o assustei, Lucca Villas Boas — disse o Conde. Fez uma mensura ainda caminhando devagar. —Vejo que está cuidando bem da minha menininha.

— Ela é *minha* filha! — retorquiu Lucca, sem gaguejar. — Fique longe dela.

Ananda gritou alguns palavrões, talvez procurando atrair Leonard. Lucca conseguiu alcançar Ramona e a abraçou, tentou levantá-la do chão. Viu pela visão periférica quando Natasha se aproximou correndo, um urro escapando de seu peito, armada de um pedaço de pau gigante. Leonard virou-se de súbito, bateu forte com o casco no chão e soltou um rugido.

O som reverberou em ondas fétidas que impregnaram o ar Natasha foi lançada ao chão e arrastada até bater com as costas num pedaço de concreto. Ananda correu para ajudá-la. Ali Lucca soube que não poderiam correr, não poderiam atacar.

— Ananda, tira a Natasha daqui! — berrou com a voz grave. — Fujam, as duas!

Leonard riu, o som mais parecido com um arrulho de centenas de aves do que com uma risada. Lucca conseguiu ficar em pé e colocar Ramona atrás dele.

— A essa altura você já sabe, Lucca — disse Leonard. Tinha um jeito de quem estava entediado. — Ela é minha cria, não sua. Eu já esperei demais. Seu cunhado já tentou lutar comigo por ela, mas... bem, ele está numa situação bem difícil agora.

— Por favor — ciciou Ramona, espiando por trás de Lucca. — Ele não. Não faz isso com ele.

— Seu Rouxinol é um covarde, querida. Seus novos pais são muito fracos.

Lucca a protegeu, caminhou um pouco mais para longe de Leonard. O medo que sentia era frio, endurecia seus músculos, ressaltava seus sentidos. Conseguia captar cada mínimo movimento de seu inimigo, a forma como ele coxeava em vez de andar, como seus dedos de unhas compridas faziam gestos afetados com os anéis. A expressão de falso tédio, uma máscara para um tipo de maldade que ficava à espreita por de trás da máscara.

Lucca tinha muitas certezas dentro de si no momento, e uma prece silenciosa erguendo-se nos pensamentos turbulentos. *Por favor, livre minha filha do mal. Por favor, que ela consiga fugir.* Tinha certeza de que a filha sairia dali segura, de que Virgílio e Samuel fariam de tudo por ela.

— Ramona, você tem que correr, filha — murmurou, de soslaio.

Leonard sorriu.

— Me emociona que tantas pessoas estejam tentando manter minha prole segura — disse, forçando uma voz emocionada. — Até mesmo eu sou capaz de fazer coisas belas, não sou? Olhe que menina linda, que olhos mais profundos.

Ramona choramingou e se encolheu atrás de Lucca. O rapaz arquejou, seu peito subindo e descendo conforme tentava se afastar devagar. Mas à medida que caminhava com Ramona para trás, Leonard diminuía a distância.

Lucca olhou por trás do Conde e viu Ananda sinalizar para que corressem. Natasha estava no celular, falando baixo com alguém. Estavam chamando por ajuda, mas para ele correr tinha de passar por seu inimigo. O melhor que poderia fazer era ganhar tempo para Ramona correr.

Não havia outra forma, tinha que lutar. Empurrou a filha para o lado e desferiu o primeiro soco no Conde. A mão encontrou um rosto humano, atingiu-o no queixo e o fez recuar alguns passos. Leonard limpou o sangue da boca com as costas da mão. O líquido era de um marrom avermelhado e lodoso. Lucca ciciou uma prece.

246

— Ramona, corre agora!

A menina não o fez. Pelo contrário, se colocou na frente do pai como se pudesse protegê-lo. Entrementes, Leonard tirou a cartola e a lançou para o ar, feito um ator num palco saudando a plateia. Num átimo o corpo esguio de um homem belo se tornou uma nuvem de poeira vermelha que deu lugar a uma criatura monstruosa.

O som animal e discrepante reverberou pelo espaço vazio, até se transformar num rosnado selvagem.

O monstro era um ser de três chifres pontudos, torço de homem, pernas nuas de pelos pretos e cascos enormes no lugar dos pés. Bufava entre presas podres e um nariz protuberante. O Homem Bode partiu em direção à Ramona antes mesmo que Ananda e Natasha terminassem um grito de pavor.

Mais uma vez, Lucca jogou a filha de lado. Com a cabeça tombada de lado e urros de raiva, o monstro avançou. O chifre da frente atravessou Lucca num movimento limpo, sem tranco.

Não sentiu dor de imediato, apenas um formigamento nas bochechas e um frio inclemente. Ouviu o berro rasgado de Ananda e um grito de ódio que jurou que era de Ramona. Quando o chifre saiu de seu peito, as pernas não funcionavam mais. Tombou no chão.

A grama era a única coisa em sua vista. O corpo chacoalhando, inerte.

A dor começou na coluna e estourou no peito.

Lucca viu o mundo escurecer. A grama sob a bochecha direita pinicou seus olhos molhados. Na boca, sangue quente preencheu o paladar, molhou os dentes, escorreu no chão. Engasgado, viu o urso de Ramona caindo a poucos metros. De dentro do urso, uma sombra escura surgiu.

Antes de apagar por completo, assistiu em flashes borrados um menino de olhos sem órbitas, cabelos ruivos e corpo metade criança, metade caprino, cuspir uma orla de moscas e engolir o Homem Bode.

Lucca tossiu o sangue que vinha de dentro de seu peito. Piscou. Só então se deu conta do que estava acontecendo.

Os pensamentos eram vagarosos, o tempo era limitado. Piscou de novo.

Cegueira.

Tentou agarrar-se à vida, lutou para ficar. Mas estava escorregando, afundando.

Atrás das pálpebras viu Samuel "Não precisamos estar no mesmo lugar para fazermos isso juntos, Lucca. Isso é a melhor coisa sobre nós dois".

Eu não vou estar aqui, meu amor. Não vou conseguir ficar.

Longe, Ananda pedia para Lucca ficar, Ramona gritava por ele, implorava por ele.

Lucca ouviu algo se partir, e então não havia mais dor.

31

Levou um tempo perigosamente considerável para que Diego e Samuel descobrissem de onde vinham os gritos. Eram pedidos de ajuda. A voz abafada de Virgílio ecoando pelo cemitério. Acabaram sendo atraídos para o local da sepultura de Gustavo. A gaveta de alças de bronze arrancadas, caídas ao chão. Cimento fresco na entrada.

— Vou ter que chamar reforços — disse Contreiras, já alcançando o rádio.

Rapidamente, Samuel o interceptou.

— Não dá tempo! — urrou, com violência. — Precisamos dos coveiros e algumas marretas.

Diego não tinha tempo para pensar, mas Samuel sabia que não havia muito que pudessem fazer agora. A voz de Virgílio gritava com todas as forças, o som sufocado pelas camadas de cimento e tijolo. Contreiras correu para encontrar ajuda imediata. Samuel parou ao lado da sepultura.

— Fique calmo agora! Vamos tirar você daí.

Entre as fungadas e os tremores de desespero, Samuel olhou para o túmulo pequeno. Era um quadrado estreito demais para acoplar o corpo musculoso do homem adulto sem que ele tivesse que ficar encolhido.

Não demorou para uma dupla de coveiros chegar com marretas. Os homens incrédulos ouviram os gritos com ares de assombro.

— Só abram essa maldita sepultura — ordenou Diego.

Enquanto o som das pancadas metálicas se chocava contra a superfície de concreto, Samuel rezou. Não para Deus, mas para a mãe que nem chegou a conhecer. Se havia algo bom do outro lado, balanceando as coisas, só poderia ser ela.

Levou mais de uma hora para abrirem o túmulo. Samuel ajudou Contreiras a puxar o caixão pequeno de madeira escura. Um caixão de alto custo, madeira de lei, cheirando a novo.

Todos os homens ali ficaram quietos, impressionados demais para dizer qualquer palavra. Sobre o tampão havia uma inscrição em letras douradas cursivas, um desenho de um rouxinol entalhado na madeira. *Um homem sem fé* — era o que dizia. Mas Samuel não parou para analisar. Abriu a tampa e arquejou ao encontrar seu irmão lá dentro, já arroxeado pela asfixia, encolhido em posição fetal com os joelhos perto do rosto. Em meio aos braços de Virgílio, estavam os ossos de Gustavo. O crânio diminuto rosto a rosto com o do pai.

Samuel ergueu o irmão pelos ombros e o colocou no chão com a ajuda de Diego. Puxou-o sobre seu colo, a cabeça em seu peito.

— Você está bem agora. Respira. Só respira!

Virgílio buscou o ar com violência. Ao respirar, finalmente livre, começou a tremer e arrulhar sons inarticulados. Logo que o olhar retomou vida, as mãos ferozes agarraram no colarinho do caçula.

— Ramona — ofegou, puxou mais ar, gemeu novamente. — Onde ela está?

O rádio de Contreiras soou com a voz de um policial na linha. Samuel ajudou Virgílio a se levantar, aos olhos dos homens curiosos, cheios de perguntas.

— Está com Lucca e as meninas — respondeu, tentando normalizar a própria respiração. — Foi aquele desgraçado que enterrou você?

Virgílio olhou dos lados, tateou a superfície do caixão. Sua mão encontrou um pedaço dos ossos de seu filho e ele gritou em desespero. Tudo o que fazia era repetir a mesma frase e perguntar pela sobrinha.

Samuel tentou levantá-lo, mas Virgílio estava fraco demais.

— *Omêga2, QAP?* — Chamava a voz do rádio.

Samuel ouviu Diego responder que estava na escuta. Quem estava do outro lado falava rapidamente em códigos.

— Ele foi atrás de Ramona agora...

— Podemos falar disso depois...

— Onde ela está?!

Samuel ia negar a resposta, quando Diego voltou. Seu olhar ansioso, ainda mais sombrio.

— Tavares, precisamos que você se acalme — falou o oficial, num tom de más notícias. — É urgente.

— O que aconteceu? — sibilou Samuel, plácido.

Diego esfregou o rosto, talvez confuso demais com toda aquela cena horrenda. Afinal, estava diante da exumação do corpo vivo de seu melhor amigo.

— É sobre o Lucca.

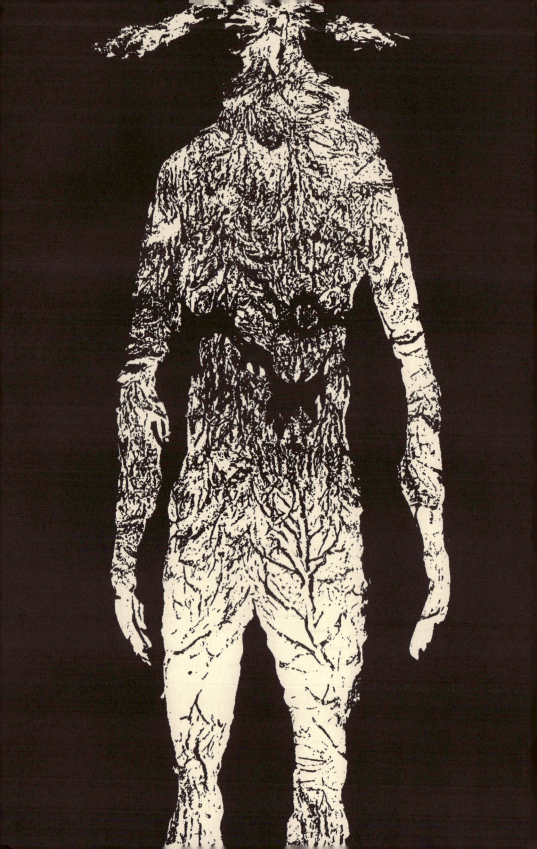

PARTE III

UM HOMEM SEM FÉ

32

Havia um reflexo no espelho encarando-o de volta. Os olhos castanhos profundos num rosto pálido. Barba protuberante, feito um tapete de espinhos ásperos que cercava uma boca afinada, expressão da completa dor e do silêncio dentro da alma.

Lucca está lá fora, deitado num caixão.

Lucca está morto, e eu estou vivo.

Isso é tão injusto.

No entanto a voz que entrava por seu ouvido mitigava a de sua consciência. Natasha seguia com seu descarrilamento verbal, narrando com uma precisão que faria inveja a Neil Gaiman os fatos tétricos que tinham se passado quarenta e oito horas antes. Virgílio piscou, acordou do transe e tentou focar na moça. Alguém bateu na porta do banheiro implorando para entrar e nem mesmo isso a fez parar de falar.

Estavam no banheiro da casa dos Villas Boas enquanto o serviço fúnebre prosseguia lá fora. Natasha dissera que não podia esperar e ele sabia que era impreterível ouvir.

— Sei que eu não sou a pessoa de quem você queria estar ouvindo isso tudo, okay — continuou, como se fossem desculpas por sua irritação. — Eu caí de paraquedas nisso tudo...

— Não!

A voz ricocheteou nos azulejos.

O fluxo intenso da fala de Natasha estava carregado de culpa, mas também de ansiedade. Virgílio não a conhecia direito, mas sabia reconhecer uma pessoa teimosa quando via uma. A professora Nakamura estava ali porque não tinha acabado sua missão ainda. Por alguma razão que não compreendia bem, confiava nela.

— Se você não estivesse aqui, eu não teria ideia de com que estaria lidando — confessou ele, resignado. — O que houve na Delegacia de Rosário, quando quiseram acusar vocês duas?

— Os vídeos de segurança do hospital. Se não fossem eles, Ananda e eu teríamos sido presas em flagrante — arrematou, com um suspiro ruidoso.

Novas batidas soaram na porta, mais iradas. Natasha gritou que já ia sair. Os passos se distanciaram e eles voltaram a se encarar.

— O que apareceu nos vídeos?

— Eles viram o menino no vídeo, me viram gritar e correr, depois Ananda e Lucca chegarem. A coisa toda pifou um pouco antes do ataque, mas os policiais viram num frame quando um homem surgiu na tela, bem em cima da caixa de areia. Não dá pra ver o rosto, mas bastou para livrar nossa cara. Ninguém quis comentar o que tava no vídeo, e eu dei um jeito, fiz uns contatos, pra não divulgarem as imagens. O Delegado de Rosário não quer se envolver nisso, ficou se borrando, deu pra ver. Vão investigar, claro. Depois levaram Lucca pro IML e os Villas Boas chegaram logo em seguida. Foi uma confusão horrível. A cidade toda de Rosário estava na delegacia.

Virgílio resmungou uma praga, o que calou Natasha por um instante. O pequeno banheiro cheirava a desinfetante floral que se misturava a um toque ácido do uso quem já tinha passado por ali. As paredes estreitas se fecharam sobre Virgílio e sua mão começou a suar.

Era como estar de volta. Como ser fechado no caixão, abraçando os ossos de seu filho. Arquejou com força. Natasha foi ao seu encontro, mas sua mão se levantou imediatamente, dispensando seus cuidados.

— E a Ananda?

A moça deixou o rosto cair. Pela primeira vez permitindo-se demonstrar alguma emoção. Medo, fraqueza, embora ainda coberta de determinação.

— Os pais foram buscar ela — contou. Recostou-se na pia de mármore com os braços cruzados. — Lucca morreu nos braços dela.

Ele fechou os olhos, contou o ritmo dos batimentos. *Lucca está lá fora, deitado num caixão cercado de rosas. Ele, não eu.*

— Ela tava muito mal — continuou, Natasha. — Ela e Lucca criaram algum tipo de laço. Ananda gostava mesmo dele. Eu também, claro, mas o conhecia há pouco tempo.

— O que você está fazendo aqui, aliás? — retrucou, adestrador. — Sua família, onde está?

— Não deixei que avisassem ninguém — revelou, tornando-se mais séria do que antes. Os olhos escuros dela turvaram, as bochechas rubras denunciando a presença de segredos. — Meus pais não sabem o que ando fazendo. Mas isso ficou pessoal agora, Virgílio. Eu vi aquele moço morrer! Se eu não fizer nada para ajudar a parar isso, nunca vou me perdoar.

Virgílio pensou em protestar, em mandá-la embora dali, mas não pôde. Conhecia aquela determinação e teimosia porque se assemelhava a ele mesmo. Era dali que se identificava com ela e via a possibilidade de uma aliada no que precisava fazer dali em diante. Anuiu com dureza, respirou ainda mais fundo antes de clarear os pensamentos.

— Você me falou sobre os rituais, mas não contou tudo o que Ananda e Lucca conversaram com Alice.

— Sei o que ela disse na Delegacia de Rosário, sobre Leonard estar matando descendentes das três famílias fundadoras — respondeu quase de imediato. — Meus instintos estavam certos quando imaginei que era um ritual. Ele preparou tudo à longo prazo, desde que começou a matar, desde antes da fundação da cidade.

— E o que mais...?

Natasha hesitou. Estava pálida.

— Ananda sussurrou antes de entrar no carro...

— Fala, Natasha.

— Ela disse que a Ramona é filha do Homem Bode. Que Bianco era o nome do irmão dela e que ele morreu logo após o parto.

Há alguns dias, teria rechaçado aquela conversa, mas agora ouvir dizer que uma garotinha que ele já amava era filha do demônio e que ela apelidara o urso com o nome do irmão morto era só parte de uma quarta-feira qualquer.

Aquela era a realidade agora. Ficar questionando-a, enquanto seu inimigo agia, parecia burrice.

— Primeiro vou ficar ao lado do meu irmão, depois vamos atrás dele, Natasha. Vamos parar essa merda antes que continue — pontuou, com ferocidade. — Agora isso é sobre vingança. O homem sem fé também tem esse direito.

33

Um sol desbotado e triste apareceu naquela tarde de novembro. A névoa que acompanhara Oratório na última semana desaparecera como se tivesse fugido às pressas do choro audível e das fungadas sôfregas que eram ouvidas no jardim da mansão dos Villas Boas.

Virgílio parou na entrada do jardim, onde Neusa Villas Boas, a amorosa mãe de Lucca, escolheu para alocar os presentes e despedir-se de seu único filho. A voz dela podia ser ouvida dali, mesmo com todos os murmúrios. Neusa gritava a ausência do fruto de seu ventre, seu herdeiro e o futuro da família.

Conhecia a dor da mulher, por isso foi reduzido ao espectro de si mesmo. Não podia se aproximar, não enquanto a dor dela estivesse preenchendo aquele espaço aberto. Então ele viu, entre as cabeças em movimento, o vulto corpulento de Samuel parado ao lado de Neusa. Seu peito chacoalhava e seu braço estava pousado sobre o caixão de carvalho.

Foi o que encorajou.

Lucca era sua família. Lucca fora o companheiro de seu caçula.

Caminhou a passos largos, abrindo espaço entre os presentes. Samuel o enxergou, içando os olhos em desespero. Quando os dois se abraçaram, não houve um só bochicho. Até mesmo a mãe e os familiares ao redor pararam e ouviram o bramir da dor de Samuel.

Virgílio não teve coragem de olhar para o lado. Não viu Lucca deitado serenamente, flanqueado pelas rosas cujo aroma preenchia seu olfato. Não suportaria conjecturar que havia um rombo aberto no local onde Lucca costumava manter seu coração transbordado em amor.

Ao se afastarem, Samuel foi abordado por algumas jovens, provavelmente primas de Lucca, trazendo lenços e copos d'água. A visão lateral dele captou um movimento ao lado do caixão. Um vulto pequeno, trajado em preto, rodeando o esquife com um semblante transpassado.

Mirou Ramona com um misto de temor e pena, lembrando-se de tudo o que Natasha tinha revelado. Ela era fruto *dele*. Da coisa horrenda que os perseguia, do homem que caminhava sobre pés de animal. Uma coisa maligna, lutando para não sucumbir.

Os cabelos encaracolados estavam presos, seus dedos tinham as unhas cortadas e a roupa estava alinhada. Ela tateava a madeira escura, procurando coragem para tocar o corpo de seu pai.

Virgílio e Ramona trocaram um olhar longo.

Os dedinhos finos da sobrinha pressionaram as costas da mão esbranquiçadas de Lucca. Os olhos, antes cheios de brilho, agora estavam fechados, as pálpebras pálidas e escurecidas.

— Quero que ele morra — falou a voz de Ramona. Apesar das lágrimas que escorriam pelos olhos vidrados, a expressão dela era de puro ódio, convicta e até violenta. — Ele vai voltar, e eu quero que ele morra.

34

Uma memória dentro de um sonho.

Aquela porta, seu punho levantado desferindo socos contra a madeira barata. Já tinha visto aquilo vezes demais em seus pesadelos para não reconhecer a cena, para não saber de quem eram os gritos vindos de dentro da casa.

Trajava a farda, os pés suados nos coturnos pretos.

A porta abriu e os olhos de uma jovem o miraram cobertos em lágrimas e desespero. Ela implorava, pedia ajuda. Ele a conhecia. Já tinha visitado aquele local em sua mente. Tudo ao fundo era escuro, isso porque sua percepção só tinha captado o essencial para registrar. Portanto ao entrar na sala fétida de odor humano, merda e leite azedo, não via paredes, nem chão, nem móveis. Apenas as pessoas.

— Por favor, não faça nada, Tenente — implorou ela.

Havia mais alguém atrás dela. Um rapaz, também jovem, segurava uma arma diretamente apontada para a cabeça na moça. Nos olhos injetados a mensagem clara da maldade de uma alma que jamais fora portadora da misericórdia ou da culpa.

— Abaixe a arma — pediu Virgílio.

Calma, placidez.

— Só saio daqui morto.

Violência, secura.

Eu já estive aqui. Sei o que vai acontecer. Sei e não posso evitar.

Sacou a arma com cuidado, afastou-se uns passos para olhar ao redor e verificar a situação da casa. Viu o cercadinho colorido num cômodo adjacente. O pedido de socorro da mulher que chamava um nome começou a fazer sentido.

Diana. Era o nome da garotinha.

Um montinho de cobertas jogado no chão do cercado. Rosa de tricô manchado de vermelho vivo. A forma como o pano se espraiava sobre o volume pequeno denotava que tinha sido colocado não para sua verdadeira função de proteger uma menininha do frio, mas para escondê-la.

— O que você fez?! — urrou Virgílio.

— Ela só tinha um ano... — choramingou a mãe. — Eu não protegi meu neném. Não fiz nada.

Virgílio não precisou de muito mais para entender o tipo de mácula nefasta que aquele sangue significava. A imobilidade da menininha sob a coberta...

Engatilhou a arma sem perceber, e ainda ao som do choro da mulher, deflagrou a munição. O sujeito nem teve tempo de falar. Cumpriu o que prometeu. Sairia dali morto, mas levaria a mulher consigo. Virgílio só percebeu que o rapaz também tinha atirado, quando ela caiu aos seus pés com o buraco na nuca virado para cima.

Ignorou os cadáveres frescos do casal jovem e caminhou até o cercado.

Não mediu os movimentos quando seus braços trouxeram o corpinho esfriando para o peito. O sangue da pequena Diana manchou sua farda. Tingiu-a para sempre.

Eu não fui capaz de salvar meu filho, não pude evitar o que matou essa menina, então o que estou fazendo?

Virgílio chorou naquele dia, incapaz de soltar o corpinho.

Revivia aquilo com uma precisão realística. Os ossos contra seus punhos, a cabeça na menina na curva de seu queixo. Chorou até a escuridão se fechar ao seu redor e paredes de madeira cercarem seu corpo. Chorou até se dar conta de que não estava mais ajoelhado, mas deitado. Um travesseiro de cetim abaixo de sua cabeça e as mãos sobre o peito.

Não embalava mais um bebê morto, não estava mais na cena do crime.

Abriu os olhos e viu a madeira negra fechando-o. Tentou se mover, mas o espaço era mínimo.

Claustrofobia, pânico.

Socou a madeira, sem poder tomar distância suficiente de quebrá-la. Sua voz clamava por ajuda, mas o eco devolvia um riso. Um riso tétrico. O riso do Diabo, cumprindo sua promessa de feri-lo.

Abriu os olhos, encarou a sombra caliginosa de seu cativeiro.

— Me ajude a sair da escuridão. Mãe, me ajude a sair daqui.

O pânico se esvaiu, o sangue voltou a circular numa velocidade normal. Virgílio cerrou os olhos mais uma vez e, quando tornou a abri-los, estava em sua cama.

Estava em sua nova realidade. E estava no controle.

Viu o sol nascer através da janela da sala. O calor estava de volta, os raios ultravioletas bruxuleando no horizonte entre as árvores. O frio e a névoa pretéritos eram obra da presença do Conde, e o Tenente sabia disso porque tinha aberto seus olhos para as sombras. Enquanto ainda tateava no escuro, as sentia ao seu redor, espreitando, sussurrando o que ia acontecer em breve. Mas, por ora, sabia que estaria seguro enquanto o sol reinasse.

Depositou seu aparelho celular sobre a mesa de apoio que ficava ao lado da poltrona de couro. Migrou para a estante de livros velhos que preservou no canto da sala. Seu livro favorito tinha um lugar especial nela, uma prateleira na altura de seu rosto, de onde a lombada azul de letras douradas podia ser vista. Tocou-a com um cuidado devoto, puxou-a para o contato de suas mãos.

As Geórgicas, de Virgílio. Uma edição antiga, herança da família.

Nunca tinha conseguido compreender todos os versos, embora os tenha lido avidamente outrora, numa outra vida. Na vida antes de Diana, que ocorreu no hiato entre a morte de Gustavo e a dela, precisamente.

Levou o livro para a poltrona, ainda esperando o raiar do dia embalado pelo cantar dos galos. Aproveitou a sensação do silêncio que precede o caos. De olhos fechados, a cabeça tombada contra o encosto e o livro empoeirado sobre o colo.

— *Sabe que eu dei a você o nome do meu poeta favorito, não sabe?* — disse a voz macia de Rosa, sua mãe, vinda do mais profundo das suas memórias. — *Ele escreveu:* há vários lobos dentro de mim, mas todos eles uivam para a mesma lua. *Eu gostaria que se lembrasse, querido. Quando eu não estiver mais aqui, e que você for outro homem, que conhecer as sombras e as adversidades. Quero que se lembre que seus caminhos sempre têm que levá-lo para a fé. Ela é sua lua. Sei disso.*

— *Mas e se eu não acreditar em Deus, como a senhora?*

— *Então acredite em mim, e eu terei fé nEle por nós dois.*

Era apenas um garotinho. Um menino de dez anos olhando para o irmãozinho adormecido no berço. Rosa lhe acariciava os cabelos negros. Seus cabelos ralos, tapados com um lenço. Ela já estava doente na época, já se preparava para deixar o mundo.

Abriu o livro no trecho marcado, sobre o Rouxinol chorando pelos seus filhotes, o que tinha inspirado a tatuagem e o que se tornou seu emblema pessoal, símbolo de seu luto e símbolo de Rosa. Folheou até a contracapa, na qual sua mãe havia deixado um último recado antes de dar-lhe o livro como herança.

"Quando há silêncio, até mesmo o cair de uma gota sobre o mármore pode ser ouvido. Ao seu redor só há silêncio, meu filho. Quando você sussurrar, eu vou ouvi-lo.
Quebre o silêncio.

Rosa Dalagua Tavares".

— Sinto muito, mãe — sussurrou. Deixou que uma lágrima solitária caísse sobre a tinta preta. Havia uma marca ali, de outra lágrima, derramada havia alguns anos. — Eu li tantas vezes essa mensagem. Devo ter te perturbado aí, no seu descanso... Mas agora é mais sério do que nunca. Eu tenho fé em você, mãe. Me guia, por favor.

O celular vibrou sobre a mesa. A imagem que Ananda tinha registrado em seu aparelho na noite em que passaram juntos apareceu na tela, sorrindo com os lábios pintados de escarlate.

Atendeu a ligação.

— Sinto muito por não ter conseguido ir ao enterro — ela disse, sonolenta. Parecia ter chorado, mas o tom era forte. — Não sei mais no que acreditar. Não conheço mais minha própria mente.

— Eu sinto muito por ter metido você nisso...

— Você não...

Virgílio emitiu um muxoxo. Colocou-se de pé e olhou o céu lá fora. Andorinhas crispavam todo o Ipê amarelo da entrada, acampando-se nos galhos e trocos, emolduradas pela luz solar.

— Preciso te ver — falou, calmamente. — Preciso que você me dê um atestado de sanidade.

Ananda suspirou do outro lado.

— Venha me encontrar.

Desligou o telefone sem se despedir. Caminhou de volta para a janela, mas dessa vez não conseguiu olhar para fora. Mirou as correspondências abandonadas que tinha negligenciado por dias, jogadas sobre a mesa de centro. O envelope branco retribuiu o olhar. Tinha sido deixado por baixo da porta há alguns dias.

Remetente: Polícia Militar do Estado de São Paulo.

Como Diego previra, era sua convocação. Seu chamado de volta ao ofício. Não precisava abrir para saber os trâmites, os conhecia como sua bíblia pessoal. Teria que se apresentar ao Sargento em trinta dias.

Mas ele não tinha um mês.

Oratório precisava do seu Tenente.

***

Ananda já estava com o atestado pronto quando Virgílio a encontrou no café em que combinaram. Estendeu-lhe o envelope fechado com uma expressão séria. Ele pegou, guardou no bolso do casaco e apontou para a mala que estava no pé da cadeira, ao lado dela.

— Por favor, não me faça levar você pra perto dele... — sussurrou Virgílio.

— Você veio aqui saber do que Alice falou e depois pretendia se despedir de mim, não é? — emendou ela, resoluta. — Veio decidido a se sacrificar, como todo bom herói dos livros épicos que você leu. É, eu vi na sua estante, Homero — argumentou, sardônica. — Adivinha? Eu não preciso da porra de um herói. Vou ficar do seu lado até que acabe.

— Ananda...

— Eu sei do que você precisa saber.

Ananda pegou sua mala, deixou sobre a mesa o pagamento para o café dos dois, e saiu dali. Virgílio a seguiu até o Jipe. Abusava deliberadamente do seu poder de fazer o corpo e a mente de Virgílio curvarem-se.

No caminho, ficam um tempo quietos à mercê do barulho constante do motor e de uma música baixa no rádio.

— Virgílio, como você e Samuel vão lidar se a natureza de Ramona prevalecer?

Ele mudou a marcha, pegou a saída pela rotatória.

— Primeiro temos que entender qual é essa natureza — respondeu, mal-humorado.

— Os instintos, o que vai no fundo, daquela camada mais escondida da nossa mente. Eu tenho medo de como vocês vão lidar caso ela...

— Seja mesmo a filha do Diabo? — escarneceu. Ananda mordeu os lábios e desviou os olhos. — Estou preparado para isso, Ananda. Estou mesmo. Não tenho seus conhecimentos, mas sei bastante sobre natureza maligna das pessoas. Pessoas que não são filhas de homens metade animal metade humano. Homens são ruins, tanto quanto.

Ela não respondeu de imediato. O caminho parecia se alongar diante deles, as curvas se acentuarem, o pesar crescer. Virgílio sabia que Ananda notava o quanto ele estava disposto a sacrificar depois de tantas perdas e de tanta insanidade. Ele não tinha visto o que ela tinha visto, mas fora enterrado vivo. A memória ainda era pungente, como no sonho daquela manhã. Quando você é levado à morte estando em vida, alguma coisa muda lá dentro. Uma chama acende e não pode ser apagada. Uma chama do inferno, pode-se dizer.

Entraram numa zona de ultrapassagem proibida e seguiram em baixa velocidade atrás de um caminhão de combustível. Virgílio embicou o carro e viu que eram dois. As cargas visivelmente pesadas de gasolina e álcool etílico, rumavam para Oratório. Diminuiu mais a velocidade e aumentou a distância.

— Como o Samuel está?

Virgílio mordeu o indicador dobrado, pensativo.

— Pediu para passar a noite sozinho com Ramona — respondeu, distante. — Os Villas Boas estão dando suporte a eles, mas entendo que queira ficar sozinho. Quando aconteceu comigo, passei três dias num quarto escuro, sem ver ninguém. Nem Elisa.

Ao dizer o nome dela, a voz tremulou, mas não perdeu a força.

— Lucca me contou o que aconteceu com você — revelou Ananda, numa velocidade compatível a tirar um band-aid. — Queria te dizer que é bom ver que você está forte.

Virgílio riu de um jeito amargo. Os dois caminhões entraram numa subida, o que diminuiu ainda mais a velocidade do trajeto.

— É bom saber que não sou mais um covarde, então...

— Você nunca foi — retrucou ela, num tom de desculpas.

Irritado, deu seta sinalizando a ultrapassagem e saiu para a pista da esquerda. Pisou no acelerador e reduziu para a quarta marcha, depois para a terceira, castigando o motor enquanto se esforçava para deixar os dois enormes caminhões para trás. Ananda colou as mãos na lateral do banco, tensa. Por sorte não vinha nenhum carro no sentido oposto.

— Minha natureza talvez não seja — disse, por fim, agora munido de uma seriedade glacial.

Aumentou a velocidade na pista plana e sem carros. Os caminhões vinham atrás, mas foram ficando um pouco distantes à medida que chegavam mais perto de Oratório. Viram surgir no horizonte o umbral abobadado e rudimentar da cidade.

Um vulto pequeno apareceu no canto da pista, mais adiante, depois mais um. Eram dois animais beirando o asfalto.

— Aquela merda de caminhão de porcos tombou aqui no outro dia — lembrou Virgílio, entre os dentes. — Devem ser sobreviventes.

Ao passarem pela região, viram os dois animais desesperados e perdidos, grunhindo alto como se pedissem ajuda. Virgílio passou por eles sem olhar para trás, mas Ananda virou o corpo para continuar observando.

Então ela soltou uma imprecação de susto. Virgílio pisou no freio e olhou pelo retrovisor. Os animais estavam cruzando a pista correndo.

O próximo som foi a da freada gritante do caminhão de combustível, que dobrava na pista para desviar dos porcos errantes. Em seguida veio o ribombar metálico, outras duas explosões de pancadas e o grito de Ananda.

Os dois caminhões se chocaram. Um deles tombou sobre o outro.

— Isso vai explodir! — gritou ela.

Virgílio pisou no acelerador ao perceber que o enorme caminhão tombado ainda deslizava na pista na direção deles, passando por cima dos corpos dos dois porcos e de tudo o que vinha pela frente. Atrás dele, o segundo caminhão os arrastava, fagulhas alaranjadas chovendo ao redor da cena estratosférica, aqueles estampidos erguendo-se furiosos.

— Porra! — urrou Virgílio, atingindo uma velocidade já perigosa. — Não olha.

268

Mas ela olhou. Ananda não conseguiu desviar os olhos do acidente que prosseguia no encalço deles. Os caminhões pararam, porém não levou nem um segundo para a tragédia ser arrematada.

Eram caminhões carregados de combustível. Precisaria apenas de uma fagulha.

A primeira explosão foi oca, seguida de um silêncio mortífero, como a quietude que se experimenta durante um afogamento. A segunda foi mais violenta, reverberando em ondas sonoras e um vento quente, repleto de estilhaços e o cheiro pungente de gasolina.

Não acabou de imediato. O fogo se alastrou e o asfalto cedeu. Uma enorme cratera começou a se formar onde os caminhões viravam cinzas. As pedras da formação rochosa daquela subida caíram no asfalto e rolaram abaixo, no abismo que ladeava a estrada em direção à floresta. Uma estrada construída na montanha, o único caminho possível até a cidade.

Virgílio dirigiu sem olhar para trás, movido pelo instinto. Só quando ultrapassaram alguns quilômetros da entrada, já nas primeiras casas da região, foi que parou o carro.

Os dois desceram imediatamente, estupefatos e calados pelas enormes labaredas de fogo e fumaça que se levantava no horizonte, não muito longe dali. O odor acre se alastrou, trazendo não somente os resquícios dos combustíveis que ainda espalhavam destruição pela estrada e pela ribanceira. Havia também um matiz tênue, mas evidente, de enxofre.

Quando Virgílio piscou os olhos e segurou a ânsia de vômito, mirou as formas que a fumaça densa e cinza formava no céu de Oratório, e jurou que pareciam com as formas de muitos rostos amedrontados, bocas enormes e agourentas presas em gritos. Pensou que as almas do inferno talvez estivessem sendo soltas e subindo ao céu em forma de fumaça. Agora tudo isso parecia possível.

***

O rádio anunciava o parecer dos policiais e bombeiros que vinham de Botucatu para auxiliar na contenção do incêndio que tinha se alastrado na estrada de Oratório. A mata que ficava ao pé das rochas altas estava se reduzindo a cinzas. O fogo corria inclemente em direção à cidade.

Recostados ao camburão de Diego Contreiras, Ananda e Virgílio assistiam às pessoas do outro lado da cratera do asfalto tirando fotos. Jornalistas gravavam suas reportagens mostrando a ferida profunda que deslizava da estrada até a ribanceira de rochas brancas.

A fumaça fétida já surtia efeito. Tosses e espirros eram ouvidos em meio ao burburinho polvoroso dos oratorenses que se reuniram perto do acidente. Todos os policiais de Oratório, Civis e Militares, estavam ali.

Natasha não demorou a chegar. Virgílio pediu para deixarem-na passar pela barreira policial. A jovem olhou para aquela desgraça feita de fogo com uma expressão analítica de preocupação.

— Odeio dizer, mas não estou surpresa — soltou Natasha, passando os olhos de Virgílio para Ananda.

— Diga que tem outra saída dessa cidade — murmurou Ananda para Virgílio.

Ele fez que não com apenas um movimento de cabeça.

Diego estava ali perto, falando no rádio com os bombeiros do outro lado da estrada.

No horizonte as chamas alaranjadas ainda bruxuleavam nos céus, alimentadas pela vasta carga de combustíveis. Dava pra ver lá embaixo os restos mortais dos dois enormes caminhões. O fogo destruindo a mata ao longe. Fumaça subindo.

Diego se aproximou. O policial fardado de olhos escuros encarou seu colega com uma intensidade consternada.

— A estrada virou uma cratera cheia de fogo. Não conseguiram resgatar os corpos dos motoristas. A estrada se juntou com a ribanceira. É inacreditável.

— Quero autorização para voltar a campo hoje mesmo. Peça ao Sargento que alegue situação de emergência e falta de homens.

E que seja com a farda, Cabo — emendou Virgílio, sem titubear. — Estou pronto. Agora.

Natasha e Ananda se calaram, Diego o encarou, confuso. Chacoalhou a cabeça como para desanuviá-la, o rosto expressando um enorme "como é que é?".

— Tenho um laudo psicológico comigo garantindo que estou pronto para retornar à ativa — completou, no mesmo timbre enregelado, desprovido de sentimentos. — Dispense as burocracias em nome da segurança de Oratório. Preciso da farda, *hoje*.

Contreiras encarou os colegas, que os miravam de longe, sondando a conversa. Molhou os lábios e suspirou, exausto. O som das mangueiras de água, vindo do outro lado da fronteira de fogo, preencheu o silêncio.

— Considere-se bem-vindo de volta, Tenente Tavares. Aguardaremos suas ordens.

Virgílio meneou a cabeça uma vez e virou as costas. Fez um só movimento com o queixo para que Natasha e Ananda o seguissem.

35

A Secretária da Cultura não parecia nada contente em receber Virgílio e as duas moças ali. O azedume na face encrespada e os braços cruzados em frente ao corpo robusto, só tornavam evidentes o quanto as ordens do Tenente tinham sido mal vindas.

— Essa é a professora Natasha Nakamura, da Universidade Federal Interiorana — ditou, com evidente exasperação e sarcasmo. — Há meses ela vem tentando falar com sua majestade para conseguir concluir pesquisas sobre um tal homem que anda sobre pés de bode. — continuou, curvando-se um pouco para que a mulher o encarasse. — Quero que reúna todo o material que tiver sobre qualquer registro desse desgraçado, ou qualquer outra coisa que se pareça um pouco com ele.

— Precisamos também de tudo o que tiver sobre moradores chamados Leonard, ou registro sobre Condes que tenham morado aqui, desde... — Natasha divagou, pensativa. — sempre.

A mulher levantou-se e puxou o telefone de fio encaracolado.

— Precisaremos da ajuda de alguém que trabalhe no jornal — a mulher explicou, enquanto discava o número. — E aquela ali, o que está fazendo aqui? — apontou com o queixo para Ananda.

— Ela vai me ajudar — complementou Natasha.

Virgílio precisava que Ananda e Natasha fossem as cabeças da operação agora, que descobrissem de verdade sobre quem era Leonard para além de teorias e evidências vagas. Acreditava que até mesmo no sobrenatural, no maligno do profundo do inferno, alguma regra ou lógica teria que existir.

Até fantasmas e demônios têm que possuir fraquezas. Era lá que elas o ajudariam a reunir informações para destruí-lo.

— Descubram o máximo que conseguirem, ainda que precisem virar a noite — murmurou para as duas.

— Virgílio, se estamos presos aqui e Leonard tiver a intenção de continuar os sacrifícios... — começou Ananda.

— Você vai precisar de Ramona, e do... bem, daquela coisa horrenda que é o ursinho dela — completou Natasha, sem censura com sua falta de jeito. — E alguém precisa proteger a mãe dela. Não acredito que ele vá perdoar Alice por ter entregado tudo.

— Posso cuidar disso — sobrepôs Ananda, já puxando o celular do bolso.

Claro, ela tinha amigas no Angellus. Foi como foram parar lá para início de conversa. Mas amigas não podiam proteger Alice do Diabo. Se Leonard quisesse mesmo matar Alice, não tinha mais nada que pudessem fazer.

Maria bateu o telefone com força.

— Bom, para a sorte de vocês, a editora do Jornal de Oratório é uma grande fã dessa lenda. Está trazendo algumas coisas para vocês se divertirem.

— Depois que elas tiverem tudo o que precisarem, você pode ir, Maria — replicou Virgílio, com uma seriedade adestradora. — Deixe as chaves.

No caminho para a saída, Ananda o abordou. Não podia mais adiar contar a ele tudo o que descobriu naquela manhã com Alice. Entre sussurros entrecortados e uma fala acelerada, ela o fez. Falou sobre Rosa, o homem sentado na poltrona, o bebê que estava adormecido do outro lado, no mundo de sombras. Ananda disse que achava que agora Elisa estava lá também, e Lucca. Todos os que morrem em Oratório ficam lá.

— Ela disse que você tem um olho no outro lado. Você precisa abrir, Virgílio. Sua mãe está lá, e ela confiou em você.

— Eu já abri, agora só preciso entender o que comecei a enxergar.

36

Natasha organizou suas próprias anotações junto ao mapa das aparições de Leonard, enquanto Ananda trouxe uma pilha de papéis de jornal, deixadas pela assistente da editora do periódico. Ficaram ali até perto das nove da noite.

As ruas barulhentas estavam como se fosse o meio do dia. Os cidadãos se encontravam em polvorosa com a notícia de que estavam presos por tempo indeterminado na cidade.

Ananda largou a pilha num canto da mesa, exausta.

— Você não está bem — observou Natasha. Parou o que estava fazendo e se aproximou. — Até agora não tive coragem de perguntar, mas... por que você voltou?

— Por que você ficou? — retrucou, sobrepondo a fala.

Natasha não respondeu. Deslizou os olhos para a mesa abarrotada de informações. Era como um formigueiro atiçado, sem organização aparente, pronto para atacar à mínima invasão externa. Esfregou os olhos turvados e jogou-se na cadeira.

Ananda recostou-se numa estante de livros empoeirada, cruzou os braços, aguardando a resposta.

— Quando tudo isso era sobre eu tentar mostrar a mim mesma que nem tudo que existe pode ser provado pela ciência, eu poderia ter desistido a qualquer momento — confessou, num tom calmo, mas cansado. — Há alguns anos, um amigo meu morreu em circunstâncias muitos parecidas com a de Lucca. Eu fui covarde na época. Não fiz nada. Quando eu vi aquela aberração que anda com Ramona, e ouvi o que você me contou sobre...

— O Diabo.

Natasha assentiu, olhou sobre a mesa e caiu num pesar evidente. Ananda saiu de sua posição e permitiu-se expressar de verdade o que sentia. As lágrimas se avolumaram nos olhos prateados e o rosto todo avermelhou com o choro iminente.

— Eu conhecia Lucca havia apenas alguns dias — explicou, a voz chorosa. — Por mais que eu tenha me prometido, em todas as decepções que eu tive no passado, a não deixar as pessoas entrarem... — espalmou a mão sobre o peito, a boca trêmula — ele entrou. Todos eles. Virgílio, inclusive.

Como uma boa ouvinte, Natasha puxou a cadeira até estar perto o suficiente de Ananda e tocar sua mão. Foi um gesto rápido, mas honesto o bastante para fazer Ananda sorrir um pouco. Os olhos da professora eram de uma sinceridade pueril, constrangedores até, pois era uma qualidade rara.

— Ele parece todo fodão e disposto a matar e morrer para proteger e vingar a família, mas... — Natasha recuou, recostou-se na cadeira, como se medisse suas palavras. — Ele vai precisar ser salvo em algum momento.

— O que quer dizer?

Natasha tamborilou os dedos na mesa.

— Você é mais forte que ele — disse Natasha, como se desabafasse algo engasgado. — Todo o trabalho mental dessa operação, você fez sozinha antes de me encontrar. Se não fosse você, Ananda, ele estaria teimando em acreditar que nada disso é real.

Desde o começo, Ananda teve medo do ceticismo de Virgílio, e agora, por mais que ele não tivesse mais como negar o mundo assombrado em que vivia, ela ainda temia por ele.

— Eu contei a ele tudo o que sabia sobre Ramona, sobre o que Alice falou.

— Ele está indo dar a vida dele pela garotinha, e pelo irmão — concluiu, resignada. — A mãe dele o escolheu pra isso, lá do outro lado.

Ananda esfregou as mãos nervosamente. Os ruídos das ruas, os carros, as buzinas, as vozes, tudo penetrando aquelas paredes para reafirmar a verdade indelével: não era um sonho. Ananda não estava vivendo um pesadelo.

— Sim, ele está — reiterou Ananda, também com tristeza.

— Não me leve a mal, Ananda, eu não respeitava alguém assim há anos. Foquei minha vida nos livros, não nas pessoas. Mas esse cara... eu estou disposta a ajudá-lo, mas não vou conseguir impedir, entende? Isso é com você.

Ananda assentiu, as lágrimas retornando. Não sabia quando tinha se metido naquela loucura e nem como exatamente tragou sua nova amiga para o meio do furacão.

— Acho melhor a gente focar no trabalho — falou Ananda, depois de um tempo.

— Temos algumas coisas que Alice nos deu. Teorias, não fatos.

Ananda engoliu o nó na garganta e tentou retomar o foco.

— Temos uma teoria de que ele quer passar pelo mundo espiritual e abrir um tipo de porta — falou com um ar sombrio. Lembrou do que Alice tinha dito. — As almas da Procissão, coletadas ao longo dos anos, são como um combustível. Os três sacrifícios o levariam à passagem, e...

Deixou a frase morrer, mergulhada num estado hipnótico.

— Ramona, o sangue do sangue dele, um tipo de chave — completou Natasha. — Alice disse mesmo que ele quer libertar "criaturas" como ele? Foi essa a palavra que ela usou?

Ananda retornou ao mundo real. Não queria guardar na memória aquelas imagens horrendas que tinha formado com sua imaginação. Alice sendo violentada, as almas da cidade, Gustavo dormindo no berço, Emílio sentado na sala da casa. E Rosa... usando Alice como mensageira enquanto o Conde a engravidava.

— Foi exatamente a palavra que ela usou.

— Se Leonard é o Diabo, estaremos muito ferrados se ele libertar outros diabos — replicou, num tom forçado de brincadeira. O clima ficou denso. — Desculpa. Eu não sou exatamente muito boa com piadas.

Ananda chacoalhou a cabeça, enredada em outros fios de pensamentos.

— Na verdade tem algo me intrigando em tudo isso — recomeçou. Percorreu as notícias que Natasha tinha espalhado sobre o mapa. — Se ele engravidou Alice, parte dele não é exatamente... *não humana*. É preciso coisas extremamente reais para engravidar uma mulher, não é?

Natasha assentiu com veemência.

— Se ele consegue se reproduzir, há um corpo — divagou pensativa. Puxou alguns papéis e começou a dispô-los sobre os dela. Eram relatos locais, notícias, crônicas dos moradores. Todas tinham em comum a aparição misteriosa do homem belo, ou de um homem velho de cartola. Tornou a mirar Ananda e emitiu um sorriso débil. — E se há um corpo, podemos feri-lo.

— Deus, Alice! — soltou, num arroubo. — Não consegui falar no Angellus a tarde toda.

Natasha continuou compenetrada. Analisava os papéis como se algum deles pudesse ter o poder de trazer o elixir contra Leonard.

Naquele momento, Ananda só queria localizar Alice, saber que a mãe de Ramona estava bem. Pegou o celular e virou-se para fazer a ligação longe dali, sem atrapalhar Natasha.

— Ananda!

Parou com o celular na mão e prestou atenção à euforia de Natasha.

— Lembra quando eu sugeri procurarmos a mãe biológica de Ramona para descobrimos mais sobre Leonard? — questionou Natasha. Ananda meneou a cabeça uma vez. — Deu certo, não foi? Descobrimos muito mais com Alice do que com qualquer uma das minhas pesquisas.

— O que quer dizer?

Natasha estava quase sorrindo, uma expressão travessa de quem estava tendo ideias demais ao mesmo tempo.

— Para entender Ramona, tivemos que descobrir como ela nasceu, qual foi sua origem — pontuou, cuidadosa. — A lenda do Conde L. e de sua briga com Vasco Villas Boas pelas terras de Oratório começou há muito tempo, quando *a cidade* nasceu. E sabe exatamente o que está faltando no início da história de Oratório? — indagou, sem a intenção de esperar uma resposta. — Mulheres. Como Alice, as mulheres sempre estão lá quando as coisas acontecem, mas raramente são dignas de nota.

— E de que mulheres estaríamos falando agora?

Um silêncio pensativo se fez, ambas ainda mais confusas do que estiveram até então. Ananda caminhou pelo cômodo, afobada. O raciocínio de Natasha costumava ser assim, confuso no começo, mas repleto de sentido quando chegava nas vias finais. Aguardou, vendo sua nova amiga sorrir quando finalmente terminou suas conjecturas.

— Das que estavam por aqui quando a Lenda do Homem Bode começou. As mulheres das famílias fundadoras.

Ananda absorveu a fala, lembrando-se da carta de Vasco, que ficava num cômodo daquele mesmo museu. Vasco não citara nenhuma figura importante do sexo feminino.

— Eles devem ter uma árvore genealógica dos Fundadores por aqui — falou Ananda, já atingindo um estado de euforia. — Temos passe livre, vamos explorar.

37

A noite ascendeu sem estrelas.

Virgílio deixou a farda sobre a cama enquanto tomou o banho mais longo de sua vida. Demorou um tempo para pensar em vesti-la. *Quebre o silêncio.* As palavras de Rosa.

Tudo o que morre em Oratório, fica em Oratório.

Rosa não tinha morrido, na verdade. Estava presa naquele silêncio que disfarçava as orações perdidas. Preces não ditas, olhos fechados para as sombras.

Sua mãe o escolheu para ajudar Alice e seus filhos. Rosa guiou o caminho de Bianco, o menino bode que transitava entre os mundos, e levou Ramona até ele.

O homem que tem um olho no mundo de sombras.

Quebre o silêncio.

Rosa ficou do outro lado esperando que ele o abrisse seu olho e a visse.

Abotoou a camisa, passou o colete pela cabeça. Terminou de apertar o cinto e encaixar a arma na cintura, para só depois mirar seu reflexo no espelho.

Lembrou-se do reflexo de Emílio em seus pesadelos, mas não o via agora. Via apenas a si mesmo. Reconfortava-se em saber que nunca foi o fantasma do pai que o assombrou, apenas uma fantasia criada em sua própria mente para lhe fazer perder as rédeas de si mesmo.

Emílio estava no mundo de sombras, em silêncio.

Virgílio tinha o controle agora. Falhas não seriam admitidas.

Chegou à casa de Samuel depois de enfrentar o trânsito da cidade.

As ruas estavam cheias; todos os cidadãos nas calçadas, grupos e rodas de conversas, ensejadas pelo último acontecimento desastroso da cidade. *Como eles ainda podem se impressionar com alguma coisa?*

Hesitou em tocar a campainha, já que seu caçula tinha sido determinado em estabelecer um limite para visitas. Samuel não queria ninguém na casa até que dissesse o contrário. Era um momento para ele e sua filha, apenas.

Até ele saber que a menina é filha do Sete Peles, pensou com amargor. Para sua surpresa, quem atendeu à porta foi Neusa, a mãe de Lucca. A senhora de belos cabelos platinados e um olhar transpassado em dor, ainda conseguiu sorrir para ele ao analisar sua farda. Sem nada dizer, puxou-o pelo ombro e fechou a porta às suas costas.

— Não pude ficar longe deles — disse ela, a voz fraca, muito baixa. — Ele amava tanto essa menina que... nem teve tempo... de...

Virgílio não soube o que fazer quando Neusa quedou num choro convulsivo. Ela se questionava sobre o assassino, sobre a motivação do homem que matou seu filho. Neusa não tinha como se conformar com as poucas explicações que a polícia deu, tampouco com a história que Natasha contou sobre o homem que saiu da mata e ia atacar Ramona.

Virgílio a levou até o sofá e ajudou-a a se sentar, conforme as ondas convulsivas vinham resolutamente. Ver o estado da mulher e ter as respostas para suas perguntas só alimentava a fera que crescia dentro de seu peito. O desejo de se vingar.

— Neusa, onde tá meu irmão?

Ela enxugou o rosto com um lenço que trazia. Os olhos azuis içaram de novo para ele, e Deus, como Lucca se parecia com ela. Como aquela bondade exacerbada e a empatia genuína era evidente em sua expressão como foi na de seu filho. Aquilo fez o nó crescer em sua garganta.

— Dormiu a tarde toda — conseguiu responder, ainda sem forças. — Ramona está no quarto dela. Se trancou lá dentro e não quer sair. Talvez você consiga falar com ela...

— Obrigado por tomar conta deles. Mesmo com tudo isso.

Neusa ergueu e abaixou os ombros, um gesto de derrota. Uma mulher forte, apesar da dor. Essas costumavam cruzar o caminho de Virgílio sempre.

— Vou falar com Ramona agora. Talvez a senhora possa ir para casa, comer um pouco, dormir... — sugeriu, ainda usando o timbre cálido. — Tem algumas coisas acontecendo na cidade, mas tente não pensar em nada.

— Preciso mesmo ver como está meu marido — disse ela, pondo-se em pé. — Qualquer mudança, você me liga? Se a menina precisar de mim...

Neusa pegou sua bolsa e deixou a casa rapidamente, sem olhar para trás. Virgílio nem mesmo precisou argumentar mais. A devastação da mãe ficou para trás, e latejou em seu peito no local onde estava o Rouxinol. *Se eu tive meu filho por quatro meses e nunca superei sua perda, imagina perder um jovem?*

— Tio?

Estava parada na entrada do corredor, Bianco em seus braços com o rosto oculto de encontro ao seu peito. Estava mais séria, perdida, com raiva.

Viu-se andando até ela, sem medir seus atos. A menina não recuou, apenas soluçou e se entregou aos braços do tio quando ele a levantou do chão e a pegou no colo. Ela envolveu a nuca dele com os braços magricelas e deitou o rosto em seu ombro. Virgílio sentiu quando as lágrimas molharam o pano de sua farda.

— Um monte de coisas ruins vai acontecer — sussurrou ela, a voz abafada. Virgílio a apertou contra si, como um pai faria com sua filha depois de ela acordar de um pesadelo no meio da madrugada. — Eu vi o acidente, mas não consegui avisar. Não consegui...

— Não tem problema — ciciou Virgílio. Caminhou devagar, mantendo Ramona deitada em seu ombro. — Vamos resolver isso, menina. Você e eu vamos resolver isso. Eu prometo.

Ela chorou mais, apertando os braços ao redor da nuca do tio. Colocou-a sentada na cadeira defronte a escrivaninha de seu quarto e abaixou-se em sua frente. Por canto de olho, viu os inúmeros desenhos espalhados, as paredes rabiscadas para cobrir os antigos, certamente na tentativa de não assustar a avó.

— Ele quer causar tudo ao mesmo tempo, para você não poder impedir as desgraças — continuou ela, o tom choroso, mas assertivo. — Bianco deixou ele mais fraco por um tempo, mas ele tá voltando.

— Como Bianco fez aquilo, Ramona?

Em resposta, ela virou o ursinho sobre o colo, de frente para o tio.

— No dia em que nós nascemos, ele não conseguiu sobreviver. — Algo na fala dela o fez pensar em almas antigas, dessas que só tinha visto na ficção, sobre as quais os grandes autores conjecturavam. — Mas não foi embora.

Ramona contou que ficou com os avós até completar um ano. Não guardava lembrança deles, mas no primeiro abrigo onde viveu, uma das cuidadoras fazia questão de lhe lembrar de que o ursinho branco havia sido um presente do avô. Ramona não tinha memória de si sem o urso. Ele sempre mostrou filmes em sua cabeça, sempre a fez pensar no avô como a única pessoa que lutou por ela. Bianco mostrou quando ele morreu, e foi por isso que ela foi abandonada. Não fosse a morte, o velho teria lutado pela neta e pela filha.

Virgílio esfregou os olhos, mas esforçou-se para não parecer tão perturbado. Não conseguia mais retornar da fronteira daquela loucura.

— Bianco quer proteger você ou ele é perigoso como o...?

— Não! Ele só quer que a gente fique longe do Homem... do homem bode — contou com pressa. — As vozes, elas dizem que somos iguais a ele. . Vozes das pessoas que ele levou.

— Da Procissão dos Mortos.

Ramona resmungou em concordância, virou-se para sua mesa de desenhos e começou a procurar entre as folhas.

— Tudo o que morre aqui, fica preso aqui. Todos que morrem por causa dele, fazem parte da Procissão — disse ela, compenetrada. — Bianco tá preso entre os dois mundos. Ele consegue ver o que eles fazem e me contar. Ele sabe onde Leonard tá, o que vai fazer. Sabe que meu sangue é o sacrifício que vai abrir a porta .

— Isso quer dizer que Lucca e Elisa estão mesmo presos...

— Estão com ele, todos, desde o começo — completou.

Encontrou o desenho que procurava. Deslizou-o diante de Virgílio com um pesar marcado em seu rosto. O papel mostrava a Procissão, cheia de cabeças tombadas e olhares mortificados. Todos seguravam velas e tinham uma atitude passiva, como se aguardassem algo. Em frente à comitiva, desenhados com aquela precisão fotográfica, estavam Lucca e Elisa, lado a lado. Mais para o lado, uma mulher vestida de branco segurava um bebê no colo.

Virgílio contraiu as mãos em punho. Rosa não fazia parte da Procissão. Estava do outro lado guardando a alma de Gustavo, trabalhando por eles ali no mundo real. Rosa estivera intercedendo pelos filhos todo esse tempo.

— Precisamos libertar todos eles, tio. Você precisa me ajudar.

— Deus... — sussurrou desesperado.

Num arroubo se levantou com as mãos na cabeça.

— Homem sem fé — soltou ela, usando aquele tom experiente e assustador. — É uma expressão feia.

Ele é um homem de fé...

Suba na torre, veja o que ele viu. Veja o que Vasco viu.

— Você tem que acreditar em mim agora — disse Ramona, com uma certeza tão pungente, que nem parecia mais uma criança.

— *Acreditar em mim*, e não me deixar ser igual a ele. Leonard não pode me levar para o outro lado, se eu for boa, como você. Você tem que ter fé em mim.

Ainda era uma missão abstrata, mas acreditava nela. Cria nas palavras de Rosa e na existência de dois lados de um mesmo mundo. E mais do que tudo: acreditava no terror que sentia ao pensar que Lucca e Elisa estavam na Procissão, que sua mãe e seu filho sempre estiveram naquele inferno, e que tudo aquilo nunca tinha se tratado de uma lenda. A Celebração era real, vinha alimentando o monstro que liderava o cortejo dos mortos.

— Eu acredito em você, Ramona — confessou, com honestidade. — Agora me conte o que ele vai fazer. Vamos usar toda a ajuda que tivermos.

— Os outros policiais, não vão acreditar. Você tem que fazer eles acreditarem.

Virgílio se ajoelhou de frente para ela, armou seu melhor olhar peremptório e apontou para a mesa bagunçada.

— Essa é a parte que você sempre esperou de mim, Ramona. A parte de deixar o Rouxinol te ajudar, lembra? — Ela fechou e abriu os olhos languidamente, para depois concordar com a cabeça. — Me dê tudo o que você tem.

38

O sino da igreja católica tocou à meia-noite. Era raro ouvi-lo, exceto nas poucas festas que os fiéis conseguiam promulgar.

Natasha e Ananda captaram os ecos, ambas com as mãos cheias de papéis envelhecidos, sentadas ao redor de documentos históricos espalhados pelo chão. Ficaram quietas até o barulho passar.

— Será que tem alguma cidade mais bizarra que essa no Brasil? — murmurou Ananda, os olhos ainda arregalados, um tom soturno.

Natasha estalou a língua, do mesmo jeito leve e bem-humorado.

— Lagoana, querida — respondeu com uma pitada de acidez. — Uma seita satânica, ou algo assim, assassinou virgens e induziu as mães ao suicídio. Foram cadáveres em cima de cadáveres por quarenta anos. Foi um escândalo quando tudo veio à mídia.

Ananda encenou um arrepio.

Finalmente o silêncio começou a infectar a bagunça do lado de fora. As pessoas alvoroçadas talvez estivessem cansadas demais para continuar nas ruas àquelas horas.

— Tenho umas cartas aqui de Horácio Villas Boas para alguém na Capital — falou Ananda.

Natasha se aproximou, olhou a folha amarelada maltratada por furos de traças.

— Não parece importante, são só contas e relações de bens — comentou Natasha, desinteressada.

A letra cursiva estava borrada, manchada pelo nanquim. Ananda ainda observou a folha por um tempo, quando Natasha se recolheu para sua própria busca. No meio daquela lista de bens encontrou um nome que lhe chamou atenção.

— Inocência pode ser um antigo nome de mulher, não? — indagou, mostrando a folha para Natasha com o dedo sobre o nome. Virou-o para ler em voz alta. — "As joias de Inocência devem retornar à família, ou devem ser repassadas para a esposa do nosso caçula".

Natasha ajoelhou-se atrás de Ananda e leu por sobre o ombro.

— Agora sabemos o nome da mãe de Vasco — comentou, compenetrada. — São os objetos de herança para serem distribuídos após a morte de Horário. Inocência deve ter morrido antes dele, por isso não aparece na história da fundação da cidade.

Ananda suspirou, desapontada. Voltava para a estaca zero, já irritada pelo cansaço e pela frustração. Sua amiga também não parecia muito contente.

— E você, qual sua história? Seu amigo morreu sob circunstâncias misteriosas... Mas deve ter mais, não? — perguntou Ananda, largando o que estava fazendo para abraçar os joelhos. Natasha a olhou de soslaio, desconfiada. — Eu contei a maior parte da minha a você. Costumo só ouvir, então você me deve isso.

Natasha relaxou os ombros.

— Acho que nós podemos largar isso por ora — disse, desviando da pergunta. — Tudo o que temos é um monte de cartas antigas que não citam nada que não saibamos.

Levantou-se do chão e andou pelo cômodo repleto de poeira. Estavam na sala do museu que fora montada em homenagem aos fundadores, onde jazia a carta de Vasco sobre o apoio de vidro. Enquanto a professora caminhava por ali observando as antiguidades das estantes com falso interesse, Ananda pegou-se acompanhando os olhares dos fundadores em seus quadros macabros, tão realistas que davam a ideia de que se mexeriam a qualquer momento.

— Você vai mesmo escrever um livro sobre isso tudo como falou naquela carta? — inquiriu Ananda. — Isso tudo pode ser útil.

— Lembra quando eu falei da minha ex, Vivian? — Natasha soltou, num desabafo. — Hoje em dia ela só faz vídeos no *YouTube* e comenta casos da mídia, mas antigamente costumávamos investigar, com câmeras e tudo. Material importado, coisa fina. Ela encomendou as coisas de parapsicólogos da Universidade de Harvard. Tem gente séria que estuda essas coisas, sabia?

Interessada, Ananda cruzou os braços e se aproximou. Quando Natasha mirou sua interlocutora novamente, tinha certo ar de vergonha rondando sua expressão.

— Nós começamos um relacionamento que durou pouco tempo, mas o suficiente para eu me envolver com os Caçadores. Viraram meus amigos, minha família — prosseguiu, a voz embolada. Brincou com os pés no assoalho. — Eu era a pessoa responsável por desmentir todos os boatos sobrenaturais. Acompanhava-os até as casas e fazia o advogado do diabo com as famílias para dissuadi-los de que aquelas coisas que viam e ouviam eram fantasmas. Eram coincidências, acasos. Foi o melhor trabalho do mundo. Até que...

Os olhos de Natasha ficaram anuviados, como se fosse chorar, mas não exatamente. Toda aura positiva e sempre engajada dela não desaparecia nem mesmo quando seus sentimentos tristes vinham à tona, e por isso Ananda a admirou ainda mais.

— O que houve, Natasha? — incentivou, num tom cauteloso. Se aproximou e tocou o antebraço da moça, encorajando-a. — Não vou dizer a ninguém.

Ela assentiu em resposta. Estufou o peito, tomando coragem.

— É sobre o amigo que eu te falei, que morreu como Lucca. Hunter, ele... bem, estava caçando uma coisa, um monstro, e eu o desafiei a entrar na mata e me trazer a cabeça da coisa.

Ananda entendeu tudo. Queria abraçar Natasha, mas não conseguiu sair do lugar.

— Eu sinto muito....

— Depois disso Vivian me deixou. Hunter era namorado da minha melhor amiga. Eu não pude mais nem olhar para ela. Então eu fui me dedicar ao mestrado, logo consegui um emprego na UFI. Só que essas coisas... essa vontade de provar que o sobrenatural não existe... Isso ficou em mim, entende? Eu preciso voltar para elas, me redimir. Ele morreu tentando me provar alguma coisa, e eu fiquei. É injusto...

A respiração de Natasha acelerou, então Ananda a abraçou. Ficaram ali por um tempo, até Natasha se desvencilhar e enxugar as poucas lágrimas que caíram do seu rosto.

— Eu sinto muito mesmo...

— Se eu conseguir ajudar Virgílio, de alguma forma vou ser capaz de voltar para aquilo, lidar com meu próprio fantasma, entende?

Ananda assentiu e percebeu que Natasha tinha fechado um pouco a expressão.

— Quando tudo isso passar, nós duas vamos ter o que precisamos para lidar com os nossos fantasmas — falou por fim.

— Eu sou uma história para outro livro, Ananda, mas você é a heroína desse — replicou uma Natasha, com aquela mesma expressão de honestidade. — Precisamos descansar hoje para manter o foco amanhã.

Ananda puxou a bolsa para o ombro e rumou para a porta.

— Nós precisamos de álcool se quisermos manter o foco.

***

O dia já se encerrava quando Virgílio estacionou o Jipe na entrada do batalhão da Polícia Militar de Oratório. Ficou dentro do carro por um tempo. As luzes estavam acesas e podia ouvir as vozes dos colegas lá dentro.

Estava nostálgico e energizado ao mesmo tempo.

Aquele era o passo que pensou que jamais daria.

Seus braços tremiam, as veias estavam inebriadas com a adrenalina que o impulsionava e o tornava incapaz qualquer recuo diante da nova missão.

Desceu do carro e mirou a entrada de ferro, onde um guarda se posicionava. Ao vê-lo, o rapaz abriu um sorriso satisfeito de boas-vindas e cumprimentou-o respeitosamente com uma continência.

— Bem-vindo, Tenente — disse, num tom solene.

Virgílio passou pelos portões e entrou a delegacia em polvorosa.

O som das teclas de um computador se mesclava com as vozes, a quentura pungente do ar resvalando dos corpos acalorados dos cabos, oficiais e soldados. Porém, ao pisar do Tenente no chão da entrada, todos se calaram. O teclado parou de tiquetaquear, respirações foram contidas.

Diego apareceu no fim do comprido corredor, mirou o amigo com um ar resoluto, perdido em olhos emocionados. Os dois caminharam entre os demais policiais e se encontraram no meio da sala de entrada, trocaram um abraço bruto e rápido.

Não havia mais que seis colegas, além de Diego. A policial que digitava alguma coisa no computador se levantou, era Andy, a mais jovem aquisição do batalhão. Ao redor estavam Estela, Leiteiro, o Sargento Matias e o velho Cabo Dunga. Pessoas com quem Virgílio tinha convivido por tantos anos, que o respeitavam de todas as formas.

Uma onda de boas-vindas prosseguiu ao cumprimento do Sargento. Estela e Andy o abraçaram rapidamente, constrangidas, logo retomaram o que estavam fazendo. Certamente os demais companheiros estavam nas ruas, fazendo as rondas. Era para lá que Virgílio tinha que ir também.

Contreiras o puxou para uma sala nos fundos logo que os cumprimentos acabaram. Claro que todos estavam cansados e era demais esperar que um trabalho lhe fosse designado no plantão da meia-noite, mesmo assim sentiu-se irritado em perder tempo com conversas, mas notou que a expressão de seu amigo não estava das melhores. Todo sorriso de boas-vindas tinha sumido do rosto, deixando um ar preocupado e ansioso para trás.

— Providenciei tudo para você voltar, Tavares, agora é hora de ser honesto comigo.

Virgílio fechou a porta e andejou pelo cômodo.

— As coisas estão feias lá fora, Mike — replicou, determinado. — Sabe que eu voltei por causa da segurança das pessoas.

— Você foi enterrado vivo, Virgílio — emendou Diego, enérgico. — Sua ex-mulher se matou, dias depois você estava envolvido numa ocorrência com um maluco, e mais um dia depois, no incêndio da casa paroquial. Agora seu cunhado foi assassinado por um cara que ninguém sabe de onde saiu e nem para onde foi — listou, mantendo a voz baixa, mais acalorada. — O que me fez trazer você de volta, é uma intuição fodida de que na próxima desgraça que for acontecer, você vai me levar até ela. Mas por quê?

— O que disse ao Sargento sobre o que houve comigo no cemitério?

Diego virou de lado, passou a mão pelo rosto em descontentamento. Seus músculos avantajados pulsavam através da farda, tão tenso estava.

— Cobri essa por você — soltou, exausto. — Se o Sargento soubesse que você estava envolvido nessa loucura, ele me obrigaria a fazer perguntas no dia do velório do seu cunhado.

— Obrigado... — soltou, num sussurro aliviado. — E os coveiros?

— Nada que dois pares de peixe não resolveram — respondeu ácido, mas nada feliz com o que dizia. — Foi a primeira e última vez que menti no trabalho, entendeu?

Virgílio assentiu, o rosto plácido, a mandíbula pulsando nas laterais. Enterrou as mãos na cintura. *O que eu vou dizer? Como vou fazer isso sem parecer um louco?*

Então ele contou o que pôde sobre um homem que se dizia Conde. Não se inclinou ao sobrenatural, apenas à ameaça, apenas ao perigo que aquele sujeito estava oferecendo à cidade. Quando terminou a parte em que desmaiou com uma pancada na cabeça e acordou em um caixão, Diego Contreiras estava perplexo.

— Por que não me contou essa porra toda antes?!

— Eu tinha que ter certeza antes de envolver vocês.

Diego caminhou até a janela, puxou a veneziana e olhou para fora. A luz da lua bateu em seus olhos escuros e deu a eles um brilho animalesco, como um Leão em caça.

— Elisa Linhares, Lucca Villas Boas — continuou Virgílio, calmamente agora. — Dois descendentes das famílias fundadoras. Padre Lauro é um Villas Boas também, mas sobreviveu. Você teria que estar na ocorrência com Allison, no dia em que ele ia matar os irmãos Monteiro. Um Contreiras.

— O que isso quer dizer? — perguntou Diego, num rosnado.

— Seja quem for O Conde, ele quer as famílias fundadoras — concluiu, tentando manter a voz sóbria. — Não foram acidentes, foram assassinatos.

Diego olhou de lado para o amigo, desconfiado e impávido. Ainda parecia um Leão, mas era um predador que tinha crescido ao lado dele, chutando bola e falando palavrão. Estava em pé ao lado do juiz de Paz quando Diego disse sim para Joana e foi o primeiro a ser avisado quando a primeira filha deles nasceu.

— É um palpite muito sério. Sem provas...

— Só tenho você, Diego — emendou, agora deixando transparecer certa emoção. — Para evitar que ele termine esse serviço, eu só tenho meu melhor amigo.

Com um sorrisinho mordaz, Diego se virou e bateu os nós dos dedos sobre uma mesa.

— Depois do que houve com a garotinha, quando você entrou com aquele atestado de afastamento, eu nunca, em nenhum momento, acreditei que você tivesse enlouquecido.

Uma pausa, a hesitação cheia de significado pairando entre os dois, como abelhas zunindo.

— Talvez eu tenha.

— Talvez agora, sim — concluiu Diego, o timbre baixo, resignado. — A família Contreiras é grande demais. Se você estiver certo e esse psicopata estiver rondando, não temos como prever.

— Eu tenho, e essa é parte que você tem que me conceder algo que eu concedi a alguém um dia desses. E graças ao meu bom-senso, você está vivo.

— O que...

— O benefício da dúvida, Cabo. Ao menos nessa vez você vai confiar em mim e fazer exatamente o que eu vou dizer. Se nada acontecer, entrego minha arma e minha farda nas suas mãos.

Diego ergueu o queixo e abaixou.

— Uma única vez, Tavares. Pelos velhos tempos.

Virgílio tirou do bolso o desenho de Ramona e o desdobrou sobre a mesa.

39

Ananda estava imersa em uma profunda escuridão vertiginosa, feito uma viagem num cosmos sem estrelas. Uma sensação febril bateu contra suas pálpebras, tornando aquele negrume num tom avermelhado, como o céu refletindo um incêndio. O corpo despertou em seguida, lançado para fora da inconsciência com ardor impiedoso. Abriu os olhos contra o sol da manhã.

A dor de cabeça veio em seguida. Rolou o corpo de lado, percebendo-se num ambiente vagamente familiar. A estante de carvalho antiga, cheia de fotos. O sofá de couro abaixo de si rangeu.

Viu Natasha adormecida em uma poltrona, sentada com a cabeça recostada sobre as mãos espalmadas. Entre as duas, sobre o tapete, estavam as garrafas de cerveja que roubaram da geladeira de Virgílio.

Não foram muitas, apenas três para cada uma.

Sentou-se no sofá e esfregou a cabeça, atordoada.

— Isso foi inesperado — falou a voz de Virgílio.

Ananda deu um salto. Ele estava fardado, parado na soleira da porta com um saco de pão numa mão e outro de compras na outra. Sorria, algo que era raro nele, deixando à mostra seus dentes, perfeitos, quadradinhos e alinhados.

— Eu avisei que estávamos vindo para cá — resmungou, envergonhada. Natasha seguia dormindo, inabalável. — Nós acabamos com a Heineken.

— Percebi — brincou. Caminhou devagar para o meio da sala. Mostrou as compras e indicou o caminho da cozinha. — Vamos tomar café da manhã. Daqui algumas horas tenho que estar de volta.

— Algum progresso?

Ele anuiu com veemência, mas não empolgação. Não falaram nada por um tempo, como se ambos soubessem que era melhor preparar o estômago para receber quaisquer novidades. Natasha se juntou a eles, ainda embaraçada de sono e claramente silenciosa.

— Visitei Ramona ontem... — falou vagamente. — Hoje à noite ele vai atacar em três lugares diferentes.

Entregou as canecas fumegantes para as moças. Elas aguardaram, quando ele pegou a dele e sentou-se numa cadeira de frente para Natasha. O cheiro pronunciado de café fez o estômago de Ananda protestar para ser alimentado, mas seus ouvidos prosseguiam atentos.

— Algum desses ataques é contra uma das famílias fundadoras? Virgílio assentiu, pensativo.

— Por favor, eu não quero saber — murmurou Ananda. — Não fizemos nenhuma descoberta, aliás.

Ele fez um sinal que não tinha importância, mas ela sabia que tinha. Sentiu-se derrotada, não aquela heroína que Natasha disse que ela era. *Não posso salvá-lo, não posso impedir que ele faça o que pretende fazer.*

— O importante é adiar os planos dele, até termos alguma coisa — prosseguiu Natasha, da mesma forma prática. — Sei que estou deixando passar alguma coisa, mas ainda não sei o quê. Não consigo preencher as lacunas.

Bateu com o indicador contra a cabeça. Seus cabelos enrolados estavam revoltos, o rosto amassado de sono, mas tudo aquilo a tornava ainda mais peculiar aos olhos de Ananda. Minuto a minuto, Natasha ganhava seu respeito e sua admiração. Fora ela quem conseguira entender a maior parte daquelas loucuras.

Veio à luz, devagar, obliterando os demais pensamentos. Ananda bateu a caneca já vazia contra a mesa.

— Estamos procurando no lugar errado — soltou, estupefata com as concatenações que surgiam em sua mente. — A sala no museu, sobre as famílias fundadoras, é uma réplica, não é?

Virgílio pensou, compenetrado no rosto exaltado dela.

— Uma réplica da sala de Horácio Villas Boas, sim... Fizeram há alguns anos.

— Onde fica a original?

Natasha compreendeu aonde ela queria chegar, e sorriu em concordância.

— Tudo começou onde Vasco nasceu, antes de construir a igreja, quando as terras foram distribuídas... — conjecturou a professora, divagando.

— Por favor, Virgílio, diga que essa casa ainda existe.

Ele engoliu em seco, hesitante.

— Não posso ir com vocês agora...

— Onde é?! — disseram as duas ao mesmo tempo.

O Tenente cruzou os braços e recostou na cadeira. Suspirou contrariado, mas claramente estava comedindo as chances das duas estarem certas. Estava cedendo à medida que o coração de Ananda foi disparando. Quando ele passou o olhar de uma para a outra, ela sabia que tinha vencido.

— A mansão Villas Boas foi fechada por problemas com morcegos. A primeira geração não quis modificá-la, então serviu de museu por um tempo, mas tiraram tudo de lá e não fizeram nada com a construção, simplesmente abandonaram — explicou, soturnamente. — Fica há alguns quilômetros, seguindo essa mesma estrada de terra rumo à montanha. Pouco mais de quinze minutos. Dá para ver de longe, mas vou desenhar um mapa.

***

Usaram o *New Beatle* de Natasha para encarar a sinuosa estrada indicada por Virgílio. Ao arrancarem pela entrada da chácara, ainda o viam observando-as partir com um ar preocupado de quem sabia que não poderia impedir a merda que estava para se desenrolar. Ananda olhou pelo retrovisor, até que a poeira levantada da estrada tornou impossível enxergar o que ficava para trás. Mirou o papel sobre o colo, colocou os óculos escuros e limitou-se a ditar o caminho a Natasha.

Os pneus fizeram um bom trabalho junto aos amortecedores, impedindo que balançassem tanto nas curvas e crateras que se adivinhavam por todo trajeto. Ao redor viam pastos com bois magros, casebres em meio a clareiras, sempre cercados pela vegetação proeminente de eucaliptos.

— Se houvesse um jeito de deixar a cidade por esse caminho... — resmungou Natasha, focada no movimento do volante com uma atenção de cirurgiã.

— Segundo Virgílio, as estradas rurais sempre levam de volta à cidade e caem numa das avenidas que dão na praça Linhares. — Mostrou o papel, que exibia uma estrada circundante, como uma rotatória dantesca que percorria as laterais de Oratório. O resto era abismo e ribanceiras. — Estamos presos, mesmo.

— Ao menos ainda podemos nos comunicar com o mundo lá fora. Conseguiu falar com sua amiga? Sobre Alice?

Droga, Alice! Ralhou consigo mesma.

— Vou tentar mais tarde — respondeu e desviou a atenção para fora. — Parece que estamos chegando.

À frente, uma descida íngreme permitia a visão de um telhado de madeira no horizonte. À medida que avançavam, a imagem se completava, revelando uma enorme construção colonial cercada de árvores pontudas, posta no centro de um terreno vasto que gritava seu abandono.

Não falaram por alguns minutos, a casa estava cada vez mais perto, sua entrada escurecida feita de um portão decrépito. As janelas alquebradas, trepadeiras enegrecidas serpenteando pelas paredes descascadas, que somadas ao desleixo da vegetação ao redor, eram componentes do que flertava com o obscuro.

Sítio Villas Boas, dizia a fachada pintada em tinta negra numa placa acinzentada. Acima do telhado, corvos e urubus se assentavam, reiterando a morada que lhes pertencia irrevogavelmente.

— Assistiu Bruxa de Blair? — perguntou Natasha, assim que estacionou o carro perto da entrada. As cercas feitas de arame e arbustos mortos tapava parte da frente da construção. — Me diz que sim...

— Infelizmente, sim — respondeu Ananda. — Há semelhanças com a casa do final do filme, mas pode ser nossa mente pregando peças.

— Minha mente não prega peças — retrucou Natasha com convicção.

Desceu do carro rapidamente, batendo a porta em seguida. Ananda a seguiu, tendo que apertar o passo ao perceber que a amiga nem titubeava em invadir a propriedade. Natasha passou pelo hiato entre duas madeiras quebradas na porteira e entrou.

Ananda refez o mesmo movimento e caiu com os pés sobre um solo de cascalhos e folhas secas, perto já de uma sucessão de pedras irregulares que compunham a entrada principal.

Natasha chegou ao pórtico, onde teias de aranhas e ninhos de passarinhos eram as únicas formas de vida evidentes. A casa Villas Boas denunciava uma fundação erguida com esmero, riquezas e extremo cuidado por parte de seu dono, todavia cada partícula de oxigênio do ar gritava a nostalgia melancólica desses dias. Tudo ao redor delas era morte e vazio.

— O que pode ser aquilo? — questionou Natasha, apontando para a abertura lateral que levava a uma descida pelo sítio. — Um princípio do vilarejo?

Eram casas pequenas ao longe, desalinhadas. Algumas sequer tinham janelas. Pareciam feitas de alvenaria, como os casebres mostrados nas novelas, onde os Coronéis mantinham os imigrantes italianos após a abolição, em condições quase precárias.

— Talvez seja de antes do vilarejo, quando era só Horácio e os empregados... — divagou Ananda, incerta. Olhou ao derredor, mas acabou mirando a porta, cônscia de que o próximo passo seria cometer um crime. — Você faz as honras, ou eu?

40

Diego comandava a reunião dos Militares com uma autoridade natural. Era ouvido pelos oficiais com extrema atenção. Virgílio estava posicionado ao seu lado, os braços atrás do corpo, as mãos suando enquanto brincavam com os dedos nervosos. Em seu rosto, nada denunciava o quanto estava aterrado pela ansiedade.

— Esses são pontos da cidade que exigem extremo cuidado agora, entenderam? — reafirmou Diego. — Estamos todos cientes de suas posições?

— Sim, senhor! — repetiu a maioria, em consonância.

Exceto Andy, a nova oficial.

— O que estamos fazendo exatamente, Cabo? — questionou, a voz feminina firme. — Recebemos alguma denúncia sobre essas áreas?

Diego limpou a garganta e manteve os olhos em Andy, como se quisesse passar confiança a ela.

— Esses palpites sãos meus, Soldado Carvalho — intrometeu-se Virgílio, a voz tão calma, que soou estranha para ele. — Uma das razões de eu ter retornado é que, por não ter usado a farda no último ano, consegui acesso a situações que fogem aos nossos olhos. Tenho observado situações de risco nessas áreas. — Apontou para o mapa estendido sobre a mesa. — Agora que a cidade está fechada, somos terra de ninguém para quem vive à mercê da lei. O Cabo Contreiras está me dando o benefício da dúvida, seguindo minha velha intuição.

A oficial assentiu, mas as sobrancelhas franzidas eram sinais de sua desconfiança.

— Podemos ir agora? — insistiu Diego, irritadiço. — Ou vamos esperar alguém dar uma mijada enquanto a cidade está em pandemônio?

Segundos depois, não restava ninguém na sala além dos dois. Ficaram de braços para trás por um tempo ainda, envoltos aos ecos da voz de Andy. Diego fungou, relaxando os ombros.

— Nós devemos ir também — disse Virgílio, a voz monocórdia.

— Uma parte de mim deseja que nada aconteça, Tavares — confessou Diego. — Me convencer de que meu mano velho está louco vai ser mais fácil do que entender como diabos ele conseguiu todas essas informações.

Virgílio riu, alongou o pescoço e readquiriu sua compleição séria.

— Eu também gostaria de estar louco, Diego.

***

O eco da madeira estourando ainda estava castigando os ouvidos de Ananda quando as duas entraram na sala. O ciciar de ratos em fuga não as assustou, mas se mantiveram paradas até que os roedores estivessem seguros em suas tocas, por via das dúvidas.

O cômodo principal não passava de um depósito de restos do que um dia foram móveis. Lascas de carvalho envernizado, pés do que um dia foram cadeiras e mesas, cacos de vasos de adorno escondidos por cobertores de poeira. Nada a ser considerado.

— Vamos combinar que temos que ficar juntas, okay? — sussurrou Natasha. Observou o seu derredor com ares de curiosidade. — Se a gente se separar vai ser tipo aquele clichê de burrice dos filmes de terror.

— Totalmente de acordo.

Começaram a vasculhar o local pelo andar de baixo. Percorreram mais salas abarrotadas de sujeira e aranhas de tamanhos inacreditáveis. Chegaram à cozinha, onde louças deixadas sobre as bancadas davam a ideia de que alguém tinha abandonado a casa às pressas. Nem mesmo larvas viviam ali, apenas o zumbido de um cacho de abelhas que imperiosamente se dependurava na janela do lado de fora.

Com mais alguns minutos explorando o local, os passos estalando no chão de taco e as respirações entrecortadas extremamente audíveis, chegaram a um local que outrora poderia ter sido o escritório de Horácio Villas Boas, a julgar pela disposição das estantes e a imponente mesa de madeira no centro. Precisaram as lanternas dos celulares para investigar o local fechado, de janelas lacradas. Na parede restara um retrato da família, cuja poeira cedeu ao mínimo deslizar de dedos de Natasha.

— As gravuras eram impressionantes nessa época — observou a professora, num ar contemplativo. Tirou o quadro da parede e entregou a Ananda. O fundo vermelho servia de contraste às peles extremamente brancas das quatro pessoas retratadas ali. — Os primeiros Villas Boas, certamente.

Ananda observou a imagem por um tempo. Nela se dispunha uma família, naquela posição clássica em que o pai se coloca no centro, sentado em alguma réplica simbólica de seu trono familiar, com a mulher e os filhos ao seu redor. Um pequeno menino loiro se punha à sua esquerda, sorrindo de forma contida, a expressão lépida. Do lado direito, um garoto mais velho, alto e de cabelos negros. A compleição circunspecta, tão austera e de peito estufado, que lhe lembrou Virgílio. Vasco Villas Boas em sua adolescência, antes da batina e da fundação da cidade.

Atrás do primogênito, uma bela mulher de face endurecida, olhos sofridos e desviantes, se dispunha com a mão sobre os ombros do filho. Algo naquela senhora impressionou Ananda.

— Essa deve ser a Inocência que vimos nos documentos — falou baixo, ainda distraída pelos olhos fugidios da mulher na gravura.

Natasha não pareceu ouvir. Caminhava pelo cômodo, vendo prateleiras e mais prateleiras vazias. Aqueles espaços que serviam de habitação aos insetos, um dia abrigaram livros e documentos do senhor dono das terras.

A mesa central, pesada demais, jazia posta como um esquife anacrônico, incólume ao trucidar das formas de vida que se alimentavam de madeira, mas também vítima do cobertor de ácaros. Um candelabro e alguns outros objetos se postavam sobre o tampão, bem como um molho de chaves jogado ao acaso. Natasha o pegou sem titubear, deixando a marca dele sobre a superfície empoeirada.

— Se as gavetas estão trancadas, quais as chances de uma cascavel sair de dentro delas? — indagou, dando de ombros com um olhar divertido.

— Eu já chutei a porta, agora é sua vez — determinou Ananda.

Natasha se abaixou ao lado da mesa, na qual uma sequência de oito gavetas se enfileirava. Testou a mesma chave em cada uma delas, até encontrar uma que abrisse. O tirlintar dos metais batendo aumentava a ansiedade de Ananda, e a sensação de que não deveriam estar ali. Estavam violando o espírito adormecido daquela casa. Construções antigas certamente tinham sua própria alma, e aquela jamais deixaria que as duas saíssem dali inteiras caso ultrajassem a morada.

Repreendeu-se por pensar aquelas bobagens, quando Natasha conseguiu abrir a primeira gaveta. Contornaram a mesa com pressa, mas frustraram-se ao ver que estava vazia. Decidida a não desistir, Natasha abriu a segunda, depois a terceira, e seguiu suas tentativas vãs. Foi na sétima gaveta, a penúltima, que toparam com um livro de capa preta brilhante. Natasha enfiou a mão com coragem dentro do compartimento, e colocou, sem nenhuma delicadeza, o objeto sobre a mesa.

— Pensei que acadêmicos tivessem cuidado com antiguidades assim — ralhou Ananda.

— Não quando podemos pegar uma doença que nem existe mais.

— Só abra.

— Sua vez.

— Droga! — disse Ananda entre os dentes.

Deslizou a mão pela parte inferior da capa, então girou, devagar, para ver a primeira folha.

Natasha respirou fundo e tomou a frente. Folheou o livro, que parecia um tipo de diário de contabilidade, repleto de números e registros em português colonial. Logo na apresentação do manuscrito, estava a assinatura de Horácio.

Conde Horácio Avelino Villas Boas, 1789.

— Sabia que o falecido Horácio era Conde? — indagou Natasha, num quase sussurro. — Isso não aparece na história de Oratório.

— A história começa com Vasco e os outros herdeiros. Horácio não foi importante — comentou baixo, a face estreita. — O Diabo roubou o título do primeiro dono. Conivente, não acha?

— Ele é o Diabo, pode fazer qualquer coisa.

Ananda lhe lançou um olhar mordaz, enquanto ainda virava as folhas. Parou no final, onde uma lista de nomes estava inscrita, com quantidades de dinheiro relatadas na frente de cada um deles.

— A verdadeira distribuição da herança — murmurou Ananda. — Aquela carta que achamos deve ser uma cópia.

Inácio Contreiras, Pedro Confúcio Linhares, Vasco e Alexandre Villas Boas, os primeiros. Outros nomes meio rabiscados, como se tivessem sido escritos às pressas, até o último deles, o único que parecia pertencer a uma mulher. Inocência Maria Linhares Villas Boas.

— Temos que combinar que a matriarca tinha nome de rainha — disse Natasha. — Deve ser filha ou irmã desse Pedro, casada com Horácio.

— Você disse desde o começo que as mulheres são importantes para a história, mas sempre são esquecidas, não é? Ignoramos essa ontem, mas ela foi a primeira. Ela viu tudo isso acontecer — falou

Ananda, pensativa, olhando ao redor. — Talvez ainda possamos ver o quarto dela. Mulheres dessa época gostavam de manter diários.

— Isso não seria muita sorte?

41

Samuel tinha dormido em etapas na noite anterior. Tomou uma única pílula do calmante, para não acabar dopado demais a ponto de não ouvir Ramona chamá-lo, mas foi o suficiente para deixá-lo grogue e amortecido. Nos poucos momentos que passou imerso no sono REM, sonhou com Lucca, passeou num lugar onde o marido ainda estava vivo e tudo não passava de uma mentira. Contudo, ao acordar, vivenciava o pesadelo de verdade. O mundo sem Lucca, sem seu abraço quente de manhã, sem sua energia motivadora e seu amor incondicional.

Não vou sobreviver a isso. Eu não vou aguentar uma dor desse tamanho!

Virou na cama, segurou o choro alto que subiu por seu peito. As lágrimas rolaram dos olhos fechados, manchando o travesseiro que, há apenas algumas noites, estava ocupado por Lucca.

Devagar, começou a pegar no sono novamente, abraçou o próprio corpo que estava em tremores, acalmando-se devagar.

Posso encontrá-lo quando estiver dormindo. Só preciso dormir... Só isso.

Samuel despertou com o ribombar metálico de uma queda de panelas. Disparou da cama, passou pelos cômodos até a cozinha, arfando em confusão e estado de alerta.

Chegou ao local iluminado e deparou-se com Ramona parada em frente à pia, em pé sobre uma cadeira. Ao seu redor as panelas do armário estavam despencadas, a porta de cima aberta e o olhar dela mirando-o com exagerada culpa.

— Queria fazer seu café da manhã.

Meu Deus, quanto tempo eu dormi? Pensou ele, aliviado do susto, mas sentindo o peito abrir com a imagem da filha perto de um rompante de lágrimas.

Que tipo de pai eu sou? Queria fugir para o mundo dos seus sonhos, mas havia uma criança ali que dependia realmente de seus cuidados. A menina que vira o pai morrer, e que estava tão destruída quanto ele mesmo. No que estava pensando quando quis dormir mais?

Atravessou a cozinha num átimo e a pegou nos braços, abraçou-a contra o peito no exato instante em que ela começou a chorar repetindo um pedido de desculpas. *Somos só eu e ela agora. Eu não posso ruir. Não posso.*

— Não precisa fazer o café da manhã, querida — sussurrou, também cedendo a algumas lágrimas que rolavam por sua face feito cacos de vidro afiados. — Vou cuidar de você agora.

Afastou-se e tomou o rosto dela nas mãos, ajeitou seu cabelo revolto. Ramona tinha tomado banho, provavelmente sozinha, e tentara fazer o penteado que Lucca ensinara. Aquilo abriu seu coração ainda mais, feito uma adaga envenenada furando-o de dentro para fora.

— Pai, você ainda me ama? — perguntou num frêmito.

A tristeza nos olhos dela; pungente, absoluta, só terminou de destruí-lo.

— Eu nunca vou deixar de amar você, Ramona — garantiu com a voz embargada. — Por que você pensaria isso, filha?

Ela fungou, mas não desmanchou a expressão.

— Papai Lucca morreu para me salvar — disse baixo, soluçando entre as palavras. — Eu vi antes que acontecesse, mas não consegui impedir.

O pouco que sabia sobre o que houvera era que Lucca tinha mesmo se arriscado para impedir que Leonard ferisse a filha. Sentia um doloroso orgulho dele, junto à raiva e a certeza de que em seu lugar, faria a mesma coisa. Ainda assim, não estava conformado. Estava irado, sedento e destruído. Uma péssima combinação.

Samuel acreditava que existem partes da alma humana que só são reveladas quando se encontra com a morte. Seja a morte em si, um vislumbre — como o que seu irmão tivera ao ser enterrado vivo — ou a partida de alguém amado. Parte de si seria revelada agora que ele perdeu Lucca.

— Você não poderia impedir, Ramona — respondeu com calma. — Uma coisa que sempre vai ter que lembrar sobre seu papai Lucca, é que ele era mesmo capaz de morrer pelas pessoas que amava. Isso se chama família, querida. Você tem uma família, entendeu?

Em resposta, ela anuiu, mas prosseguia em absoluta tristeza. Samuel tirou-a da cadeira e colocou-a sobre o chão. Viu que a cafeteira estava ligada, já terminando de passar o café; também havia duas fatias de pão na torradeira e uma caneca de leite começando a ferver. Correu para o fogão a tempo de fechar o fogo antes que o líquido derramasse, esbarrando as costas da mão no ferro quente.

Recolheu-a com um som contido de dor, imediatamente levando a pele queimada à boca. A sua frente, a janela de vidro da cozinha deixava entrar uma desconfortável quantidade de luz que o ofuscou por um momento. O machucado ainda latejava, quando sua vista captou um vulto no quintal, quebrando o feixe direto de luz do sol.

— Tio Virgílio veio ontem — disse Ramona, parada atrás dele, alheia ao que Samuel estava vendo do lado de fora.

Virou-se assustado. Inspecionou o quintal. O gramado estava vazio, limpo, como deixara no dia anterior.

— O que disse? — resmungou baixo, os olhos estreitos.

Teve que se forçar a ouvir o que ela dizia.

— Contei tudo o que vai acontecer hoje. Ele vai tentar de novo. Mas eu confio no tio Virgílio, pai. Ele vai salvar todas aquelas pessoas.

***

Do outro lado do quintal, entre os arbustos verdes e vívidos, um par ansioso de olhos mirava a imagem do enorme homem barbudo levantando a garotinha nos braços. O rosto terno da menina, seus olhos enternecidos repletos de lágrimas, descansou de forma perene sobre o ombro forte do rapaz.

Por um segundo, tudo que pôde fazer foi chorar também.

42

A entrada para o quarto de Inocência não poderia ser confundida com nenhuma das muitas portas do segundo andar da mansão Villas Boas. Era a única que ainda conservava o brilho no mogno e cuja maçaneta dourada estava limpa e brilhante, não decrépita e coberta de teias de aranha como as demais.

Ananda pensou em criptas amalgamadas contra a ação de *Chronos*.

Natasha recorreu ao molho de chaves que tinham encontrado no escritório. Depois de algumas tentativas, a aldraba cedeu e as dobradiças rangeram. A porta deslizou para dentro como se alguém estivesse cedendo autorização para a entrada das visitantes.

A escuridão veio junto a uma baforada fria que atingiu o rosto de Ananda. Cheiro de solidão empoeirada irritou suas narinas. Natasha estava coçando a ponta do nariz, resistente em dar o primeiro passo para dentro do quarto. Ananda tomou a frente.

Natasha usou a lanterna do celular para guiá-las com um pouco de luz. Logo viu a janela e ajudou Ananda abrir as venezianas. Ananda ficou preocupada com a facilidade em deslizar o fecho e dar entrada ao sol. Nada que era tão fácil poderia ser bom em mansões abandonadas.

O sol entrou sem timidez. Natasha se afastou e Ananda se virou.

— Jesus Cristo... — Foi o que conseguiu dizer.

A melhor palavra para o que sentia era "assombro". Porém, não um assombro de medo, mas de admiração. A mansão tinha sido abandonada havia décadas, mas naquele quarto nem um só dia parecia ter se passado.

Sequer uma partícula de poeira brilhava contra os raios do sol. Uma cama em dossel reinava no centro do cômodo amplo vestida com uma branquíssima colcha de renda bordada em fios de prata. Ao lado da cama, duas mesas de cabeceira abrigavam abajures ostentosos, caixinhas de música e joias deixadas na superfície como se uma mulher acabasse de tê-las tirado e colocado ali.

No outro lado do quarto, a penteadeira colonial exibia um espelho límpido que refletia as imagens de Ananda e Natasha, embasbacadas, olhando ao redor feito duas crianças visitando a Disney pela primeira vez. Natasha caminhou a esmo, passou as mãos pelos móveis, se olhou no espelho, pegou um pente nas mãos.

Ananda parou no meio do cômodo e só ali notou o berço.

Um móvel bonito de madeira preta, pés dourados redondos, novinho, cobertas brancas dobradas, um travesseiro pequeno e fininho, aguardando para receber um bebê a qualquer momento.

O aroma do quarto era atalcado, doce e convidativo. Havia um toque no ar que sugeria canções de ninar, sussurros de lamentos tristes, presos no passado, revelados por cada partícula de oxigênio que pairava entre as duas invasoras. Ananda abraçou o próprio corpo enquanto assistia uma Natasha fascinada tentar tocar em tudo ao mesmo tempo com cuidado analítico.

— Você tem alguma ideia de como tudo isso pôde ficar tão conservado? — perguntou Ananda.

Natasha a encarou com um ar reticente.

— Não está conservado, Ananda. O tempo não passou aqui dentro.

À fala de Natasha, a porta do quarto bateu. As duas gritaram com o barulho. Um vento frio entrou pela janela e fez um redemoinho dentro do quarto; até o berço começou a balançar.

— Natasha, isso não é bom...

Ananda resistiu ao instinto de fugir. Decidiu, de pronto, que enfrentaria aquela sensação de urgência e procuraria o diário. Enquanto Natasha tentava arrumar uma forma de prender as venezianas e impedir que o vento as fechasse, ela começou a macular a ordem do quarto ao abrir gavetas e armários. Começou pelas mesas de cabeceira. Não se deteve ao tirar as joias e objetos íntimos de Inocência do lugar, atenta a fundos falsos e caixas que pudessem esconder um pequeno caderno que fosse.

Natasha correu até a porta e tentou abrir, mas a maçaneta não cedeu. A professora se alarmou, chutou a madeira e tentou com mais força.

— Ananda, a gente só tem que sair daqui.

— Eu vou achar o diário. Tem que ter uma merda de um diário!

Foi para o guarda-roupas, puxou as portinholas com certa agressividade. O cheiro do perfume de Inocência estava nos vestidos rendados e aveludados pendurados em cabides. Ananda caçou entre eles, arrancou sapatos e cobertas de prateleiras, jogou o que pode sobre a cama.

O vento aumentou, uivando ao passar pelas ombreiras da janela. Natasha começou a ajudar Ananda, vasculhando as caixinhas de madeira que tirava do enorme móvel de mogno.

A ventania cessou num repente. As duas pararam o que estavam fazendo.

As venezianas foram puxadas para dentro por mãos invisíveis, bateram bruscamente. Escuridão.

— Ananda, não se mova, tá bem? — disse Natasha, nervosamente.

— Nat... minhas... minhas pernas...

Ananda ouviu Natasha responder, mas não conseguiu decodificar as palavras. Suas pernas estavam geladas, quase dormentes. Não conseguia sequer desgrudar a sola do pé do chão. Algo gelado escalava por sua bota, tateava as canelas por baixo do pano da calça, como dedos pequenos e ásperos.

Natasha disse mais alguma coisa, algo sobre não conseguir se mexer.

Só que tinha algo se mexendo.

Passos pelo quarto, o farfalhar da colcha.

A madeira do assoalho estalou e uma presença se moveu na escuridão.

Ananda gemeu, seu corpo todo enregelado, a voz saindo em espasmos.

Alguém estava ali com elas, andando pelo quarto escuro. Respirava com chiados e arrulhava um som asmático. Tentou gritar, mas não tinha mais forças, não tinha coragem nem mesmo de soltar a respiração.

Ouviu Natasha chorar.

A presença se aproximou. Ananda conseguiu adivinhar a silhueta de uma forma humana grande, cabelos revoltos, um vestido arrastando no chão. O bafo frio em seu rosto tinha cheiro de esgoto.

Lágrimas molharam suas bochechas, tremores percorreram seu corpo paralisado.

Sussurrou um pedido de ajuda a Deus.

Mãos frias tocaram seus braços e foi como se formigas surgissem do contato se espalhando por todo o corpo. Ananda experimentou a moleza do pré-desmaio, o pavor que arrebata, que alucina.

Olhos muito verdes furaram a escuridão. Estava a um palmo de seu rosto.

Não teve tempo de berrar antes do rosto de uma mulher avançar em sua direção e tudo se apagar.

43

Diego e Virgílio repassaram o plano enquanto dirigiam pelas ruas numa velocidade tranquila.

— Sem o mínimo indício de que essa merda vai mesmo acontecer, eu não vou fazer nada, entendeu? — reafirmou Contreiras, irritadiço.

Olhou de soslaio para Virgílio, que concordava, atento ao trânsito.

— Estamos chegando. Tente manter a calma, tudo bem?

Estacionaram a viatura a alguns metros da casa número 34, na rua que margeava a montanha de pedregosa. Virgílio já ouvia o som alegre das crianças brincando, o inconfundível barulho do mergulho na água da piscina.

Ao compreender onde estavam, Diego caiu num silêncio mórbido, a expressão enfurecida.

— A criançada tava impossível hoje por causa do acidente, todo mundo chorando. Minha mãe trouxe todos pra cá — murmurou Diego, aborrecido. — Minha filha está ali dentro, Tavares.

— Sinto muito não ter dito que estávamos vindo para cá — respondeu, mal conseguindo manter o contato visual. *Meu Deus, o que estou fazendo? Dizendo ao meu melhor amigo que a filhinha dele vai assistir a um banho de sangue?* — Os garotos do desenho, eles são...

— Meus sobrinhos — Diego emendou, a mão fechada sobre o volante. Exalava nervosismo, uma ansiedade grosseira, como a de um touro antes da abertura da porteira. — O que há de errado com você?

— Cheque no rádio — replicou Virgílio, indolente. — Veja se os outros estão em posição. Não temos muito tempo.

Diego desceu da viatura, no entanto, e não obedeceu. Bateu a porta com violência e caminhou pela calçada, cada segundo mais furioso. Virgílio puxou o rádio e chamou pelo contato de Estela.

— Delta 31, veículo com identificação de Botucatu, Oscar, Bravo, Delta... — anunciou a voz metalizada no rádio. — QSL?

— QSL — respondeu Virgílio, atento aos movimentos de Contreiras. — Afirmativo para identificação de veículo suspeito. Permissão para ação imediata. TKS.

Interrompeu o contato, passando para Andy, que sinalizou estar em posição na Praça Linhares.

Só depois das verificações foi até Diego e colocou a mão espalmada em seu peito, como quem quer parar uma briga antes de começar.

— Você entra e tira sua filha da piscina. Eu faço o resto.

— Isso é loucura — respondeu Diego, a voz de trovão. A tez suada para evidenciar a ansiedade violenta. — Como eu me permiti acreditar no que você disse?

Virgílio não teve tempo de responder.

Um estrondo oco veio da montanha e reverberou pela encosta.

Foi como se um raio tivesse caído longe dali e o eco estivesse chegando aos poucos. Virgílio sentiu o chão vibrando sob seus pés. Os dois miraram juntos para a região montanhosa, quando o ruído se repetiu e a vibração do solo foi ainda mais forte.

— Agora!

Contreiras não esperou o berro de Virgílio terminar antes de partir para dentro da casa de sua mãe.

As crianças ainda gritavam felizes na piscina, sem perceberem o som oco que vinha da montanha. Algumas pessoas da vizinhança saíram aos portões, olhando para os lados procurando a origem.

Virgílio ficou ali no meio da rua, cercado por casas que ele conhecia muito bem, cercado dos rostos de moradores que lhe eram familiares. Cada terminação nervosa de seu corpo ainda se lembrava da previsão de Ramona, dos corpos retratados nos desenhos.

Um minuto se passou até Contreiras voltar com a filha nos braços. A garotinha estava envolta numa toalha, toda molhada, aos berros por ter tido sua brincadeira interrompida. Outros meninos e meninas vinham atrás, chamando o nome do tio com indignação. Eram cinco crianças no total.

— Entrem no carro, todos vocês — ordenou o Cabo, sem deixar espaço para questionamentos.

— Pai! Eu não quero ir! Não quero! — berrava a menina.

Mas Contreiras ignorou os protestos e, com a ajuda de Virgílio, colocou todas as crianças espremidas no banco de trás da viatura. Bateu a porta e encarou o Tenente com nervosismo, o suor brotando de sua tez, os lábios trêmulos.

— Agora você leva as crianças para longe, e eu evacuo a rua — ordenou Virgílio.

— Vou voltar para buscar meus pais — respondeu Diego, respirando com dificuldade. — Me espere aqui, entendeu?

— Não temos temp... — começou a dizer, mas ele já estava correndo dali. — Diego!

Virgílio tinha planejado remover os pais do amigo assim que as crianças estivessem a salvo.

O estrondo tornou a soar, e dessa vez os curiosos da calçada também ouviram. Estalidos se aproximavam, como uma chuva de granizo.

Não teria tempo de tirar as crianças dali e evacuar a rua sozinho. As crianças berravam lá dentro, batiam no vidro, desesperadas.

Virgílio entrou em pânico.

— Conte até dez — sussurrou para si mesmo. O rosto se contorceu, a mão tremeu. — São muitas pessoas dependendo de você, seu desgraçado! Um... Dois... Três...

Novamente, o som. E nada de Diego voltar. Olhou ao redor... *Quatro, cinco...* A calçada agora já estava abarrotada de gente, todas procurando de onde vinham aqueles barulhos.

No alto, a poeira se levantava da montanha. Todos olhavam o céu a oeste, por onde os ecos se propagavam.

— Seis... sete...

A região do planalto se encheu de poeira vermelha.

Já tinha começado.

As crianças, tinha que tirá-las dali com urgência.

Correu até o meio da rua e deflagrou dois tiros para o alto. O som oco sobressaiu aos trovões do desmoronamento. Gritos, protestos e maldições.

— Todo mundo para fora! — ordenou.

Girou ao redor de si para verificar se todos os alvos estavam à salvo. Apontou para o leste e atirou mais uma vez. Desta feita, os vizinhos viram o perigo iminente.

Uma porção de rochas rolava do cume para a superfície, exatamente onde ficavam três das casas da avenida. Levavam tudo o que encontravam pelo caminho, aumentando o grau de destruição e a velocidade da queda.

A maioria das pessoas correu.

As crianças, droga... Elas deveriam estar longe a essa altura.

Sem pensar muito, parou um dos homens que corria. Conhecia o moço, era um rapaz decente que trabalhava de jardineiro numa das casas do bairro. Era sua única opção, mesmo que parecesse loucura. Espalmou seu peito com força. O jovem olhou-o assustado, mas estancou quando viu a arma em sua mão. Virgílio não deu tempo para que ele fizesse perguntas, entregou-lhe a chave da viatura e segurou o braço do civil com uma expressão adestradora no rosto.

— Aquela viatura está cheia de crianças — ofegou, olhando nos olhos do rapaz, que não devia ter muito mais do que dezoito anos. — Dirija para longe, entendeu?!

Gaguejando e pálido, o rapaz jovem entrou na viatura e deu partida logo em seguida. Virgílio ainda ouvia o choro estridente e desesperado das crianças, quando o carro partiu. Sem demora, passou pelo portão aberto da casa dos Contreiras e rumou em direção ao interior da casa.

Chamava por Diego repetidamente. A resposta veio em tom de choro.

— Diego, temos que sair!

Virgílio chegou à cozinha.

Contreiras estava sentado no chão, seu pai em seu colo, estirado e imóvel. Diego chorava em espasmos. A mãe estava ao lado, sentada em uma cadeira, chorando silenciosa.

O senhor Joaquim Contreiras, um homem de bons modos, pacífico e trabalhador, estava desmaiado nos braços fortes de seu primogênito, os olhos meio abertos, a pele negra adquirindo um tom azeitonado.

— Tinha um homem aqui dentro — disse Lavínia, a mãe de Diego —, meu marido se assustou e caiu.

Diego enterrou o rosto no peito do pai, um som de sofrimento escapando de sua garganta enquanto dona Lavínia cobria a face com as mãos.

Virgílio teve pouco tempo para agir, nenhum para sentir. Avançou pela cozinha e sem pensar pegou a leve senhora pelos ombros, indiferente aos tapas que ela deu em seu rosto e aos xingamentos inacreditáveis que desferiu. Não olhou para trás enquanto Diego assistia à cena.

— Não quer perder os dois no mesmo dia, quer?!

E correu para fora.

— Seu filho de uma mãe! — gritou a velha. — Meu marido precisa de mim!

A rua já estava cheia de poeira vermelha. O chão vibrava e o som de terremoto era evidente.

Não olhou para trás, mas sentiu a presença de Diego em suas costas. Eles correram o mais rápido que podiam. Dona Lavínia agora estava quieta, talvez por ter se dado conta da hecatombe que se ascendia pela rua, vinda da montanha.

As pedras atingiram o solo, chovendo em rochas menores que caíam furiosamente sobre a casa dos Contreiras. A maior delas, a que tinha rolado do cume, caiu sobre a piscina da casa produzindo um estalido que se destacou dos outros. As ondas produzidas pela explosão empurraram todos que estavam ao seu alcance.

Virgílio caiu de joelhos no meio da rua, protegendo Lavínia com seu corpo e mantendo o rosto dela abaixo de seu peito. Só levantou os olhos um segundo, procurando por Diego, mas tudo o que sua visão captou foi a forma do Conde Leonard em seu sobretudo negro, a cartola alta erguida, como se fosse um cumprimento.

Estava no meio da areia vermelha, como um rei triunfando.

E sim, ele tinha triunfado.

Joaquim Contreiras estava morto.

44

Ananda piscou os olhos, incapaz de mantê-los abertos. Uma luz pálida e cinza penetrava por suas pálpebras. Formas sombrias manchavam a luz, feito piche sobre água.

Sua nuca doía, tinha os músculos fracos e o corpo amolecido. Procurou abrir os olhos para acordar do sonho estranho, mas quando conseguiu vencer as trevas, não estava deitada. Viu-se em pé, recostada numa quina de uma parede suja. Tinha as mãos no peito e ofegava. Deu o comando ao cérebro para correr, porém o corpo não obedeceu.

Cerrou as pálpebras, um zunido ensurdecedor ainda reverberando na memória auditiva, feito uma microfonia eterna. Em seus ombros, um toque sutil a chacoalhou.

— Inocência? — falava a voz rouca de mulher. — Está me ouvindo, Inocência?

Do que ela me chamou?

Os sons voltaram todos de uma vez.

Ananda estava num casebre pequeno, cercada de balcões de madeira apodrecida e utensílios de barro. Defronte a si, uma senhora curvada de pele acinzentada e olhos embaçados a aguardava, irritadiça. Cheirava a suor e ervas, uma mistura estranha.

— Vai querer fazer, ou não vai? — insistiu a velha, soando fraca e aborrecida. Os olhos de catarata a observavam com ar reprobatório. — Tem que ser essa noite, ou não vai dar certo. É no Dia dos Mortos que os espíritos estão dispostos a ajudar.

— Do que você está falando? — Ananda perguntou, mas a velha não ouviu.

Foi como se não tivesse dito nada, na verdade. E não era sua voz. Era um timbre mais grave, distante.

Ananda compreendeu que estava no corpo de outra pessoa.

Aquele corpo relaxou sozinho, sem a·ordem de sua mente.

— Sei que você não crê como eu, minha cara — continuou a velha. — Usa os Santos e os Anjos de forma diferente. De onde eu venho, nós conhecemos melhor o poder deles.

— Podem me dar o que eu preciso? — questionou a voz de Inocência, ávida.

— Com a ajuda dos escravizados, sim — respondeu ela, sorrindo com a boca quase sem dentes. — Você é a senhora. Pode ordenar que eles me ajudem, que me sigam, não pode?

As pontas dos dedos prosseguiram tateando o peito, até que chegaram ao rosto, onde enxugaram algumas lágrimas. Ananda viu que usava trajes volumosos feitos de rendas, tules e mais tecidos que se dispunham ao redor do corpo em camadas sobrepostas de um enorme vestido.

— Isso seria violar minhas crenças e as crenças deles — replicou a mulher circunspecta.

Ela está considerando, pensou Ananda.

Experimentava a dúvida dela, assim como o arrepio de temor que percorria o corpo. Um medo que compartilhava com a hospedeira, que sentia queimar na nuca. Vinha daquela senhora, do olhar maligno e cheio de segundas intenções.

Caminhou pelo cômodo, seguida pelo olhar insistente da mulher, até encontrar um espelho oval na parede decrépita. *Por favor, diga não a ela. Tome as rédeas e saia daqui gritando!* Mas nenhuma ordem fazia com que Ananda tomasse o controle. Estava deveras à mercê daquela visão lúcida.

Viu-se no espelho.

O rosto no reflexo não era o seu. A boca fina e pálida, olhos escuros e maçãs proeminentes, pertenciam ao mesmo rosto que vira no retrato encontrado mais cedo. Pertenciam a Inocência Maria Linhares Villas Boas.

— Não posso falhar como esposa. Preciso dar um herdeiro a Horácio. Já estamos no segundo ano de casamento — falou Inocência, melancolicamente. A mulher olhava o reflexo, enxugando as lágrimas que rolavam no rosto afilado. — Tem certeza de que não estamos pecando contra Deus?

A mulher a tocou nos braços e virou o corpo, leve como uma pluma. Bateu duas vezes na bochecha de Ananda, a segunda doendo mais que a primeira. O hálito que atingiu seu olfato tinha o odor de ratos mortos num porão.

— Não tem volta a partir de agora — sibilou a velha, os olhos cheios de entusiasmo. — Mama Etrusca vai cuidar de você, querida.

Dito isso, a visão de Ananda voltou a se apagar.

Navegou por um oceano de escuridão por um tempo incalculável. Desejou ter morrido de vez para não ter que retornar ao corpo de Inocência, reviver o que ela experienciou sem poder interferir. *Mama Etrusca*. O nome ainda reverberava na memória, amargo, cheio de mau agouro.

Ananda sentiu mãos agarrarem seus braços, ao mesmo tempo que um cântico em várias vozes chegava a seus ouvidos. Era uma canção sinistra, que vinha de longe, unindo-se a balidos que cada vez ficavam mais altos.

Aos poucos as sensações se intensificaram; os dedos cadavéricos se enterravam em seus membros, feito galhos ásperos saindo do chão e puxando-a para o solo. Tentou gritar, mas não ouviu a própria voz, apenas as canções.

Esforçou-se em abrir os olhos. Havia sombras humanas ao redor dela. Apenas uma delas era familiar. *Mama Etrusca*.

Despertou como quem volta de um afogamento. Estava deitada sobre uma cama de palha, cercada de olhos ansiosos. À frente deles estava Etrusca. Seus cabelos grisalhos agora soltos ao redor do rosto encrespado. Mirava-a com volúpia, sedenta, segurando uma cumbuca nas mãos ao som de tabacas e gritos melódicos.

Os balidos eram ainda piores que a canção repetitiva que aquelas pessoas pronunciavam. Sons de um animal aterrorizado, vindo de algum lugar por perto. Perto demais.

O pavor. Resvalou suas veias e inundou seu cérebro. Seu próprio medo e o de Inocência, misturados numa amálgama de consciência.

A velha ergueu a cumbuca sobre ela. Inocência estava nua sobre a cama de palha, a pele pinicando com o contato incômodo. Um líquido espesso e fétido caiu sobre si, cobrindo a genitália, depois a barriga, os seios e até o rosto.

Gritou com todas as suas forças, a trilha sonora de tambores e vozes se unindo ao som agourento. Debatendo-se e virando a cabeça para não ver o líquido escarlate cair sobre ela, viu o animal trazido por uma corda, guiado por um dos escravizados.

O homem se desculpou com o olhar. Não queria estar fazendo isso. Nenhum deles queria. Inocência dera a ordem para seguirem o que Etrusca dizia, e agora estavam ali, seguindo aquela profanação enquanto a patroa estava embebida de sangue.

Naquele instante em que escorregou os olhos do rapaz para o animal que trazia, ouviu o balido nervoso. Tinha chifres curtos, uma barba branca no rosto negro.

Um bode.

Ao compreender o que estava para acontecer, sua mente sucumbiu, incapaz de aguentar o horror repulsivo.

Apagou novamente.

Dessa vez a escuridão estava recheada com uma umidade pútrida. O cheiro metálico e salgado de sangue. Navegou por ali mais um tempo, até abrir os olhos numa realidade que nem teve tempo de apreender.

Estava sentada, dessa vez sobre uma cama de espuma. Suor escorria de seu corpo e molhava as roupas que estavam coladas ao corpo. Recebia nos braços um bebê agitado, grunhindo com os braços balançando em sua direção. Uma ternura atordoante tomou conta de seu peito e acobertou o medo que acabara de experienciar. A criança estava envolta num pano grosso, os olhinhos fechados, as bochechas cobertas de vérnix.

— Meu bebê — a voz de Inocência sussurrou, coberta de emoção. — Você conseguiu fazer meu corpo gerar vida.

— Não fui eu, querida — arrulhou a voz inconfundível de Mama Etrusca. — Agradeça ao meu senhor. Ele tem um propósito em querer vir ao mundo.

O coração de Inocência disparou. Um incômodo sombrio quebrou o momento de ternura que teve com seu filho.

— Você disse que usaria a magia dos santos... — replicou, baixo e de forma assustada.

Etrusca ignorou. Passou a mão enrugada pela cabeça do bebê adormecido.

— Esse será nosso pequeno Conde — falou com devoção. — Muito poder ele terá, e uma longa, longa vida. Precisará de muitos anos para recrutar a quantidade certa de almas para conseguir emergir completamente.

Ananda agitou-se ao compreender o que estava em seus braços.

Não eram seus braços, afinal. No entanto o olhar para o bebê fez o medo se agigantar dentro de si, incapaz de interferir na imobilidade de Inocência e poder gritar como gostaria.

A velha sorriu, poucos dentes se revelando da face encrespada.

— Eu não sei o que aconteceu naquele dia, Mama Etrusca — murmurou fraca, quase à beira da exaustão. Tinha acabado de parir aquele bebê, tendo por ele uma súbita onda de estranhamento que se uniu ao afeto. — Eu achei que estava sonhando. Quando acordei estava sozinha em minha cama, ao lado de meu marido Horácio. Aquilo tudo, com o bode realmente aconteceu? Você obrigou aquelas pessoas a te ajudarem nisso!

Mama Etrusca se levantou, limpou as mãos sujas no vestido amarrotado. Caminhou até a cabeceira da cama e ajeitou o travesseiro de Inocência com um cuidado maternal.

As mãos ainda ficaram sujas de sangue. Era o sangue de Inocência, derramado durante o parto difícil que durou a noite toda.

— Eles me ajudaram, mas agora me temem — respondeu a voz rouca. A mão áspera acariciou a testa da nova mãe. — Não me importo em ser temida, desde que me respeitem pelo que sou. Pelo que conquistei aqui. Consegui trazê-lo ao mundo.

— Não posso acreditar que meu único filho, meu... — A frase não se completou.

Etrusca a encarou de cima, como se a nova mãe não passasse de uma menina tola.

— Isso não importa agora — Etrusca descartou, com um movimento débil de mão. — Estamos certas de que, quando Conde Horácio morrer, seu filho é quem deve herdar essas terras. Consagramos esse solo a ele, ao fruto do sangue do animal sagrado.

— Do que você está falando?

O menino se agitou em seu colo.

— Você trouxe ao mundo algo precioso, Inocência — continuou Mama Etrusca, sorria de forma satisfeita, quase insana. — Não deve ter mais nenhuma criança, entendeu? Seu ventre tem que ser fechado imediatamente. Nosso senhor não aceitará um irmão.

— Meu Deus, o que você fez?

Mama Etrusca tornou a acariciar a testa de Inocência. O bebê chorou estridente.

— Se você tiver outros filhos, ou outras pessoas herdarem a terra por direito, o ritual não vai ser selado — sussurrou com um tom histérico, no ouvido da moça. — Não conseguiremos abrir o umbral para libertar os outros.

Inocência apertou o bebê contra si. A velha tinha enlouquecido, não falava coisas que faziam sentido. O filho balbuciou, chacoalhando os bracinhos ao olhar no rosto da mãe.

A mãe já não sabia o que sentir pelo seu filho. Amor ou medo.

— Que outros, Mama? O que fez do meu menino?

Os olhos de Etrusca brilharam.

— O Mestre! Mas sem um exército, o que é um Mestre? Ele é dono disso tudo aqui, e lá! E ele não pode perder essa terra, entendeu? O abismo precisa saber que isso aqui tudo pertence ao Mestre — explicou, naquele tom insano. — Como madrinha do filho do animal sagrado, eu profetizo sobre vós, Inocência Villas Boas, que seu pagamento pela desobediência será a morte dos que vierem a tomar o que é dele por direito! — Apontou para o bebê, depois pousou o polegar, ainda sujo do sangue do parto, sobre a testa de Inocência. Traçou um símbolo sob a tez suada. — Todo e qualquer ladrão dessas terras, fruto do seu ventre ou não, terá sua morte oferecida ao abismo como moeda de troca pela propriedade roubada e sua alma será presa entre o mundo dos vivos e dos mortos.

Inocência estremeceu.

— Por favor, pare com isso...

A pele tocada por Mama Etrusca ardia, formigava, como um machucado recém-aberto.

— Leonard, o Mestre, um dia será o Conde Villas Boas — anunciou, a voz alta e carregada de devoção. — Ele terá um herdeiro, sangue do seu sangue. O herdeiro de Leonard será entregue em sacrifício ao abismo. Assim todas as bestas poderão caminhar pela terra.

Trêmula, Inocência abriu o manto que cobria seu filho. Lágrimas caíam aos borbotões de seu rosto.

Ao revelar o corpo inteiro do rebento que acabara de parir, e ver que a criança era metade humana e metade bode, soltou um grito que foi abafado pelo riso de Mama Etrusca.

Num esgar violento, Ananda foi lançada para fora daquele sonho lúcido. A respiração custava a sair dos pulmões. Vinha em gemidos engasgados.

Estava sentada num canto do quarto. Natasha a abraçava e tremia.

— Obrigada — disse num frêmito, não para a amiga, mas para o vulto negro parado em frente ao espelho. As formas onduladas transparentes adivinhavam uma postura humana, olhos de uma luz fraca e translúcida, e os cabelos compridos espalhados no ar, flutuando em fios espetados.

— O que é isso? — choramingou Natasha atrás dela.

— Inocência — murmurou Ananda.

Levantou-se do chão, atordoada. A figura ainda estava ali, flutuando, um som oco e repetitivo saindo de sua garganta. Atrás da figura de Inocência, na parede decadente, morcegos dependurados de cabeça para baixo observavam as duas intrusas com íres vermelhas.

O quarto não era mais requintado e conservado como há poucos minutos. Não havia cama em dossel, nem berço, tampouco candelabros. Somente sujeira e morte.

A aparição se movimentou um pouco, sutil e cuidadosamente. Foi como se um braço levantado apontasse para o peito, para onde um dia esteve o seu coração.

— Eu entendi agora, Inocência — disse com serenidade. — Nós vamos pará-lo, eu prometo.

Os morcegos levantaram voo e rodearam a figura fantasmagórica. Formaram um torvelinho de sombras e pequenas lamparinas vermelhas voando em círculos. Demorou para acabar, mas quando o vento cessou e só restaram Ananda e Natasha no quarto decrépito, as duas se fitaram pálidas e com as respirações ofegantes.

— Ele não é o Diabo.

45

Todos na cidade conheciam Joaquim Contreiras. O médico que anunciou a morte aos familiares também estava com lágrimas nos olhos ao dizer que tinha tentado ressuscitá-lo, mas não pode fazer mais nada. Diego chorou nos braços da esposa. Dona Lavínia abraçou a filha mais nova. Virgílio assistiu a tudo com as mãos em punho, o sangue fervendo em suas veias.

Saiu para a área aberta nos fundos do hospital, olhou o céu vazio e cinza e amaldiçoou a si mesmo. Diego o encontrou ali alguns minutos depois. Os dois amigos ficaram quietos ao som dos pássaros sobrevoando o céu. Virgílio abraçou Diego depois de um tempo. Ficaram parados naquele contato bruto até Diego se afastar, encabulado e fungando.

Virgílio contou a ele que todas as outras premonições tinham mesmo acontecido. Os colegas haviam impedido um atropelamento de crianças na Praça Linhares, Andy salvara uma senhora numa tentativa de assalto no banco. Todas as desgraças foram impedidas, incluindo a morte de todas as crianças Contreiras na piscina da casa. Somente seu Joaquim não fora salvo do susto que tomou com Diabo em sua sala.

— Todo esse tempo, você sabia o que... o que ia...

— Elisa, eu não impedi — sobrepôs Virgílio. — Porque eu não acreditei que... Não fui eu quem fez aqueles desenhos, Diego.

O Cabo caminhou um passo para trás, e mais um, até estar com as costas na parede paralela. Sua respiração era forte, pesada. O peito inflando e desinflando cada vez mais rápido.

Diego parecia disposto a fazer todas as perguntas sobre aquela loucura, porém a chegada de Natasha e Ananda os interrompeu. Ananda marchou até Virgílio e se jogou em seu abraço. Tremia e suava, seu cabelo estava cheirando a poeira, as roupas tinham restos de teias de aranha.

Natasha e Virgílio trocaram um olhar por sobre o ombro de Ananda. A professora fez que não com a cabeça. Não podia conversar naquele momento.

— Ele não é o Diabo — sibilou ela em seu ouvido, tão baixo que ele pensou não estar ouvindo direito. — É um demônio que foi encarnado em um ritual satânico, mas não é o próprio Diabo.

Afastou-a pelos ombros para ver seu rosto. A maquiagem preta dos olhos escorrera pelas bochechas; nos lábios sempre pintados de vermelho, a palidez do assombro a marcava.

— Eu vi o que ela viu — continuou Ananda, a voz baixa e chorosa. — Agora não consigo localizar Alice. Ela... Simplesmente...

— Ananda, você precisa se acalmar, okay? — interferiu Natasha. Puxou a amiga pelo cotovelo. — Vamos para a casa do Samuel. Precisamos falar com Ramona.

— Eu encontro vocês lá — respondeu Virgílio. — Algumas coisas aconteceram e...

Natasha assentiu. Virgílio e a professora se olharam gravemente, comunicando-se naquele gesto muito mais do que o fariam se dissessem em voz alta.

Despediram-se de forma rápida e desajeitada. Ananda e Natasha partiram. Ele as observou se afastarem até que Ananda parou em frente ao banheiro e entrou.

— Do que sua namorada estava falando? — indagou Diego, num tom indignado. — Com que tipo de coisas andou envolvido? Magia Negra, seitas?

— Posso explicar depois... — resmungou Virgílio. — Pode me esperar um minutinho?

Não esperou Diego responder. Correu até Natasha para aproveitar uma oportunidade de falar com ela a sós, antes que Ananda voltasse.

A professora esfregava a testa como quem tenta lidar com uma enxaqueca terrível. O ar de hospital, de morte, de derrota, pairava entre os dois quando se olharam.

— Escrevi uma carta para o Samuel e outra para Ananda — falou baixo, com seriedade. — Deixei na sua mala, lá na chácara. Como temos pouco tempo e não sabemos como as coisas vão acontecer...

— Isso é estupidez, Virgílio — interrompeu-o, irada.

— Se o ritual for mesmo acontecer, eu estarei lá, e você vai ficar para contar a história, entendeu? — Ela abanou a cabeça, pronta para argumentar, mas Virgílio a interrompeu. — Natasha, ele conseguiu.

Ela meneou a cabeça várias vezes, lágrimas nos olhos turvos.

— Vai acontecer muito em breve, talvez hoje ou amanhã — disse ela, num tom glacial. — Ele não tem mais por que esperar.

— Como pode ter tanta certeza?

A resposta não veio de imediato. Natasha ficou um instante pensativa.

— Faz duzentos anos que ele planeja isso. Se fosse eu, depois de todo esse trabalho, não perderia um minuto.

— Tem ideia do que ele vai libertar se conseguir completar o ritual?

Natasha assentiu.

— Demônios como ele, exatamente como Alice disse. Eu posso lidar com a parte do conhecimento, mas quem vai descobrir como parar o Leonard é você.

Virgílio enterrou as mãos na cintura, mordeu a bochecha até experimentar o gosto de sangue no paladar.

— Tem alguém que eu preciso ver — disse baixo. — Encontro vocês na casa do meu irmão.

***

Padre Lauro ressonava sobre sua cama de hospital.

Sua mãe, já muito idosa, lhe fazia companhia. A senhora de pele negra encrespada rezava o terço quando Virgílio entrou e os observou da porta. Ao redor do padre, todos os apoios e mesas estavam cheios de flores e balões, cartões e mais presentes, certamente de seus familiares e fiéis. O rosto de Lauro tinha a marca das queimaduras no lado esquerdo, por sorte longe dos olhos. O aspecto avermelhado e ondulado ficaria para sempre como uma lembrança do incêndio da casa paroquial.

Mas o pior eram as pernas. Onde o madeiramento tinha desabado, havia curativos e enxertos que não davam conta de salvar os músculos e a pele. Os dois membros estavam estendidos sobre a coberta, imóveis. Era difícil imaginar como o Padre ia andar depois daquilo.

Virgílio entrou no cômodo e os cumprimentou com respeito. Pediu à mãe do Padre que desse um minuto para uma conversa rápida, o que ela acatou de pronto.

Sentou-se na poltrona ao lado da cama. Virgílio e Lauro evitaram se encarar por alguns segundos, até que o som baixo de uma pequena televisão no quarto fosse a única coisa a manter algum senso de realidade entre eles.

— O senhor conheceu minha mãe, Padre — falou Virgílio, o timbre baixo, entrecortado. — Eu me lembrei na noite do incêndio das suas visitas lá na Chácara.

O homem virou a cabeça devagar, a queimadura ficou evidente dali. Virgílio sentiu algo remexer dentro de si. Como culpa, impotência. *Eu não pude salvar essas pessoas. Não pude evitar que aquele desgraçado as machucasse.*

— Nossa cidade foi consagrada ao mal, menino — respondeu o padre, a voz rouca. — Desde sempre, mas não precisa ser para sempre. Pessoas como sua mãe foram as únicas coisas que me mantiveram aqui, se quer saber.

— As pessoas de fé.

O Padre estalou a língua em concordância.

— Não há fiel que seja incapaz de pecar, a Bíblia diz. Estamos todos à mercê de errar. Não é a perfeição que nos justifica. É a blindagem da nossa alma, incapaz de ser consagrada ao mal mesmo depois de descer às sepulturas do sofrimento — completou, cansado, mas categórico. — Consegue entender isso, menino?

— Eu não sou um homem de fé de verdade.

— Sim, você é — reiterou Padre Lauro. Sentou-se na cama com dificuldade. — Não precisa ter fé em Deus para que Ele tenha fé em você.

Virgílio sorriu de lado, jogando-se novamente sobre a poltrona. *Você veio aqui para ouvir o que ele tem a dizer, e não para rir, seu filho da mãe.* Içou os olhos e se atentou ao homem, resignado a ouvi-lo.

— O que eu tenho que fazer, Padre? — inquiriu, exausto, à beira do choro.

— O Conde Leonard — emendou, anuindo como se aquilo não o impressionasse. — Eu o vi naquele dia, pouco antes de você me tirar de lá. O Homem dos Pés de Bode.

— Só eu que não enxerguei que ele tava por aqui todos esses anos.

O Padre fechou a expressão, introspectivo.

— Quando eu olhei para você, pouco antes do incêndio, eu vi outra pessoa — continuou, distante. — Lembrei que também senti uma esperança diferente todas as vezes que, ao visitar Rosa e o bebê Samuel, você vinha até mim abraçar minhas pernas, pedir à benção.

Virgílio fechou os olhos. As lembranças retornando em flashes, invadindo sua memória como chamas de fogo a queimarem o gelo da sua alma.

— As surras que levei do meu pai talvez tenham prejudicado minha memória.

— Não, elas tiraram sua pureza — retorquiu assertivo. O padre sorriu de verdade, com honestidade. — Vasco Villas Boas. Era ele que eu via em você. Um homem que via além.

Se quiser ver o que Vasco viu, suba na torre do sino.

— Filho, olhe para mim — pediu o padre, mirando-o com um afeto paternal. Estava acima, os olhos no alto como a imagem de Cristo voltada para os fiéis ajoelhados diante de si. — São as pessoas sem fé que testam nossa capacidade de acreditar. São as sem amor que nos ensinam a amar. É o mal que nos faz ver o que realmente é bom. Não existem opostos. Nada está mais de um lado do que do outro, e nada pode ser desmembrado sem que se leve um pouco dessas duas essências.

Virgílio se levantou devagar, seguido pelo olhar de seu interlocutor. O pânico que levava consigo, como uma presença constante impossível de ser exorcizada, se apequenava ao timbre rouco do homem de Deus. Não pela batina, pelo celibato ou pela doutrina. Mas por acreditar naquele homem de verdade. Por ter fé nele.

— Eu conheço uma garotinha que tem um pouco dos dois dentro de si, e ela é a coisa mais maravilhosa que eu já vi, Padre — confessou, a voz chorosa, arrastada. — Obrigado por me ajudar a enxergar.

— Não sei o que está acontecendo lá fora, filho — continuou Lauro. Esticou a mão e tocou o antebraço de Virgílio com cuidado. — Mas posso sentir a escuridão chegando.

Virgílio olhou por sobre o ombro a noite ascendente na janela. Sem lua, sem estrelas, apenas o ruído dos carros e a sensação tétrica que se avultava ao redor de Oratório. Dali do alto do hospital da cidade, viu as costas da igreja. A torre pontuda furando uma nuvem cinza, emoldurada pela estrada que dava saída à cidade. Pequeninas e distantes, as luzes das viaturas piscavam, a fumaça avermelhada ainda passeando pela região. Padre Lauro tinha visto tudo dali, certamente.

— Ore por mim, Padre — murmurou soturnamente. — Vamos ter um pouco mais de escuridão antes de ver a luz.

— Que você seja abençoado em sua missão, Virgílio José Tavares — arrematou Padre Lauro.

Fez um sinal da cruz sobre a testa de Virgílio.

O Tenente saiu dali sem se despedir, o peito inflado, a certeza ainda mais pungente do destino que estava prestes a encarar.

***

O motor do Jipe foi ligado e as lanternas bateram contra a moita que ladeava o hospital. Um par de olhos ocultos pela escuridão teve que se proteger da violência das luzes. Observou o carro partir e levar aquele homem de farda impecável e olhos marcantes.

A observadora oculta saiu das trevas e correu para seguir os faróis que desciam a rua.

46

Invadir a igreja nunca esteve nos planos de Virgílio. Também não imaginava que seria tão fácil, ou até mesmo que se sentiria tão tranquilo enquanto forçava os trincos da porta lateral do templo católico. Ao ceder da aldraba, a madeira deslizou sem fazer som algum, o interior assoprou o cheiro de verniz em seu rosto e o convidou a entrar.

Com a lanterna que trazia na farda, invadiu o local sagrado.

Viu o altar ao centro, as pinturas dos santos e anjos nas paredes e Jesus Cristo com o Sagrado Coração em mãos. A imagem do Salvador Cristão possuía um olhar triste de misericórdia.

— O que vocês viram em mim? — murmurou para o vazio. — Por que me deram olhos para o outro lado?

Nenhuma resposta lhe foi destinada.

Virgílio sabia que não ouviria uma voz dos céus erguendo-se no silêncio enquanto feixes de luz cairiam sobre si. Os anjos não entrariam em coro, tampouco poeira sagrada se precipitaria do firmamento para curar os cegos e levantar os mortos.

Como Padre Lauro tinha dito, as coisas com o bem e o mal não eram assim tão exatas. Não encontraria nenhum milagre na igreja. O milagre era uma escolha, e ele escolheu ali, dentro da igreja, subir na torre para ver o que Vasco viu.

Virgílio se esgueirou pela escuridão, achou os degraus que davam para a torre do sino. Teias de aranha compunham o caminho até o alto, o crocitar dos morcegos. Quase meia-noite. Perto do momento em que as badaladas finais do dia preenchiam os céus, o firmamento e os ouvidos dos cidadãos infiéis, ele chegou ao topo.

O sino era um objeto grande e enferrujado, tinha cheiro de cobre e coisas esquecidas. O céu dali era ainda mais escuro, sem luz ou estrelas. Virgílio caminhou até o beiral, fechou os olhos, sentiu contra seu rosto o bafo frio da noite.

Lá embaixo estava a cidade que escolheu ignorar a aberração que caminhava coletando almas. A cidade que fechou os olhos para cada desgraça que aconteceu, sem protestar; que fez festas e ofereceu presentes ao seu algoz. Oratório se vestiu de Cidade das Orações Perdidas apenas como uma fantasia para ocultar que na verdade pertencia ao Homem dos Pés de Bode por omissão.

Ele viu o que Vasco viu. Não só uma cidade pavimentada de paralelepípedos, calçadas, postes e luzes, mas também o que ela ocultava debaixo da carcaça urbana.

Virgílio abriu os olhos para ver o abismo da versão sombria, a versão consagrada ao Conde Leonard. No horizonte, onde ficavam as rochas brancas, pedras pegavam fogo, as chamas lambendo os céus, exalando uma fumaça laranja cortada por raios negros.

Também viu a procissão dos mortos.

Ali perto, logo abaixo, as almas espalhadas pela praça formavam círculos. Suas cabeças baixas e olhos vítreos, mãos que seguravam velas de chama azulada, dançando ao sabor da brisa gélida.

Lucca e Samuel os tinham visto adentrar a cidade na Noite de Finados. Agora finalmente tinham chegado ao seu destino. E ali, na única marca onde pessoas fiéis já se reuniram para levantar orações ao Deus Cristão, Leonard tinha marcado o encontro da Procissão.

Aquela ciranda fúnebre esperava a chegada do último elemento. O sangue do sangue do Homem dos pés de Bode.

Esperavam por Ramona.

O badalar do sino se ergueu. Virgílio tapou os ouvidos para se proteger do som estridente e furioso. Virou-se e deu com ele.

Um homem de rosto pálido, vestes negras que iam até o pé. A gola clerical em volta do pescoço coberto de veias pretas.

Vasco Villas Boas tocou o sino com movimentos mecânicos, olhos vítreos de íris brancas.

— Diga o que eu tenho que fazer! — berrou Virgílio, por sobre as badaladas. — Por favor!

Um som elétrico explodiu no ar. Várias pequenas explosões vieram em sequência, espalhando feixes de luz que se pareciam com fogos de artifício. As luzes da cidade se apagaram, uma a uma, numa ordem clara de dentro para fora, até chegar às margens de Oratório.

Presos em Oratório, agora incomunicáveis e sem eletricidade.

Leonard estava se preparando para o combate final.

***

Lá embaixo, a figura oculta observava o vulto do policial no alto da torre. Ao cingir das badaladas, ele tinha erguido as mãos aos ouvidos. Viu quando ele gritou com alguém lá dentro da torre.

Reconhecia aquele lugar, assim como sabia de onde vinham os sussurros que agora preenchiam seus ouvidos. Assim que as luzes apagaram, a reza tinha começado.

O arrepio vestiu seu corpo como um traje longo.

Tinha poucos minutos para se decidir, sabia que não teria mais forças para correr atrás do policial a pé. Não tinha como chegar ao seu destino sem ele. Olhou para o veículo e elaborou um plano rápido.

47

Natasha se parecia com uma professora ensinando a um grupo distraído de alunos. Terminava seu monólogo para colocar os irmãos à par do que tinha acontecido na casa abandonada dos Villas Boas.

Samuel estava destruído. Suas olheiras afundadas no rosto, a barba comprida e embaraçada. A sala de estar estava revirada de copos e pratos de comida requentada, roupas largadas nos sofás e cobertas no chão. O caos do luto.

Natasha bebeu uma grande quantidade de água antes de continuar. A professora abriu suas anotações sobre a mesa bagunçada. O farfalhar dos papéis e o tiquetaquear do relógio de parede soavam como vozes intrusas na conversa dos quatro.

— Tínhamos poucas coisas antes. Agora sabemos que O Homem Bode, O Conde e Leonard, são formas de aparição de uma mesma entidade. Achávamos que ele tinha aparecido pela primeira vez em 1812, quando Vasco Villas Boas inaugurou a Igreja de Oratório. Mas ele não foi só invocado aqui, ele literalmente nasceu.

Virgílio se aproximou. Analisou as anotações conforme Natasha as mostrava. Eram pirâmides de nomes, locais e datas. No topo, estava a origem recém-descoberta de Leonard e, ao fim uma pergunta: como matar um Conde do inferno?

— Sabemos que ele não sabe de tudo — prosseguiu Natasha —, porque quando ele chegou aqui, antes da fundação da cidade, não sabia que Horácio tinha tido outros filhos e dividido sua herança com mais duas famílias.

— Aí ele teve que cumprir a maldição que Etrusca jogou em Inocência — completou Ananda, num tom perturbado. — Matar os ladrões da herança dele.

— Se o que ele quisesse fosse mesmo as terras, teria tomado naquele momento. Poderia ter matado as três famílias de vez no ato da fundação de Oratório — concluiu Samuel. — Ele quer mais que isso, não quer?

— Sim — Natasha continuou, num ritmo enérgico. — Ele quer abrir a porta para o outro lado.

Ananda trocou um olhar severo com Samuel, esperando a reação dele.

— E para isso precisa de Ramona — soltou, consternado.

— Em 2008, ele engravidou a mãe de Ramona aqui em Oratório... — falou Ananda. — Alice nos disse que ela conseguiu ver o que ele via. Experienciou uma espécie de visão do outro lado. Ela esteve lá. Como eu estive. Leonard é uma criatura nascida de um bode e uma mulher num ritual de encarnação. Ele pode ser poderoso, mas ainda é de carne e osso.

— Isso significa que podemos feri-lo — disse Virgílio, interferindo na conversa pela primeira vez. — Em algum momento ele tem que ficar vulnerável.

Natasha claramente estava pensando a mesma coisa, pois sorriu para Virgílio como uma garotinha. A moça o assustava às vezes, pois adentrava tanto naquelas pesquisas que ele temia que ela estivesse esquecendo que aquilo era a realidade, não uma história de ficção.

— Não é a primeira vez, na história do mundo, que falam de uma criatura que é metade humana, metade animal — continuou, com a mesma empolgação.

A professora usava a última bateria de seu tablet para mostrar as telas congeladas dos sites de pesquisa que tinha usado. Estavam sem rede elétrica desde a meia-noite, a cidade em polvorosa lá fora.

A tela mostrava desenhos de Faunos, sátiros, centauros. Natasha passou por todos eles, descartando essas lendas por um ou outro motivo. Abriu um manuscrito baixado que se chamava *Dictionnaire Infernal*. A publicação datava de mais de dois séculos atrás. Um compêndio de criaturas demoníacas.

Quando ela mostrou uma gravura de uma criatura de três chifres, um rosto escuro e outro rosto no traseiro, Samuel e Virgílio soltaram o mesmo palavrão.

— Trata-se de um demônio que... pasmem, se chama Leonard.

— Merda... — murmurou Virgílio. — O que diz sobre esse desgraçado?

— Mestre Leonard é um demônio de alta hierarquia. Na inquisição, diziam que ele era invocado durante os Sabás, que tinha uma forma caprina com três chifres e um rosto escuro. Supostamente, ele obrigava as bruxas a beijarem esse rosto que ele tem no lugar da bunda.

— Tirando essa parte do segundo rosto, foi exatamente isso que a gente viu, Natasha. Foi o terceiro chifre que ele usou para ferir o Lucca — disse Ananda.

Samuel esfregou o rosto, fungou, mas se conteve.

— Etrusca é um nome que faz referência a um povo antigo que viveu na Itália. — complementou Natasha. — Era uma das amas da Casa Grande.

— Ela usou os escravizados para dar volume ao ritual, fez Inocência obrigá-los a participar...... — continuou Ananda, com seriedade. — Eles participaram com fé de que só estavam ajudando a senhora a ter um filho.

Ananda estava vidrada, o rosto pálido e perturbado. Virgílio queria ceder ao impulso de perguntar como ela estava lidando com sua experiência no corpo de Inocência, mas sabia que não era o momento de bancar o namorado cuidadoso. Ela não precisava dele para se manter sã.

— Em vez de só conjurar um demônio, Etrusca queria fazê-lo nascer em carne e osso. Uma história bem parecida com outras que vocês já ouviram. Uma que envolve uma virgem e um anjo mensageiro. — Natasha parou ali, tomou fôlego. — Faz sentido, se pensarmos que existe um mundo de sombras, um outro lado, onde outras criaturas podem continuar depois que morrem. Se ele herda essas terras aqui, elas também pertencem a ele lá. Tudo que é ligado aqui no nosso mundo, gera uma consequência nessa versão sombria dele.

— E vice-versa — complementou Ananda.

— Então Etrusca criou o impossível. Um ser metade humano, metade demônio, capaz de trazer outros demônios ao nosso mundo e reinar entre eles — prosseguiu, concentrada. Mudou a tela e mostrou cenas que tinha salvado de sites de bruxaria. — Um único ser que pode romper a barreira entre as sombras e o material, porque ele vive entre os dois.

Samuel saiu de sua imobilidade e se aproximou. Sentou-se ao lado do irmão e esfregou os joelhos. Virgílio também não podia ser o irmão cuidadoso. Precisava salvar Ramona, e só depois lidariam juntos com a perda de Lucca.

— Leonard se reproduziu para oferecer ao abismo — disse Ananda, com uma certeza cortante. — Por isso ele virou lenda no país todo, como um moço sedutor atrás das moças bonitas. Ele estava procurando uma que pudesse lhe dar o que ele precisava.

Samuel soltou um riso de incredulidade.

— E ele deve vir pegar Ramona em breve — disse Virgílio. — Nós temos que vigiar, mais do que nunca. — Levantou-se de súbito, as mãos na cabeça. O coração aos saltos. Todos olharam para ele. — O filho da puta me fez acreditar que *ele* é o Diabo. Ele tem um ego, não tem? E egos podem ser feridos também. É um filho renegado, sem suas posses, sem seus direitos. Posso trabalhar com isso.

Samuel e as garotas se entreolharam, confusos.

— No que você está pensando, Virgílio? — Ananda conseguiu perguntar, a voz embolada pela incerteza.

— Vocês disseram que ele é uma criatura que transita entre dois lados, não é? E que no dia que estavam no Angellus, outra criatura que transita entre dois lados o feriu. Imagina o que o capetinha não pode fazer se tiver uma luta bem no meio da barreira entre os dois lados.

O som da respiração dos outros três foi audível e feroz. A compreensão perpassando entre eles, pungente.

— Bianco — sussurrou Natasha, num tom contemplativo. — Como podemos controlar o garoto fantasma?

Samuel ia protestar. Virgílio sabia que seu irmão iria reclamar para si o direito de ser ele a entrar naquela luta cabalística.

— Minha mãe depositou um bocado de fé em mim — continuou Virgílio. — Como Horácio depositou em Vasco. Leonard quer me tirar do caminho como tirou o padre. Só que eu não estou sozinho. Eu posso fazer isso com a ajuda do moleque.

Porém a conversa foi interrompida por batidas na porta. O som oco, irascível. Alguém do outro lado estava com pressa.

Todos se calaram. Virgílio ciciou, impedindo Samuel de ir atender.

— É ele? — sibilou Natasha.

Virgílio fez que não. Sabia que não era Leonard, porque não ouviu cascos sobre o chão, e sim o som de passos normais, indo e vindo através da soleira. Sacou a Taurus do coldre, engatilhou e caminhou até a porta devagar.

Sinalizou para que todos se afastassem e girou a maçaneta. Do outro lado, a mãe de Lucca o encarava com aquele ar perdido, maquiagem escorrida. Trazia nas mãos algo feito de tricô em tons de rosa e branco.

— Dona Neusa... — disse Virgílio, abrindo a porta para a senhora.

— Eu não pude dormir com tudo isso que tá acontecendo. Fiz isso pra minha neta, posso entrar?

Samuel correu em direção à sogra. Abraçou-a com carinho, mas Neusa ficou com os braços estendidos ao lado do corpo, sem corresponder. Na mão direita, a mantinha tricotada pendia.

— Ela tá dormindo, mas senhora pode entrar — falou Samuel, apontando para o corredor.

— Oh, você tem muitas visitas hoje — disse Neusa de uma forma triste.

Ananda e Natasha a cumprimentaram, mas a senhora não ficou para responder, partiu a passos largos para o corredor, para ver sua neta.

**

Ramona dormia um sono intranquilo quando o colchão mexeu e a acordou. Despertou sobressaltada, com Bianco em seus braços feito um escudo. Seu coração bateu tão rápido que ela pensou que ele tinha se espalhado para o corpo todo.

Ao pé de sua cama, sua avó Neusa a encarava, sentada com um cobertorzinho sobre o colo. Mais cedo, a avó tinha estado ali. As duas tomaram chá juntas e brincaram um pouco, conversaram sobre quando seu pai Lucca tinha o tamanho dela e gostava de jogar carta com os idosos da família.

— Olá, pequena.

Ramona não reconheceu o olhar da avó, no entanto. Pelo contrário, parecia outra pessoa. O rosto envolto nas trevas do quarto tinha um aspecto meio cadavérico, um ar perigoso que a fez apertar Bianco com muita, muita força.

— Está tão frio, você precisa ficar quentinha.

— Eu tô quentinha... — choramingou, encolhendo os joelhos para perto do queixo. — O que você quer? O que tá fazendo com a minha vó?!

A coisa que imitava Neusa sorriu e lhe estendeu a mão. Os dedos estavam enrugados e enegrecidos, as unhas compridas e sujas. Ramona sentiu tanto frio, tanto medo, seu corpinho tremia, os dedos enterrados nos pelos de Bianco.

350

— Meu irmão vai acabar com você.

Num movimento brusco, Neusa agarrou Bianco com aqueles dedos cascudos e o puxou. Foi rápido, Ramona mal teve tempo de lutar. Neusa o colocou dentro da mantinha de tricô, que agora tinha se tornado um saco marrom escuro todo riscado de sangue. Ela quis gritar, mas a velha tapou sua boca com a outra mão.

O cheiro que invadiu as narinas de Ramona foi tão horrendo, que ela quis vomitar, mas a coisa dentro de sua avó a prendeu com força. Ramona se debateu, mas aos poucos parou de sentir suas pernas. A cama que seus pais compraram para ela, o aroma de talco, a sensação de casa... tudo foi sendo tomado de sombras pretas que ciciavam como um milhão de cobras.

A avó a ergueu da cama e Ramona viu. O rosto não era mais de Neusa. Eram olhos vermelhos e injetados, cabelos brancos e espetados dentro de uma trança malfeita.

— Seu papai está esperando.

A última coisa que Ramona viu antes de sumir foi o saco ensanguentado em cima de sua cama mexendo como se um gatinho tivesse ficado preso lá dentro.

***

Na cozinha, os quatro esperavam Samuel servir chá a todos enquanto Natasha ainda falava sobre o demônio dos pés caprinos, mostrando as passagens dele pelo mundo. Virgílio sentiu o cheiro de podridão primeiro, até que o odor chegou aos demais. As velas dispostas sobre a bancada apagaram de repente, causando espanto em todos.

— Fiquem aqui, eu vou pegar a menina — bradou Virgílio.

Mas ele não teve tempo de correr para o quarto, porque batidas na porta da cozinha interromperam seus planos. Foi Samuel quem correu para abrir, mas Virgílio tomou a frente já com a arma em mãos. Abriu a porta com cuidado. Dessa vez encontrou olhos castanhos grandes e inocentes. Uma moça jovem de cabelos avermelhados de um tom muito singular. Nas bochechas proeminentes, sardas leves, a boca rosada, fechada numa expressão de tristeza que parecia fazer parte de seu rosto. Virgílio já tinha visto uma expressão igual àquela.

— Peguei carona no seu Jipe — disse a visitante. — Você devia dirigir mais devagar.

— Alice.

47

Virgílio se sentou ao lado de Alice e dirigiu quieto. As ruas estavam ocupadas por moradores com lanternas. Os carros todos indo na direção contrária à deles, para a companhia de luz e força, provavelmente esperando que poderiam reclamar lá na porta até a energia voltar.

Só quando já estavam na área rural, perto da Chácara, olhou para Alice de soslaio. A moça notou o contato visual, mexeu-se, incomodada.

— Então... — começou ela, arrastando a voz. — Você é o Rouxinol?

— E você, como chegou aqui? — perguntou gravemente, sem nenhum afeto na voz.

Ela cruzou os braços magros e deslizou o rosto para a janela.

— Não sou mais uma interna no Angellus, então só pedi demissão e saí. Ficaria impressionado com a quantidade de pessoas dispostas a dar carona para uma moça bonita.

Virgílio riu baixo, mas não achou graça na verdade. Sentiu a familiaridade do jeito inocente e tenuamente irônico de Ramona. A voz das duas eram parecidas. Ele experienciou uma leve tontura, como se tivesse se transportado para o futuro e pudesse conversar com a versão adulta de sua sobrinha.

— Você fala muito bem para uma louca internada há seis anos.

— Sabe que nós sabemos reconhecer uns aos outros, não sabe? — Virou a cabeça diretamente para ele, enfrentando-o. — O que você toma? Ansiolíticos? Calmantes?

— Escitalopram e Frontal para dormir, e você?

— Frontal, Lexapro... outras combinações também quando começo a ouvir vozes.

— Tô precisando de um desses também.

Alice não se afetou.

Estavam próximos da Chácara agora, a escuridão se adensando ali, como uma presença palpável. O Conde Leonard podia estar em qualquer canto ou esquina, vestido de um belo rapaz ou de um velho macilento. Poderia até mesmo aparecer na sua forma bestial com um rosto na bunda e um chifre cheio de sangue na testa.

— Tinha dinheiro o suficiente para se virar sozinha? — indagou Virgílio, a voz interrogativa de policial no seu modo operante. — Tem que ter chegado antes do acidente, ou não conseguiria passar...

— Cheguei no dia do velório e eu tenho dinheiro, se quer saber — retrucou irritadiça. — Quando sua mãe te interna por seis anos num hospital de crianças loucas, ela pode ficar bem generosa.

— Onde estão suas coisas?

— Só tenho essa mochila — replicou, batendo contra o objeto que trazia no braço direito. — Preciso ver minha filha.

— Alice... — ensaiou, a voz tensa. Segurou o nó que subiu pela garganta. — Ananda me disse que você, de alguma forma, conheceu minha mãe.

A jovem afundou no banco. Lágrimas ao redor dos olhos que não combinavam com a expressão dura de quem sofreu demais para ceder ao choro.

— É do seu filho que ela cuida, não é?

— O que você acha?

— Ele estava em paz quando o vi. Dormia quietinho, protegido. Sua mãe mantém a casa protegida daquelas... das coisas. Ela foi a única que eu encontrei nas sombras que não estava às ordens dele.

Virgílio fez uma curva brusca quando chegaram à Chácara Maria do Socorro. Alice teve que se segurar para não cair de lado, mas não protestou. Ficou quieta até ele parar o carro na frente da casa e abrir a porta do carona para ela.

Ele queria chorar. Estava pensando no que Alice tinha falado. Todos aqueles anos fazendo questão de manter seu coração como um terreno seco, negando ter uma alma, enquanto sua mãe acreditava nele lá das sombras e mantinha seu filho seu seguro.

— Obrigado por me contar isso.

— Se não fosse sua mãe, Rouxinol, minha filha ainda estaria perdida.

Virgílio desceu rápido, olhando ao redor com aquele jeito desconfiado, paranoico. Tinha um olhar tão profundo e cheio de significados que o Tenente não poderia negar que, sim, as pessoas como ele sabiam se reconhecer.

Os quebrados por dentro.

Preferia um mundo onde pudesse reconhecer as pessoas por outras razões.

— Descanse essa noite, Alice — falou ele, indicando o caminho da entrada. — Eu prometo que verá Ramona. Jamais negaria isso a você.

Chegaram à varanda. Virgílio parou e procurou as chaves. Alice estancou ao seu lado e viu as marcas no chão. As ferraduras queimadas. O rosto dela fechou numa expressão de choro, sem derramar lágrima alguma. Ignorou as marcas de seu antigo algoz e focou em Virgílio.

— Você teve mais filhos? Esposa? — questionou ela, fingindo desinteresse.

Com um movimento brusco, Virgílio empurrou a porta e deu passagem a ela. Alice entrou timidamente, agarrada à mochila em seu ombro, como se fosse a mão de alguém em quem confiasse.

As garrafas de cerveja ainda estavam no chão, sacos de salgadinho deixados por Ananda e Natasha compunham a decoração da mesa de centro.

Alice observou tudo com ávido interesse. Usava um vestido longo em tons de cinza e uma bota de ponta arredondada. Os braços estavam nus, uma jaqueta jeans envolvia sua cintura. A pele branca ao extremo tinha sardas que cobriam toda a extensão dos membros, tornando-a uma bela figura peculiar, complexa.

— Eu só tive o Gustavo — ele confessou. A moça o observou agora, interessada. — Ele morreu com quatro meses de vida. Uma condição chamada Síndrome da Morte Súbita Infantil.

— Eu sinto muito.

— Sei que sim — replicou ele. Indicou a ela o caminho do corredor que dava para os quartos, iluminando-o com a lanterna. — Tem uma suíte nos fundos, que pertencia à minha mãe. Você pode ficar lá. Levo algo para você comer depois.

— Eu conheço esse lugar, Rouxinol. Não teve um dia que eu não pensei nele.

Alice apontou para o centro da sala quase vazia.

— Ali fica o homem silencioso. Numa poltrona alta de couro.

— É bom saber que pelo menos na morte ele calou a porra da boca. Agora vamos, Alice. Você precisa mesmo dormir.

Com o olhar baixo e comovido, ela assentiu e o seguiu.

**

Virgílio sentou-se na sala escura, o celular há muito tempo sem bateria, impaciente porque seu irmão e sobrinha ainda não estavam com ele. Saiu muito rápido da casa de Samuel com Alice, não deveria ter se separado deles mesmo que o irmão se recusasse a ficar no mesmo carro que a mãe biológica de Ramona, que lhe dava horrores.

Quando ouviu o som do carro nos cascalhos da entrada, correu para a porta da sala e esperou ver o irmão com Ramona nos braços, mas tudo o que viu foi Natasha e Ananda entrando cabisbaixas e Samuel atrás delas, bufando, o rosto baixo, olhos sombrios. Trazia nas mãos um saco marrom grosso cheio de coisas escritas em vermelho.

— Ele pegou minha filha — rosnou Samuel na escuridão.

O saco estava se mexendo, como se tivesse um animal morrendo lá dentro. A coisa carregava uma energia ruim que agora era captada pelo novo sentido de Virgílio. Uma batida atrás da nuca, uma onda sonora grave.

Virgílio tentou abraçar o irmão por instinto, mas Samuel o empurrou. Bateu com as costas na parede e mal teve tempo de se defender quando o irmão mais novo avançou como um touro em sua direção. Ananda gritou algo, Natasha tentou puxar Samuel pelo tronco.

— Eu vou encontrar ela! — berrou Virgílio.

— Era para você ter ficado do nosso lado! Agora ela se foi, Lucca se foi! Eu não tenho...

Natasha ainda estava agarrada nas costas de Samuel quando ele caiu de joelhos em frente a Virgílio, soluçando. O irmão ajoelhou em sua frente, tirou de sua mão o saco ensanguentado com cuidado e só então o abraçou.

— Nós procuramos por ela em todo lugar, chamamos a polícia... — começou Ananda.

— Seu amigo Contreiras disse que não pode fazer nada, que todo mundo tá sumindo — completou Natasha.

Virgílio se afastou de Samuel e pegou o saco. Abriu-o devagar, tirou Bianco lá de dentro, mas quando viu o urso sujo o jogou lá de volta. De alguma forma, o saco amaldiçoado o mantinha preso. Quem capturou Ramona sabia o que estava fazendo.

— Ela entrou vestida como a mãe do Lucca — disse Ananda, cuidadosa. — Mas eu reconheci o cheiro depois. Já senti antes. Nas memórias de Inocência.

— Foi Mama Etrusca quem veio buscar Ramona — arrematou Natasha. — Nós precisamos agir, Virgílio.

Virgílio as acomodou dentro da casa. Fingiu calma, quando todo seu corpo estava pegando fogo. Fingiu estar forte ao reafirmar para o irmão que ele traria sua filha de volta. Fingiu saber o que estava fazendo ao dar seus calmantes para que Samuel pudesse dormir.

Voltou à sala quando o caçula finalmente pegou no sono. Trazia na mão o saco com Bianco, que jogou num canto da sala ao encontrar Natasha e Ananda sentadas no chão, iluminadas pelas velas que encontraram na casa e acenderam ali. Alice estava perto da janela, mergulhada num silêncio soturno, encarando-o com seriedade.

— A coisa que levou minha filha passou pro outro lado. Eu tô sentindo a presença dela bem perto, quase como se eu pudesse ouvir a voz dela...

Virgílio sabia do que Alice falava, porque experimentava algo muito parecido. O eco da presença de Ramona por perto, a voz nervosa dela rezando alguma coisa. Odiava ter aquela nova consciência, aquela percepção que vinha de dentro, mas também de fora. Ramona estava próxima, sozinha em algum lugar rezando para o Rouxinol. Rezando para ele ir buscá-la.

Rezou de volta, prometeu que estava indo e que não estaria sozinho.

— Nem a torre de celular está funcionando — falou Natasha, tentando acessar seus aplicativos com um ar desesperado. — Quando as baterias acabarem, não vamos ter como recarregar.

— Devíamos ter ficado na cidade — disse Ananda. — Somos alvos fáceis longe da população.

— Enquanto vocês ficarem aqui, a mulher do outro lado pode ajudar — falou Alice, saindo da escuridão e vindo para perto das velas. — A casa toda é protegida por ela, Leonard não pode entrar.

— Por isso ele não entrou naquela noite — sussurrou Ananda.

— Não importa agora. Ramona tá do outro lado com aquela vadia e nós temos que aguardar a coisa começar — interrompeu Virgílio. — Fiquem juntas. Eu vou dar um jeito nisso.

Natasha limpou a garganta e atraiu a atenção dos outros três. Com seu jeito acabrunhado e um olhar tímido, ergueu os ombros e colocou os braços atrás do corpo.

— Alice e eu vamos sair para vocês dois conversarem.

Era como uma ordem. Natasha tinha aquele ar retraído e meio desajeitado, mas escondia um poder de encaixar as pessoas nos locais certos, de causar os efeitos que desejava causar. Nesse caso, forçou Ananda e Virgílio à conversa que precisavam ter.

Alice seguiu Natasha, sem tirar os olhos de Virgílio até sumir na penumbra do corredor.

— Não tive tempo para dizer a você o quanto eu sinto muito, Ananda — falou baixo, arrastado.

O som de sua voz era um sopro das suas forças quase esgotadas. Ela fechou e abriu os olhos de forma lânguida e caminhou até ela. O brilho de Ananda sob as velas era como um sopro de vida entre tanta morte.

— Eu tô tentando parecer são, mas...

— Ele não vai machucar Ramona até amanhã. E quando o ritual começar, nós vamos estar lá. Você vai estar lá.

— Ananda, eu só estou tão cansado... tão cansado de ser testado e falhar.

A moça recebeu o desabafo chegando mais perto. Uniu sua testa à dele, pegou suas mãos nas suas e as apertou com um toque quente e úmido. Virgílio sabia o quanto ela estava com medo por sentir os tremores em seus músculos, por ouvir o som acelerado da respiração dela.

— Eu poderia amar você, Virgílio Tavares — murmurou ela. — Eu *quero* amar você. Por favor, não tire isso de mim.

— Ananda, eu...

— Não — calou-o, apertando a testa contra a dele. Fechou as mãos em seus ombros, como se quisesse senti-lo, torná-lo real. — Não tire isso *de você*. Por favor, pense nisso antes de se sacrificar. Tem que ter um jeito, entendeu?

Virgílio tornou-se vazio. Apenas a voz dela o preencheu. Estava perdendo Ananda, perdendo o futuro dos dois. Ele abraçou aquele rosto macio com as palmas rudes de suas mãos. Acariciou suas bochechas com os polegares, procurou memorizar cada detalhe dela.

Precisava abrir a boca e pronunciar que poderia amá-la e que o faria se pudesse. Que queria amá-la.

Eu não sou um mártir, a quem eu estou enganando?

Ainda não sabia julgar se os sentimentos de Ananda seriam um remédio amaldiçoado ou um veneno abençoado. Um amor que poderia salvá-lo, ou fazê-lo hesitar na hora mais decisiva.

Só a beijou. Permitiu que fosse intenso, longo e definitivo.

Adormeceram no sofá, abraçados contra o amanhecer que já se aproximava sem nenhuma compaixão. Virgílio piscou os olhos e os abriu sem sonhar, como se sua bateria tivesse acabado e se recuperado o suficiente para ao menos funcionar para o que precisava.

Não conseguia parar de ouvir Ramona, de sentir o medo dela, o desamparo por não ter Bianco para abraçar, a falta que ela estava sentindo de Samuel.

Levantou-se com cuidado para não despertar Ananda e a cobriu com uma manta.

A temperatura estava caindo rápido, um sinal de que Leonard estava próximo e com suas forças recuperadas. Outra consequência de abrir os olhos para o outro mundo era a constante presença do Conde fazendo sombra em sua visão periférica, exercendo pressão em suas costas como se estivesse chegando por trás para abraçá-lo e sufocá-lo. Virgílio agora estava cônscio das coisas que existiam do outro lado assim como estava do ar que respirava e dos sons humanos e materiais que o cercavam.

Vestiu o casaco grosso sobre a camiseta e o jeans, os coturnos rústicos. Voltou para a sala e encarou o saco ensanguentado jogado naquele canto. Dessa vez, quando enfiou a mão lá dentro, não desistiu. A textura do pelo artificial era nodosa e macia, mas estranha, como se tivesse pequenos fios de eletricidade por baixo do pano. Segurou-o com apenas uma mão, apertou a cabeça feito uma laranja a ser espremida.

A presença dele estava ali, assim como as vozes.

Virgílio andou rápido para fora da casa.

Entre seus dedos a carcaça macia feita de algodão vibrava. O som de seus próprios passos vinha acompanhado da um *tec tec* a mais, como se alguém o seguisse para fora da casa. Ficou mais alto na sala, depois no umbral da entrada, mas explodiu como um barulho de um animal de cascos em seu encalço quando chegou na varanda.

Correu para longe da casa em direção ao jacarandá do quintal, perto do abismo da cidade. Ao fundo, a imagem de rochas brancas emoldurava a paisagem quando Virgílio jogou o urso longe de si como quem lança uma granada.

Naquele instante, a presença de Bianco era tão pungente quanto a aproximação de um terremoto. Estava tudo quieto e escuro, apenas raios fracos amarelos contra o céu caliginoso. Virgílio ouviu o próprio coração, as veias pulsando enquanto irrigavam seu cérebro batendo contra os ouvidos.

Tuum-tum. Tuuum-tum.

Um pássaro negro o sobrevoou, depois mais um. Formigas já começavam a se juntar ao seu redor. Aos poucos, a revoada pousou no Jacarandá tornando-o tão negro e brilhante que nenhuma folha verde se destacava. O chão virou um tapete de formigas e o céu estava cheio de insetos que zumbiam mais alto que o coração de Virgílio já acelerado ao limite.

— Me deixe ver você.

As aves gorjearam juntas, os insetos zumbiram mais alto no céu.

Bianco surgiu numa nuvem de fumaça escura. Começou amorfo, para devagar se tornar uma silhueta de garoto. O corpo magro, a cabeça levantada, cabelos espetados revoltos num rosto pálido de olhos vítreos sem íris. A pele toda era de um branco cinzento, como a de um cadáver embalsamado, cheia de veias que se mexiam sob a epiderme como se minhocas escuras percorressem seu corpo. Os lábios roxos e franzinos desenhavam uma expressão sádica. As mãos esquálidas caídas ao lado do tronco estavam em punho.

Virgílio quase caiu de joelhos diante daquela criança não nascida, do reflexo de um menino que poderia ter sido alguém e que agora imitava a forma humana de sua irmã, enquanto possuía os pés do demônio que era seu pai.

Não teve medo. Seus olhos viam o que deveriam ver. Um fantasma de um menino com raiva, preparado para machucar, cercado pelo abismo branco de Oratório, por pássaros, formigas e moscas. Branco, preto e vazio na paisagem.

— Bianco — murmurou Virgílio. Deu dois passos a frente. As formigas abriram espaço para seus pés, a orla de moscas o cercou. — Consegue falar comigo?

A entidade em forma de criança assentiu. O movimento foi efêmero, mas deixou um rastro esfumaçado no ar.

— Ele levou minha irmã — disse uma voz infante, trêmula e aguda. — Você não viu Etrusca na pele da outra mulher. Você não abriu os olhos ainda!

Seu timbre imitava o humano, mas era tão real quanto uma réplica de um homem feito de argila e pintado pelas mãos de um exímio artesão. Você sabe o que deveria ser, o que aparenta ser, mas não o é.

— Eu sinto tanto...

Virgílio deu um passo à frente, causando um arremedo de euforia nos pássaros. As formigas seguiam seus passos, cercando, espreitando. Bianco não se moveu um centímetro, sua imagem transparente oscilava em tons, por vezes de um branco translúcido, para depois apagar-se sutilmente.

— Ramona te avisou, ela tentou de tudo pra te fazer acreditar, mas você não deu ouvidos.

A voz agora soava dentro da mente de Virgílio. Bianco sequer mexia a boca.

— Me desculpa — lamentou num desabafo. O ar faltou, Virgílio tremeu. — Eu não queria ver o outro lado. Agora que eu vejo ainda não quero. Eu olhei de cima da torre da igreja, como me pediram.

— Você demorou.

— Mas sou tudo o que você tem agora, Bianco. Leonard vai fazer o ritual daqui a alguma horas e nós vamos perder se...

— Ele vai te colocar na torre, junto com o padre. Vai soltar os outros aqui, eles vão espalhar pelo seu mundo e você vai assistir.

Birra. Uma criança teimosa fazendo birra. Virgílio riu baixo, Bianco se irritou e alguns pássaros deixaram as árvores, começaram a voar ao redor dele. Um menino birrento muito poderoso.

— Pelo que eu entendi, nesse meu pouco tempo acreditando, é que quando você tem fé em alguma coisa, ela fica mais poderosa. Se eu te disser que tenho fé em você, você pode ter em mim?

Falou tanto e tão rápido, que a saliva secou e ele se engasgou. Virgílio tentou se recuperar, evitando pensar que a qualquer momento o garoto ia mandar aqueles pássaros o atacarem.

— Não é tão simples assim, idiota.

— Eu sei, por isso eu tenho um plano pra nós dois.

Virgílio colocou toda sua vontade naqueles pensamentos. No que pretendia fazer. Mentalizou a torre, Vasco, as almas ao redor da igreja esperando. Bianco abriu as mãos, como se liberasse um pouco de tensão. O garoto sem íris o estava encarando, prestando atenção.

— Eu tentei proteger minha irmã, mas ele é mau. Ele nos faz maus...

— Isso é maior mentira que os adultos inventaram. Bem, mau, meu rabo! — emendou Virgílio, convicto. — Você está entre os dois lados, menino. Entre a morte e a vida, então deve ter visto um punhado de coisas. Viu o que aconteceu comigo, no dia em que aquele homem... aquele... matou a menininha Diana, não viu?

Bianco coxeou para mais perto, atento.

— Eu poderia ter ficado "mau" depois daquilo — continuou, a voz embargada agora. — Eu queria ter ficado. Tantas vezes eu quis, porque a coisa fica dentro da gente, garoto. Sempre batendo na porta, sempre dizendo o quanto se destruir e destruir os outros é mais fácil do que aguentar a dor.

— Isso vai acabar, Rouxinol. Do outro lado, você não vai sentir nada, como eu.

— Mas aqui você sente junto com a sua irmã, não é? Vocês dois não precisam ser como Leonard — argumentou assertivo, erguendo a voz por sobre os zumbidos. — Meu pai não era um demônio de verdade, como o seu, mas ele me surrou tanto que eu poderia ter me tornado um. Ele só me ensinou o ódio. Mas eu nunca... nunca odiei. Nós somos iguais, Bianco, você e eu... Nós ficamos presos entre a vida e a morte porque temos pessoas que precisam de nós. Então me ouça.

O que Virgílio ouviu se parecia com um choro. Eram ondas, no entanto, que vibravam no solo e ecoavam no abismo. Teve fé no menino, sussurrou para si mesmo feito uma prece sofrida.

Bianco piscou, a fumaça ao seu redor se dissipou um pouco. A imagem do menino bode parecia um pouco mais tátil agora, menos transparente.

Virgílio sentiu a terceira presença no exato instante em que Bianco abriu os olhos negros.

— Meu menino — choramingou a voz de Alice. Ela caminhou para mais perto, numa velocidade hesitante. — Por favor, meu menino.

Bianco içou o rosto e encarou a mãe parar ao lado de Virgílio. Seu rosto fúnebre imerso numa expressão de puro sofrimento, enquanto as aves negras voavam ao redor dele com fúria e intensidade agora. As aves formaram uma ciranda de asas, folhas e terra ao redor dos três.

— Mãe?

— Eles me disseram que vocês dois tinham morrido — falou ela, alto, cheia de uma emoção controlada. — Eu nunca a deixaria ir se eu soubesse que ela tinha sobrevivido. Eu chorei por vocês dois, noites e noites.

A confissão dolorosa de Alice reverberou no meio do torvelinho. Bianco se mexeu, coxeou até perto de sua mãe. A ciranda de pássaros se estreitou, o espaço entre os três diminuiu.

Alice se abaixou para ficar na altura do fantasma do seu filho. Nos olhos dela, Virgílio leu a mesma tristeza que experimentou quando Leonard colocou a alma de Gustavo em seus braços.

Alice estava a poucos centímetros de Bianco. Uma jovem viva de cabelos vermelhos em frente a um menino morto pálido com cascos no lugar dos pés. Ela levantou uma mão e o tocou. De início, pareceu ter levado um choque. O menino recuou, ela insistiu. Contornou a bochecha dele, seus cabelos feitos de éter e sombras, a mão sumiu na escuridão de uma fumaça densa, depois reapareceu, intacta.

— Você é real, Bianco. Você é meu filho.

O som. Devagar obliterando os grasnados e as formigas, levantando o cantar agudo, o coro lastimoso e belo. O som do lamento... os Rouxinóis.

Alice e o filho não tiraram os olhos um do outro, mas Virgílio girou no próprio eixo ao ver que as pequenas aves se avolumavam no céu às suas cabeças, alumiados pelos primeiros raios solares do dia que nascia. Eles cantaram repetidamente, cada vez mais alto.

No pórtico da casa, surgiram Ananda e Natasha. Elas correram em direção a eles, mas não podiam penetrar na ciranda dos pássaros. Virgílio tentou enxergá-las através das aves escuras, mas via apenas trechos.

Samuel gritou seu nome de algum lugar. Virgílio conseguiu ver o irmão correndo em sua direção.

— Alice — disse Virgílio, com parcimônia. A moça o encarou com lágrimas, mas escorregou a atenção quando ele apontou a chegada dos demais. — Você vem comigo?

— Até o fim, Rouxinol.

— Bianco, nós precisamos ir — disse Virgílio, mais baixo. — Agora!

Os três que estavam fora da ciranda se uniram, Ananda abraçou Natasha, Samuel gritou uma súplica. O som do canto dos rouxinóis era tão alto que seria impossível se comunicar com eles.

Tinham apenas olhares entre a cortina de asas escuras.

Virgílio tinha planejado somente colocar o ursinho no Jipe e sair dali. Porém, quando ouviu que o som dos pássaros ficou mais e mais alto, e a luz no céu brilhou como se o sol todo estivesse explodindo, tomou consciência de que estava entregue aos planos do próprio menino fantasma. Permitiu-se acreditar, ter ainda mais fé.

Alice olhou para trás e trocou um olhar decidido com Virgílio. Bianco levantou o braço e envolveu os dedos de sua mãe.

Logo, os rouxinóis fecharam a ciranda e tudo se tornou fumaça.

A última coisa que Virgílio viu foram os olhos lacrimosos de Samuel.

48

Os sons foram roubados do mundo. Ananda viu a luz, depois o silêncio e a grama queimada numa roda de cinzas onde antes estavam Virgílio, Alice e o menino fantasma. Sentiu uma onda de náusea e um frio congelante que a fez cair de joelhos, tremendo e tossindo.

Seu peito vibrava com os próprios gemidos, mas não ouvia sua própria voz. Vasculhou seu derredor, vendo que Samuel estava em pé exatamente no ponto em que o irmão tinha desaparecido. Natasha não estava em lugar nenhum.

Engatinhou e depois conseguiu ficar em pé, ainda que atordoada, para correr até Samuel. Conforme os passos se afirmavam, os sons do mundo voltavam. Pássaros, farfalhar da grama, as batidas do coração. Sua voz arfando.

— Samuel... Samuel! — Alcançou-o e se apoiou nas costas dele, tentando virá-lo para que pudesse ver seu rosto. — A gente tem que ir atrás deles, Samuel.

O homem era forte e estava duro feito pedra. Ananda só percebeu que algo estava errado quando teve de contornar o corpo dele para conseguir ver seu rosto. Não havia expressão, a face estava lívida, os olhos cobertos de um branco leitoso feito os de um velho cego. Samuel parecia estar morto em pé.

Natasha chamou Ananda em algum lugar, mas ela não conseguiu responder. Estava frio ali, tão frio e vazio. Todos partiram. Lucca, Ramona, Virgílio e... Samuel.

— Samuel! Ananda! Eu acho que sei para onde eles foram, e acho que sei o que é esse saco... e, Ananda?

O dia estava escuro. Não havia mais luz, nem esperança. Ananda tremeu, se encolheu e encarou a amiga com um ar desolado no rosto. Natasha deixou os braços caírem e só ali notou Samuel. Enquanto as duas tremiam e suas respirações saíam como fumaça, o rapaz sequer se mexia. Seu peito não subia e descia, seu rosto não mudava de expressão.

— Começou, Ananda — sussurrou Natasha, tocando a lateral do braço da amiga. — Ele garantiu que o povo de Oratório fosse dele, e é.

Ananda não teve tempo de pedir explicações para Natasha. Samuel sussurrou algo, uma prece numa língua estranha. Saiu de sua imobilidade e começou a andar. No início, as duas tentaram segurá-lo, mas Samuel era forte e se livrava delas com movimentos curtos e certeiros. Ele caminhou até a porteira, abriu a portinhola e deixou a chácara.

As duas o seguiram. Natasha segurando o saco ensanguentado em uma mão e o celular em outra.

— O que você tá fazendo?

— Eu vou documentar o que eu puder. Se a gente sair viva daqui, todo mundo vai saber o que aconteceu nessa cidade.

Ananda tentou parar Samuel, mas ele prosseguia caminhando a passos largos pela estrada de terra, rumo a não sabiam onde. Em algum momento elas desistiram de interferir e apenas o seguiram pela estrada enevoada, se protegendo do frio nos braços uma da outra. Ananda não sabia o que ia acontecer, mas não deixaria Samuel sozinho.

***

Virgílio abriu os olhos com dificuldade. Suas pálpebras pareciam coladas, o interior arenoso e sua consciência incapaz de despertar. Entreviu uma iluminação avermelhada através da pele fina.

Conseguiu se sentar, até se dar conta de que estivera adormecido sobre um solo duro, frio. Apalpou ao redor, tateando carcaças de inseto, poeira e cinzas. A luz contra seu rosto ofuscava a vista agora que conseguia abrir os olhos. Não demorou para compreender onde estava, reconhecendo as formas das silhuetas que se desenhavam ao redor da luz e a monstruosidade logo acima dele. O sino de bronze.

— Você está bem?

Alice... Virgílio virou a cabeça na direção da voz e a viu sentada um pouco atrás de si. O rosto salpicado de sardas aceso numa expressão preocupada e cansada. Ela segurava o ursinho de pelúcia caolho numa atitude de extrema proteção.

— Defina "bem" — resmungou, tentando se colocar em pé.

Cambaleou sobre as pernas e esfregou as têmporas, devagar recobrando todas as lembranças.

— Tem uma coisa acontecendo lá fora. Você precisa ver.

Hesitante, Virgílio se moveu até o beiral da torre. Demorou a olhar para baixo, detendo-se na iluminação pálida do dia, no formato do sol por entre as nuvens carregadas ao seu redor. O céu se dividia em dois no horizonte do abismo. De um lado, o sol fraco do amanhecer, de outro as nuvens laranja, os raios pretos.

O mundo dele e o mundo das sombras.

Lá embaixo, as almas da Procissão dos Mortos cantavam um ode ao Homem dos Pés de Bode. Só que não estavam mais sozinhos. Pessoas vivas se aproximavam, abriam caminho entre os mortos e se posicionavam, inertes, em frente à igreja. Camadas e mais camadas de cidadãos em círculo; pessoas que Virgílio conhecia, como a mãe de Diego, o dono da Padaria em frente ao Museu, os irmãos Monteiro, o Sargento, Andy, as crianças que semanas antes andejavam pela praça, brincando enquanto os adultos trabalhavam na Celebração das Almas.

Os rostos vivos, mas desprovidos de animação, presos numa compleição mortuária, tinham os olhos voltados para frente. Os ombros todos eretos, as mãos caídas ao lado de seus corpos. Eram simulacros dos cidadãos de Oratório, colocados em modo de espera.

— Já tá acontecendo — murmurou Alice. — O que quer que separe os dois lados, está cedendo.

— E a gente tá bem no meio.

Cuidou da crescente sensação de tragédia que tomava conta de sua mente, feito um veneno pernicioso se alastrando pelas veias, destruindo tudo pelo caminho. Afastou-se e caiu sentado com as costas na parede, respirando com dificuldade.

Alice percebeu e correu em seu socorro. Numa atitude que somente os quebrados mentalmente conseguem ter uns com os outros, percorreu o rosto dele com a mão direita, apalpando suas bochechas enquanto sussurrava algum tipo de oração, pedindo que ele se acalmasse. Virgílio não conseguiu reagir por um tempo, apenas ficou ouvindo a voz dela sem entender o que dizia.

— As almas foram o combustível dele por todos esses anos, mas as pessoas vivas fortaleceram o poder dele — disse ela, agora num tom mais audível. — Eles precisam de nós, Virgílio.

— Não posso estar no controle por todas essas pessoas — confessou ele, ofegando. — Eu já falhei demais.

Alice soltou Bianco sobre os joelhos e abraçou o rosto de Virgílio com as duas mãos. Os olhos dela, como os de Ramona, procuraram os dele como se tivessem todo conhecimento do mundo. Os olhos de alguém que esteve presa nas sombras, uma jovem incapaz de amadurecer, violada enquanto assistia a tudo ruir diante de si. Não havia ninguém mais que poderia estar ali ao seu lado, somente Alice.

— Você não vai falhar hoje.

49

Quando Samuel chegou à praça da cidade, parou abaixo de uma das árvores e se voltou para a igreja. Ananda segurou a mão dele, mesmo que ele não pudesse sentir sua presença, mesmo que estivesse encarcerado naquele transe demoníaco. A mão dele estava fria e dura.

— Ananda, olha lá pra cima.

Natasha filmou o que estava vendo. No beiral da torre do sino, Virgílio as observava. Ele acenou, um movimento apenas, depois se recolheu. Ananda estava ao lado do seu irmão, isso tinha que bastar para que Virgílio soubesse que não estava sozinho.

— Tá sentindo esse frio? Aumenta quando a gente passa perto de uma dessas pessoas.

Natasha costurava entre os cidadãos de Oratório, filmando seus rostos, tentando arrancar algum movimento deles.

— Os mortos estão aqui também, Natasha. Alguma coisa me diz que a gente vai ver quando o sol se pôr.

A professora apagou o celular e olhou para os lados. Estava conjecturando, Ananda sabia. Tinha até medo do que viria a seguir.

— Se o Leonard foi um bebê, depois ele engravidou uma mulher, a parte humana dele é bem grande.

— Ele chorava alto como qualquer criança, lá nas memórias do fantasma de Inocência.

— A gente não precisa ficar aqui esperando acontecer. Eu acho que a gente pode ajudar. Lá na Chácara, eu tentei falar, mas...

— Você ia falar sobre o saco.

Natasha ergueu o objeto ensanguentado, usado para prender o urso de Ramona, sorrindo de uma forma travessa, sem usar os dentes.

— Eu já vi isso antes, estes símbolos. Vi numa série de TV.

— Fala logo, Natasha!

— Isso é bruxaria pesada, são símbolos de proteção, usados pra prender coisas ruins ou boas dentro de um espaço.

***

Virgílio não cedeu ao desespero porque viu Ananda ao lado de Samuel lá na praça. Ela e Natasha não eram como os demais, estavam acordadas, estavam com ele. Repassou com Alice um plano de ação, ambos sabendo que logo que anoitecesse iriam ter que começar a lutar. No fundo de sua consciência a voz de Ramona estava sussurrando, rezando para ele. Ela murmurava uma prece para que o tio fosse corajoso, para que fosse forte, para que estivesse pronto.

O dia passou lento, com o frio se adensando perto do anoitecer. Os dois se recolheram a momentos de silêncio, Alice abraçada ao urso e Virgílio observando as almas vivas que povoavam todas as ruas da cidade. Cansou-se de assistir ao prenúncio daquela missa macabra e tentou descansar o corpo. Num dado momento, Virgílio sentiu um toque na nuca, como se um dedinho o chamasse. Estava deitado embaixo do sino quando aconteceu. Abriu os olhos, esperando ver o instrumento de bronze, mas deu com o rosto pálido de Ramona, os olhos todos pintados de preto.

— Vamos! — ela berrou.

Assustado, Virgílio sentou-se bem no momento em que o fantasma de Vasco se preparava para bater no sino. Não havia Ramona, mas ele a sentia. Engatinhou para longe do sino quando Vasco puxou forte a corda.

O som vibrou inclemente, Virgílio correu para os braços de Alice, que o aguardava com Bianco no braço. Os dois encolheram, castigados pela explosão metálica.

Ainda surdo, ele procurou o beiral da torre, sem soltar a mão fria de Alice. Olharam para Oratório e para o abismo. Não havia mais divisão no céu, tudo era uma coisa só, uma mistura da noite do mundo material, cheia de estrelas e um céu límpido de azul escuro, salpicado de rasgos irregulares que deixavam passar a luz de um trovão vermelho, raios pretos como cobras correndo sob um lençol.

No horizonte a cidade não mais existia como conhecia. Árvores pretas e secas despontavam entre telhados quebrados. Algumas casas se preservavam no meio da paisagem destruída, mas a cada raio laranja, revelavam uma sombra decrépita no solo alquebrado. Vivos e mortos em duplas, de mãos dadas. As velas dos mortos incólumes ao vento, a respiração dos vivos fazendo fumaça em suas narinas. Os vivos brilhavam mais, tinham um arco fraco de luz ao redor da cabeça. Os mortos roubavam a pouca luz das velas e traziam nos olhos a branquidão das almas perdidas, no rosto a sombra da ausência de vida.

— Virgílio, eles estão vindo, não estão?

— Ramona tá perto.

Ele percebeu quando as almas e as pessoas começaram a se mover em frente à igreja. Eram muitos. Centenas ali na frente, mais centenas pelas ruas, abarrotando tudo. Lá na frente um alvoroço começou, até chegar ali na praça, no descampado. Um corredor se abriu, feito uma passarela larga dando caminho a uma noiva.

Dentre os que cercavam a igreja, atrás de Samuel, Natasha e Ananda, estava a alma de sua mãe olhando para ele ali em cima. O rosto jovem do qual se lembrava com clareza, olhos vibrantes, como se tivesse uma luz dentro deles. Vestia um traje branco esvoaçante, cabelos negros soltos. Era como se lembrava de Rosa.

Virgílio soluçou, Alice o abraçou de lado.

— Foque nela, não deixa ele te enfraquecer, Rouxinol.

— Alice, você sabe o que vai acontecer com nós dois, não sabe?

Ele a encarou. Enxergou por entre as lágrimas o rosto jovem dela. Alice tinha agora dois anos a menos do que sua mãe tinha quando morreu de um câncer precoce. Um câncer que matava todas as mulheres de sua família antes mesmo que pudessem sonhar em envelhecer. Como podia ter se permitido levar a jovem consigo? Ver outra vida interrompida?

— Se eu estiver com Bianco, ele vai lutar por mim.

Abraçou o urso e sussurrou algo no ouvido dele. Lá embaixo as preces aumentaram de volume, um cântico grave se levantou em tons vibrantes. Na calçada da praça, Virgílio viu surgir uma mulher com Ramona nos braços, adormecida. Alice se agitou, ele pediu que ela se acalmasse. Ao lado da velha encarquilhada com a menina nos braços, vinha uma mulher esguia vestida de preto, trajes de renda e babados e rosto escurecido de morte. Era puxada pela velha por uma corrente de ferro que terminava numa coleira em seu pescoço.

— Aquela coitada presa é a mãe dele, Inocência. A velha é a feiticeira que o criou.

— E aquela é a filha que eu nunca carreguei nos braços.

Virgílio encarou Alice e apertou sua mão. Lá embaixo, logo atrás de suas damas de honra, o Conde Leonard colocou os pés na praça arrancando uma nota ainda mais grave e emocionada de seus adoradores. De cartola no braço e trajando seu rosto de homem jovem bonito, O Homem dos Pés de Bode trotou na passarela rumo à igreja.

— Você tá pronta pra matar esse desgraçado?

Desceram juntos a escada em caracol, Virgílio sempre na frente, fazendo escudo para Alice. Saíram detrás do altar no exato instante em que as portas da igreja se abriam dando espaço para a luz alaranjada invadir o território sagrado. Toda a extensão do local era feita de partículas materiais se misturando com as espirituais. Os bancos flutuavam no ar junto com poeira, o altar planava sobre uma versão material dele mesmo, mais moderna e arrumada. No alto, a cruz era a morada de um Cristo crucificado, que estava solto da madeira todo estraçalhado, mas flutuava ao redor de sua versão estática e limpa. Sob o solo, os tremores chegavam aos sentidos de Virgílio. O homem dos pés de bode subindo a escadaria batendo a bengala sobre o chão dos dois mundos. Quando a silhueta apareceu na enorme abertura da igreja, sons de cascos a distância vieram com ele, balidos graves, distorcidos. Ao seu lado, Inocência em sua coleira de cabeça baixa, Etrusca com Ramona no colo.

Alice tentou avançar, Virgílio a deteve esticando o braço de lado.

— Quem diria que você, Tenente Tavares, seria imune ao meu encanto — disse Leonard, a voz melodiosa se erguendo na entrada.

Virgílio inspirou aquele ar confuso, ao mesmo tempo cheirando madeira velha e coisas apodrecendo, crisântemos e frutas estragadas. O clima ali estava cada vez mais gelado, a respiração mais difícil, o latejar em sua nuca mais pungente.

— Você escolheu um ponto muito estratégico, Conde. Profanar a casa de Deus numa cidade de infiéis — respondeu, andando de encontro ao demônio. Parou perto de onde ficava a última fileira de bancos materiais, tentou não se deter no fato de que versões flutuantes deles pairavam sobre sua cabeça. — Matar uma criança na frente de Jesus Cristo faz de você um Diabo muito fodão lá no inferno?

Leonard riu. Um som banal, mas denso. Um som que preencheu os ouvidos de Virgílio e tremeu sua caixa torácica.

— Bem, eu acredito que nem mesmo conhecendo o Diabo você passou a acreditar em Deus.

— Você escolheu o ponto onde a cidade começou, eu sei. Não, não acredito em Deus, mas acredito nessa garotinha que você roubou da minha família. Eu vou levar ela de volta, Conde Leonard, e vou te matar no processo.

Ali, no limiar entre os planos, Leonard mantinha sua carcaça bela, porém, vendo-o agora de tão perto, havia um tremor no ar ao redor dele que fazia uma forma maior no ar, algo grande e distorcido com protuberâncias na cabeça e uma boca larga por detrás do rosto sereno.

— Esse é um deles, Mestre Leonard — disse Etrusca, alguns passos atrás do Conde. Uma voz de fumaça de alcatrão e coisas podres. — Não perca tempo com conversa.

— Você está segurando uma pessoa muito importante pra mim, sua filha da puta. E seja lá o que for, eu sou um desses.

— Há um equilíbrio para tudo, querida Mama Etrusca — disse Leonard, com uma calma fingida. — Para cada poder liberado no mundo dos homens, algo precisa ser criado para balancear. Uma aberração fraca, como esse homem.

— Se eu fosse realmente fraco, já estaria morto. Isso é outra coisa boa para eu acreditar. No equilíbrio.

Ouviu Alice caminhar para mais perto dele. A presença de Bianco ficando cada vez mais forte, como se um enorme animal faminto estivesse chegando bem perto.

— Virgílio, vocês perderam — declarou o Conde, fazendo uma mesura. — Eu tenho tudo o que eu preciso. Nem você, nem minha dama favorita, aí atrás, podem parar o que já começou.

Ramona se mexeu no colo de Etrusca. Resmungou algo que se parecia com o nome do tio. A voz da sobrinha fez pressão nos braços de Virgílio, reverberou em seu peito e abdome. Foi como levar uma injeção de adrenalina.

Atrás do demônio e suas acompanhantes, o dia terminou de se por. Balidos dissonantes se propagaram no céu até virarem rosnados.

— Há alguns dias você fez um discursinho barato pra me assustar, me fez pensar que você era o próprio Diabo. Sabe, Leonard, quando eu era criança gostava de fingir que era o Batman, mas o tempo todo eu sabia exatamente que era um menino idiota. Você sabe que é só um demônio idiota, não sabe?

Etrusca rosnou uma praga, Virgílio riu. Ela puxou a coleira de Inocência como se tivesse que punir alguém agora que estava tão irritada.

— Manda subir os desgraçados — rosnou a velha. — Esse um vai ver que demônio idiota você é.

Leonard parecia menos bonito agora. Seu rosto estava um pouco enrugado, as formas que ondulavam ao seu redor mais palpáveis. Virgílio sentiu o estômago revirar ao compreender o rosto horrendo de nariz largo e chifres pontudos atrás da máscara.

— Virgílio, não deixa ele continuar. Vamos, agora...

Mas ele não ouviu. Porque naquele momento viu subir as escadarias as figuras de Lucca, Elisa e Joaquim Contreiras. O trio vestia túnicas negras e segurava cada um uma vela preta acesa com uma chama pálida. Eles entoavam o mesmo ode que podia ser ouvido por todas as ruas e se adensava ali na frente da igreja.

Virgílio observou-os passando pela soleira da porta e adentrando a igreja como se abrissem o caminho do mal em seu encalço. Quando Elisa passou por ele, não o reconheceu. Lucca sequer esboçou uma reação ao passar pela filha desmaiada nos braços daquela mulher.

Ele lutou. Tentou segurar Lucca, implorou para que o cunhado ouvisse. Alice agarrou o tronco de Elisa, mas com algum esforço a mulher conseguia atravessar o toque humano da jovem. Os três marcharam até o altar da igreja, colocaram as velas no chão e deram as mãos em um círculo.

Leonard e Etrusca não entraram na igreja ainda, tampouco Virgílio e Alice ousaram sair. Por mais que eles berrassem para que as três almas fundadoras parassem o que estavam fazendo, elas prosseguiram. Do centro de seus corpos, num círculo bem em frente a imagem de Cristo, um rasgo se desenhou no chão com formas de estradas em um mapa. Dali vinham pequenos tremores, rachaduras que só aumentavam.

— E as terras que um dia me pertenceram por direito de sangue, dadas ilegitimamente aos seres mortais, é minha de novo. Tanto aqui, quando nos céus. Tanto no inferno, quanto no purgatório.

— Que assim seja — disseram os três, e Mama Etrusca com eles.

As rachaduras pararam, mas desenhavam todo o chão da igreja, desciam pela porta e certamente já percorriam todo o solo da cidade. Por um segurando, mais nada aconteceu, Virgílio só olhou aquelas três almas ainda de mãos dadas, cabeças baixas e olhos brancos.

— Lucca, por favor fuja daqui — sussurrou Virgílio, mais para si mesmo.

Estava feito, no entanto. Lucca não era mais seu cunhado querido, Elisa não era mais sua ex mulher, nem Joaquim era o amoroso pai de seu melhor amigo. Virgílio viu Alice andando ao redor deles, curiosa e amedrontada. Ouviu também o toque da bengala de Leonard avançando, os passos de Etrusca, a corrente de Inocência.

— Leve até a entrada da cidade... — sussurrou Alice. — Lucca está dizendo, baixinho, para levarmos as almas até a entrada da cidade.

Então, os cunhados trocaram um olhar e Virgílio o reconheceu. Lucca também estava ali.

— Vocês, vermes, podem sair agora — declarou o Conde, já dentro da igreja.

E os fundadores obedeceram.

***

Ananda viu quando a porta da igreja fechou com um forte estrondo e três pessoas escaparam por ela. O céu ao redor de igreja agora era totalmente laranja e preto, os balidos dissonantes vinham de todos os lados e as almas cantavam mais alto, usando aquelas palavras estranhas em outra língua.

Reconheceu Lucca, que agora corria para fora da igreja descendo as escadas pulando degraus. As outras duas pessoas que estavam com ele se dispersaram. Natasha ainda filmava, mas deixou o celular cair quando entendeu o que estava acontecendo.

— Lucca, aqui! — chamou Ananda. — Por favor, Lucca!

Ananda virou-se para tentar encontrar um caminho por onde poderiam passar, mas soltou um grito quando se deparou com a alma quase viva de uma mulher de branco atrás de si. A mulher agarrou seu braço, o toque foi gélido, mas firme.

— Nós vamos cuidar do meu filho agora. Vocês duas precisam ir.

— Rosa — Natasha disse, estupefata. — Alice tava falando sério.

A mulher agarrou o braço de Natasha também. Lucca estava em algum lugar perto, chamando por Samuel. Por um instante as três se encararam, presas naquele aglomerado apertado de vivos e mortos, subjugadas pela escuridão avermelhada sobre suas cabeças e pelos sons bestiais que a cada minuto ficavam mais altos.

— Os demônios já escalaram o abismo, estão só esperando o sangue derramar e logo estarão livres — falou Rosa, apertando forte o braço das duas, uma em cada mão. — Com os dois planos juntos, os mortos não têm tanto poder no mundo dos vivos, quanto os vivos no mundo dos mortos. Lucca e eu cuidamos de Samuel, vocês cuidam de Virgílio.

Lucca os alcançou. Projetou-se sobre Samuel, um corpo de poeira contra um de carne. Samuel não reagiu, ainda estava tomado pelo ode ao ser maligno, os olhos trespassados. Ananda se livrou do toque de Rosa e se espremeu para poder ver seu amigo. Lucca estava livre, seus olhos não mais eram vazios como os das demais almas, seu semblante estava iluminado e consciente. Os dois se abraçaram. Foi uma sensação estranha o encontro dos corpos, produziu um frio em Ananda, uma cócega elétrica, errada. Mas nunca esteve tão feliz, nunca se sentiu tão maravilhada.

— O Virgílio falou comigo, e eu só... Deus, Ananda, eu tava preso e ele me olhou, ele me viu, e eu fiquei livre... — Lucca chorou, apalpou seu marido, o rosto, o peito.

Rosa segurou a mão do genro e sorriu.

— Antes que o dia amanheça de novo, você estará livre para seguir seu caminho, Lucca. Agora vamos esperar essas duas moças irem ajudar nosso Virgílio. Hoje, quatro adultos, uma criança morta e uma viva, vão matar o Homem Bode.

Lucca fez que sim, emocionado. Apertou a mão de Samuel e encarou suas amigas.

Ananda não queria sair dali. Nunca teve tanto medo, nunca sentiu tanta vontade de deixar de existir. Não queria entrar naquela igreja, não queria que Natasha entrasse.

Rosa notou a relutância delas, tirou o celular da mão de Natasha e o guardou no bolso de seu casaco. Mirou as duas e tocou em seus peitos, na região do coração.

— Você já sabe o que fazer — disse para Natasha. — Você, Ananda, use o próprio demônio para matar o demônio.

50

Virgílio ouviu a igreja se fechar com o estrondo.

Ao cerrar daquela porta, experienciou algo que nem mesmo as crises agudas de pânico tinham causado. A sensação de encarceramento em si mesmo não era nada perto daquilo. Foi quase uma dor física, um desespero que turvou sua visão e trouxe consigo um zumbido intermitente dentro da cabeça. Desolação, medo e dor. A certeza de que o mundo, ao menos o que ele tinha por mundo, havia acabado.

Curvou sobre a própria barriga, soltou um gemido e também ouviu o de Alice. A jovem estava a poucos metros dele, berrando com as mãos na cabeça. Uma risada oca preencheu a igreja. A risada de Etrusca.

Correntes tilintaram, passos ocos no chão. Virgílio se obrigou a recobrar as forças, precisava que Alice também o fizesse. Quando o mal-estar amainou, Virgílio se viu caído de joelhos no ponto onde as rachaduras se encontravam. Abriu bem os olhos e viu quem vinha ao seu encontro.

Ramona caminhava devagar, olhos pretos, pele pálida com veias roxas que se pareciam com os rabiscos do chão. Alice correu em sua direção, mas Etrusca estava logo atrás, e com um movimento de mão, lançou Alice de costas contra o altar.

A pancada foi ruidosa e fez com que Alice largasse o urso no chão. Bianco estava livre bem antes da hora que tinham planejado. Queriam que Leonard fosse surpreendido pelo menino bode quando estivesse atacando, vulnerável à outra intervenção. Mas agora a orla de moscas e formigas sobrepunha os balidos, os redemoinhos de insetos preenchiam o teto da igreja, pássaros que imitavam rouxinóis se empoleiravam nas grades dos vitrais. A presença de Bianco surgiu do redemoinho, frente a frente à sua irmã.

Etrusca deu um berro quando uma nuvem violenta de moscas a atingiu no rosto. Puxou a corrente de Inocência e trouxe a mulher ao chão consigo quando caiu.

— Basta, filho! — urrou o Conde. — Sua luta é comigo.

Alice tinha desmaiado embaixo de uma estátua de Maria segurando Cristo. Virgílio teve pouco tempo para calcular. Ainda enquanto Etrusca era atacada, sacou a Taurus e disparou todo o pente no peito do Homem Bode. Como imaginou, ele estava mais vulnerável naquele ponto de ruptura entre os planos. Cada um dos tiros furou sua roupa e jorrou sangue lodoso e fétido.

Bianco gritou algo agudo, voltou os ataques para seu pai e ordenou uma saraivada de pássaros para cima dele. Foi nesse momento que Etrusca largou a corrente de Inocência e se projetou sobre Ramona com as mãos em seu pescoço.

— Você pode fazer melhor, menininha. Vamos, agrade seu paizinho.

Ramona se mexeu, mas era como uma boneca controlada por cordas invisíveis. Seu corpinho magricela parecia desajeitado, se movendo desconjuntado. Quando ela abriu a boca, seus lábios se separaram demais, até formarem um enorme buraco escuro cheio de dentes verdes pontudos. Atacou Bianco com garras e cabeçadas, tentou mordê-lo, o menino desviou, não lutou.

Com Bianco em luta, Leonard se recuperou e pôde finalmente mostrar sua face real. Mesmo com os tiros e o sangramento, ainda se transfigurou naquele ser que entrevia por ondulações ao seu redor. O corpo dobrou de tamanho, chifres pontudos despontaram de um rosto largo de veias protuberantes. O corpo, antes lânguido e torneado, tornou-se um corpo animal, pelos vermelhos e pretos e subiam até o meio do peito, terminando em ombros cascudos, mas nus. O pescoço era largo, todo marcado de cicatrizes do que pareciam garras. No queixo, uma barba branca de bode comprida descia até o meio do peito. A criatura baforou uma nuvem que fedia a ovo podre. Virgílio não queria berrar de horror, mas ao ver que as pernas de bode, agora nuas, se moviam em sua direção, não segurou o berro grave e correu.

Porém, Leonard o prendeu entre os chifres e o levantou do chão. Virgílio lutou contra aquela prisão, mas o demônio era mais forte, estava com mais raiva também.

— Homem sem fé! — A voz veio de todos os lados. Dissonante, rasgada. — Você não é um menino idiota, tampouco um herói. Você sequer faz parte dessa história.

— Levar as almas até a entrada da cidade — gemeu com dificuldade. — É pra isso que eu tô aqui.

Entrementes, Bianco tentava desviar dos golpes de sua irmã, daquela versão dela com a bocarra tentando engoli-lo, tão forte quanto ele mesmo. Virgílio tentou olhar um pouco de lado, e viu Mama Etrusca correndo para Alice. Num instinto, gritou para Bianco. O menino se distraiu e correu para a mãe. Virgílio viu quando ele avançou para a velha e se transformou numa nuvem de morcegos.

O som foi horrendo.

O redemoinho engolia a velha sem piedade, mas Ramona estava preparada para atacar de novo.

— Ramona, me ouve!

Leonard avançou sobre Virgílio, empurrou o corpo dele pra cima, depois o deixou cair e colocou uma pata sobre seu peito. Virgílio sentiu dor em todas as partes do corpo. Sua visão era uma explosão de cores e flashes, como se fogos de artifício explodissem em seu cérebro.

— Ramona, lute! Você não é um monstro. Você é minha família.

Leonard pressionou o casco com mais força no peito de Virgílio, bufou, jogou bafo quente e ácido no rosto dele, mas não o matou. Não conseguia. Virgílio agarrou o casco, os pelos ásperos espetando sua palma. O sangue dos ferimentos também caiu em seu rosto, em seu tronco, mancharam sua roupa e sua pele. Ardeu como o inferno.

Forçou o casco, se debateu. Em cada urro de dor, em cada lufada de saliva, ele chamava pela sobrinha.

— Ramo-mona... — gaguejou, cuspindo enquanto lutava com o casco que estava para furar seu peito. — Luta contra isso! Sua mãe precisa de você, agora!

Viu o impacto na menina, os olhos voltando à cor normal, o rosto se voltando para o lugar onde Alice acordava da pancada. Ramona mexeu um pé, depois o outro. Foi uma cena arrastada, delirante para Virgílio. Quando o peso do casco saiu dele e percebeu que o bode marchava para a menina, que corria em direção à mãe, Virgílio conseguiu engatinhar, se levantar e correr atrás dele. Pulou alguns passos e se projetou no caminho da besta vermelha no exato instante em que o terceiro chifre atravessaria o corpinho de sua sobrinha.

A dor foi quente, lancinante. A sensação do veneno em seu músculo rompido, bem abaixo do ombro direito. A pancada foi limpa, e veio acompanhada de mais pancadas, de sons externos e longínquos que se ergueram na igreja. Vozes, explosões de luz. O Homem Bode levantou a cabeça e ele foi levantado junto.

Ouviu Ramona e Alice gritarem, viu Etrusca sumir num mar de moscas e o fantasma de Inocência, o cão troféu da feiticeira profana, caído no chão. Quando Leonard trotou com Virgílio enroscado em seu chifre e ele finalmente pode ver a porta da igreja aberta, só conseguiu sussurrar o nome de Natasha quando a moça saltou no lombo do Bode e o cobriu com um enorme pano aberto todo marcado de inscrições com sangue.

***

A imagem de Virgílio enfiado no chifre de Leonard poderia ter colocado Ananda de joelhos. Mas ver a coragem desmedida de Natasha montada no lombo do Homem Bode, segurando firme o pano enfeitiçado, a fez reagir.

Sozinha, sem uma arma própria, ela não era nada.

Bianco estava com as forças concentradas em proteger sua mãe e terminar de consumir o fantasma de Etrusca. Alice engatinhava, fraca. Ananda viu que ela estava sangrando e pálida.

Parou no meio da igreja e só dali reconheceu o espírito de Inocência caída em frente ao altar, inerte àquela batalha acontecendo em sua frente. A ideia foi como uma injeção direto na veia. Esquentou seu corpo, tornou sua visão mais aguçada, seus sentidos mais ferinos. Correu até Inocência, ignorou os berros de Virgílio, os gemidos de Natasha e o bater inclemente das asas dos morcegos engolindo os gritos da velha.

— Eu conheço você... — sussurrou a mulher, quando Ananda se ajoelhou em frente a ela.

Inocência tinha um véu de sombras sobre o rosto de mármore, os cabelos nodosos caindo sobre os ombros, o vestido todo amarrotado. Ali, no intermédio entre os planos, ela cheirava a poeira e perfume velho. As duas já tinham sido uma.

— O que você fez naquele dia, na sua casa. Faça de novo. Mas me deixa no controle dessa vez.

A mulher fantasma segurou a coleira em seu pescoço, os olhos brilhando num tom fraco esverdeado. A mãe do Homem Bode, escravizada pela feiticeira das trevas que a tinha enganado. Ananda ainda sentia a dor de Inocência dentro de si mesma. Sem refletir muito, agarrou a coleira de ferro dos dois lados e puxou as partes para direções opostas. O metal enferrujado estalou.

Ela fez mais força.

Virgílio berrou o nome de Ramona.

Natasha caiu de cima do bode.

O metal cedeu, mas Ananda não teve tempo de ver mais nada, porque uma nuvem preta se projetou sobre seu rosto e tornou tudo em pura escuridão.

***

Virgílio era pura dor. Não conseguia ver muito mais do que flashes de Ramona atacando Bianco, de Alice tentando se levantar. Em sua frente, o chifre do demônio balançando seu corpo para os lados enquanto Natasha lutava sobre as costas dele.

Piscou, o mundo em caos. Gritos, dor.

Um tranco e ar foi assoprado impiedosamente em seus pulmões. Alice estava agarrada à cabeça do Homem Bode, Natasha o puxava para trás. Juntas, elas o tinham tirado do chifre, e agora lutavam.

Ele colocou a mãos sobre o ferimento, o sangue escorrendo aos borbotões preenchendo as rachaduras no chão.

A luta entre Bianco contra Etrusca tinha terminado. O menino bode estava ajoelhado sobre cinzas, tremulando conforme moscas voavam até ele e compunham sua projeção de forma humana. E Ramona estava com ele. Virgílio viu os irmãos se abraçando, a menina aos poucos voltando a parecer humana.

A imagem de Alice apareceu sobre ele. Estava suja de sangue, os cabelos revoltos. A viu mexer a boca, mas não ouvia o que dizia. O mundo estava surdo, sua visão ia e voltava. A mão fria da moça o tocou no rosto, com ela veio a onda sonora do berro de Ramona e a pancada dos chifres de Leonard jogando Alice para longe dele.

Virgílio tateou o chão e se levantou, a passos trôpegos, correu para Ramona e a tomou nos braços.

— Você tá bem? Tá ferida?

A menina estava toda suja, os olhos cheios de lágrimas represadas, mas estava quente, e inteira. Bianco formou uma nuvem de pássaros ao redor dos dois.

— Tio, olha!

Virgílio ergueu-se com dificuldade. O que viu jamais poderia ser descrito com palavras comuns. Natasha segurando firme o pano enfeitiçado sobre as costas do enorme bode vermelho. E Ananda, ou o que deveria ser Ananda, mas era uma massa de sombras e cabelos pretos se movendo o ar, segurando a cabeça dele e empurrando para o chão.

— Bianco, a gente precisa de você agora — grunhiu.

E o menino atacou.

Virgílio correu mesmo quando Ramona tentou segurá-lo, mesmo que já estivesse em carne viva. Se projetou sobre o monstro para ajudar Ananda. Os dois trocaram um olhar entre todo aquele caos. Ele reconheceu a mulher que disse que poderia amá-lo, que trocou o pneu sozinha no acostamento enquanto ele tomava uma cerveja, reconheceu um futuro ao lado dela, até mesmo os filhos que eles poderiam ter. Mas também viu o rosto pálido da mulher que tinha parido Leonard, a desolação de um fantasma que há muito tinha perdido sua humanidade.

Foi rápido quando ela se afastou e ele usou toda força que restava no lado direito do corpo para forçar a cabeça de Leonard para baixo. O monstro bufou, tentou chacoalhar a cabeça.

— Um homem sem fé e quatro mulheres bastam, demônio — grunhiu ele, vendo que Ananda se projetava para cima numa nuvem escura. O que era Bianco e o que era Inocência ficou confuso. — E seus filhos. Seus próprios filhos.

— O que eu fiz vai ficar — disse a voz arrulhada do bode, vinda de todo lugar, se espalhando junto com o cheiro de cinzas e podridão. — Não se pode ressuscitar os mortos.

Mal ele tinha chegado ao final da frase quando, com um golpe de corpo todo, Ananda caiu sobre o terceiro chifre e o arrancou num só movimento truncado. A coisa saiu com um ganido de animal ferido, rascante e alto.

Virgílio forçou a cabeça para baixo, até que Leonard estivesse com o focinho no chão. Natasha o ajudou, berrando à medida que usava toda sua força. A coisa que era Ananda manuseou o chifre, virou a ponta afiada para ele e, num movimento certeiro, enfiou dentro da boca do bode.

Um tranco. Mais um.

Sangue e ácido sobre o chão.

No último tranco, os olhos febris do monstro perderam, aos poucos, a luz alaranjada que emitiam.

Virgílio sentiu que não havia mais resistência abaixo dele, no corpo do Homem Bode, então cedeu também. Escorregou recostado ao pelo fétido e caiu de barriga para cima ao lado do corpo de seu inimigo. Engasgado, sorriu, cuspiu um pouco de sangue e tentou ver o que ocorria ao seu redor.

Primeiro viu Ramona, depois o rosto meio transparente de Bianco. Foi só quando Alice, limpa e de olhos brilhantes, ajoelhou ao seu lado, foi que ele entendeu que sua parceira naquela jornada estava morta, e ele ainda estava no meio.

— A gente conseguiu, tio — choramingou Ramona. — A gente matou o Homem dos Pés de Bode.

Ao longe, Natasha chamava por Ananda. Levou muito tempo, mas o rosto bonito dela logo estava do seu lado. Ela e Inocência ainda eram uma só, mas o rosto humano, triste e cansado, prevalecia.

— Aguenta firme, Tenente. A ajuda já tá chegando — disse Natasha, andando ao redor deles. — Eu tô ouvindo umas sirenes e alguns gritos.

Mas Virgílio não podia esperar ajuda. De um lado estava Alice e Bianco, e a última coisa que tinha ouvido Lucca dizer. Do outro, Ramona e Ananda falando sem parar, suas vozes vindas de longe.

— Ramona, querida — disse ele, mas a voz saiu fraca, distante. — Seu pai vai precisar que você lembre todo dia por que eu vou fazer isso.

— Não, Virgílio! Não! — protestou Ananda.

— Eu vou voltar. Eu prometo.

Ananda desceu a mão sobre o peito dele, como se quisesse fazer seu coração bater. Beijou sua cabeça, segurou sua mão. Acima dele, o mundo espiritual já estava desaparecendo, os rasgos se fechando, os cheiros das sombras deixando de existir. As rachaduras abaixo de seu corpo iam se curando, levavam embora o sangue dele derramando nas reentrâncias, onde poderia estar o sangue de Ramona.

Os demônios não tinham sido libertos no plano material, mas lá onde milhares de almas padeciam, eles poderiam caminhar.

— Eu sei por que você tá fazendo isso, tio — sussurrou Ramona, e sua voz infantil foi uma prece quente em seu ouvido. Os sentidos já se perdiam, a consciência indo embora. — Porque você é meu rouxinol.

Uma lágrima salgada invadiu seu paladar. Virgílio soluçou e rezou baixo para que Ramona cuidasse de Samuel. Não ia esperar por ele. Não queria se despedir, porque pretendia voltar. Sabia que ia voltar no momento em que seu corpo foi levantado do chão e uma máscara de oxigênio colocada em seu rosto.

Mas ele não partiu com seu corpo, porque levantou a mão esquerda e segurou a de Alice e ela o ancorou ali quando os três, junto com Bianco, sumiram com as sombras.

EPÍLOGO

Dois anos depois.

A carcaça estava pesada na mão direita, mas a pressão da cabeça do demônio e o sangue dele, frio em suas roupas, causavam um frisson no caçador que teve êxito depois de uma batalha árdua.

Virgílio chegou ao pé dos degraus de sua casa e chamou pela mãe. Atrás dele, os passos do menino bode e de Alice pararam juntos. Os três aguardaram debaixo da névoa gélida e de um sol fraco de fim de tarde.

A mulher apareceu na porta com o bebê nos braços. Rosa encarou seu filho e depois o neto, sorriu com lágrimas nos olhos. Virgílio balançou a cabeça chifruda do demônio e a jogou no chão com satisfação.

— Esse foi o último — declarou estufando o peito.

Onde no mundo real ficava o Jacarandá na chácara, ali, nas sombras, se levantava a pilha de cabeças chifrudas de todos os demônios que Virgílio tinha matado desde que chegara.

Estava cansado, seu corpo espiritual não tinha nada de mágico. Se cansava e sofria, sangrava e era dolorido depois daquelas batalhas. Também ficava exausto das peregrinações levando almas desgarradas para a saída de Oratório, por onde elas caminhavam libertas para seguirem seus caminhos. Já estava fazendo aquilo havia tempo demais, muito trabalho, muita luta. E ainda tinha muito a fazer.

— Entrem — disse Rosa, apontando para a porta. — Vocês precisam descansar.

Alice passou por ele de mãos dadas com Bianco. A moça também estava toda suja de sangue de demônio, mas o menino não tinha sequer um sinal de cansaço. Bianco lutava incessantemente todos os dias, e a cada vitória se parecia mais com o garoto que deveria ter sido.

Rosa deu passagem aos dois, mas Virgílio ficou parado olhando para a última cabeça de demônio bode que ia ver naquela cidade. Mirou o sol se pondo no abismo que agora não brilhava mais em tons laranja de fogo, mas também estava longe de parecer com um céu paradisíaco.

— Isso aqui é o melhor que o purgatório pode ser, filho — falou Rosa, descendo as escadas. Entregou Gustavo acordado e balbuciando todo alegre nos braços de seu pai. — Você tem que se lavar e dormir um pouco.

— Hoje é Dia dos Mortos — murmurou, recebendo o menino com cuidado. Gustavo se agitou alegre nos braços de seu pai, segurou o rosto barbudo com as mãozinhas. — Fico ouvindo os dois rezando pra mim.

— Eles nunca vão parar, querido.

— Eu acho que tá na hora.

Rosa fechou a expressão. Ainda estava emocionada por ver a última cabeça de demônio ceifada. Significava que as almas que ainda estavam presas em Oratório, aguardando o libertador as conduzir para a estrada, não corriam mais o risco de serem atacadas e ceifadas pelas crias de Leonard.

— Eu não vou te deixar aqui sozinho.

— Alice e Bianco vão ficar comigo, sempre.

Virgílio devolveu Gustavo para os braços de sua avó, deu o braço para Rosa e entrou com ela em casa. Bianco e Alice já estavam perto do fogão de lenha, de roupas limpas e rostos sérios. O menino levantou o rosto para ele, porque sabia o que estava acontecendo. Bianco sempre sabia o que Virgílio estava pensando.

Deixou Rosa e Gustavo com os dois na cozinha e foi até a sala. No centro do cômodo escuro, a alma de Emílio jazia sentada na mesma posição. Desde que passou a morar ali, Virgílio nunca vira o pai se mexer ou sequer murmurar alguma coisa. Agora, parou em sua frente e se abaixou na altura daqueles olhos leitosos.

— Eu vou levar a mãe e meu filho até a estrada. Quero que você vá também. Eu te perdoo, e tenho certeza que o Samuel também.

Nada. Emílio ficou do mesmo jeito. O crepitar do fogão aceso chegava até ali, assim como as vozes de Rosa e Alice conversando baixo na cozinha. A sala onde Emílio estava fedia a poeira e morte, era mais escura e opressora que o restante da casa.

— Vamos, velho. É sua última chance.

— Eles estão prontos, Rouxinol — falou Alice, num tom sóbrio. — É hora de dizer adeus.

***

Ramona insistiu em levar todos eles até a saída da cidade.

Ananda não queria ir para lugar nenhum depois de deixar as flores sobre os túmulos de sua avó e dos outros mortos que tinha em Oratório. Agora que a cidade não fazia mais festa ao Homem dos Pés de Bode, a Celebração das almas não atraia tantos turistas, mas a movimentação ainda a lembrava daquela criatura que ceifou com as próprias mãos. Não queria estar ali, mas Ramona teimou muito para que Natasha e ela os visitasse naquele Dia de Finados.

Samuel insistiu, já que depois de dois anos do dia em que Oratório acordou do transe e ninguém soube explicar o que tinha acontecido, era a primeira vez que Ramona realmente tinha parecido feliz.

Foram em dois carros. Samuel e a menina na frente, ela e Natasha atrás. A professora estava quieta até o momento em que estacionou no acostamento, bem no local onde tinha acontecido o acidente que isolou a cidade. Ananda se deu conta de que também era o mesmo ponto onde seu pneu furou e ela viu aquele Jipe conduzido por um cara bronco e muito sexy. Parecia ter acontecido com outra Ananda, em outra vida.

Estava entardecendo, muita névoa no asfalto, mas o clima era quente do verão. Natasha desligou o rádio, olhando para Samuel ajudando Ramona a descer da caminhonete.

— Eu ando escondida em Rosário por causa do meu livro, você tá sabendo? — Não esperou a resposta positiva de Ananda, no entanto. — Tô sendo perseguida por um punhado de gente que não quer que o que aconteceu aqui venha a público.

— Desculpa, Nath — murmurou Ananda. — Eu não consegui estar presente pra vocês três. Não consigo perdoar o Virgílio por não ter ficado, é isso.

Natasha e ela observaram Ramona conduzir Samuel para o outro lado do asfalto, bem perto do guarda corpo que dava para a ribanceira. Acima da névoa, o sol se despedia daquele Dia dos Mortos.

— Eles estão indo bem, Samuel e Ramona — continuou Natasha. — Estão morando na chácara. Samuel reformou tudo, deixou com a cara dele. Tá namorando um moço de Botucatu.

Ananda não conseguiu seguir em frente como ele, nem fazer algo tão revolucionário como Natasha com seu livro. Apenas fugiu e lamentou, sonhou com Virgílio e o odiou. O visitou no hospital mais vezes do que seria saudável, esperando que ele acordasse, ou que ao menos partisse de uma vez. Já ia fazer dois anos daquele coma e os médicos não davam nenhuma esperança de que um dia ele iria despertar.

— Vamos ver o que a Ramona quer. Depois a gente conversa melhor.

Desceu do carro e atravessou o asfalto. Ramona estava parada ao lado do pai. Naqueles anos, tinha crescido bastante, estava com olhos espertos, ainda que enigmáticos, e agora ostentava um cabelo cacheado comprido e brilhante. Ainda era um pouco reservada, assustava algumas crianças na escola, segundo Samuel, mas tinha feito alguns amigos porque era solícita, gostava de cuidar dos outros.

Ananda sentiu orgulho de Ramona. Queria abraçá-la, mas não conseguia. Não ainda.

— Vocês precisam querer muito ver — disse ela, apontando o dedo para o asfalto. — Quando a luz acabar, vai estar bem ali.

Ananda e Natasha se olharam. A expressão de sua velha amiga implorava para que ela ficasse. Samuel pegou a mão de Ananda. Ele estava quente e vivo, inteiro e triste. Um homem tão forte que ela admirava e amava, mas que a lembrava de sua dor. Apertou a mão dele e sorriu com melancolia.

— Você tem fé, Ananda? — Samuel perguntou, a voz mansa e dolorosa. — Eu tenho. Acho que se ele nos ver aqui, pode escolher voltar pra nós.

Ramona puxou a roupa do pai.

— Tá acontecendo!

Ananda apertou os olhos para tentar ver o que a menina apontava. No começo, era só estrada e névoa, escuridão e poeira de asfalto. Foi o som que veio primeiro. Uma orla de vozes sussurrantes e passos na estrada. Em seguida, pequenas luzes passeando no ar, avançando pela estrada. Depois as formas.

Logo viu tudo com uma quase clareza.

Uma procissão avançando pela estrada. Várias almas vinham conduzidas por três que tomavam a frente. Um garotinho de pés de bode, uma jovem ruiva e ele. Virgílio. O rosto imerso em sombras, concentrado no trabalho de liderar aquelas pessoas até o ponto da estrada onde uma ondulação se levantava do solo.

Ananda chamou o nome dele. Ramona também. Samuel pediu que elas esperassem. Ele não os via, mas parecia estar ouvindo alguma coisa.

Ao chegar da procissão no ponto em que eles estavam, Virgílio conduziu aquelas pessoas para fora de Oratório. As almas saudavam antes de ir, cantos eram ouvidos conforme eles passavam. Em alguns momentos Ananda podia ver tudo com nitidez, noutros a imagem ficava desfocada, transparente. Mal podia acreditar que, depois de todo esse tempo, ainda podia ver. Ainda mantinha os olhos abertos.

Quando a última alma passou, ela viu Rosa. Virgílio e a mãe se abraçavam chorando. Ela estava com Gustavo, o bebê agitado sendo beijado pelo pai. Samuel soluçava de tanto chorar, mas Ramona estava sorrindo.

— Ele tá deixando eles irem — disse Natasha.

— Tio, volta pra mim — disse Ramona, baixo. Depois respirou fundo. — Rouxinol, volta! Por favor, volta!

Virgílio olhou para o outro lado do asfalto, mas não pareceu vê-los. Olhou através deles, um pouco perturbado.

Eles assistiram quando Rosa e o menino fizeram a passagem e sumiram na estrada de Oratório. Assistiram Bianco coxear até perto dele e Alice o abraçar. A imagem ficou desfocada, um cheiro forte de crisântemos pairou no ar.

— Volta pra mim, irmão — sussurrou Samuel, emocionado. — Nós ainda estamos aqui. Nós ainda não perdemos as esperanças.

Virgílio ficou mais nítido, olhou para o irmão e realmente o viu. O corpo todo de Ananda arrepiou.

— Ele ainda não pode — disse Ramona, um pouco chorosa. — Mas vamos esperar aqui no ano que vem. E no outro, e em quantos precisar. Ele vai escolher voltar em algum momento.

Ananda só fechou os olhos. Quando abriu, não havia mais nada na estrada.

FIM

AGRADECIMENTOS

Quando eu era criança minha avó me assustava com histórias de terror antes de dormir. Descendente de imigrantes italianos que se espalharam entre as cidades de São Manuel e Manduri, no interior de São Paulo, a menina Rosa cresceu ouvindo toda sorte de lendas sobre o saci, bebês assustadores, loiras deixadas na beira de estrada e homens com pés de bode. Se ela não tivesse me deixado essas histórias de herança, eu talvez não seria escritora agora. Esse livro eu devo à ela, minha vó Rosa, que não viveu o suficiente para ver a neta dela virar autora de livros de terror. Poucas pessoas tiveram a sorte de conhecer essa senhorinha fofa que podia ser bem macabra, e é uma honra para mim ter o sangue dela nas minhas veias e sua herança na minha alma.

Mas tem mais gente que possibilitou que esse livro existisse. Primeiro, Grazi Reis, minha guia nesse mundo louco que é o mercado editorial. A primeira versão dessa história foi escrita sob a vigilância dela, em apenas 50 dias. Depois amadureceu por cinco anos, até cair nos braços da Claudia Lemes, que com suas mãos mágicas e ferozes me ajudou a transformar o livro na versão que vocês estão lendo e da qual me orgulho muito. Obrigada, minhas deusas dos livros!

Obrigada a toda equipe da Increasy, além da Grazi, Guta, Alba e Mari. Vocês são incríveis, e é um privilégio ser parte dessa empresa linda que vocês construíram.

Agradeço enormemente ao trio de chefes mais legal que existe, Camila Janela, Rafael Valim e Gustavo Marinho. Eles confiaram a mim a coordenação editorial da Contracorrente e me permitiram a experiência de coordenar a publicação do meu próprio livro. Obrigada por confiarem em mim como profissional e agora como autora da casa. Vocês são demais, sério!

Aos artistas Lucas Dallas, que deu vida aos desenhos da Ramona, e Maikon Nery que fez essa capa que é tão perfeita que fica até difícil elogiar. À equipe da Contracorrente, mais que colegas de trabalho, amigos que eu tenho ao meu lado para todas as horas: Fabi Celli, Amanda Dorth, Douglas Magalhães e Nathália Oliveira, amo vocês!

À primeira leitora desse manuscrito, Sabrina Oliveira, por ter se apaixonado pelo Virgílio e dado conselhos fundamentais para a primeira versão. Me perdoa, Sah, por esse novo final. E aos meus amigos que torcem por mim, me apoiam, me aguentam e me amam do jeito que eu sou: Helena Dias, Ítalo Natã, Ananda Veloso e Ariane Silva. Obrigada também ao meu marido, que entende quando eu estou ausente mentalmente escrevendo os livros na minha cabeça, ainda que meu corpo esteja em casa. Neto Teixeira, eu te amo sem medidas.

Mãe, pai e Ju, que vocês sejam reconhecidos e homenageados em nada palavra que eu escrever. Obrigada por nossa família, obrigada por terem orgulho de mim. Eu nem sei como explicar como amo vocês. Obrigada tia Marina, Juca, Laura e Vittor, porque vocês me provam todos os dias que às vezes parentes também são família e que palavras que abençoam são muito mais poderosas que às que fazem o contrário.

E, por fim, o obrigada mais importante deste livro. Ele é meu oitavo publicado e eu não teria chegado até ele sem você, meu leitor. Eu tenho leitores, eu tenho você. Isso é ouro, é o meu ouro. Obrigada a todos vocês que me leem. Que vocês permaneçam ali do outro lado das páginas, porque eu tenho muito mais coisa pra contar.

Há vários lobos dentro de mim,
mas todos eles uivam para a mesma lua.

Virgílio

A Editora Contracorrente se preocupa com todos os detalhes de suas obras! Aos curiosos, informamos que este livro foi impresso no mês de outubro de 2022, em papel Pólen Natural 80g, pela Gráfica Copiart.